COLLECTION FOLIO

Emmanuelle Bayamack-Tam

# Si tout n'a pas péri avec mon innocence

P.O.L

Emmanuelle Bayamack-Tam est née en 1966 à Marseille. Elle vit et enseigne en banlieue parisienne et est membre fondateur de l'association interdisciplinaire Autres et pareils. *Si tout n'a pas péri avec mon innocence* a reçu le prix du roman Ouest-France Étonnants Voyageurs 2013 et le prix Alexandre-Vialatte 2013.

*Pour Frédéric Maria*

Mais aucun respect humain, aucune fausse pudeur, aucune coalition, aucun suffrage universel ne me contraindront à parler le patois incomparable de ce siècle, ni à confondre l'encre avec la vertu.

C.B.

# 1. BANG BANG

Quand ma grand-mère tente de refermer les cuisses, la sage-femme l'en empêche et entreprend de bouchonner sans ménagement son périnée endolori. Ma grand-mère ferait bien d'interroger la signification de cette brutalité, mais comme elle a toujours eu le chic pour profiter des bons moments, elle s'accorde le répit que lui laissent la paix retrouvée de ses viscères et l'escamotage fulgurant de son nouveau-né. Elle promène distraitement la main sur son ventre effondré et a juste le temps d'en percevoir les dernières contractions, la réplique mourante du grand chambardement, avant d'être délivrée d'un placenta dont elle ignorait l'existence et qui s'expulse d'elle en trois soubresauts voluptueux.

Seule, les jambes encore passées dans des étriers archaïques, ma grand-mère est prise d'un rire nerveux. Elle ferait mieux d'interroger aussi le sens de cette solitude, mais à vingt-six ans, elle en sait assez sur la vie pour ne s'étonner de rien et pour admettre que la solitude est notre condition. Tout ce qui lui vient à l'esprit, ce sont les bribes d'une chanson de Nancy Sinatra, « Bang Bang », et le souvenir lumineux et fixe, comme pris au piège miroitant de sa mémoire, de la plage de Sidi Fredj.

Flottante, bienheureuse, c'est tout juste si elle n'est pas en train de fredonner quand on lui présente enfin le fruit de ses entrailles, vêtu d'une barboteuse de velours émeraude à plastron nid-d'abeilles, un vêtement qui lui semble étrangement familier jusqu'à ce qu'elle se rappelle l'avoir acheté elle-même au rayon layette des *Dames de France*.

Bang bang, ma grand-mère a beau connaître la vie, il n'existe pas de préparation à ce qui va suivre. Elle ferme les yeux, croise les doigts, cherche le bon geste, la passe magique, mais rien n'y fait, aucune colombe ne s'envole péniblement d'un chapeau, aucun lapin ne s'en extirpe, aucun chapelet de foulards ne se dévide depuis la poche amidonnée de la sage-femme, qui persiste à lui présenter un bébé dont le visage saisissant de laideur offre un contraste pitoyable avec le vêtement d'apparat que lui ont choisi ses parents quand il a bien fallu penser à son trousseau.

Parce que les circonstances l'exigent, mais sans élan, ma grand-mère tend les bras en direction de sa progéniture, dont la sage-femme se débarrasse avec un soulagement aussi manifeste qu'infamant. Bang bang, un sentiment d'injustice frémit en ma grand-mère, qui sait reconnaître un outrage quand elle en voit un. Nous sommes à la fin des années soixante, aucune échographie n'est venue sonder les profondeurs ténébreuses de sa grossesse ; aucun examen anténatal ne lui a appris que son premier enfant est une fille, ni que cette fille est atteinte de ce qu'on appelle encore un bec-de-lièvre. Aujourd'hui, on parlerait plutôt de fente labio-alvéo-narinaire, associée, dans le cas de ma mère et puisque c'est de ma mère qu'il s'agit, à une fente vélo-palatine — sans compter une luette bifide dont l'existence s'avérera finalement anecdotique au regard des autres malformations recensées.

Ma grand-mère serre plus fermement son nourrisson contre elle. Instantanément la petite tête commence à s'agiter avec une détermination animale et aveugle jusqu'à ce qu'elle réussisse à s'aboucher à un mamelon distendu et veiné de vert par neuf mois de grossesse. Louchant avec circonspection sur la narine béante et sur la lèvre mystérieusement trilobée de son nouveau-né, ma grand-mère s'adresse à la sage-femme :

— Il va pouvoir téter ?

— Ce sera difficile.

Ma grand-mère sent bien toute la satisfaction perverse que la sage-femme éprouve à formuler son diagnostic, mais sans marquer d'émotion particulière, elle se contente de positionner plus judicieusement la bouche avide de son enfant sur son sein douloureux. Contre toute attente, celle qui ne deviendra ma mère que vingt-trois ans plus tard parvient à déglutir une gorgée de colostrum, puis une deuxième, à la suite de quoi elle se rejette en arrière avec des vagissements de protestation — car on peut compter sur ma mère pour le bruit et la fureur.

— Vous allez l'appeler comment ?

Prise de court, ma grand-mère tente de se donner le temps de la réflexion et de maîtriser la panique qui la gagne, entre le bébé qui hurle et la sage-femme qui la toise. Non qu'elle ait oublié sur quels prénoms s'était porté son choix, d'ailleurs conjointement opéré avec le père de ce nourrisson qui écume et convulse entre ses bras, mais dont elle ne sait toujours pas s'il est fille ou garçon.

Sans consulter son ennemie, elle fait sauter deux boutons-pression, laqués ton sur ton d'un vert unisexe. Nous sommes à la fin des années soixante, les couches jetables n'existent pas, et ma grand-mère se bat avec les épingles à nourrice qui retiennent les langes avant de parvenir enfin à démailloter ce qui s'avère être une petite fille parfaitement conformée sur le plan génital. Submergée par trop de pensées incongrues, ma grand-mère se raidit mais se sent rattrapée par le même fou rire que tout à l'heure. Bang bang : il aurait mieux valu, se dit-elle, que les malformations touchent la vulve de ma fille plutôt que sa bouche et son nez ; bang bang, il aurait mieux valu ne pas lui acheter ce pourpoint de velours inutilement splendide ni la baptiser à l'avance de prénoms inutilement princiers, qui auraient fait l'affaire pour un bébé normal mais qui constitueraient un gaspillage voire une disgrâce supplémentaire pour le monstre que je viens d'engendrer.

Au temps où l'enfant à naître ne faisait que bosseler par intermittence les flancs de ma grand-mère, les futurs parents avaient arrêté leur décision sur Léopold et Fabiola, un choix qui, sous couvert de rendre hommage aux origines wallonnes de mon grand-père, trahissait sans doute leurs rêves de grandeur à tous les deux. Qu'à cela ne tienne, ma grand-mère rhabille et berce pensivement ce bébé qui la force à rengainer ses ambitions dynastiques, tandis que la sage-femme s'affaire autour d'elle.

— Je vais vous apporter un petit palais en plastique : elle en aura besoin. Et puis je vais lui faire un biberon : ça m'étonnerait que vous ayez du bon lait, vous êtes trop maigre.

— Je crois que je vais continuer au sein : on verra bien.

— Je connais mon métier, vous savez. J'en ai vu plein des comme vous, qui voulaient allaiter mais qui n'ont pas tenu quarante-huit heures. Autant vous éviter des souffrances inutiles.

Ma grand-mère est bien persuadée que ce n'est pas le souci louable de lui éviter des souffrances qui anime sa persécutrice. Il n'y a qu'à entendre les petits claquements de langue faussement apitoyés qu'elle émet à chaque fois que son regard tombe sur le nouveau-né ; il n'y a qu'à voir l'insistance doucereuse avec laquelle elle revient sur la question du prénom, comme si l'urgence n'était pas de consoler la parturiente du choc et de la déception dont elle essaie tant bien que mal de se remettre et de cacher l'ampleur.

— L'officier d'état civil ne va pas tarder à passer, vous savez.

— Pour quoi faire ?

— Il faudra que vous lui disiez. Pour le prénom. Ou les prénoms. Vous pouvez en donner jusqu'à quatre.

Avisant ostensiblement le badge quadrangulaire arboré par la sage-femme à l'emplacement du cœur, ma grand-mère susurre avec perfidie :

— Pour une fille, on avait pensé à Gladys.

Un silence de mort s'abat sur cette salle dévolue aux naissances. Mais il faut croire que toutes les naissances ne se valent pas et qu'elles ne justifient ni les mêmes égards ni la même allégresse. Sous l'œil implacable et languide de ma grand-mère, la sage-femme s'empourpre et cherche une riposte qu'elle ne trouvera jamais — et pour cause : comment refuser qu'une enfant soit prénommée comme elle et sans nul doute en son honneur ? Que cet honneur soit en même temps une insulte, voilà qui est, de part et d'autre, parfaitement inavouable. Ma mère s'appellera Gladys et les prénoms princiers serviront pour les autres enfants — mon oncle Léopold et ma tante Fabiola, l'un comme l'autre heureusement dépourvus de tares visibles.

La vie est mal faite, parce que ma mère est une princesse et qu'elle aurait, plus qu'une autre, besoin de titres de gloire, à commencer par un prénom affichant sa dignité en lieu et place de ce « Gladys » jeté en représailles à une femme dont ma grand-mère aura oublié jusqu'à l'existence dès sa sortie de la clinique.

La vie est mal faite, mais ma mère est faite pour la vie. Tandis que ma grand-mère savoure son triomphe et la déconvenue de son ennemie, sa fille tète furieusement le sein nourricier, et tant pis si elle s'étrangle et tousse, tant pis si une bonne partie du liquide menace de filer droit dans ses alvéoles pulmonaires, il en restera toujours quelque chose. On peut compter sur ma mère pour affronter l'adversité, on peut compter sur ma mère pour la survie en milieu hostile.

## 2. À QUOI SERT D'Y ÊTRE ?

À moi, le récit d'un commencement qui n'est pas le mien. De toute façon, il faut bien commencer.

À moi ce souvenir qui ne m'appartient pas. De toute façon les souvenirs n'appartiennent à personne. Leur nature est trop incertaine pour que nous nous targuions d'une propriété ; la distinction entre eux et les rêves trop ténue pour que nous fondions sur la mémoire quelque certitude que ce soit, à commencer par celle d'avoir vécu quelque chose. Il se peut même que nous ne soyons pas faits pour nous souvenir, si j'en juge par la proportion infime de ce qui échappe à l'oubli d'entre toutes ces riches heures, des heures dont chaque seconde est passée en nous, flux sanguin, pulsation cardiaque, expiration, inspiration — et au final, rien, trois fois rien, volatilisation des riches heures, vingt ans de vie tiendraient dans un mouchoir. À moi ce souvenir qui en vaut bien un autre. Je n'y étais pas ? C'est vrai, mais à quoi sert d'y être ? Ma mère, qui y était, ne se rappelle pas plus que moi sa naissance et son baptême improvisé.

À moi ce souvenir de souvenir. Ma grand-mère est suffisamment bonne conteuse pour donner à tout le monde le sentiment trompeur d'avoir assisté à la scène.

À moi ce récit que ma mère a toujours écouté sans broncher, elle qu'il ne faut pas pousser beaucoup, elle qui n'est jamais loin de la transe, quand il s'agit de donner son avis : au moindre coup d'éperon, la voilà qui rue, la voilà qui caracole, et hop c'est parti pour un tour — et avec ma mère les tours durent des heures vu qu'elle ne fait grâce de rien, d'aucun développement de sa pensée confuse, d'aucune idée saugrenue, d'aucune considération inutile.

Pour lui couper la parole, il n'y a jamais eu que le conte cruel qui la voit faire dans le monde des débuts aussi tumultueux que décevants. Elle l'a toujours écouté attentivement, mais avec un air lointain qui ne lui ressemble pas, elle qui ne connaît ni n'admet d'éloignement avec quiconque.

À moi la seule histoire capable de clouer ce bec qui n'a jamais eu *de lièvre* que le nom — car si l'on tient à la fois aux métaphores et à l'exactitude, convenons qu'à l'origine la bouche et le nez de ma mère relevaient plutôt d'un système bulbeux, d'un pistil charnu ou d'une baie exubérante. Aujourd'hui, chirurgie réparatrice aidant, sa lèvre supérieure a recouvré un tracé hésitant : elle épouse étroitement l'arc dentaire mais paraît dépourvue de pulpe et bifurque vers le haut par une chéloïde rose assez disgracieuse. Les narines ont perdu leur effrayante dissymétrie au profit d'un modelé acceptable, mais le nez reste aplati et comme dilaté, ce qui lui donne un air vaguement aztèque et lui a valu le plus charitable de ses surnoms, à savoir « l'Indienne ».

La vie est mal faite, car ma mère, dont le prénom est déjà en soi un camouflet, traîne également derrière elle quarante-cinq ans de sobriquets humiliants, évoquant invariablement, et par ordre de prévalence, le singe, la truie, la chienne — et pour finir, mais pour finir seulement, le lièvre auquel elle est si loin de ressembler.

Je m'y connais en prénoms. C'est la vie de ma mère qui veut ça. Car l'outrage ne s'est pas arrêté au choix ignominieux de Gladys ; l'outrage tient aussi au fait que Léopold et Fabiola ont eu droit à des prénoms surnuméraires : Louis, Alexandre et Maximilien pour l'un, Astrid, Élisabeth et Théodora pour l'autre, succession de têtes plus couronnées les unes que les autres et dont on peut raisonnablement déduire que mes grands-parents rêvaient d'une revanche sociale mais ne comptaient pas sur leur fille aînée pour porter ce rêve.

Je m'y connais en prénoms mais aussi en projets parentaux qui vont avec, quand bien même ces projets parentaux se casseraient la gueule. Ainsi oncle Léo et tante Faby ont-ils amputé très tôt leurs prénoms princiers et renoncé tout aussi tôt à un destin glorieux. Celle qui se rapprocherait le plus de la gloire, et encore on verra comment, c'est ma mère, cette Gladys sur laquelle on misait si peu qu'elle n'a eu droit qu'à un prénom de rechange, un choix par défaut, un choix opéré dans l'aigreur et par représailles, quand tous les autres enfants voient se pencher sur leur berceau des marraines bien intentionnées et ivres de rêves de grandeur.

Je m'y connais en prénoms parce que ma mère m'a donné celui de Kimberly et que ses projets à elle ont toujours été moins faciles à suivre et à comprendre que ceux des autres parents, même pour moi qui suis une spécialiste en cerveaux tordus. Mes sœurs aînées s'appelant Svetlana et Ludmilla, il semblait en effet inévitable que j'écope d'un prénom slave, mais on peut compter sur ma mère pour les solutions de continuité : à peine avait-elle renoncé à sa collection de poupées russes, à peine m'avait-elle prénommée Kimberly, que Lorenzo et Esteban sont venus agrandir la famille, bang bang, deux garçons nés à neuf mois d'intervalle, ce qui en dit long sur la désinvolture de ma mère en matière de contraception et explique que j'aie passé les seize dernières années à redouter qu'elle ne remette ça, d'autant qu'elle adore être enceinte presque autant qu'accoucher.

Svetlana, Ludmilla, Kimberly, Lorenzo, Esteban : une telle bigarrure folklorique pourrait laisser penser que nous n'avons pas le même père, mais ce serait là aussi mal connaître Gladys, et notre géniteur commun s'appelle Patrick, comme tous les garçons de sa génération. Je tiens à signaler qu'il n'est pour rien dans le choix de nos prénoms. On peut même avancer qu'il n'est pour rien dans tout, ce qui ne l'empêche pas de se croire indispensable et de dépenser une énergie folle pour jouer les chefs de famille. À quelque heure qu'on le prenne, mon père a toujours l'air surmené et préoccupé. Notre éducation est sa grande affaire, même s'il n'y pense que par à-coups, par crises intermittentes au cours desquelles il nous prend à part pour des mises en garde solennelles, des sermons prononcés la voix tremblante et les yeux dans les yeux, qui m'ont toujours laissée très froide et dont je soupçonne mes frères et sœurs d'être aussi peu affectés que moi, bien que nous n'en ayons jamais parlé, vu que mon père n'est pas un sujet de conversation. Il faut croire qu'il est dans sa nature de ne pas oblitérer les esprits et de n'intéresser personne. Il y a des gens comme ça, dont la vie va être entièrement obscure, quelque énergie qu'ils mettent à exister.

Tout le monde oublie mon père, à commencer par ses propres enfants, ce qui est parfaitement injuste, car c'est un homme charmant et gai, incapable d'une mauvaise pensée ou d'un acte mesquin, inlassablement dévoué et obligeant. Il est par ailleurs, et ce qui ne gâche rien, d'une beauté sensationnelle, avec ses boucles mordorées, ses yeux clairs, sa bouche généreuse, et par-dessus tout ce nez aérien, effilé, enviable, dont j'ai hérité.

À ceux qui se demanderaient pourquoi, doté d'un physique aussi avantageux, il est allé se choisir entre toutes une femme aussi disgraciée, j'aimerais pouvoir répondre que les beaux, qui n'ont rien à se prouver en matière de beauté, peuvent se permettre d'aimer et d'épouser les laides. Mais chacun sait bien que cet axiome raisonnable est un mensonge, et que la beauté appelle la beauté vu que la vie est mal faite, comme je n'aurais pas assez de toute ma vie à moi pour le démontrer. La vérité et la vraisemblance, puisqu'il est question d'elles, m'obligent à avouer qu'en raison de sa petite taille mon père n'a jamais trop fait le malin sur le marché des amants. Il est même fort possible que de ma mère et de lui, ce soit lui le plus complexé, voire le seul à l'être. Car la vie a beau être mal faite, elle se rattrape parfois par d'étranges mécanismes compensatoires, comme celui qui permet à une fille défigurée par un bec-de-lièvre de se contempler dans la glace avec satisfaction, et même, dans le cas de ma mère, avec ravissement.

En fait, je ne connais personne dont le narcissisme soit aussi insubmersible que le sien, et puisqu'on en est à chercher des explications à son mariage, je ne doute pas qu'elle ait subjugué mon père, et d'autres jolis garçons avant lui, par sa tranquille conviction d'être irrésistible malgré sa lèvre couturée et son nez difforme. Comportez-vous en vamp et les gens hésiteront à vous traiter de singe nasique, de crapaud ou de truie, comme cela arrivait couramment à ma mère avant qu'elle ne décide d'imposer au monde entier une vision d'elle-même retouchée par ses soins.

La cruauté étant la seconde nature des enfants, j'ai pleinement conscience de ce qu'elle a dû endurer en fait de moqueries, d'humiliations et de sévices. Je n'y étais pas, mais à quoi bon y être quand on sait avec quel zèle les cours de récréation perpétuent la loi de la jungle et vouent les vaincus au malheur ? Sauf que loin d'être brisée par les brimades, loin d'être amoindrie par les quolibets, ma mère a préféré s'inventer un personnage de jolie fille cabossée mais sexy, un positionnement assez délicat compte tenu du risque qu'il y avait pour elle à passer pour *facile*, mais on peut compter sur ma mère pour les contorsions intenables, et très vite Gladys a eu un succès fou. Je m'y connais en prénoms parce que ma mère a toujours porté le sien comme un étendard : après tout, elle avait échappé à tous les Corinne, Valérie et Nathalie dont étaient affligées la moitié des filles de sa classe.

Je m'y connais en prénoms parce que j'ai toujours trouvé que le mien était à la fois vulgaire et cérémonieux — sans compter que ma mère ne s'est jamais départie d'une inexplicable réserve quant au choix de Kimberly, elle qui ne fait mystère de rien, elle qui est capable de justifier par le menu Svetlana comme Ludmilla, Lorenzo comme Esteban.

Mystère de rien. C'est une autre des caractéristiques de ma mère que de n'avoir ni pudeur ni considération pour la pudeur d'autrui — pas plus qu'elle n'a de considération pour sa sensibilité : car écouter ma mère, la voir parler plutôt, assister à ses efforts d'articulation désespérés, exige de l'estomac, un cœur bien accroché — ou une longue habitude. La chirurgie a beau avoir recousu la lèvre et le palais, remodelé le nez et aligné les dents, des problèmes d'élocution n'en demeurent pas moins, s'apparentant à une forme de bégaiement qui retiendrait les mots captifs quelque part entre le diaphragme et les incisives, de sorte qu'on les voit presque tourner, menacer, gronder, avant qu'ils ne s'abattent sur l'auditoire en pluie diluvienne ou en grêlons précipités.

À en croire le corps médical, la division palatine n'est en rien responsable du bégaiement de ma mère. De là à penser qu'elle l'a d'abord simulé, avant de se retrouver piégée par la complexité des mécanismes phonatoires, il y a là un pas que je m'empresse de franchir, connaissant ma mère et sa volonté forcenée de se faire remarquer. À un âge encore tendre, opérée avec succès à trois reprises, dûment rafistolée, presque normale, elle a dû vouloir s'inventer un symptôme, histoire de donner aux médecins du fil à retordre et du grain à moudre. Ce qu'elle n'a pas eu à simuler, en revanche, et qui découle en droite ligne de son bec-de-lièvre, c'est sa voix, cette voix de *cartoon*, à la fois nasonnante et gouailleuse, cet insupportable klaxon qui ne cessera jamais de corner à mes oreilles, tandis que ma mère grimace, serre et desserre les poings, jette le cou en avant histoire d'émettre un son, puis un autre, puis toute une phrase, et ça y est c'est parti, on ne l'arrêtera plus, pour mon malheur et celui de mes frères et sœurs, tout aussi médusés que moi, tout aussi pris dans les filets et tout aussi incapables de s'en dépêtrer : Svetlana, Ludmilla, Lorenzo, Esteban, c'est pour vous que je prends la parole, mais rassurez-vous, je ne m'attends à rien, vu que vous êtes les uns comme les autres incapables du moindre sursaut de lucidité comme du moindre mouvement de gratitude.

## 3. QU'ON VOIT DANSER

On peut naître à neuf ans : j'en suis la preuve. À moi, ces souvenirs qui n'en sont pas, bang bang à chaque fois. À moi tous ces commencements. Après celui de ma mère, voici le mien, cette mise au monde tardive qui m'a laissée plus nue qu'un nouveau-né, mais heureusement dégagée des viscères maternels et heureusement baignée d'écume lustrale et de vague marine — car on peut compter sur la mer pour accompagner les enfantements ou en tout cas pour accompagner le mien en cet été deux mille deux.

La mer danse à deux pas. Ma langue s'avance prudemment à la rencontre des auréoles crayeuses que le sel a laissées sur mes épaules. Je lèche. Un coup, puis deux, puis trois, jusqu'à ce que ma peau retrouve sa fadeur d'origine. Devant moi, ma mère et mes sœurs ont rapproché leurs rabanes pour s'enduire mutuellement de crème solaire. À bientôt treize ans, Svetlana arbore déjà des formes de femme mûre que peine à contenir son deux-pièces rouge de l'année dernière. Même sa peau de blonde, sa peau jusqu'ici blanche et bleue, a crié grâce sous la poussée trop soudaine de tous ces attributs. Elle a cédé, craqué aux entournures, en zébrures écarlates que ma mère appelle « vergetures » et dont elle semble aussi bêtement fière que du décolleté pigeonnant de sa fille aînée — sans compter un gros cul sur lequel elle ne tarit pas d'éloges :

— Avec des fesses pareilles, ma fille…

La phrase se perd, à nous de comprendre et de rêver avec ma mère sur les horizons que Svetlana ne manquera pas de s'ouvrir avec cette féminité exubérante. De Svetlana, on passe à Ludmilla, qui ne peut faire valoir, à onze ans, que sa beauté fine et ardente, sa taille à peine marquée, ses seins à peine renflés — ce qui ne l'empêche pas de porter le même maillot que sa sœur, un bikini à rayures bayadères rouges et roses. D'un doigt espiègle, ma mère soulève la bretelle du soutien-gorge de sa cadette et pouffe devant la modestie de sa poitrine. Ludmilla se récrie et fait gicler une noisette de crème supplémentaire sur le ventre dont elle est issue, un ventre dont tout le monde sauf moi s'accorde à reconnaître qu'il fait encore bonne figure après cinq grossesses dûment menées à leur terme. Ma mère l'exhibe à tout propos, sortant en brassière dès que le temps le permet, et ne s'étant jamais résolue au maillot une pièce pour lequel les femmes de son âge ont raisonnablement opté. On peut compter sur Gladys pour les options déraisonnables.

Animée du zèle filial que ma mère exige de tous ses enfants, Ludmilla entreprend de lui pétrir vigoureusement les cuisses, puis les mollets, les chevilles, le cou-de-pied, étalant de la crème partout, n'oubliant pas un centimètre carré de cette chair nerveuse et drue qu'il convient de protéger du soleil.

Accroupis avec pelle et râteau sous le parasol familial qui frémit de toute sa toile effrangée à chaque bourrasque de mistral, Lorenzo et Esteban sont équipés comme des enfants de la lune : tee-shirt, bob, lunettes noires et écran total d'un jaune huileux. Il faut dire qu'Esteban est plutôt blondinet et que ce pauvre Lorenzo est d'un roux éclatant. Il tient ça de grand-mère Claudette, celle qui connaît la vie, celle qui sait que la solitude est notre condition, celle qui par esprit de vengeance a donné à sa fille aînée un prénom de sage-femme.

Elle est là elle aussi, Claudette, dans l'ombre frémissante du parasol. D'un œil, elle veille sur mes petits frères, que menacent à la fois la noyade et l'insolation ; de l'autre, elle lorgne Charlie, notre sémillant patriarche, pour l'heure endormi sur son drap de bain — car la plage, nous y allons en famille, et la famille, chez nous, c'est trois générations, pas moins.

À cinq ans, Lorenzo vit dans l'ignorance bienheureuse de sa rousseur : elle ne lui a pas encore valu les railleries et les persécutions qui constitueront bientôt l'essentiel de son existence sociale. Il joue innocemment sous la surveillance de sa grand-mère, dont la chevelure est d'ailleurs beaucoup moins flamboyante que la sienne, vu que la vie est mal faite, comme je m'emploierai à le démontrer jusqu'à mon dernier souffle. Car si on pardonne aux filles d'être rousses, girls des cairns tachées de son, beautés vénitiennes ou Gilda vénéneuses, les garçons ne bénéficient ni de la même indulgence ni des mêmes marges de manœuvre. Il faut reconnaître ce mérite à ma grand-mère : elle a toujours préféré la composition aux rôles trop attendus, ce qui fait qu'elle a été rousse à sa façon, probablement aidée en cela par une chevelure atypique, plus acajou qu'orangée et surtout invraisemblablement frisée, presque crépue, incoiffable.

Mais je m'éloigne de mon commencement et c'est dommage car mon commencement vaut bien qu'on le relate par le menu. Contrairement à la plupart des gens, je ne suis pas née dans la douleur et les sanies, pas plus que je ne suis née sous la lumière clinique d'une salle d'accouchement. Non, ma naissance a échappé au corps médical, aux obstétriciens blasés comme aux sages-femmes un peu perverses et bien punies de leur perversité.

Je ne peux pas revendiquer le caractère immaculé de ma conception, mais j'affirme sur l'honneur qu'aucun organe reproducteur n'est impliqué dans ma naissance : je suis née de l'onde et de l'écume, comme Aphrodite, mais sans que les couilles de mon père aient quelque chose à y voir — pas plus que l'utérus de ma mère, et encore moins son vagin distendu ou son col dilaté à dix centimètres.

J'affirme sur l'honneur que ma naissance c'est moi seule. Moi seule après neuf ans d'enfance obtuse, de vagissements faibles et d'obéissance puérile à des parents qui ne méritaient pas d'être obéis. Mais avant cette deuxième naissance qui annule la première, il me reste un ultime effort, un ultime franchissement.

Devant moi, ma mère et mes deux sœurs continuent à se taquiner avec enthousiasme. D'un index enduit de crème, ma mère écrase le nez de Svetlana, accentuant encore une ressemblance déjà troublante entre elles. Ludmilla, qui ne veut surtout pas être en reste, aplatit son propre nez et retrousse sa lèvre supérieure. De qui se moquet-on, je serais bien en peine de le dire, mais les piaillements fusent et les corps se rapprochent encore pour une mêlée de chairs huileuses, ce qui n'empêche pas ma mère de continuer à discourir à sa façon pénible et hoquetante, sous le regard extasié de ses filles.

Subrepticement, je me débarrasse de mon haut de maillot, une brassière bleu marine brodée d'une couronne ducale sur le sein gauche — mais justement, des seins, je n'en ai pas, et si ça ne tient qu'à moi je n'en aurai jamais ; jamais je ne pousserai devant moi cette masse tremblotante et encombrante qui me gênerait pour courir, pour sauter, pour tout. Pas plus que je n'aurai de poils si je peux l'éviter. Et là aussi, comment comprendre les cris de ravissement poussés par ma mère lorsqu'elle a découvert chez Svetlana, puis chez Ludmilla, le semis prometteur d'une toison pubienne ?

Je m'allonge sur le ventre, histoire de me dérober aux tendres agaceries maternelles. Dans le triangle de mes bras repliés, dans le coin d'ombre confidentielle et tamisée que je viens de créer pour moi seule, l'odeur de la rabane monte à mes narines, paille sèche, joncs agrestes, renforçant une voluptueuse sensation de solitude et de sécurité. Autour de moi, la rumeur de la plage enfle, traversée de cris aigus, puis décroît à un niveau plus assourdi et plus indistinct. J'écarte un peu les jambes et la flèche du soleil vient instantanément frapper ma vulve encore froide, ses plis pâles sous le lycra mouillé. Plaquant plus fermement mon bassin contre la rabane, j'accentue le frottement de mes crêtes iliaques et de mes seins qui n'en sont pas encore contre le tissage rêche. Sans y penser, guidée par le plaisir montant, grisée par la chaleur, les rafales de vent, l'espace ouvert autour de moi, je tourne le visage vers la mer, je ferme les yeux, j'ondule, mes mains ratissant spasmodiquement le sable brûlant. À ce moment-là, ma mère, à qui mes discrets mouvements de reptation n'ont pas échappé, pousse un glapissement propre à alerter toute la plage :

— Regardez ce que fait Kim !

Je me redresse illico sur ma rabane, mais c'est trop tard. Les cris et les commentaires fusent :

— Ça va, Kim ? On te dérange pas trop ? C'est bon, au moins ? Si tu veux de l'aide, dis-le-nous, hein !

Mon grand-père, désormais bien réveillé, me toise d'un air goguenard. Svetlana et Ludmilla rient à s'en taper les cuisses tandis que ma mère me menace d'un index faussement grondeur. Lorenzo et Esteban, pelles et râteaux en l'air au-dessus de leurs pâtés de sable, observent bouche bée ce déchaînement de malignité. Seule ma grand-mère fixe l'horizon — avec une expression nettement désapprobatrice, mais sans qu'il soit possible de déterminer qui, de sa petite-fille lubrique ou de sa bruyante parentèle, est visé par cette désapprobation ostensible.

On peut naître à neuf ans, j'en suis la preuve. On peut naître dans l'humiliation et par l'humiliation, dans le sentiment d'une intimité profanée et d'une innocence bafouée.

Je pourrais naître à ce moment précis. La honte est assez forte pour précipiter la séparation d'avec cette ligne de corps qui s'interpose entre la mer et moi : les hanches grasses de Svetlana, l'échine ambrée de Ludmilla, et surtout le ventre de Gladys, un ventre encore très bien, d'accord, un ventre dont nous sortons tous les cinq, O.K., mais il n'empêche que sous l'impitoyable lumière d'août, il m'apparaît avachi, blême, et surtout insupportablement proche et comme encore ouvert, tout disposé à me réintégrer, bang bang, Kimberly retournant se nicher entre la cage thoracique et les intestins grêles de sa maman ; Kimberly repartant pour neuf interminables mois de vie intra-organique, non, au secours, à moi l'onde, les embruns, l'azur, l'air vif !

Je me lève, j'attrape au vol mon petit masque de plongée, un cadeau de grand-père Charlie, ce traître, et je cours vers la mer qu'on voit danser et qu'on entend battre inlassablement le rivage. Je ne suis pas née, non, pas encore, mais c'est pour bientôt car on peut compter sur la mer pour accompagner les enfantements, les débordements, et les franchissements invisibles.

Je cours comme si ma vie en dépendait, et elle en dépend peut-être ; je cours entre les gerbes d'écume qui me font comme une haie d'honneur, une salutation à ce moment neuf. Une fois que j'ai de l'eau jusqu'au nombril, je stoppe net, j'ajuste la lanière de caoutchouc turquoise, positionne le masque et plonge à la rencontre de la vague. Elle me prend, me retient un instant entre deux eaux, suspendue, nulle part, bienheureuse, puis s'en va déferler plus loin. Je retiens mes larmes, pour ne pas brouiller ma vue, et je nage vigoureusement vers le large.

Une fois dépassés les baigneurs les plus aventureux, je me retourne et fais la planche, fixant le ciel à travers le verre légèrement embué — il faut croire que je n'ai pas su m'empêcher de pleurer. Je suis seule. Ce n'est plus le sentiment trompeur de tout à l'heure, quand je gisais sur ma rabane, délicieusement oublieuse du monde extérieur et inconsciente de la sombre vigilance maternelle. Là, il n'y a vraiment que moi, ballottée par la houle et aveuglée par le soleil à son zénith.

Brassant l'eau des pieds et des mains, mais sans quitter le soleil des yeux ni me départir de ma position allongée, j'entreprends de m'enfoncer, de gagner le sable qui ondule mollement quelques mètres plus bas. Et tant pis si mes tympans explosent, tant pis si mes poumons éclatent : on peut compter sur la mer pour accompagner les naufrages, les dispersions de cendres et les décompositions cadavériques. Tant pis si je meurs : ça ne m'intéresse pas de vivre, de toute façon.

Soulevée par mon immersion, une nuée de grosses bulles s'envole vers l'air libre, aussi pressées d'y éclater que je le suis de toucher le fond. Est-ce le frôlement des bulles, ce contact d'autant plus merveilleux qu'il est imperceptible ? Est-ce la mer telle qu'elle s'offre à moi pour la première fois, la mer vue d'en bas, l'autre côté du miroir, cet opercule argenté et mouvant, ridé çà et là comme la peau géante d'un animal de légende ? En tout cas, je n'ai plus envie de mourir et je remonte crever la surface, moi aussi, ouvrant grand la bouche pour que s'y engouffrent le vent, l'eau salée, la vie telle que je peux désormais me la figurer. Finie la docilité à des lois édictées par d'autres. Finie la féminité programmée et inéluctable. Fini l'amour, qui conduit au pire.

Je regagne le rivage en crawlant consciencieusement, les mouvements comme à la piscine, la respiration d'un côté puis de l'autre. Arrivée à l'endroit où j'ai pied, je redresse le masque sur mon front et jette un œil en direction du coin de plage occupé par ma famille nombreuse. Gladys est toujours occupée à lutiner amoureusement ses filles, ayant laissé à grand-mère Claudette le soin de déballer le contenu de nos glacières — jamais moins de deux pour nourrir tout ce beau monde. Tuperwares de salade niçoise, sandwichs à l'omelette, pissaladières, bouteilles de rosé bien frais, pastèque déjà découpée, gâteau à l'ananas idéalement spongieux et bourratif : rien ne manque de ce qui fait l'ordinaire de nos pique-niques.

J'ai encore de l'eau jusqu'à mi-mollet, ce qui ne m'empêche pas de fouler énergiquement le sable, éprouvant sa douceur contre la plante de mes pieds, tandis que mes tibias fendent l'onde d'une façon que j'espère virile. Plutôt que de rejoindre immédiatement les miens, je longe la plage, méditant mon retour sur scène après la fracassante sortie de tout à l'heure, et manque de chance, je bute contre le ventre de grand-père Charlie, qui arpente lui aussi le rivage, bras croisés dans le dos et nez au vent.

— Eh, eh, mais qui voilà ?

Il abat affectueusement sa grosse pogne sur mon épaule, mais pas question d'oublier que lui aussi s'est moqué de moi, qu'il a joint son rire à celui des autres. Je pirouette, bien décidée à lui échapper, à lui comme aux autres. Fini l'amour.

Hop, je cours de nouveau, à grands bonds auxquels l'élasticité du sable donne une ampleur féerique, comme si j'avais chaussé des bottes de sept lieues — sauf que je suis pieds nus et que c'est encore mieux. D'abord médusé, grand-père Charlie se reprend pour émettre un sifflement strident et impératif. Mais pas question que j'obéisse : finie la docilité. Je fonce vers un but encore indéterminé, la ligne de rochers qui borne la plage, peut-être, ou les petits escaliers de pierre qui permettent l'accès à la route. On ne m'attrapera pas. D'autant qu'un nouveau coup d'œil à ma famille nombreuse m'a permis de constater que mon père avait profité de sa pause méridienne pour nous rejoindre. Nul doute que le petit incident de tout à l'heure va lui être rapporté avec les grandissements épiques qui lui permettront d'entrer dans la légende et qui me vaudront de le réentendre à de multiples occasions, de plus en plus humiliantes au fur et à mesure que je grandirai.

J'atteins les rochers, un merveilleux enchevêtrement de pierres aux formes adoucies et de flaques tiédies. C'est là mon royaume. J'en connais chaque anfractuosité tapissée d'algues et chaque petit habitant : grosses cerises écarlates des anémones de mer, crabes véloces, oursins vert de jade, et gobis que je traque avec mon seau pendant des heures, au risque de me cramer le dos. Sauf que contrairement à ce pauvre Lorenzo, j'ai de la mélanine à revendre malgré ma blondeur.

Laissant derrière moi la partie abritée de mon domaine, je m'installe à la proue, là où les vagues, en se brisant, m'envoient des paquets d'écume à la figure. Au-dessus de moi, une mouette balance, bat des ailes et joue des courants pour se maintenir à la même position, guettant peut-être un petit poisson prisonnier des rochers. Je suis moi-même un poisson, implorant qu'on le vide, mais sachant bien que le couteau qui le débarrassera de ses entrailles fétides le tuera du même coup. Tant pis. S'il y a une chance à courir, je suis prête ; s'il y a une possibilité pour que je puisse reprendre le cours de ma vie, une fois éviscérée et privée de mes organes vitaux, je veux bien.

On peut naître à neuf ans : je le fais. Et une fois accomplie cette deuxième naissance qui annule la première, je reviens tranquillement vers les miens qui ne sont plus les miens. J'essuie leurs sarcasmes sans broncher, sachant bien que je ne suis plus leur fille, que je ne suis même plus une fille de toute façon. Ça, c'est ma première résolution et je m'empresse de m'y conformer. Je bombe le torse, je prends un air dur, certaine de pouvoir duper toute la plage sur mon identité sexuelle, avec mes cheveux courts et mon boxer de lycra bleu marine.

Ma mère sent bien que quelque chose est en train d'échapper à sa compréhension comme à son contrôle, et durant tout le pique-nique elle me houspille, tantôt affectueuse tantôt querelleuse. Charlie, si primesautier d'habitude, grommelle à mon intention des phrases incompréhensibles — ses antennes ont dû le renseigner, comme celles de sa fille, sur mes velléités d'émancipation. Mon père ne décroche pas un mot, se contentant de siffler rêveusement son vin face à la mer. Claudette boit aussi, son regard se fait amer et fixe, mais pas plus que son gendre elle n'ouvrira la bouche.

La bouche, ma mère l'ouvre pour deux, pour trois, pour tout le monde en fait ; une bouche tordue et noire sous le soleil, une bouche de prophétesse grisée d'elle-même quand tous les autres ont besoin d'alcool pour leur ivresse : rosé de Bandol pour Claudette et Patrick, et Ricard pour Charlie, qui s'est très vite adapté aux usages méridionaux après une tumultueuse jeunesse belge.

## 4. TOUT SUR CHARLIE

J'ai beau avoir, à neuf ans, décrété la fin de l'amour, j'ai continué à aimer Charlie jusque très récemment. Il se peut même que je l'aime encore aujourd'hui, alors que j'ai vingt ans et suis définitivement dessillée sur son compte, mais je préfère ne pas trop creuser cette idée effrayante qui en dit long sur ma logique sentimentale.

Je l'ai d'autant plus aimé que je lui ai été personnellement dévolue dès mon plus jeune âge en vertu d'un obscur mécanisme d'attribution tel qu'il en existe dans les meilleures familles — et la mienne faisait plutôt partie des pires. Ainsi ma mère a-telle *eu* Svetlana tandis que Claudette s'occupait des garçons et que mon père se rabattait sur Ludmilla. Contrairement à beaucoup de mères, qui manifestent pour leurs fils une préférence éhontée, la mienne ne s'est jamais préoccupée de Lorenzo et d'Esteban, comme si elle les avait pondus par inadvertance et se retournait de temps en temps pour leur jeter un coup d'œil surpris : « Tiens, tiens, mais à qui sont ces petits garçons ? » J'ai toujours considéré avec envie l'indifférence dans laquelle tous deux grandissaient, et cette considération n'a pas été étrangère à mes projets de changement de sexe : être un garçon présentait décidément moins de risques.

S'il n'y avait pas eu leur grand-mère, Lorenzo et Esteban seraient probablement morts de carence affective, à moins que l'inanition ou la défenestration n'aient eu leur peau au préalable. Ma mère n'était jamais la dernière à vanter leur beauté ou leur intelligence, mais elle ne s'est levée la nuit pour aucun d'entre eux, déléguant à sa propre mère le soin de donner les biberons et de changer les couches. Malheureusement, grand-mère Claudette a toujours été sujette à de brusques éclipses de la vigilance qui la laissaient presque catatonique, un zombie hagard au pays des vivants, ce qui fait qu'il n'était pas rare de voir mes petits frères tituber derrière elle dans leurs couches alourdies de pisse, gémissant et tendant les bras jusqu'à ce que quelqu'un les prenne en pitié.

J'affirme sur l'honneur que dès l'âge de neuf ans, forte de ma sagesse récemment et cruellement acquise, j'ai été pour mes frères une mère exemplaire, mais voilà, c'était trop tard, et ils avaient déjà pris le pli de n'être rien.

Je parlerai de la tragédie de n'être rien quand j'en aurai fini avec Charlie, mon grand-père wallon, si exotique pour nous qui grandissions entre le Var et les Bouches-du-Rhône, si flamboyant à côté de sa petite épouse taciturne et trop souvent perdue dans ses forêts obscures — quand elle n'était pas occupée à cuisiner, à ranger, à balayer, à briquer, mais aussi à laver, à repasser et à trier le linge de neuf personnes.

Ma mère n'a jamais voulu quitter ses parents. Ni son mariage ni la naissance de ses propres enfants n'ont pu entamer sa ferme résolution de vivre entre Claudette et Charlie, dans une maison familiale effectivement bien assez grande et flanquée d'un jardin qui tenait idéalement de la décharge sauvage, avec ses restanques inégales, ses clapiers désaffectés, ses tas de sable et de gravats, ses bosquets de lavande grise, son potager mal entretenu, ses amandiers, son pin, son abricotier, son figuier envahissant, ses dalles brisées et ses herbes folles. J'en parle au passé mais le jardin existe toujours et il a survécu tel quel à nos innombrables projets d'aménagements paysagers, de massifs fleuris, de plantations rectilignes et de bassins d'agrément. Je m'y connais aussi en projets familiaux avortés.

Mon père ne s'est jamais opposé à l'idée d'une cohabitation perpétuelle avec ses beaux-parents, mais il faut savoir que mon père ne voit d'objection à rien ou à pas grand-chose : ça lui va très bien qu'on décide pour lui, surtout quand les décisions sont prises par Gladys ou Charlie dont les désirs ont toujours eu chez nous force de lois. Et au fond, peut-être sont-ils les seuls à en avoir, des désirs — et dans ce cas c'est bien fait pour les autres, les abouliques, les passifs, Patrick et Claudette en l'occurrence.

J'ai donc été la petite-fille chérie de grand-père Charlie. Très vite. Dès qu'il s'est avéré que je lui ressemblais, que j'avais ses yeux clairs, sa blondeur septentrionale, sans compter une haute taille dont je dois reconnaître qu'elle nous démarque nettement des autres membres de la famille, à l'exception d'Esteban, bien parti lui aussi pour tenir des Meuriant, la branche belge, plutôt que des Vidal ou des Chastaing. Bizarrement, personne parmi mes proches ne s'est jamais avisé que je ressemblais surtout à mon père, lui aussi blond aux yeux bleus. Peut-être parce que mon père est minuscule alors que je suis une grande bringue.

Bref, Charlie s'est toujours arrogé le mérite de ma beauté ou de ce qui passe pour tel aux yeux des gens peu regardants — et tant mieux pour moi si nul ne voit que je n'ai rien d'extraordinaire, l'absence de goût étant la chose du monde la mieux partagée. En réalité, j'ai les yeux de mon père, ouverts, limpides, légèrement effilés vers les tempes ; j'ai son nez, dont j'ai déjà vanté les charmes ; j'ai sa bouche généreuse et l'alignement de ses dents : hormis ma stature, je ne dois rien à Charlie, mais ça arrange tout le monde de prétendre le contraire.

J'ai eu avec la Belgique le même rapport privilégié qu'avec mon grand-père. Lui et moi nous retrouvions quand il s'agissait d'en vanter les mérites et de conspuer les charmes trop arides de la Provence. Je me souviens de mon premier voyage à Bruges, un cadeau de Charlie pour mon anniversaire, comme d'une féerie perpétuelle. À notre arrivée, la ville était sous la neige — la neige dont je ne connaissais à sept ans que de chiches flocons vite délayés en bouillasse sur les trottoirs de ma ville natale. L'atmosphère était ouatée, silencieuse, enchantée. Je marchais, muette d'émotion et cramponnée à la main de mon grand-père. Les rues sentaient la praline et la gaufre — mais j'étais incapable de manger celle que m'avait offerte Charlie, brûlante et nappée d'une chantilly aérienne, tellement j'étais suffoquée par la béatitude et le sentiment de vivre quelque chose d'exceptionnel.

Nous avons arpenté le Markt et admiré depuis son beffroi des maisons si naïvement colorées que Charlie n'a eu aucun mal à me persuader qu'elles étaient faites de sucre et de pain d'épices ; mais mon extase n'a plus connu de bornes quand, sur l'eau dormante d'un lac, deux cygnes noirs ont uni leurs becs et configuré sous nos yeux un cœur d'autant plus admirable qu'il s'est instantanément défait, me laissant le souvenir d'un rêve. À mes côtés, Charlie se rengorgeait. Il avait beau être natif de Liège, il considérait Bruges comme faisant partie de son patrimoine personnel, au même titre que notre pseudo-ressemblance.

L'un des secrets du bonheur de Charlie réside précisément dans sa capacité à tout ramener à lui et à faire valoir des titres de propriétés sur tout ce qui lui semble digne d'être annexé. J'en veux pour preuve le rapport fétichiste qu'il entretient avec son prénom, son ravissement à s'appeler Charles plutôt que Gérard, Jean-Pierre ou Daniel. Toute mon enfance, je l'ai entendu évoquer Charlemagne, Charles d'Angleterre ou Charlie Chaplin comme s'il s'agissait d'un club aussi prestigieux que sélectif dont il aurait été membre de droit du fait de son homonymie. Très involontairement, je lui ai causé une joie immense le jour où j'ai posé de force mon cahier de poésies sur ses genoux :

— Tu me fais réciter ?

Ma mère avait refusé d'un geste impatient, Svetlana m'avait ri au nez, et Claudette venait de se lancer dans la confection d'une tchouchouka. Il a mis ses lunettes et affecté un air docte pour considérer le poème de Baudelaire que j'avais laborieusement calligraphié :

— Vas-y. Je t'écoute.

— « Les chats », de Charles Baudelaire.

— Les amoureux fervents et les savants austères aiment également…

Il n'a pas attendu la fin du deuxième alexandrin pour s'enquérir avec une curiosité enthousiaste :

— Charles Baudelaire ?

— Ben oui.

— Tu le connais ?

— Il est très célèbre, la maîtresse a dit.

— Ah ah, ça ne m'étonne pas !

— Tu me fais réciter ?

Mon grand-père ne m'écoutait plus, très occupé à se frotter littéralement les mains et à se féliciter de ce qu'un autre Charles soit venu rejoindre son petit panthéon.

— Qu'est-ce qu'il a écrit ?

— Il a écrit « Les chats ».

— Ah bon, c'est tout ?

— Tu me fais réciter ?

— Charles Baudelaire... Jamais entendu parler. Tu es sûre qu'il est connu ?

De guerre lasse, je lui ai repris le cahier de poésies, mon préféré avec son protège-cahier rose et grenu, son alternance de feuilles à carreaux et de feuilles à dessin sur lesquelles j'avais eu à cœur d'illustrer tout un florilège passé de mode — mais encore en vigueur dans les écoles de France en ce début de millénaire : Maurice Carême, Paul Fort, Rosemonde Gérard... Avec Baudelaire, c'était la première fois que je pressentais que la poésie pouvait ne pas être vaine et mièvre. Mon père venait de rentrer, et c'est à lui que j'ai déclamé l'intégralité du sonnet, jusqu'aux « parcelles d'or » et aux « prunelles mystiques » de la fin, qui me faisaient courir sur l'échine des frissons de plaisir et d'inquiétude.

Charlie compulsait fébrilement le dictionnaire. Il ne tarderait pas à devenir un spécialiste des recherches Internet, mais pour l'heure il devait se contenter du tome II du Robert — un exemplaire défraîchi et dépourvu de reliure. Le jour où je suis tombée sur *Pauvre Belgique*, j'ai pensé à lui, je l'ai revu déchiffrant la notice consacrée à un Charles avec lequel il avait si peu en commun, prénom et dandysme mis à part. Car je n'aurai pas épuisé le sujet de mon grand-père si je n'aborde pas celui de ses tenues vestimentaires.

Contrairement au reste de la famille, que caractérisent une allure débraillée et un goût prononcé pour les tenues de sport, lui ne sort qu'en costumes de velours ou de tweed, sous lesquels il arbore des pulls jaune citron, des gilets rouille, bleu ciel, bordeaux ou vert Nil — sans compter des cravates que je n'ai jamais vues qu'à lui, de véritables œuvres d'art semi-figuratives, réalisées à l'aquarelle dans des teintes délicates et soigneusement coordonnées à ses tenues.

Aujourd'hui septuagénaire, il porte encore beau, n'a presque rien perdu de sa haute stature, coiffe en brosse les cheveux qui lui restent et se laisse pousser une fine moustache. De Baudelaire, il ne connaît que les dix-huit premières syllabes des « Chats », ce qui ne l'empêche pas de le citer à tout propos comme un poète remarquable, un autre de ces Charles voués par leur prénom à un destin glorieux. La mort infamante de Baudelaire lui a échappé, comme lui a échappé la piètre estime dans laquelle le poète tenait la Belgique. Et quand bien même aurait-il eu ces deux informations qu'il les aurait censurées illico, hop, hop, aux oubliettes la liquéfaction du cerveau, les *cré nom*, l'agonie douloureuse ; aux oubliettes le pamphlet ricanant.

Un autre des secrets du bonheur de Charlie, c'est son ignorance sélective, également pratiquée par les autres membres de ma famille. On comprendra dès lors que ma deuxième résolution ait été d'accumuler les connaissances qui m'éviteraient de traverser l'existence avec leur aveuglement coupable et leur gaieté désinvolte. Je n'en voulais pas de leur gaieté, moi ; je voulais être Charles Baudelaire, plutôt que Charlie Meuriant ; je voulais être lucide, sombre, torturée et finalement géniale, quitte à finir mes jours à l'hôtel du Grand-Miroir — après tout, c'était à Bruxelles, et mon amour pour la Belgique, contrairement à celui que m'inspirait mon grand-père belge, ne s'est jamais démenti.

Le souci de la vérité m'oblige à préciser que Baudelaire n'est mort ni à Namur ni à Bruxelles, et encore moins à l'hôtel du Grand-Miroir, ce qui est dommage pour la Belgique et encore plus dommage pour la poésie. Quant à Charlie, il nous enterrera tous, vu que pour augmenter l'espérance de vie, on n'a encore rien trouvé de mieux que la vanité.

## 5. RIEN DE GRAVE

Je suis tombée un jour sur la seule photo qui existe de ma mère avant ses opérations. Âgée de quelques mois et coiffée d'un petit bob blanc, elle est photographiée dans les bras de son père, dont on ne voit que la nuque et le crâne impavides. Elle agrippe d'une main l'épaule de Charlie et tend l'autre en direction du photographe, qui doit être Claudette. L'objectif a bien saisi son expression d'étonnement amusé et de convoitise. Sans doute essaie-t-elle de toucher l'appareil, à moins qu'elle ne veuille passer des bras de son père à ceux de sa mère. C'est une photo classique, de celles que tous les jeunes parents prennent de leurs bébés. Il me semble d'ailleurs en avoir vu de similaires dans nos albums de famille : Svetlana ou Lorenzo avec le même air rieur et la même tension de tout leur petit corps par-dessus l'épaule de papa ou maman.

En ce qui concerne Gladys, le classicisme s'arrête là car le reste est épouvantable : le nez est grotesque, aplati d'un côté mais comme béant de l'autre, ouvert sur des muqueuses nasales d'un rose vif, tandis que de part et d'autre de la fente la lèvre supérieure forme de petits lobes charnus qui dévoilent largement les gencives, d'un rose chirurgical elles aussi — mais si la bouche de Gladys n'a rien d'une bouche, son sourire est un vrai sourire, un sourire de bébé, qui parvient miraculeusement à inspirer affection et gaieté.

Cette photo ne figure sur aucun de nos albums. Claudette l'a rangée dans une boîte avec d'autres photos plus anciennes, qui la représentent enfant, dans les rues d'Alger, dans le jardin de la maison de Kouba, ou encore avec ses frères sur la plage de Sidi Fredj. Ce sont de petites photos en noir et blanc, avec des bords dentelés. D'autres, d'un format différent et d'un papier plus épais, ont été prises dans un studio dont l'adresse figure sur une étiquette au verso. On y voit Claudette bébé, couchée sur une peau de bête dont émergent ses fesses potelées ; Claudette plus grande, sagement assise sur les genoux de mon arrière-grand-mère ; Claudette et ses frères, endimanchés et main dans la main ; Claudette en première communiante, Claudette à vingt ans accoudée au bastingage du bateau qui l'emmène à Marseille, l'arrachant définitivement à l'enfance et sans doute au bonheur.

Je referme la boîte sur les souvenirs sépia de ma grand-mère, des souvenirs dont elle parle assez peu, contrairement à Charlie, toujours prolixe sur son enfance liégeoise, son service militaire ou ses débuts professionnels. Je referme la boîte en souhaitant qu'il existe des gestes aussi simples que celui-là pour entraîner mécaniquement l'oubli. Je n'ai pas besoin de savoir à quoi ma mère a ressemblé entre zéro et dix-huit mois ; pas besoin non plus de savoir de quoi ma grand-mère est à jamais inconsolable. J'ai déjà bien assez à faire avec mes propres souvenirs, les vrais et les faux pêle-mêle, les souvenirs de rêve, les rêves de souvenirs, les souvenirs d'emprunts, les élucubrations rétrospectives, les déambulations féeriques entre cygnes noirs et maisons de sucre candi ; les premières naissances sous les néons impitoyables d'une clinique marseillaise et les deuxièmes sur fond de sable et d'écume. J'ai douze ans. J'en ai fini avec l'amour depuis trois ans mais voici qu'il me remonte, comme une mauvaise boule dans la gorge. C'est une chose de partir en guerre contre sa famille et une autre de sentir à quel point tout ne tient à rien. Sans un accident de parcours dans son embryogenèse, ma mère n'aurait pas été ma mère, elle n'aurait pas épousé mon père, ne se serait pas crue obligée d'avoir cinq enfants coup sur coup : elle s'en serait tenue à deux et je ne serais pas là.

Dans la chambre de mes grands-parents, il fait soudain une chaleur mourante. Je me hisse sur la pointe des pieds pour remettre la boîte à sa place, entre deux piles de draps dans la penderie, mais les forces me manquent, la tête me tourne, et ma grand-mère me trouve, inconsciente au milieu des photos éparpillées. Elle m'aide à me relever, soupire, mais range les photos sans mot dire tandis que je sanglote amèrement dans le boutis à petites pervenches bleues qui leur sert de couvre-lit, à Charlie et elle. Elle finit par allumer une cigarette, qu'elle fume à la fenêtre, tout en me jetant des coups d'œil compatissants. Elle a raison, ma grand-mère, il n'y a rien à dire ; juste à constater une fois de plus que l'existence est mal faite et surtout qu'elle est incroyablement menacée par l'inexistence. Au bout d'un moment, comme je ne me calme pas, elle écrase sa deuxième cigarette, qu'elle projette dans le jardin de la même chiquenaude désinvolte que la première — car on peut compter sur ma grand-mère pour l'absence de considérations écologiques.

— C'est pas grave, Kim.

Toute sa vie, ma grand-mère s'est échinée à répéter cette phrase, qui loin de traduire le fond de sa pensée relèverait plutôt d'un mécanisme de défense contre un goût du drame bien trop répandu dans ma famille nombreuse. Notez bien qu'elle ne sait pas plus que moi pourquoi je pleure — même si les photos répandues ont pu lui en donner une idée — mais qu'il s'agit de dénier tout caractère de gravité à mon chagrin et à ses raisons. À voir ma grand-mère, son expression ordinairement sombre, sa moue invariablement contrariée ; à observer sa propension à s'absenter de tout, sans prévenir, bang bang, tout d'un coup plus personne, juste une enveloppe corporelle désertée, une marionnette très ressemblante et laissée là pour nous leurrer, je me doute qu'elle ne croit pas une seule seconde à son mantra, et qu'au contraire tout est grave pour Claudette Meuriant, née Vidal dans un autre pays et à une autre époque.

Elle finit par venir m'ébouriffer maladroitement les cheveux, que je porte très courts depuis ma deuxième naissance et ma décision d'être un garçon. Entre-temps, j'ai grandi, et de légers signes pubertaires sont venus enrayer mon projet de réorientation sexuelle. Rien de grave, comme dirait ma grand-mère : juste les premiers bourgeons mammaires et une ligne de poils blonds dans le prolongement exact de ma fente encore enfantine. De toute façon, s'il s'agit de contrecarrer ce processus répugnant, ce ne sont pas les idées qui me manquent. À commencer par la restriction calorique, dont il est bien connu qu'elle retarde la venue des premières règles. Et si ça ne suffit pas, je peux compter sur mes entraînements et mes compétitions de gymnastique : n'ai-je pas entendu dire que la pratique intensive d'un sport pouvait inhiber le développement corporel ? Ne sachant rien de ce programme, grand-mère Claudette fourrage dans ma chevelure tout en se désolant :

— Tu as de si beaux cheveux ! Si tu les laisses pousser, je te ferai des chignons : c'est très joli un chignon ! Les filles ne savent plus les faire, c'est dommage... Même avec un carré aux épaules, tu serais beaucoup plus belle que comme ça. On dirait un garçon !

Dans ma famille nombreuse, les cheveux sont un sujet constant de préoccupation et de conversation, en même temps qu'une pomme de discorde vu que chacun a son idée sur la question — sans compter que chez nous toutes les couleurs et toutes les natures de cheveux sont représentées. Cela va des boucles blond cendré de mon père au roux ardent de ce pauvre Lorenzo, en passant par le châtain de ma mère et de Svetlana, le brun plus prononcé de Ludmilla, le gris argenté de Charlie et l'étrange tignasse acajou et crêpelée de grand-mère Claudette. Il semblerait d'ailleurs que le souvenir génétique de sa rousseur soit passé sur chacun de ses descendants. Ne parlons pas de Lorenzo, chez qui elle s'est déployée dans toute sa splendeur, nimbant jusqu'à ses cils et le vouant définitivement au martyre dont j'ai déjà parlé, aux railleries constantes, aux blagues stupides et aux exclamations de dégoût. Chez Esteban et moi, elle a pris la forme discrète et réversible d'un semis d'éphélides sur le bout du nez, tandis qu'elle se manifeste chez ma mère et mes sœurs par des nuances fauves, par quelques fils de cuivre dans leurs chevelures respectives. Ma mère, de toute façon, ignore superbement sa teinte d'origine : il y a des années qu'elle a opté pour le blond, au moins sur les longueurs, car elle se rase les tempes et la nuque, arborant une sorte de crête platine qu'elle tresse partiellement. Svetlana et Ludmilla l'ont évidemment imitée dès qu'elles ont pu, c'est-à-dire dès le collège pour l'une comme pour l'autre. Charlie, quant à lui, abuse des shampoings densifieurs et des soins déjaunissants qui donnent à sa brosse clairsemée d'étranges reflets bleus.

Le cas de Lorenzo est évidemment plus douloureux. Il a pourtant tout essayé, à commencer par une boule à zéro dont on aurait pu croire qu'elle ferait disparaître le problème en même temps que l'objet du délit. Pas du tout : un roux reste un roux, même privé de ses poils de carotte, et pas un seul de ses tourmenteurs ne s'y est trompé. Par la suite, Lorenzo a décidé de les laisser pousser, espérant peut-être que leur longueur hors du commun ferait oublier leur somptueuse teinte orangée. Peine perdue : non content de subir les persiflages de ses condisciples, il a dû endurer dix fois par jour qu'une main se porte à sa queue-de-cheval pour la tirer durement en arrière, en guise de salutation bête et méchante. Bref, il n'y a guère que Patrick, Esteban et moi pour accepter de bonne grâce la chevelure que la nature nous a donnée, la même pour tous les trois d'ailleurs, une broussaille de mèches claires que chacun dompte à sa façon : un flou flatteur pour mon père, une mèche de minet pour Esteban et un court austère en ce qui me concerne. Personne, dans ma famille nombreuse, ne s'est jamais privé de me dire à quel point ma coupe était peu seyante. Tant pis. Ça ne m'intéresse pas d'avoir des cheveux.

Ma grand-mère clôt l'incident en rangeant elle-même sa petite boîte de Pandore. L'incident est clos mais il n'est pas question que je me laisse circonvenir ni que je me résigne au carré ou au chignon — et encore moins au panache bicolore de ma mère et de mes sœurs Au contraire, quelques années plus tard, quand Lorenzo décide de se raser le crâne, je m'associe avec enthousiasme à sa décision et nous entreprenons de le faire de conserve : lui d'abord et moi ensuite. Mais tandis que la tondeuse va et vient, mettant à nu son cuir chevelu piqueté de roux et de rose, je tombe sur le tatouage dont mon père a gratifié ses cinq enfants, une petite étoile bleue sur l'occiput fragile de chacun de ses nouveau-nés, hop hop ni vu ni connu, étant donné que le tatouage est sa passion et accessoirement son métier. Pour autant que je sache, il n'a consulté personne, il ne s'est pas demandé s'il en avait le droit, il a juste obéi à un réflexe de bouvier, impatient de marquer ses bêtes.

Avant cette première tonsure en règle, Lorenzo ignorait comme moi l'existence de ce tatouage, mais l'identité de son auteur ne fait aucun doute pour nous. Interrogé, Patrick ne semble pas autrement gêné. Au contraire, en voyant débouler son fils aîné, il saute sur l'occasion d'inspecter l'évolution de son petit travail d'estampillage sur la chair de sa chair, et se montre ravi de la bonne tenue de l'encre indigo qu'il a employée pour ce faire :

— Incroyable ! Ça n'a quasiment pas bougé en treize ans ! Ça s'est à peine délavé !

Tandis que Lorenzo, un peu interdit, malaxe son

étoile de l'index, faisant légèrement rouler la peau du crâne sur l'os occipital, mon père laisse libre cours à son enthousiasme :

— Je serais curieux de voir ce que ça donne sur Svet et Ludmi ! Et sur toi aussi, Kim ! T'as le même, tu sais ! Je vous ai fait exactement pareil à tous les cinq ! Pas de jaloux ! Sauf que j'ai pas utilisé les mêmes pigments.

— Quoi ? Moi aussi ?

— Ben oui : je te l'ai jamais dit ? Tu te rappelles pas quand je l'ai fait à Esteban ? T'étais là, pourtant.

À la naissance d'Esteban, je n'avais même pas cinq ans. Et non, désolée, papa, mais je ne garde aucun souvenir de ta petite séance de tatouage express : Gladys immobilisant son dernier-né tandis que tu lui poinçonnais le crâne. Inconscient du malaise qu'il suscite chez son fils aîné et sa benjamine, il poursuit sur sa lancée rêveuse :

— Une étoile pour chacun… C'est beau les étoiles… Avec les cheveux qui poussent par-dessus. Insoupçonnable. Personne ne peut savoir. Ça reste entre nous…

## 6. ENTRE NOUS

Si « c'est pas grave » est la devise de ma grand-mère, « ça reste entre nous » pourrait être celle de mon père et de pas mal de mes proches, à commencer par ma mère et mon grand-père, zélateurs enférocés du dogme qui veut que nous soyons infiniment supérieurs aux autres et tout à fait capables de nous en passer. Les premières velléités de sortie de la pauvre Svetlana ont été accueillies avec un étonnement sans bornes et une désapprobation à peine voilée, comme s'il était inconcevable qu'une adolescente ait envie de passer la soirée avec ses copains. Svetlana a d'ailleurs très vite pris le pli de les amener à la maison, l'alternative consistant à entraîner avec elle une Gladys et un Patrick toujours partants pour assister aux mêmes concerts que leur fille ou pour traîner dans les mêmes discothèques. Il est même arrivé à Charlie de suivre le mouvement, se taillant un succès prévisible dans le rôle du vieillard galant et toujours boute-en-train. Un an plus tard, Ludmilla a évidemment imité sa sœur, ce qui fait que mes parents ont retrouvé une seconde jeunesse dans le sillage de leurs filles aînées. L'honnêteté m'oblige à reconnaître qu'ayant eu Svetlana à guère plus de vingt ans, ils étaient objectivement jeunes au moment où celle-ci a atteint l'adolescence. Ils étaient jeunes, soit, mais suffisamment vieux pour comprendre que Svetlana et Ludmilla avaient besoin de s'émanciper. Eh bien non. Pas question. Aujourd'hui encore, âgées de vingt-trois et vingt-deux ans, elles n'envisagent pas une seconde de quitter la maison. Quant à leurs petits copains attitrés, Fabien et Marwan, ils n'ont pas tardé à être adoptés par ma famille nombreuse. À tout bout de champ, ma mère jure la main sur le cœur qu'elle les aime comme ses propres fils. À bien y réfléchir, cela doit signifier qu'elle n'en a rien à foutre, mais comme personne ne va chercher plus loin que cette proclamation grandiose, on en reste aux bons sentiments et tout le monde est content sauf moi.

Le fait que je me sois bien gardée d'amener qui que ce soit à la maison, pas le moindre condisciple, sans parler d'un petit ami, me vaut mon lot de remarques exaspérantes. Si Charlie et Patrick me taquinent sur le mode patelin, ma mère peut se montrer nettement plus inquisitrice :

— T'es déjà sortie avec un garçon, au moins ?

— Ça te regarde pas.

— Bien sûr que si ça me regarde ! Si y a un problème, je veux le savoir.

— Quel genre de problème ?

— Tu sais que tu peux tout nous dire, hein, Kim ?

— Quel genre de problème tu crois que j'ai ?

— À vingt-deux ans, j'étais mariée et on avait déjà Svetlana.

— Bravo pour cette précocité mais je suis pas toi.

— D'ailleurs je me demande ce que tes sœurs attendent pour mettre un bébé en route. Enfin quoi, elles ont un mec, du boulot, une maison !

Pour une fois que mes sœurs si déraisonnables font preuve d'un peu de bon sens, tout le monde devrait s'en féliciter, mais on peut compter sur ma mère pour être folle comme un hanneton.

— Je sais pas ce qui me retient d'en refaire un, moi, de gamin. On en parle parfois avec ton père : ça nous dirait bien.

— Ce qui te retient, c'est la ménopause.

Houlà, que n'ai-je pas dit ! Comment ai-je pu oublier que question jeunesse, ma mère ne craint personne et surtout pas ses trois filles post-adolescentes ? Je ne pourrai pas me plaindre si j'ai droit à un bilan gynécologique complet — et bingo, ça ne rate pas :

— Qu'est-ce que tu racontes ? Je suis réglée comme une horloge ! Ça débarque tous les vingt-huit jours ! Tu sais pas ce que le docteur Sarabian me dit à chaque fois ?

Le docteur Sarabian, c'est son gynécologue, et à en croire ma mère, il est dithyrambique sur la tonicité de son col et la bonne tenue de son endomètre, sans compter un périnée enviable de robustesse et d'élasticité : cinq enfants sont passés par là mais rien n'y a fait, ma mère a le système urogénital d'une jeune fille, et que personne ne s'avise de prétendre le contraire.

— Les gens me donnent trente ans, trente-cinq grand maximum !

— Peut-être, mais ton utérus en a quarante-cinq et ça te laisse très peu de chances de mener une grossesse à terme.

Le teint déjà ordinairement brique de ma mère rougit sous l'outrage et son élocution se fait encore plus malaisée :

— Je suis sûre que si j'arrête la pilule, il me faudra pas trois mois pour tomber enceinte !

À ce stade de la conversation, la prudence m'incite à tourner casaque vu que ma mère supporte très mal la contradiction et qu'elle serait capable de faire n'importe quoi — y compris nous donner un énième petit frère — pour le douteux plaisir d'avoir raison.

— Bon O.K., t'es encore super-fertile. Mais fais gaffe, alors : on est suffisamment nombreux comme ça pour que vous veniez pas en rajouter.

À ce moment-là, passe sur nous deux l'ombre terrible dont je ne me sens pas encore capable de parler même s'il faudra bien y venir dans un récit dévolu à la vérité et à l'insoutenable cruauté de l'être. Car la vie n'est pas seulement mal faite, elle est aussi parfaitement invivable pour les meilleurs d'entre nous — les petits, les doux, les faibles. En attendant, je laisse ma mère savourer la victoire que constituent mon allégeance à sa fertilité et mes hypocrites recommandations malthusiennes. Elle en profite évidemment pour remettre le couvert :

— Bon, c'est pas tout ça, Kim : quand est-ce que tu nous présentes ton petit copain ?

J'ai beau bougonner qu'il n'y a pas de petit copain, elle s'entête :

— T'as honte de lui, c'est ça ? Tu veux pas nous le montrer ?

— Ouais, c'est ça, j'ai honte.

— Tu sais qu'on est ouverts d'esprit, hein ? Si c'est une petite copine, ça nous ira aussi.

Il n'a pas échappé à ma mère que j'étais un garçon depuis l'âge de neuf ans — mais non, désolée, je n'ai pas plus de petite copine que je n'ai de petit copain. Pas découragée pour deux sous, ma mère revient à son antienne favorite :

— T'as de la chance d'avoir des parents comme nous : tu t'en rends compte, j'espère ? Des parents à qui tu peux tout dire.

Tout dans ma jeune vie vient contredire cette assertion et illustrer tout l'intérêt que j'aurais eu à me taire — sur le chapitre des petits copains en particulier.

À moi, un exemple entre mille des vertus du silence ! J'ai sept ans. Autour de moi, ma famille nombreuse mastique joyeusement les saucisses de Morteau qui accompagnent la polenta. Je viens de faire ma rentrée en CE1 et grand-père Charlie s'enquiert cérémonieusement du nom de ma maîtresse et de mes meilleures amies :

— Mme Jardin ! Et mes amies c'est Émilie et Rym ! Et Jasmine ! Et Jennifer ! Et on a appris le verbe « être », sauf que moi je le savais déjà ! Et on va faire de l'anglais ! Mais pas avec la maîtresse : avec une dame qui vient d'Angleterre ! Elle s'appelle Miss Carol !

On le voit, à sept ans je déborde déjà d'un enthousiasme scolaire qui ne s'est pas démenti depuis. Mon père attaque à son tour :

— Et les garçons ? Ils sont mignons dans ta classe ?

Autour de la table, grands et moins grands échangent des clins d'œil complices. Seuls Lorenzo et Esteban, toujours en chaise haute à quatre et trois ans, continuent d'enfourner mécaniquement leur polenta, attentifs à ne pas en mettre partout, ce qui leur vaudrait les foudres de Gladys. Notez qu'Esteban est judicieusement muni d'une sorte de bavoir en plastique dont l'extrémité s'incurve pour recueillir les grains de semoule et les coulures de sauce tomate. Mais mes petits frères sont comme ça : soigneux, précautionneux, mesurés dans leurs gestes et leurs déplacements. Je suis de loin la plus turbulente et la plus casse-cou de la famille, mais pour l'heure, sensible à l'attention qu'on me porte et refrénant mon agitation, je réfléchis honnêtement à la question posée :

— Les garçons ? Euh, je sais pas...

— Y en a pas un qui est plus mignon que les autres ?

Eurêka, tout d'un coup je vois tout à fait ce que veut dire mon père ! Car il y a bien un garçon qui se démarque nettement des autres à mes yeux secrètement énamourés :

— Sven Marinello !

Je ne suis pas sûre que Sven Marinello soit particulièrement mignon, mais il m'en impose depuis le CP, avec son insolence, sa brutalité, et l'ardeur qu'il met dans tout — dans les jeux de ballon comme dans la compétition scolaire : je l'ai vu pleurer de ne pas être arrivé premier à un tournoi de calcul mental que j'avais brillamment remporté et j'ai pleinement savouré une défaite et un chagrin dont j'étais responsable. Rétrospectivement, je peux même dater de ce jour mon premier choc érotique : voir ce garçon vaincu baisser la tête et essuyer furieusement ses joues rougies et baignées de larmes. À la piscine, toutefois, Sven ne connaît pas de rival. Non seulement il nage crawl et dos crawlé quand la plupart pataugent prudemment dans le petit bassin, mais il est aussi le seul à se risquer sur le plongeoir. L'année dernière, le bruit a même couru qu'il était capable de respirer sous l'eau, ce qui n'a pas manqué de laisser tous les CP babas d'admiration. Bref, si pour faire plaisir à mon père il s'agit de déterminer lequel des garçons de ma classe m'inspire de tendres sentiments, il n'y a pas de doute, c'est Sven Marinello !

Un hourvari salue ma réponse : toute la table se gondole, à l'exception de grand-mère Claudette, toujours ailleurs, et de mes petits frères, toujours largués. Sven Marinello : il faut croire que ces cinq syllabes sont irrésistibles car Svetlana a l'air sur le point de se pisser dessus, Charlie pleure de rire, mes parents se tiennent les côtes, quant à Ludmilla, elle est carrément passée sous la table, comme si rester plus longtemps assise sur sa chaise était mission impossible compte tenu de la drôlerie de ces nom et prénom de petit garçon. Comme mes frères, je suis larguée. Comme eux, j'ouvre grand la bouche au-dessus de mon assiette de polenta. Un peu haletant, s'essuyant les yeux mais s'efforçant de retrouver son sérieux, mon père poursuit son interrogatoire en règle :

— Sven Marinello ? Et qu'est-ce qu'il a de particulier, ce Sven Marinello ?

Bien décidée à leur clouer le bec par l'exposé des forces spéciales de Sven Marinello, je lâche tout à trac :

— Il arrive à respirer sous l'eau !

Livrer cette information était une mauvaise idée, et la gaieté inexplicable de ma famille nombreuse ne connaît soudain plus de bornes : même Claudette a un petit sourire tandis que mes parents trépignent et que Svetlana, inspirée, braille sans discontinuer :

— Sven Méli-Mélo respire sous l'eau ! Sven Méli-Mélo respire sous l'eau ! Sven Méli-Mélo respire sous l'eau !

Ça, même Lorenzo et Esteban peuvent le comprendre et le répéter, ce dont ils ne se privent pas, brusquement déchaînés eux aussi et à l'unisson de cette explosion de joie diabolique :

— Sven Méli-Mélo respire sous l'eau !

La gêne et la perplexité doivent se lire sur mon visage parce que ma grand-mère, passant derrière moi pour desservir, me presse furtivement l'épaule en signe... en signe de quoi, je ne sais pas au juste, mais je perçois sa volonté de m'assurer de son soutien.

— Il t'a embrassée, au moins, ce Sven Méli-Mélo ?

Ça c'était ma mère, désireuse de prolonger ce moment d'euphorie familiale, mais ensuite tout le monde embraye sur le sujet :

— Il a mis la langue ? C'était un vrai baiser ?

— T'as trouvé ça comment ?

— Les autres, ils le savent, que vous êtes amoureux, Sven Méli-Mélo et toi ?

— Et Mme Jardin, elle le sait ? Elle vous a placés à côté ?

Je sens bien que le prestige de Sven Marinello en prend un coup, même à mes propres yeux. Sven, mon Sven si fier et si ombrageux, comment ai-je pu te livrer aussi imprudemment aux mâchoires carnassières de ma famille nombreuse ? J'ai beau essuyer rageusement mes larmes de honte et de dépit, elles n'échappent à personne et suscitent contre moi un nouvel assaut de grosses plaisanteries, mais aussi de protestations indignées :

— Eh oh, Kim, c'est bon, hein ! Ne commence pas à pleurer comme un bébé !

— « Pipi à l'œil », c'est comme ça qu'on va t'appeler, maintenant !

— Je pleure pas comme un bébé !

— Qu'est-ce qu'il dirait, Sven Méli-Mélo, s'il te voyait pleurer pour rien !

— Je pleure pas pour rien !

— Et tu pleures pour quoi, alors ?

— Parce que vous vous moquez de moi, voilà pourquoi !

— Mais Kim, on rigole, c'est pas méchant !

— Qu'est-ce que tu es susceptible, ma pauvre fille !

— On est en famille : tu dois pas le prendre mal comme ça !

— Ça reste entre nous, c'est pas comme si c'était les gens !

— Parce que nous on n'est pas des gens ?

Tandis que Charlie salue mon sens de la repartie, persuadé que je le tiens de lui, les autres émettent un grommellement indistinct mais unanime d'où il ressort que non, nous ne sommes pas les gens. Ce que nous sommes au juste, il m'est difficile de m'en faire une idée à sept ans. Provisoirement, je préfère adopter celle qui prévaut autour de cette table et qui a le mérite d'amalgamer la philosophie rassurante de Claudette au puissant dogme paternel : rien n'est grave si tout reste entre nous.

Je pleure mais j'ai tort de pleurer : on ne s'est pas moqué de moi, ou si on l'a fait c'était avec les meilleures intentions du monde. Je pleure, mais je ferais mieux de me réjouir : les gens sont méchants mais nous ne sommes pas les gens puisque nous sommes une famille — et tant que je reste en famille, rien de grave et surtout rien de mal ne peut m'arriver. Ce serait une erreur de jugement que de prendre pour une humiliation et une effraction de mon petit cœur ce qui n'est qu'une bonne séance de rigolade *entre nous*. Convaincue et rassérénée, je grimace un sourire et j'accepte le bout de fromage que me tend Charlie du bout de sa fourchette.

Charlie est d'ailleurs celui qui applique cette logique avec le plus de zèle : au sein de la famille, rien n'est grave, rien n'est mal — et par conséquent, tout est possible. Il n'y a aucun amour-propre, aucune fierté, aucune pudeur, aucune réserve qui tienne face à son intégrisme. Charlie, qui pisse et chie portes grandes ouvertes, ne supporte pas que l'un de nous aspire à l'intimité. Malheur à celui ou à celle qui s'enferme dans la salle de bains : mon grand-père est capable de tambouriner pendant des heures pour qu'on lui ouvre, capable aussi de s'asseoir sans vergogne au bord de la baignoire où trempe son gendre, sa fille, sa femme, ou ses petits-enfants, histoire de leur faire la conversation. Lui-même dénude complaisamment ses chairs fripées, et il ne faut pas le pousser beaucoup pour qu'il en fasse l'article — comme quoi sa fille aînée a de qui tenir :

— Regardez-moi ça ! J'en ai encore à mettre dans le slip, hein ?

Mes parents aussi se baladent à poil dans la maison. Quand il fait chaud, c'est tout juste s'ils passent un tee-shirt avant de venir à table, et notre décence vestimentaire, à nous les enfants, aurait plutôt tendance à les irriter. L'idée, si on peut parler d'une idée quand il s'agit d'un réflexe archaïque, c'est qu'on aurait vraiment tort de se gêner entre ascendants et descendants, vu que les uns viennent des couilles et des matrices des autres, et que cette vérité biologique nous est rappelée sans cesse, comme une intimation permanente au laisser-aller et à la transparence : mystère de rien, surtout !

Dans ces conditions, on pourrait s'étonner de ce que la copulation ne fasse pas l'objet d'une plus grande publicité dans ma famille nombreuse. Le fait est que je n'ai jamais entendu de geignements équivoques provenant de la chambre de mes parents ou de celle de mes grands-parents — et mes sœurs observent la même discrétion surprenante quant à leur vie sexuelle, même si je ne doute pas que ma mère soit leur confidente en la matière. Des quatre couples qui vivent sous notre toit, aucun n'affiche ostensiblement de langueur post-coïtale, aucun ne se permet autre chose que des agaceries et de chastes baisers, dans le cou, sur les joues, les tempes, les oreilles. Compte tenu de l'exhibitionnisme ambiant, cette pudeur a de quoi surprendre et elle m'a personnellement tarabustée jusqu'à ce que l'explication m'explose au visage, comme un secret d'autant mieux gardé que tout le monde s'en fout : chez moi, personne ne baise. Les adultes qui m'entourent ne sont pas tant pudiques qu'ils sont chastes, comme si la promiscuité gelait les élans charnels. À moins que le plaisir de l'entre-soi ne rende l'orgasme parfaitement inutile.

Je n'ai jamais voulu en avoir le cœur net et me suis bien gardée de poser la moindre question à ce sujet comme à d'autres. Simplement, ayant compris à quinze ans dans quelle misère sexuelle vivaient mes proches, j'ai illico rajouté à ma liste de résolutions celle de mener ma vie amoureuse partout ailleurs qu'au 27 *bis*, rue Trézène.

Le jour où Sven Marinello m'a triomphalement ravi ma virginité, ça s'est passé dans une voiture, un endroit propice au dépucelage pour peu qu'on soit prêt à quelques contorsions. Mais les contorsions, ça me connaissait, ça me connaît encore, et tandis que le levier de vitesse meurtrissait mes reins, tandis que mes jambes se nouaient autour des siens, nous nous sommes défiés du regard, et cette fois-ci c'est lui qui a essuyé sur mes joues les larmes de cette défaite qui était aussi une victoire sur ma programmation érotique et l'ensorcellement qui maintenait dans l'enfance le reste de ma pauvre famille.

## 7. LES VIES DÉSESPÉRÉES SONT LES VIES LES PLUS DIGNES

Alors que la fin a déjà eu lieu, je vois bien que je n'ai raconté que des commencements.

Patience. La mort viendra et elle aura les yeux du désastre et de la catastrophe, les yeux du désespoir sans consolation.

D'ailleurs, il aurait mieux valu désespérer dès le début. Les vies désespérées sont aussi les plus dignes, celles où l'on s'évite les tâtonnements, les postures sans gloire, les courses-poursuites ridicules à la recherche de ce qui n'a jamais existé : la compréhension mutuelle, l'amour vrai, le bonheur sans partage, la lisière de la forêt noire où la vie ne fait que nous enfoncer.

Patience. Avant de toucher le fond du désespoir, il me reste à faire bien d'autres découvertes et à prendre bien d'autres résolutions, comme celle d'arrêter la gymnastique rythmique, discipline dans laquelle j'excelle depuis que j'ai cinq ans et que j'ai continué à aimer même après ma deuxième naissance, en dépit des justaucorps à jupettes, en dépit aussi du ruban inévitablement gracieux et chichiteux, auquel je préférais de loin le cerceau, le ballon, la corde ou les massues.

J'ai tenu bon jusqu'à treize ans, enchaînant

entraînements et compétitions sous l'œil vigilant de Claudette, fan de la discipline et par ailleurs chargée de me convoyer d'un bout à l'autre du département. Ma mère se pointait plus occasionnellement, mais la gymnastique rythmique, c'était quand même son idée. Svetlana avait eu droit à la natation synchronisée et Ludmilla au patin à glace. Quant à l'éducation physique et sportive de mes petits frères, elle ne figurait pas au programme : ils en étaient réduits à taper mélancoliquement le ballon dans la jungle du jardin familial, les seaux de peinture vides faisant office de cages.

Je me dis aujourd'hui que j'aurais dû prendre les choses en main, exiger que Lorenzo et Esteban fassent du foot, de l'escrime, du judo, que sais-je. Mais aujourd'hui c'est trop tard. La fin a déjà eu lieu, l'ombre terrible s'est déjà abattue et nous n'avons plus que nos yeux pour pleurer, enfin pour ceux d'entre nous qui ont du chagrin — car le chagrin, comme l'esprit, frappe où il veut et pas toujours de façon prévisible.

Ma mère, si désinvolte sur le plan des études, si prompte à excuser nos absences, nos retards, nos devoirs non faits ; ma mère, si déconcertée par mes bons résultats scolaires qu'elle en oubliait de signer mes livrets alors qu'elle paraphait les bulletins désastreux de mes sœurs avec des sourires et des soupirs complices ; ma mère, donc, a toujours été drastique concernant nos activités sportives. Elle nous a inscrites à des cours alors que les unes comme les autres étions tout juste en maternelle, portant son choix sur des disciplines à la fois spectaculaires et féminines, ce dernier point pouvant se discuter s'agissant du patin à glace.

Avant de pratiquer moi-même la gymnastique

rythmique, j'ai dû passer beaucoup de temps sur les gradins des piscines ou ceux des patinoires, à admirer les évolutions de mes sœurs que ma mère encourageait sans relâche. Compte tenu de sa relation privilégiée à Svetlana, c'est évidemment cette dernière qui a bénéficié du suivi maternel le plus assidu. Elle a été beaucoup moins présente en ce qui me concerne et je ne peux que m'en féliciter vu les hurlements survoltés par lesquels elle saluait nos performances et la façon éhontée dont elle vampait l'entraîneur des « Sirènes du Val d'Azur ».

Tel était en effet le nom du club de cette pauvre Svetlana, même si je me suis toujours demandé ce que pouvaient bien foutre des sirènes dans un val, fût-il d'azur. Enfin, peut-être s'agissait-il d'une grotte sous-marine, et toujours est-il que ma mère avait jeté son dévolu sur Tugra Takdogan, dont la séduction n'avait pourtant rien d'évident. Largement quinquagénaire à l'arrivée de ma sœur dans le club, petit, blême et bedonnant, il semblait en outre avoir la phobie de l'eau et être terrifié par les éclaboussures. Cela ne l'empêchait pas de cornaquer sévèrement ses sirènes, de les tancer à la moindre défaillance et de les laisser mariner dans le chlore jusqu'à ce que leurs lèvres soient violettes, leurs doigts fripés et leurs yeux injectés jusqu'au sang. Il réussissait généralement à hisser le club jusqu'à un niveau de compétition inespéré et presque étourdissant compte tenu du fait que lui-même n'avait jamais trempé le moindre orteil dans un bassin. Ma mère n'en dormait plus, on ne parlait que de ça dans ma famille nombreuse, et Svetlana, maillot céruléen, chignon de danseuse et pince-nez inesthétique mais de rigueur, faisait assez bonne figure au milieu des autres sirènes, malgré une tendance à l'embonpoint que la puberté vint sérieusement aggraver.

Ma mère espérait mieux. Mais elle avait beau minauder devant M. Takdogan et suggérer que la chorégraphie fasse davantage valoir les qualités exceptionnelles de son aînée, Svetlana ne parvint jamais à sortir du lot. Elle était même régulièrement éclipsée par des filles plus athlétiques, plus longilignes et surtout plus souriantes — car Svetlana avait du mal à se départir de son air courroucé et bougon. De plus en plus souvent, elle se mit à rentrer furieuse de la piscine. Ses grosses joues violettes tremblotaient sous l'outrage et elle secouait dans tous les sens ses mèches alourdies par l'eau chlorée :

— Putain, je vais la tuer !

— Qui ça ?

— Maeva !

— Qu'est-ce qu'elle a fait ?

— Elle est remontée trop vite ! Elle a tout gâché ! Du coup c'est moi qui ai eu l'air en retard !

— M. Takdogan, il a bien dû voir que c'est elle qui s'était trompée !

— Tu parles, c'est sa chouchoute, il lui donne toujours raison ! Et l'autre pute aussi, je vais la tuer !

Attirés par les vociférations de leur sœur, Lorenzo et Esteban pointaient leurs petites têtes dans la cuisine où avait lieu cet intéressant échange. Ils bêlaient gentiment :

— C'est qui, dis ? C'est qui la pute ?

Et Svetlana, Svetlana qui aurait dû leur dire qu'on ne doit pas employer ce genre de mot, Svetlana qui aurait dû les renvoyer dans leur chambre et ne pas les prendre à témoin de ses explosions de fureur, Svetlana partait carrément en vrille devant ses petits frères médusés :

— L'autre pute c'est Coralie ! Je vais la tuer ! La prochaine fois, c'est sûr, soit elle retire ce qu'elle a dit, soit je la tue, je lui arrache la langue et je la lui fais bouffer ! Cette taspé !

— C'est quoi taspé ?

— Cette pouffiasse ! Mais je m'en bats les couilles, moi, de ce qu'elle raconte ! Je m'en bats les couilles !

Esteban et Lorenzo étaient bien trop estomaqués pour lui faire remarquer qu'elle n'avait pas de couilles à battre, non, ils se contentaient d'ouvrir grand les oreilles, de béer d'admiration devant leur sœur aînée si belliqueuse, et de prendre parti pour elle et contre Coralie, qu'ils n'avaient jamais vue et ne verraient jamais — mais avec le temps nous étions tous devenus très familiers avec ces Maeva, Coralie, Élodie, Roxane, Estelle, Cassandra, Emeline et autres Morgane dont Svetlana nous rebattait les oreilles. Sauf qu'un jour, fini, terminé, Svet a remisé son maillot azuré et son diadème de nacre, et nous n'avons plus jamais entendu parler des sirènes. Pour autant que je sache, la love story de ma mère avec Tugra Takdogan s'est provisoirement achevée en même temps que la carrière sportive de son aînée : plus de conciliabules au bord de la piscine, plus d'entrevues dans les vestiaires du personnel, dont elle ressortait à chaque fois rose, essoufflée et débraillée. De là à dire que ma mère a trompé mon père, il y a là un pas que je ne me hasarderai pas à franchir. Certes, elle s'est toujours donné beaucoup de mal pour avoir l'air dévergondée, mais je la soupçonne d'être restée désespérément sage et obstinément fidèle pendant la majeure partie de sa vie conjugale.

Bref, après la défection de Svetlana, elle a reporté tous ses espoirs de gloire sur Ludmilla, patineuse hors pair au dire de chacun. Heureusement, de mon côté, j'avais commencé la gymnastique rythmique et je n'étais plus tenue de m'endormir sur les gradins pendant que ma mère hurlait son enthousiasme ou prenait l'entraîneur à part. J'avais grand-mère Claudette pour veiller sur moi et je me trouvais bien de cette présence discrète et néanmoins encourageante.

Ludmilla eut moins de chance, car eu égard à leur relation privilégiée, mon père tenait aussi à assister à ses entraînements, ce qui fait qu'elle se retrouva flanquée de ses deux parents, chacun renchérissant sur l'autre pour saluer ses lutz et ses doubles axels sur la glace crissante. Las ! Ludmi pas plus que Svet n'accéda au firmament de la performance sportive, et mes parents commencèrent à se dire qu'il ne restait que moi pour porter les couleurs de la famille. Mais à ce moment-là, j'avais treize ans et suffisamment de jugeote pour voir le danger qu'il y aurait eu à briller sur le praticable.

J'aimais ça, pourtant. Je jouissais d'enchaîner les sauts, les pivots, les équilibres, les *souplesses* et les *ondes*. J'adorais manier les engins, j'adorais être suspendue aux lois de la gravité, quand je lançais les massues ou le cerceau, et effectuais, vite vite, mon arabesque avant de les récupérer d'une volte du poignet, hop hop, avant d'enchaîner de nouvelles *difficultés*. Et puis, bien évidemment, je ne tardai pas à tomber amoureuse de mon entraîneuse, une jeune femme beaucoup plus accorte que M. Takdogan, bien que le rejoignant sur le plan des exigences et de la fermeté.

Tout me plaisait chez Lucie Leccia, que je n'avais pas le droit d'appeler par son prénom bien que des heures et des heures d'entraînement sous sa houlette me l'aient rendue infiniment proche et infiniment chère. Alors qu'elle passait sa vie dans les gymnases, Mme Leccia était toujours tirée à quatre épingles : tee-shirts immaculés moulant sa petite poitrine ferme et ses biceps sèchement dessinés, pantacourts dévoilant ses mollets bronzés et impeccablement épilés. Même sa coiffure sentait la maîtrise et le contrôle de soi : une queue-de-cheval et une frange d'un noir d'ébène dont pas un cheveu ne dépassait. Avec Lucie, je découvrais le respect des formalités, des règles et des horaires. Malheur à celle qui débarquait avec une minute de retard ou qui oubliait de la saluer poliment ; malheur à celle qui dérogeait aux codes vestimentaires en vigueur dans le club : des justaucorps propres et adaptés à nos tailles. Les plis, les taches, les auréoles, mettaient Lucie en fureur. Les cheveux mal attachés aussi. Heureusement, j'optai très vite pour un court que je faisais scrupuleusement rafraîchir. Comme ma grand-mère, Lucie essaya de me convertir au chignon, qui était la norme parmi les gymnastes rythmiques, mais elle se heurta à ma résistance farouche et n'insista pas.

Je rêvais d'elle. Je rêvais que je la sauvais d'un incendie ou que je la délivrais d'un kidnapping. Et comme on ne m'avait rien expliqué en matière de sexualité, je rêvais aussi que je la chevauchais et que je lui faisais pipi dessus, des rêves dont je me réveillais honteuse et généralement trempée d'urine — car j'ai fait pipi au lit jusqu'à douze ans comme mes sœurs avant moi et mes petits frères après. Il arrivait souvent à l'un ou à l'autre de me rejoindre dans mon lit quand ils avaient inondé le leur et nous terminions la nuit à deux ou à trois, leurs slips mouillés séchant progressivement dans la chaleur confuse de nos corps blottis sous la couette. Lorenzo, Esteban, si j'avais su, comme j'aurais profité de cette proximité, de votre peau douce, de votre souffle, de vos petites bouilles confuses au réveil, et de vos excuses qui n'avaient pas lieu d'être :

— J'ai pas fait exprès, Kim : tu me crois ?

— Pourquoi je fais pipi au lit ?

— Y a pas un médicament pour les enfants qui font pipi au lit ?

— Tu le diras pas à maman, hein ?

C'est de leur mère qu'ils avaient peur, ces deux petits garçons, de leur mère qui n'était pas foutue de laver leurs draps, mais qui rentrait dans des rages folles quand elle s'apercevait qu'ils les avaient mouillés. Eux. Pas mes sœurs. Ni moi.

Et c'est ça aussi que je découvrais avec Lucie Leccia : qu'un adulte pouvait être sévère mais juste. Nos parents n'étant ni l'un ni l'autre, ils nous foutaient une paix royale pour à peu près tout. Nous pouvions manger n'importe quoi n'importe quand, même si les repas restaient des occasions assez solennelles compte tenu de l'importance que tout le monde accordait chez nous à la nourriture, à commencer par ma grand-mère qui ne retrouvait parfois sa lucidité que pour nous cuisiner ses couscous, ses bricks, ses tourtes de blettes sucrées, ses aasbans, ses sardines grillées, ses tians, ses tchouchoukas... Nous nous mettions à table à heure fixe mais personne ne nous disait jamais de ne pas nous bourrer de chips ou de chocolat entre les repas. Claudette avait même tendance à nous gaver de façon indistincte et incohérente : car si on pouvait à la rigueur trouver que mes frères avaient besoin de se remplumer, Svet était clairement en surpoids.

Nous avions également le droit de nous coucher à l'heure qui nous chantait. Chez nous, personne ne mettait jamais les enfants au lit : ils y allaient tout seuls, quand ils tombaient de sommeil. Combien de fois ai-je vu mes petits frères monter l'escalier vers minuit, les yeux bouffis, le cul nu, et leurs doudous innommables au bras ! Lorenzo, Esteban, maintenant c'est trop tard, mais sachez que je m'en veux. Je m'en veux tous les jours de vous avoir laissé vous coucher tout seuls, de n'avoir jamais vérifié que vous aviez un bas de pyjama ou que vous vous étiez bien lavé les dents — sans compter toutes les fois où vous vous êtes endormis et réveillés devant la télé, à croire que les dessins animés du matin avaient été inventés pour vous — et je vous trouvais dès l'aube dans la lumière tremblante d'un manga ou d'une énième enquête de Sylvestre et Titi.

La permissivité ambiante aurait pu avoir un intérêt éducatif et nous encourager à l'autonomie comme à la débrouillardise si par ailleurs les colères des adultes ne s'étaient pas abattues sur nous à des intervalles totalement imprévisibles et pour des raisons totalement inexplicables. Celles de Charlie étaient particulièrement violentes et spectaculaires, mais celles de ma mère n'étaient pas mal non plus. Quant à mon père, il avait le chic pour nous attraper au vol et nous coincer dans l'angle ouvert de ses cuisses pour de longs sermons que nous n'écoutions pas mais qui nous faisaient trembler d'impatience : vite, sortir, retrouver le jardin, grimper dans les frondaisons du pin ou de l'abricotier, échapper à cette tristesse dont nous étions la cause, être hors d'atteinte, être hors de portée de cette voix trop douce, trop calme, et finalement pire que les vociférations de Charlie.

Lucie ne nous grondait jamais et se gardait bien d'élever le ton, mais chaque fille du club avait droit à son attention sans faille comme à ses jugements implacables. On ne s'étonnera donc pas que le monde de la gymnastique rythmique tel que Lucie Leccia le régissait ait été pour moi un enchantement : sur le praticable et sous son regard vigilant, les efforts trouvaient leur récompense, les progrès étaient reconnus, les qualités soulignées et les manquements signalés voire punis, mais sans mélodrame.

À treize ans, je mis fin à l'enchantement avec la même brutalité que Svetlana pour la natation synchronisée, mais pour des raisons radicalement inverses : mes performances devenaient trop éclatantes, la perspective d'un recrutement en équipe de France se précisait, et ma famille ne quittait plus le gymnase Aimé-Césaire. Passe encore pour Claudette, qui me suivait discrètement depuis que j'avais cinq ans ; passe encore pour Lorenzo et Esteban, qui savaient se tenir malgré leur jeune âge ; non, le problème, on l'aura deviné, venait des autres, et de mes parents en particulier. Ils débarquaient n'importe quand, de préférence au milieu de l'entraînement, et s'installaient bruyamment sur les gradins. Comme ils avaient attaché nos trois chiens à l'entrée du gymnase, ils ne cessaient d'entrer et de sortir, vérifiant toutes les dix minutes que leur meute se tenait bien. Or justement, elle se tenait mal, Fougère, Elvis et Bastardo n'étant absolument pas habitués à la solitude. Des hululements pathétiques nous parvenaient, provoquant des fous rires chez mes camarades et une vive émotion chez Patrick et Gladys, ces grands amis des bêtes. Ma mère revenait avec une mine chafouine, pressant Fougère, notre vieille chienne teckel, contre son sein. Lucie refusait de s'interrompre mais elle rougissait de colère sous sa frange médiévale, et à la fin de l'entraînement elle fonçait sur ma mère pour la rappeler au règlement :

— Les animaux sont interdits dans le gymnase, Madame Chastaing. Je vous l'ai déjà dit la dernière fois.

Ma mère protestait, arguait du fait que Fougère ne gênait personne, qu'elle était petite, vieille, malade, susceptible de mourir à tout moment : Lucie n'aurait pas voulu que nous rations son dernier soupir. À ce moment-là, Lorenzo et Esteban éclataient en sanglots, ma mère elle-même était émue, et Patrick posait sur son épaule une main censée la réconforter :

— Mais non, elle va pas mourir, qu'est-ce que tu racontes, regarde, tu fais pleurer les garçons !

Pour pleurer, ils pleuraient, Fougère leur dispensant à elle seule plus de tendresse que toute leur famille réunie. Mes agneaux, si j'avais su ! Au lieu d'être liquéfiée par la honte parce que nos parents se donnaient une fois de plus en spectacle, j'aurais dû vous serrer dans mes bras et vous dire que personne ne meurt jamais, et surtout pas les vieilles chiennes teckel quand elles vous ont vu naître et grandir. Car Fougère avait au moins cinq ans de plus que moi, neuf ou dix de plus que Lorenzo et Esteban : ils n'envisageaient pas la vie sans elle et moi non plus, ce qui fait que je me taisais quand ma mère caressait ostensiblement son museau gris devant mon entraîneuse bien-aimée.

N'empêche. Trop, c'était trop. Je renonçai à cette gloire qui m'aurait de toute façon été volée. Je renonçai aux exigences surhumaines mais tellement jouissives de la gymnastique rythmique. Je renonçai au praticable de quatorze mètres sur quatorze, ce périmètre dans lequel mes peurs se trouvaient si nettement circonscrites, mes angoisses si fermement prises en main par une adulte plus sage et plus clairvoyante que moi. Je ne ferais plus jamais courir le ballon sur mon échine ; je ne coincerais plus jamais les massues pailletées entre genoux et mollets ; je ne suspendrais plus jamais mon sort au lancer d'un cerceau ni aux arabesques d'un ruban. Ma décision était prise et personne ne put jamais me faire revenir dessus. Ni ma famille nombreuse, qui fit mon siège des semaines durant pour que je me ravise ; ni Lucie elle-même, qui se pointa un jour à la villa pour s'enquérir de mes raisons.

## 8. LA FIN DU JEU

Le soir où elle sonne au portail, je suis dans l'abricotier avec mes frères. Chacun à califourchon sur sa branche attitrée, nous sommes en train de jouer un énième épisode du « jeu des trois garçons », un jeu qui dure depuis plusieurs années et dans lequel Lorenzo et Esteban figurent des comparses dociles, se contentant de répéter les répliques que je leur souffle et de faire exactement ce que je leur demande. Dans le jeu, je m'appelle Sven, prénom pour lequel j'ai gardé un faible inavouable, tandis que Lorenzo et Esteban sont respectivement Luffy et Kakashi. J'ai treize ans et nous sentons tous les trois que la fin du jeu approche. Grâce à des entraînements forcenés et un régime de famine, j'ai réussi jusqu'ici à différer ma puberté, mais mon corps est sur le point de me trahir : mes seins commencent à bourgeonner et un duvet clair et discret est venu ourler mon mont de Vénus.

À la vue de Lucie, je fais signe à mes frères de se dissimuler dans le feuillage et je me plaque vivement contre l'écorce rugueuse et chaude. C'est le printemps. Les oiseaux se répondent d'une haie à l'autre, le romarin est en fleur, le jardin palpite et vibre du regain d'activité des insectes. Lucie lève les yeux et me salue presque timidement :

— Bonjour, Kimberly.

— Bonjour, Madame Leccia.

Je ne l'ai jamais appelée autrement et rien dans mon comportement ne peut laisser supposer que je me caresse en pensant à elle et que je pleure de ne pas être son mari, un petit homme falot que je connais d'autant mieux qu'il est prof d'EPS dans mon collège. Je l'ai eu en sixième et je lui ai battu froid toute l'année.

— Tu vas bien ?

— Oui, et vous ?

— Tu peux descendre ?

— Non, je peux pas.

— Ah bon ? Mais je voudrais te parler.

— Je vous écoute.

— Je voudrais te parler en privé.

J'en ai rêvé, de cette intimité, de ce moment où elle voudrait enfin que nous soyons seules elle et moi, mais là, tout d'un coup, je sens bien que je ne dois pas quitter mon arbre ni la protection de mes frères, ces deux agneaux pourtant à peine capables de se protéger eux-mêmes.

— Allez-y.

Vu que j'ai toujours mis un point d'honneur à exécuter le moindre de ses ordres, ma Lucie n'est pas habituée à une telle résistance de ma part.

— Kimberly, je suis sérieuse là. Je ne peux pas te parler si tu fais le cochon pendu dans un abricotier.

Car tout en l'écoutant, je me suis suspendue tête en bas, histoire de la décontenancer et de l'inciter à partir. Je ne veux pas entendre ce qu'elle a à me dire, je ne veux pas avoir plus de regrets que je n'en ai déjà. Je sais parfaitement ce que je perds en arrêtant la gymnastique rythmique. C'est plutôt Lucie Leccia qui ne mesure pas l'étendue de ma perte, faute de savoir dans quel monde je vis. Lorenzo et Esteban, qui eux le savent, émettent de concert un soupir passionné, qui traduit tout l'intérêt qu'ils portent à cette discussion.

— Je ne descendrai pas. Si vous avez quelque chose à me dire, allez-y.

Kim n'oserait pas contrarier Mme Leccia, mais je suis Sven, et Mme Leccia doit le sentir car elle hausse les épaules avec résignation :

— Il y a le Grand Prix de Thiais le week-end prochain, tu te rappelles ? On en avait parlé. Les filles y vont toutes. Toi aussi, je voudrais que tu viennes. Même si tu as décidé d'arrêter. Il y aura Anna Bessonova. Et puis comme ça on visitera un peu Paris.

Le sang afflue à ma tête, mon cœur bat follement. Anna Bessonova, c'est notre idole à toutes. En pensant à elle aussi, je me suis caressée plusieurs fois. Peut-être suis-je lesbienne finalement ? Mais non, je suis un garçon, j'aime les filles, normal. Sauf que je n'en ai plus pour très longtemps à être un garçon et à jouer avec mes frères. Le cochon pendu me rend extralucide et j'accentue mon balancement :

— Mouais, je vais voir.

— O.K., tu me diras. Au revoir, Kim.

Elle m'a appelée Kim. C'est la première fois et elle tourne déjà les talons. Dommage. Si elle était restée plus longtemps, elle aurait vu que je pleure et elle aurait compris à quel point ça me coûte de renoncer à la fréquentation d'une personne sensée, moi qui ne côtoie que des adultes aussi enfantins que déraisonnables.

Ayant rétabli mon équilibre, je regarde Lucie Leccia battre en retraite et je lui crie :

— Madame ! Je viendrai ! Au Grand Prix !

Elle se retourne, plisse les yeux dans le crépuscule et accuse réception de mon message en hochant vigoureusement la tête et en agitant la main. Partagés entre excitation et jalousie, Lorenzo et Esteban sautent à bas de l'abricotier, s'écorchant au passage genoux et tibias :

— Tu vas y aller, tu vas y aller, dis, au Grand Prix ?

— Mais t'avais dit que t'arrêtais la gym !

— J'arrête la gym.

— Et nous, on peut venir avec toi ?

— Oui, on peut venir ?

— Dis oui, s'il te plaît, Kim !

— Dis oui, dis oui, dis oui !

Si je ne craignais pas que ça donne des idées au reste de ma famille nombreuse, je les emmènerais bien avec moi, ces enfants qui ne vont jamais nulle part — mais pas question que je me retrouve à Thiais ou à Paris flanquée de tout le monde, avec les chiens en prime.

Non, le Grand Prix, j'y vais seule. Je suis la dernière à monter dans le car loué pour l'occasion, habillée d'une façon que Mme Leccia n'aurait jamais tolérée dans l'enceinte du gymnase Aimé-Césaire, bien qu'il s'agisse incontestablement d'une tenue de sport : un jogging d'un noir verdâtre, un tee-shirt d'un blanc pas très net, une veste en jeans usée jusqu'à la trame et une casquette empruntée à Lorenzo. Je m'assieds au fond, tout juste saluée par les filles du club, Faustine, Soraya,

Lise, Rébecca, Maylis, Loubna, Ludivine, Thelma, Jennifer, Kadiatou, Iris, avec qui je me suis entraînée des années durant à raison de douze heures par semaine, mais qui ont déjà compris que je n'étais plus des leurs. M. Leccia est là aussi, cet imbécile, avec ses Ray-Ban pour la frime et son sourire exaspérant. Super, comme ça nous allons faire le voyage en famille même si la mienne n'est pas là, et ça vaut mieux pour tout le monde vu que le car serait instantanément devenu le nôtre, avec les chiens malades dès le premier virage, les hurlements de ma mère pour qu'on s'arrête et le numéro de charme de mon grand-père à destination de Soraya, de Faustine ou d'Iris, le ridicule ne l'effrayant pas davantage que le détournement de mineure — sauf que je doute fort qu'il soit capable d'aller plus loin que les propos galants et les attouchements furtifs.

Enfin bref, ils ne sont là ni les uns ni les autres, et tant pis pour mes deux agneaux, que j'ai laissés attachés à leur piquet métaphorique. À eux le jardin, les vieux clapiers, les seaux de colle et de peinture vides, les buissons de lavande bourdonnants de guêpes, le bassin désaffecté, les tas de gravats, l'abricotier et l'amandier poisseux de résine, leur royaume désolé quand je n'y suis pas. À moi Paris et Anna Bessonova.

Lorenzo et Esteban m'ont rejointe ce matin, pendant que je jetais quelques affaires dans un sac de sport. Il faisait encore nuit : peu de risque que quelqu'un d'autre se lève à part ces deux-là. Hier, Claudette m'a donné dix euros et un sandwich à l'omelette pour le voyage. Charlie m'a enlacée passionnément et entraînée dans un simulacre de valse : Paris, c'est une blonde, qui plaît à tout le monde, la la la… Mais il avait beau fredonner et me guider adroitement à travers le salon encombré, je traînais des pieds, bien décidée à faire la gueule et à lui gâcher son plaisir, de sorte qu'il a fini par laisser tomber avec des remarques peu amènes :

— Eh ben, Kim, on dirait pas que tu pars à Paris demain ! Tu pourrais être un peu contente, un peu reconnaissante, au moins !

Reconnaissante de quoi ? La municipalité prend le voyage à sa charge, et à part ma grand-mère personne ne s'est demandé si j'aurais besoin de quoi que ce soit. De peur qu'on ne me mette in extremis des bâtons dans les roues, j'ai marmonné que j'étais contente et reconnaissante. À ce moment-là, ça a été le tollé dans le salon :

— Montre-le, alors ! Montre-le que tu es reconnaissante !

— Dire merci, ça t'écorcherait la bouche ?

— Et un sourire, c'est trop demander à Kimberly Chastaing ?

— Putain, c'est dingue, les gamins d'aujourd'hui !

Même mes sœurs s'y sont mises :

— Ouais, nous aussi, on aimerait bien partir, tu vois !

— Mais c'est pas à nous qu'on paierait un week-end à Paris !

Qu'est-ce qui les empêche d'aller à Paris sur leurs propres deniers ? Mystère. Mais le fait est qu'à part une ou deux classes vertes, un séjour au ski et de rarissimes week-ends avec leurs copains, mes sœurs ne sont jamais allées nulle part et n'en ont même jamais manifesté le désir. Elles préfèrent si visiblement passer tout leur temps libre en famille que j'ai ignoré leur explosion de dépit.

J'étais beaucoup plus sensible au chagrin muet de mes agneaux à qui le week-end allait sembler bien long.

— Tu vas voir la tour Eiffel ?

— Je sais pas. Peut-être qu'on n'aura pas le temps. Mais je vous en ramènerai une petite à chacun.

— Une qui s'allume ?

— Ouais.

Assis côte à côte sur mon lit, ils balançaient tous les deux leurs petites jambes pleines d'écorchures et d'ecchymoses. Lorenzo arborait en sus un coquard sur la pommette droite :

— Tu t'es fait ça comment ?

Son regard a fui le mien tandis qu'Esteban criait de sa voix aiguë :

— C'est Nathan !

— Nathan comment ? Je le connais ?

— Ben oui, tu le connais. C'est le frère de Mathilde.

— Vous vous êtes battus ?

Les yeux de Lorenzo se sont remplis de larmes et Esteban a répondu à sa place :

— Non, ils se sont pas battus ! Lorenzo, il a rien fait !

— Il t'a filé un coup de poing, comme ça, sans raison ?

Lorenzo a plaqué la main sur la bouche d'Esteban, l'empêchant de me donner plus de détails sur cet épisode fâcheux, puis il m'a jeté, le souffle court :

— Non, c'est pas ça ! Et Esteban il dit n'importe quoi ! Il était même pas là !

Esteban avait beau s'égosiller derrière la main de son frère, les yeux lui sortant de la tête dans l'effort qu'il faisait pour parler, rien ne me parvenait hormis des sons étouffés. J'ai laissé tomber. J'ai préféré ne pas en savoir plus. Lucie m'attendait. Anna Bessonova m'attendait. Pour Paris, on verrait, mais c'était quand même ma première fois. J'ai réitéré ma promesse de tour Eiffel et je les ai embrassés tous les deux, le petit roux à l'œil au beurre noir comme le petit blond qui aurait tant voulu parler et me raconter comment son frère se faisait tout le temps tabasser par des cadors de cours de récré.

Je regrette, Lorenzo. Si tu savais comme je regrette mon ignorance coupable, et tout ce temps perdu à fantasmer sur Lucie Leccia ou Anna Bessonova alors que j'aurais pu te sauver.

— Bon, soyez sages, hein ? Je suis là après-demain soir, de toute façon.

— Tu rentres à quelle heure ?

— Très très tard. Ne m'attendez pas.

— On peut dormir dans ton lit ?

— Comme ça on sentira quand tu reviens !

— O.K. Mais faites pipi avant de vous coucher : j'ai pas envie de trouver un lit tout mouillé, comme la dernière fois.

— Ouiii ! Promis !

Une fois dans le car, je ne parle à personne, j'ajuste mes écouteurs et je plaque la tempe contre la vitre, laissant les kilomètres défiler et un soulagement honteux m'envahir. À quelques sièges devant moi, les époux Leccia compulsent leur plan de Paris pour préparer la petite visite guidée qu'ils nous ont prévue. Pour l'occasion, Lucie a troqué ses pantacourts contre une jupette blanche de tenniswoman, un polo fuchsia et un blazer bleu électrique. Elle n'est jamais plus belle que dans ces couleurs dures qui avivent son éternel bronzage. La fraîcheur de brugnon qu'elle parvient à conserver sous son hâle est d'autant plus remarquable que son petit époux, quadragénaire comme elle, est aussi boucané qu'un iguane derrière ses verres polarisés. Ils n'ont pas eu d'enfants, ce qui me rendrait Thomas Leccia presque sympathique s'il n'était pas le mari de ma bien-aimée et s'il n'avait pas d'horripilantes manies de prof, dont ma Lucie est heureusement dépourvue : une façon ironique de saluer nos contre-performances sportives et une curiosité d'inquisiteur qui n'est pas sans me rappeler ma mère. Bref, jusqu'à preuve du contraire, Thomas Leccia est un ennemi et ce ne sont pas ses sourires à la Tom Cruise qui me désarmeront.

Leur choix de ne pas se reproduire, choix que Lucie a un jour évoqué devant les filles du club avec beaucoup de simplicité, m'a toutefois complètement bouleversée. Faustine parlait avec enthousiasme de la petite sœur qu'elle venait d'avoir quand Loubna s'est risquée en rougissant un peu :

— Et vous Madame Leccia ? C'est pour quand le bébé ?

Lucie, elle, n'a ni rougi ni esquivé. Ses yeux ont brièvement flamboyé sous la frange de jais, et à la place de Loubna, je serais rentrée sous terre, mais elle a répondu :

— Thomas et moi ne voulons pas avoir d'enfants.

Les filles ont bêtement fait chorus :

— Ah bon, mais pourquoi ? C'est mignon les bébés !

— Comment ça se fait, Madame ? Tout le monde veut des enfants !

— C'est normal !

— Moi j'en veux trois ! Au moins !
— Moi deux : un garçon, une fille !
— Moi aussi, un garçon et une fille ! Je sais déjà les prénoms : Léo et Emma !

Tandis qu'elles braillaient comme des putois, mon regard a croisé celui de Lucie Leccia, qui savait pourquoi elle ne voulait pas d'enfants, mais qui n'allait certainement pas livrer son secret en pâture à des filles qui étaient presque les siennes, des filles qu'elle avait vues grandir et à l'évolution desquelles elle portait un tendre intérêt, mais qui n'étaient pas sorties de ses cuisses fuselées, qu'elle n'avait ni allaitées ni bercées, et dont elle se séparerait sans états d'âme le moment venu, sachant qu'entre-temps elle ne leur aurait ni pourri la vie ni coupé les jarrets. Au contraire. Je peux même dire que l'enseignement de Lucie m'a sauvée du désespoir de vivre dans un monde où mes parents faisaient régner leur loi inique.

Pour l'heure, dans le car qui m'éloigne de ma famille nombreuse, je regarde sa natte lustrée qui tressaute sur sa nuque brune, son application à surligner certains passages de son guide, la façon discrète et courtoise avec laquelle son mari et elle se consultent. Il ne fait aucun doute que nous allons optimiser chaque minute de notre week-end parisien même si notre priorité reste le Grand Prix de Thiais vers lequel les époux Leccia nous entraînent implacablement dès notre arrivée, laissant derrière nous Sacré-Cœur, tour Eiffel et quais de la Seine. Dans le métro, que pour beaucoup nous prenons pour la première fois, nous restons debout avec nos petits sacs à dos aux couleurs du club, tétanisées par cette inquiétante nouveauté. Épaule contre épaule, Thomas et Lucie me paraissent étrangement petits et absurdement bronzés, très provinciaux, en fait, avec leurs fringues neuves, leur Routard de la région parisienne, et leur angoisse visible de louper la bonne station. Mais évidemment, et après un bref trajet en bus, nous arrivons sans encombre, comme toujours dès que Lucie prend les choses en main, et nous n'avons plus qu'à nous asseoir sur les gradins en attendant que débutent les qualifications individuelles.

Anna Bessonova est la troisième à être annoncée par une voix impersonnelle et saluée par un murmure d'approbation. Maylis ne peut s'empêcher de hurler un « Anna ! » qui lui vaut le regard courroucé des époux Leccia et les « chut » indignés des autres filles. Lucie s'est assise à côté de moi avec le plus grand naturel, mais, la connaissant, j'y vois l'intention cruelle de resserrer nos liens et de me rendre la séparation douloureuse voire impossible.

Malgré l'excitation du voyage, de l'arrivée à Paris puis à Thiais, je ne me suis pas départie de mes airs rogues et n'ai pas décroché les mots qui pourtant me montaient aux lèvres. Mais là, dans l'atmosphère survoltée du Palais Omnisport, dans la ferveur qui a accueilli l'arrivée d'Anna Bessonova, je sens fondre les résistances que j'ai péniblement édifiées autour de ma décision d'arrêter la gymnastique rythmique.

Anna monte trois marches et s'avance sur le podium qui mène au praticable, sensationnelle dans son justaucorps d'un violine profond rehaussé de parements de velours noir et largement échancré dans le dos. Comme d'habitude, elle crée l'impression d'évoluer sur les pointes et d'à peine effleurer le sol alors qu'elle marche bien à plat, à petits pas posés. Il faut dire que ses jambes sont interminables et gainées aujourd'hui d'une résille rouge qui les sublime et achève de me confondre — Lucie à mes côtés, sa jupe de tenniswoman sagement rabattue sur ses cuisses cuivrées, et Anna plus belle que jamais à quelques mètres seulement, c'est trop pour moi, pitié.

Sous les applaudissements du public, elle s'agenouille sur le praticable et replie gracieusement une jambe derrière elle pour y nicher un ballon doré. Tandis qu'elle lève le menton avec cet air de sagesse résolue qui la caractérise, je suis arrachée à moi-même et irrésistiblement transportée dans le corps longiligne et désirable d'Anna Bessonova, d'Ukraine. Peut-être parce que je sais ce qu'elle ressent ; peut-être parce que je sais qu'avant d'apparaître devant nous, elle a soigneusement et presque superstitieusement essuyé ses mains, vérifié la tenue de son chignon, manipulé le ballon, maté l'impatience de ses muscles et le frémissement de ses tendons pour accéder à cet état de concentration rêveuse qui permet les meilleures performances.

Les premiers accords éclatent et elle fait rouler le ballon jusqu'au sommet de son petit crâne lustré, pile entre les deux aigrettes de strass qui encadrent sa coiffure sévère. Puis je fuse, je jaillis avec elle, pour une première diagonale éblouissante. Le ballon s'envole vers les cintres et nous caracolons de concert, un carpé, deux boucles, pour le réceptionner ensuite au creux de nos reins, hop, le coincer entre nuque et trapèze avant de le projeter de nouveau dans les airs. Le public halète, l'ovation enfle, décroît, croît de nouveau. La salle est suspendue à nos évolutions : je suis la biche, le cygne noir et l'oiseau de feu. J'électrise, je soulève, je suspends les souffles et j'accélère les cœurs, à commencer par celui de Lucie, dont les ongles s'enfoncent soudain dans mon avant-bras, rompant le charme et me dissociant brutalement d'Anna Bessonova.

Ce n'est pas le bras de son petit époux que Lucie a ainsi agrippé, non, c'est le mien, et mes yeux débordent de larmes trop longtemps retenues. Je pleure. La beauté pure fait parfois cet effet. L'amour aussi, quand on en perçoit enfin la réciprocité miraculeuse. Je n'ai pas besoin de regarder Lucie pour savoir qu'elle pleure aussi, mais je la regarde quand même pour qu'elle comprenne : il y a longtemps que je t'aime, Lucie, trop longtemps ; trop longtemps que je te désire, trop longtemps que je me branle furieusement en imaginant que j'ai l'audace de t'embrasser et que nos langues se mêlent pour un baiser de cinéma.

Lucie rétracte ses ongles impeccablement manucurés, laissant dans ma chair tendre la marque trop fugace de son élan de passion. Mais au même moment sa cheville aérienne frôle la mienne et sa main trouve ma nuque pour une caresse sans équivoque. Anna Bessonova s'immobilise, le ballon en équilibre sur un doigt, et le Palais Omnisport de Thiais explose en même temps que moi et mon cœur. Profitant du passage d'une gymnaste ouzbèke qui m'est absolument inconnue, je me lève pour gagner les toilettes en titubant presque.

Les glaces murales me renvoient l'image d'une fille qui n'a pas l'air d'en être une. À treize ans, je suis plus grande que tout le monde, à commencer par mes parents et mon entraîneuse bien-aimée. Huit ans de gymnastique rythmique ont développé ma carrure, et mes triceps menacent de faire éclater les coutures du tee-shirt. Mes cheveux, qui ont perdu depuis peu leur blondeur enfantine, retombent sur mon front en mèches durcies par le gel. Enflammées par l'excitation, mes joues et mes pommettes flamboient de façon inquiétante, et mes yeux, ces yeux allongés et clairs qui m'attirent tant de compliments oiseux, ont une brillance un peu hallucinée. J'ai beau prendre un air dur face au miroir, ce qui domine, c'est une telle expression de désarroi que je plonge mon visage dans le lavabo et l'asperge à grands traits, comme si l'eau froide pouvait faire disparaître les signes de mon égarement.

Tandis que je m'efforce de me reprendre, j'entends derrière moi des pas précipités. C'est Lucie, et je me jette dans ses bras avec un involontaire gémissement d'abandon. J'ai treize ans. Mes rêves les plus honteux se réalisent et je ne suis absolument pas à la hauteur — mais c'est tant mieux parce qu'elle prend les choses en main, baisse brutalement mon bas de jogging et plaque sa main brûlante contre mon sexe battant. Elle a comme un hoquet de surprise en découvrant à quel point je suis dépourvue de pilosité :

— Tu te rases ?

Je mens effrontément :

— Ouais. J'aime pas les poils.

— Je te comprends, moi non plus.

L'autre main se glisse sous mon tee-shirt et remonte jusqu'à mon absence de seins. Là, Lucie marque un autre arrêt interloqué :

— Kim ?

— Ouais ?

— Tu n'as presque pas de poitrine ! Tu as tes règles, au moins ?

Je ne vois pas très bien ce que ça peut lui foutre ni ce que ça change entre nous, mais je flaire le danger et je mens derechef et sans plus de vergogne :

— Personne n'a de seins dans ma famille. Ma mère est comme ça : plate comme une limande. Mes sœurs aussi.

Prions pour qu'elle n'ait jamais vu Svetlana, dont la poitrine est phénoménale depuis qu'elle a quinze ou seize ans.

— Et bien sûr que j'ai mes règles !

Ma protestation indignée n'a pas l'air de la convaincre. Elle se rejette en arrière, ses ongles polis comme des dragées montent impulsivement à sa bouche — et elle, elle que je n'ai jamais vue marquer d'hésitation ni de perplexité, me dévisage comme si elle cherchait à percer le mystère.

— Tu es trop jeune, Kim : je ne peux pas.

— Vous ne pouvez pas quoi ?

Ma voix vibre du désespoir que cette interruption suscite en moi. L'amour, c'est maintenant ou jamais, je le sens bien.

— Je pensais que tu étais plus…

— « Plus » quoi ?

Je crie. Je veux savoir. Elles sont où, mes insuffisances ? Qu'est-ce qu'il faut que je sois pour plaire à Lucie Leccia et pour lui donner envie de reprendre les choses là où nous les avons laissées ? Plus poilue ? Mais non, puisqu'elle n'aime pas les poils. Plus mamelue ? Il y a des femmes qui n'ont pas de seins, j'en connais, et qui ça dérange ? Les seins, c'est moche et encombrant : j'ai déjà dit que je n'en voulais pas.

— Tu es vraiment trop jeune. Et moi je suis trop conne.

Elle ne nous a pas habituées aux gros mots, Mme Leccia. Depuis huit ans que je la connais, elle n'a jamais juré devant nous, ne s'est jamais permis le moindre écart de langage. Qu'est-ce qui lui arrive ? Je veux bien croire que je suis trop jeune, mais elle le savait avant de m'embrasser, non ? Elle ne m'a pas vue la semaine dernière, jouer aux « trois garçons » avec mes petits frères et faire le cochon pendu dans l'abricotier ?

Elle me regarde. Je la regarde. Et je dois dire à sa décharge qu'elle a l'air malheureuse et confuse. Sa frange a perdu son bombé impeccable et colle à son front moite, ses joues sont aussi rouges que les miennes, et son polo découvre largement son sternum osseux et la bretelle immaculée de sa brassière. Elle répète, inutilement et bêtement :

— Je ne peux pas, je ne peux pas…

Je me laisse glisser contre le mur et je me prends la tête à deux mains. Il était dit qu'aucun adulte ne pourrait me délivrer de la folie des autres adultes. En comptant sur Lucie, je me suis trompée. J'ai bien raison d'arrêter la gymnastique rythmique, parce que celle qui me l'enseigne n'est pas plus cohérente, pas plus sage, pas plus réfléchie que mes pauvres parents. La sévérité, les exigences, les bonnes manières, les tenues pimpantes, le refus de procréer, tout ça, ce sont des airs qu'elle se donne. Mais derrière cette façade respectable, c'est le bordel, comme chez tout le monde. La seule bonne idée qui vaille, c'est donc de ne plus grandir, de rester coincée à treize ans, entre la prime enfance, trop faible, trop vagissante, et cet âge adulte aussi terrifiant qu'écœurant.

Lucie Leccia se rue hors des toilettes. Mais ça tombe bien, parce que mon désir d'elle a reflué pour laisser place à une rage pure, qui pourrait me conduire à dire des méchancetés regrettables. Je regagne ma place sur les gradins, prenant garde à ne pas effleurer ni regarder Lucie. Les qualifications individuelles ont évidemment continué à se dérouler sans nous. C'est au tour d'une Française, puis d'une Biélorusse suivie d'une Italienne, mais je ne les vois pas. Je ne reviens à la réalité qu'au moment où Anna Bessonova se positionne de nouveau sur le praticable, la hampe de son ruban à la main. Très vite, il se déploie dans les airs, comme le prolongement des lignes déliées de son corps. Anna n'est plus un cygne, mais un lys à la corolle satinée et aux étamines pourpres, une fleur idéalement agitée par le vent. Je me raidis à côté de Lucie, histoire de ne pas partager la même émotion qu'elle. On a bien vu ce que ça donnait, les émotions, les emballements, les coups de cœur : pas grand-chose, un baiser volé dans les toilettes du Palais Omnisport de Thiais, et puis plus rien. Mais l'émotion me gagne quand même, face au jeu espiègle et inspiré d'Anna Bessonova et de son ruban pourpre.

Des cinq engins que nous impose la gymnastique rythmique, le ruban est pourtant celui que je trouve le plus ingrat, celui qui me répond le moins, celui avec lequel j'ai le plus de mal à faire corps, alors que cette incorporation de l'engin est le fondement même de la discipline. Quoi que je fasse, je ne commuerai jamais mes heures et mes heures d'entraînement en cette grâce heureuse, en cette maestria fougueuse et bien tempérée. J'ai bien raison d'arrêter la GR, parce que si je ne peux pas être Anna Bessonova, autant n'être rien. Et même, ça m'arrange de n'être rien : au moins on me foutra la paix. Rien, ou alors une fleur, une plante de mon jardin en friche : un pied de romarin, un coquelicot, une pervenche dans le lierre, ou mieux, une belle-de-nuit, une fleur qui se rétracte le jour pour mieux se déployer le soir venu. Alors que les spectateurs du Palais Omnisport de Thiais applaudissent à tout rompre le passage au ruban de la belle Ukrainienne, je sens bien que j'accède à une vérité intime sous ses dehors botaniques : je dois vivre sans me déployer car le déploiement serait ma perte.

Le lendemain, Mme Leccia a retrouvé tout son allant et nous visitons Montmartre au pas de course, avant de nous dévisser la tête sous les piliers de la tour Eiffel. Pas question d'y monter puisque nous retournons à Thiais pour les finales des ensembles et les grands prix individuels, qu'Anna remporte haut la main pour ce qui est du ruban. De toute façon, ma ferveur est retombée et nous n'avons pas plutôt quitté le Palais Omnisport que j'ai remis mes écouteurs et repris mon air imperturbable.

Dans le car qui nous ramène, tandis que défilent les aires d'autoroute aux noms exotiques, je regarde les petites tours Eiffel clignotantes que je rapporte à mes deux agneaux, je me dis qu'ils seront contents et je prends ma troisième résolution : sauver Lorenzo, l'arracher à ses tourmenteurs et lui transmettre un peu de ma rage, histoire qu'il soit un peu moins agneau et un peu plus loup solitaire, comme sa grande sœur.

En retrouvant ma maison endormie dans laquelle personne ne m'attend, dans laquelle personne n'a pensé à laisser de lampe allumée ni de petit mot tendre sur la table et encore moins d'assiette dans le micro-ondes, j'ai envie de pleurer mais je me reprends. Finie la faiblesse, fini le déploiement émotionnel. Je trouve un reste de gratin de courgettes dans le frigo et je l'avale froid, sans même m'asseoir.

Comme prévu, mes petits frères sont dans mon lit et je me glisse entre eux. Ils ne se réveillent pas, mais je reste un long moment à écouter leur souffle et à jouir de la chaleur et de la douceur de leurs peaux nues. Comment grandir sans grandir ? Comment devenir plus forte sans être gagnée à mon tour par la bêtise, la cruauté et l'inconséquence des adultes ?

Ce n'est pas cette nuit que je trouverai la réponse, et d'ailleurs, dans les semaines qui suivent, alors que j'ai officialisé ma décision d'arrêter la gym, au grand désespoir de ma mère et de Charlie, je suis brusquement rattrapée par la puberté : je passe du 34 au 36, je prends deux bonnets de soutien-gorge, et mes poils pubiens jusqu'ici épars et follets acquièrent une densité broussailleuse absolument répugnante. Trop tard pour que Lucie Leccia puisse en profiter, mais encore beaucoup trop tôt pour moi : je ne suis pas prête et je ne le serai jamais.

Il ne manquerait plus que mes règles arrivent, et elles font évidemment leur apparition, en traînées d'abord gluantes et noirâtres puis en écoulements vermillon qui ne permettent plus le doute ni l'espoir que ce soit autre chose, n'importe quelle maladie innommable mais pas ça, pas ce dernier signe incontestable de féminité. Comme j'ai encore en mémoire les youyous avec lesquels ma mère a célébré les premières règles de mes sœurs, et la diligence qu'elle a mise à en informer toute la famille, je décide de garder pour moi cette nouvelle honteuse, me contentant de piocher dans le stock considérable de serviettes hygiéniques que ma mère et mes sœurs entreposent un peu partout : les chiottes, la salle de bains du rez-de-chaussée, celle du premier, leurs propres chambres. Elles ont des tampons, aussi, mais à ma première tentative pour en introduire un dans mon vagin sanglant, je réalise que ce n'est pas encore pour moi. Les tampons attendront que Sven Marinello m'ait dépucelée dans la Mondeo de son père. Mais avant que ne vienne l'heure de ma défloration, d'autres rites sauvages doivent avoir lieu : patience.

## 9. LA GLOIRE DE MA MÈRE

Ma retraite anticipée a comme effet inattendu de lancer la carrière artistique de ma mère. Les défections successives de ses trois filles lui ôtant toute perspective de vivre ses rêves de gloire, Gladys Chastaing décide que devenir elle-même une star présente moins de risques de déception. Elle sait déjà qu'elle peut compter sur le soutien inconditionnel de son père et de son mari, ces crétins dociles qui lui sont tout acquis et qui ne demandent qu'à être ses fans numéro un.

Seulement voilà, ma mère n'a jamais fait preuve de quelque talent ou de quelque aptitude que ce soit : elle est parfaitement nulle en tout. Si elle était un tant soit peu lucide, elle admettrait sa nullité et nous en resterions là. Sauf qu'on peut compter sur elle pour n'avoir aucun sens des réalités et se faire en revanche une idée surestimée de sa propre personne, ce qui fait qu'à trente-neuf ans, elle devient Sweetie, une artiste burlesque dont le nom de scène a le mérite d'évoquer vaguement le prénom de sa fille préférée, en même temps que d'ouvrir sur un monde de promesses suaves.

Heureusement que je vais désormais sur mes quatorze ans et que j'ai trop à faire avec les transformations de mon corps, sans compter ce qui se passe dans mon esprit en surchauffe, pour prêter beaucoup d'attention aux agissements de ma mère. Toute la maisonnée a pourtant droit à des essayages et à des effeuillages en règle, et à moins d'être sourd et aveugle nul ne devrait pouvoir ignorer qu'elle commence une nouvelle vie.

Je passe. Je m'efforce de passer comme une ombre, quand le cercle de famille applaudit à grands cris des chorégraphies lascives et naïves dans lesquelles Sweetie fait tournoyer ses nippies, vêtue en tout et pour tout d'un cache-taille rayé comme un berlingot. Je ne fais que passer, mais je ne peux pas m'empêcher de frémir de dégoût au spectacle de ces moues suggestives et de ces déhanchements conventionnels, partagée entre l'envie de vomir et celle de tout prendre en main : non, maman, pas comme ça ! Putain, si tu veux être une artiste burlesque, envoie promener tout ce tralala, tous ces trucs archi-rebattus ! Car si bizarre que ça paraisse et malgré mon opposition à ce projet débile, j'ai mon idée sur ce que pourrait être le show de Sweetie, cette quadragénaire certes bien conservée mais incontestablement atypique avec ses tempes rasées, sa crête blonde, ses multiples tatouages et l'étrange raccommodage de son visage. Mais voilà, à part moi, tout le monde trouve Gladys convaincante en pin-up d'opérette et personne ne se demande ce qui a pu motiver son embauche au *Tetrallini's*, probablement un hommage aux freaks de Tod Browning, mais là aussi personne ne voit le rapport, seulement moi — mais moi tout le monde sait que j'ai mauvais esprit et que je suis incapable de prêter aux autres des intentions pures et louables.

Mais comment ne pas douter de celles de Tugra Takdogan ? Eh oui le revoilà, l'entraîneur des sirènes du Val d'Azur reconverti dans le showbiz. Il se pointe à la maison, inchangé, toujours aussi dépourvu de charme avec sa moustache anatolienne et ses manières abruptes. Qu'est-ce que ma mère peut bien lui trouver, mystère, mais il lui fait toujours autant d'effet que quand il entraînait Svetlana. Il louche d'ailleurs d'un air appréciateur sur les formes de cette dernière, qu'il n'a pas vue depuis près de deux ans et dont il n'a pas encore pu admirer la prise de poids spectaculaire.

Mais pour en revenir à ma mère et à son engouement de collégienne pour cet homme si peu aimable, je me demande s'il n'est pas à mettre au compte des ménagements auxquels elle est habituée : finalement ça la change, qu'on la traite comme une merde alors que dans ma famille nombreuse tout le monde se met en quatre pour lui être agréable, à commencer par mon père qui se déploie autour d'elle en permanence comme un farfadet trop zélé, histoire de prévenir ses moindres désirs. Ma mère est comme ces princesses que finissent par lasser les révérences et les raffinements protocolaires, et qui préfèrent s'encanailler incognito avec des hommes qui les baisent à la va-vite et sans autre égard, dans le meilleur des cas, que des mots d'encouragement salaces et avinés soufflés à leur oreille. Avec M. Takdogan, ma mère goûte au plaisir d'être rudoyée, mais derrière cette rudesse, peut-être entrevoit-elle quelque chose que mon père serait bien en peine de lui offrir, un empire des sens flambant neuf, un champ libre ouvert à sa deuxième jeunesse, je n'en sais rien et j'évite de trop y penser.

En tout cas, ils consacrent tous les deux beaucoup de temps à mettre au point le numéro par lequel Sweetie va faire ses débuts fracassants. Tous les après-midi, ma mère quitte la maison, radieuse, ses nippes burlesques rassemblées dans un sac de sport. Ça aussi c'est nouveau, cet intérêt porté aux fringues en général et à la lingerie en particulier. Quand elle ne se balade pas à poil, ma mère vit en jeans ou en combinaison de moto et n'a jamais porté que des culottes informes, rarement assorties à ses soutiens-gorge — encore que tous ses sous-vêtements finissent par avoir la même teinte grisâtre. À trente-neuf ans, voilà qu'elle découvre l'existence des corsets, des caracos, des guêpières, des bas, des porte-jarretelles et des nuisettes. Dommage : c'était l'un de ses charmes, cette absence de coquetterie et de prétention à l'élégance. Contrairement à moi, mon père est aux anges, lui qui depuis des années l'implore d'être un peu plus féminine et de prendre soin d'elle. Comme quoi mon père est un âne car il n'y a pas de limites au soin que Gladys prend d'elle-même ni à l'attention passionnée qu'elle se porte. Ai-je dit qu'elle n'avait jamais travaillé ? On me rétorquera qu'ayant eu cinq enfants en huit ans, elle aurait difficilement pu le faire, mais je connais ma mère, enfants ou pas enfants, la vie professionnelle aurait trop exigé d'elle, et d'ailleurs nos naissances successives n'ont rien changé à ses horaires ni à ses activités quotidiennes : promener les chiens, faire de la moto avec mon père, regarder la télé, accompagner Charlie au terrain de boules — sans compter des siestes interminables dont elle émerge fraîche comme la rose sur le coup de six heures. Heureusement que Claudette et Patrick étaient là pour veiller au grain, sans quoi nous n'aurions jamais été nourris en temps et en heure, nous aurions vécu dans des barboteuses souillées, nous n'aurions jamais bénéficié de vaccins ni de soins dentaires — et qui sait même si nous aurions été scolarisés avant l'âge légal ?

La tendance de ma mère à l'incurie n'ayant fait que s'accentuer, elle ne s'est tout simplement pas aperçue de la présence de mes petits frères, comme j'ai déjà eu l'occasion de le dire et de le déplorer. Elle s'est rattrapée avec mes sœurs et dans une moindre mesure avec moi. Dès que nous avons atteint une relative autonomie, dès qu'elle a pu nous prendre comme une émanation de sa propre personne, nous sommes soudain devenues l'objet de toutes ses attentions et elle s'est mis en tête d'être à la fois notre mère, notre sœur, notre meilleure copine, notre directeur de conscience et notre coach sportif.

Cela dit, cette période est provisoirement révolue puisque Gladys a cessé d'être la mère de qui que ce soit pour se muer en une somptueuse créature de la nuit. Loin de lui en vouloir, mes imbéciles de sœurs ne tarissent pas d'éloge sur cette métamorphose : maman est sublime, positivement étonnante, tellement sexy, on lui donne trente ans à tout casser, et d'ailleurs elle pourrait en remontrer à pas mal de jeunettes sur le plan du charisme et du sex-appeal. Que *maman* ait la gueule cassée et qu'elle soit incapable d'aligner correctement trois mots, voilà qui n'entre absolument pas en ligne de compte pour Svetlana et Ludmilla. Quant à Patrick, c'est bien simple, il ne touche plus terre, comme s'il n'avait manqué que ça à son bonheur : la transformation de Gladys en Sweetie.

Charlie est tout aussi extatique. Et peut-être l'est-il d'autant plus que, contrairement à son gendre, il doit avoir présent à la mémoire le choc qu'ont constitué la naissance de sa fille aînée et ses difficiles premiers mois, quand toute la partie inférieure de son visage était un champ de bataille indistinct et incompréhensible, quand la déglutition, l'élocution voire l'inhalation posaient tant de problèmes à son premier bébé, et qu'il devait continuellement feindre la tendresse et simuler l'intérêt quand il n'éprouvait que déception et dégoût. Je connais mon grand-père et son intolérance à la laideur, et je ne doute pas qu'il ait été très mortifié de cette malformation en forme de camouflet personnel. Il s'est rattrapé depuis, jusqu'à devenir le premier admirateur de sa Gladys dont le dernier avatar doit lui apparaître comme une magnifique revanche sur ses propres doutes et comme une incitation à l'amour quand l'amour ne va pas de soi.

Du coup, le soir de la grande première de ma mère, je suis la seule à me faire porter pâle, arguant des révisions de brevet. Je suis bien tranquille : personne chez moi n'ira s'aviser que je ne suis qu'en quatrième.

Cette année, ils ont même oublié mon anniversaire, mes quatorze ans que je célèbre toute seule avec les deux agneaux dans le jardin bruissant d'insectes et croulant sous les fleurs, comme une fête dispendieuse donnée en mon seul honneur. Je me suis quand même acheté un gâteau dans une des meilleures pâtisseries de la ville : une sorte de tarte aux ingrédients indéfinissables, étrangement vernissée de blanc, avec, posée en son centre, une unique cerise confite. Lorenzo la découpe avec solennité puis, tandis que chacun croque prudemment dans sa part, ils m'offrent leurs cadeaux, pas sûrs de leur effet, guettant ma réaction : une bague somptueuse qui a l'air en toc mais qui ne l'est pas, et une minuscule plume de geai. Je n'en ai jamais vu et je reste songeuse devant la perfection de son vexille externe, les barbules d'un noir lustré alternant avec celles qui sont d'un bleu miraculeux.

— Merci : c'est super-beau.

— Et la bague, elle te plaît pas ?

— Si ! Je l'adore !

Satisfaits, ils se trémoussent un peu sur leur séant.

— On joue aux « trois garçons » ?

— J'ai pas envie.

— Pourquoi t'as pas envie ?

Comment leur expliquer ce que je peine déjà à m'expliquer à moi-même : que le jeu s'est soudainement vidé de son sens et de sa substance, et que je ne comprends même plus comment j'ai pu prendre plaisir à imaginer les aventures de Sven, Luffy et Kakashi, épisode après épisode. D'autant qu'en définitive, nous jouions à peine, passant beaucoup plus de temps à discuter minutieusement de ce que nous allions faire qu'à endosser nos rôles respectifs. Sur ma langue le glaçage fond, pommes et amandes se délitent, et je regarde mes frères, le petit roux aux yeux pâles et aux cils flamboyants, comme le petit blond qui me ressemble tant.

— Elle vient d'où, la bague ? Vous l'avez pas volée, au moins ?

— Si, on l'a volée.

— J'en étais sûre. À qui ?

— On peut pas te le dire.

— À Claudette ?

— Non, pas à Claudette.

— Mais à qui alors ? Vous allez pas avoir des ennuis ?

— Non. Personne ne peut savoir que c'est nous.

Je n'insiste pas. En cuisinant Esteban à part, je finirai bien par savoir ce qu'il en est. Ce serait plus difficile avec Lorenzo, qui s'est endurci récemment, donnant enfin du fil à retordre à mes parents après avoir été d'une sagesse inquiétante pendant dix ans. La maîtresse se plaint de son agitation et de son insolence ; une mère a même mis un mot dans son carnet de liaison pour signaler que Lorenzo harcelait et malmenait sa fille depuis plusieurs semaines.

— C'est qui cette fille, celle à qui tu as déchiré la jupe ?

— C'est une idiote.

— Elle s'appelle comment ?

— Elle s'appelle Andréa.

— Pourquoi tu lui as déchiré sa jupe ?

— J'ai même pas fait exprès ! On jouait !

— Et pourquoi tu fais l'imbécile en classe ?

Son regard évite le mien, devient douloureux et se perd, comme s'il se heurtait à l'horizon misérable de sa petite vie.

— Je fais pas l'imbécile. C'est la maîtresse, l'imbécile !

Esteban ne peut pas s'empêcher d'apporter son grain de sel à la conversation :

— Si ! Tu fais l'imbécile !

— Qu'est-ce que t'en sais ?

— Je suis dans ta classe, je te rappelle.

Eh oui, nés la même année, mes frères ont toujours été dans la même classe sans qu'il vienne à l'idée d'un adulte responsable de les séparer, ne serait-ce que par égard pour Lorenzo, ainsi dépossédé de son petit droit d'aînesse et ravalé au rang de son cadet.

— Ben dans ce cas tu devrais savoir que la maîtresse est une idiote.

Esteban se désintéresse soudain de notre échange et part fourrager dans les buissons, une baguette de noisetier au poing en guise de dague. Des exclamations de fureur et des cris de victoire ne tardent pas à nous parvenir depuis la restanque où il bataille contre ses ennemis imaginaires. J'en profite pour cuisiner Lorenzo :

— Et les autres, ils te laissent tranquille, maintenant ?

Il a l'air furieux contre moi et contre la terre entière, mon petit frère :

— Ouais !

— T'es sûr ? Parce que s'ils t'embêtent, je vais venir leur en coller une, moi !

— Personne m'embête.

La voix d'Esteban nous parvient de derrière l'amandier :

— C'est pas vrai ! Tu te fais tout le temps embêter ! Même les filles, elles se moquent de toi ! Elles t'appellent Orangina !

Lorenzo se lève en rugissant de rage :

— Tais-toi ! Tu dis n'importe quoi ! Ta gueule !

J'attrape Lorenzo par le bras :

— C'est vrai ce qu'il dit ? On se moque de toi ?

Les yeux lui sortent de la tête tellement il est furieux contre son frère et désireux de me convaincre que tout va bien :

— Mais non ! C'est Esteban qui comprend rien ! Ce sont mes copains ! On s'amuse ! C'est pas méchant !

— Tu me le dirais, hein ?

— Mais oui, je te jure ! Et puis laisse-moi tranquille ! Tu m'énerves à la fin !

Ça, c'était il y a trois jours. Mais depuis, j'ai eu autre chose en tête que les ennuis de Lorenzo à l'école Jean-Vilar, vu l'effervescence exaspérante qui a entouré les dernières répétitions de Sweetie, la mise au point du maquillage et de la coiffure, le choix définitif de la tenue : une redingote soutachée de velours, un corset bicolore se dégrafant par le milieu et révélant une culotte tanga d'un rose poudré et des nippies de satin noir, sans compter tout un harnachement de porte-jarretelles et de bas fumés à la couture centrale délicatement froncée, bref de l'archi-classique hyper-moche, rien qui justifie qu'on y consacre tant de discussions sans fin.

Le grand soir venu, ma famille nombreuse s'ébranle dans la nuit chaude en direction du *Tetrallini's* où ma mère et son amant se trouvent déjà depuis plusieurs heures. Ils se sont habillés pour l'occasion, mais chacun a suivi l'idée qu'il se fait d'une soirée de gala. Du coup Svetlana, qui se croit russe en dépit de ses origines corses, belges et pieds-noirs, arbore un jupon folklorique et une blouse aux broderies multicolores. Le choix de Ludmilla s'est porté de façon plus heureuse sur une robe charleston noir et argent dont les franges battent ses cuisses bronzées. Elle l'a assortie à un bandeau en panne de velours qui enserre ses boucles fauves de façon plutôt seyante. Mon père n'a pas dérogé à ses habitudes vestimentaires, revêtant un sweat à capuche dont les manches courtes dévoilent avantageusement des tatouages d'inspirations diverses : dragons polychromes, sagittaires menaçants et maximes romantiques : love is stronger than hate, loving you is a sweet melody, etc. Pourquoi ce choix de l'anglais alors qu'il n'en parle pas un mot ? Mystère. Un de plus le concernant. En tout cas le sweat est flambant neuf et il a discipliné au gel ses magnifiques boucles d'or. Claudette est en veuve sicilienne, ce qui constitue un progrès appréciable par rapport aux pantalons et aux chemisiers informes qu'elle porte d'ordinaire. Charlie est en Gatsby, et mes petits frères en Eddy Barclay. L'inverse aurait sans doute mieux valu mais c'est mon grand-père qui a dirigé les opérations : lui est évidemment splendide dans son jodhpur crème, sa chemise lavande et sa lavallière gorge-de-pigeon. Quant à mes agneaux, ils sont engoncés dans d'absurdes costumes de lin blanc qui ne tarderont pas à être salis et froissés, tant pis pour Charlie et sa volonté d'arbitrer les élégances.

Depuis l'abricotier, dissimulée dans son feuillage tiède, je les regarde s'éloigner. J'y ai grimpé au cas où ils se raviseraient ; au cas où l'idée perverse qu'ils se font de la famille les pousserait soudain à exiger ma présence à cette célébration. Ça ne les dérangerait pas du tout de m'arracher à mes chères études, qui me sont encore plus chères depuis que j'ai arrêté la GR et renoncé à être un garçon devant l'exubérance de mes caractères sexuels. Ce qui me monte aux lèvres, tandis que ma famille nombreuse disparaît de ma vue, ce sont les deux premiers vers d'un poème de Baudelaire : la tribu prophétique aux prunelles ardentes, hier s'est mise en route, emportant ses petits... Depuis que j'ai récité « Les chats » devant Mme Jardin en CE1, Baudelaire aussi m'est devenu très cher et infiniment plus proche que n'importe quel membre de ma tribu ardente. Je pense à lui ce soir, à sa chute dans l'église de Namur, au début de la fin à l'hôtel du Grand-Miroir, et surtout, je me récite sans discontinuer tous les poèmes que j'ai appris de lui, toute seule, sur les conseils de personne vu que ce qui caractérise les miens, c'est l'horreur des leçons de ténèbres — surtout, surtout, ne pas savoir ce que dit la bouche d'ombre, des fois qu'elle leur enjoigne de vivre et de penser !

Seule ma grand-mère pourrait reconnaître dans *Les Fleurs du mal* ce que la vie s'est déjà chargée de lui apprendre, mais il ne lui viendrait pas à l'idée d'ouvrir un livre et elle a déjà suffisamment à faire avec son propre égarement pour ne pas y ajouter les vaticinations d'une autre âme fêlée. Je m'en fous, *Les Fleurs du mal*, je les lis pour deux, pour trois, pour dix, et j'en fais profiter tout le monde. J'ai remplacé le jeu des trois garçons par des séances de lecture : s'ils veulent pouvoir compter sur ma bienveillance, les agneaux doivent endurer sans broncher la déclamation d'« Une charogne » suivie d'un interrogatoire serré :

— Ça veut dire quoi « charogne » ?

— Y a une fille dans la classe, elle s'appelle Charonne !

— Elle est grosse !

— Et elle pue ! Comme la Charonne du poème ! Elle se lave jamais, ou quoi ?

— Cha-ro-gne ! Pas Charonne ! Alors, vous savez ou pas ?

Ils ne savent pas. Ils attendent docilement que je leur délivre la bonne parole, serrés l'un contre l'autre, plus laineux que jamais, Esteban surtout, avec ses boucles qui ressemblent aux miennes. Concernant les cheveux, j'ai récemment amorcé un virage à cent quatre-vingts degrés. Désormais, je les laisse pousser, mais pas question de les coiffer : mon objectif, c'est d'avoir des dreadlocks, comme les rastas, comme Bob Marley que je viens de découvrir en même temps qu'une palanquée d'autres chanteurs et d'autres groupes de tout acabit. Bob Dylan, les Cure, les Stones, les Clash, Earth Wind and Fire, Prince, les Beach Boys, Michael, Marvin : j'avale tout sans distinction, mais dans la jubilation et dans la conviction que j'ai plus à voir avec Otis Redding ou Nina Hagen qu'avec mon encombrante parentèle. Si je dois avoir une famille, alors que Baudelaire soit mon frère et Janis Joplin ma sœur. Pour les parents, on verra plus tard, mais pourquoi pas John Lennon et Yoko Ono ?

Cette nuit-là, cette nuit qui voit ma mère faire ses débuts sur scène, je profite de leur absence à tous pour danser dans le salon sur « Smooth Criminal » ou « Wanna Be Startin' Somethin' », ce qui fait que je n'entends pas vibrer le portail ni s'ouvrir la porte du salon. Ils me surprennent, échevelée et suante dans mon justaucorps de GR trop petit de deux tailles, mais ils n'en ont rien à foutre : ils montent sans mot dire, chacun sa chambre : mes sœurs et leurs mecs dans les combles aménagés par Charlie trois ans plus tôt ; mes parents dans leur suite princière, Charlie et Claudette dans la leur, tout aussi confortable et spacieuse ; les agneaux dans leur bétaillère : un réduit où l'on peine à faire tenir leurs lits superposés. Moi, on m'a attribué une sorte de buanderie où Claudette continue à entreposer le linge à repasser. Tant mieux : ça me va, cette chambre sans fenêtre, encombrée par les panières d'osier et les bidons d'eau déminéralisée.

Pour qu'ils tirent tous cette tronche, c'est que le

show a dû mal se passer. Ma mère a l'air perplexe et secouée. Mon père lui tient la main, mais c'est leur habitude, d'aller main dans la main comme de jeunes mariés. Charlie fait pareil avec Claudette, et mes sœurs avec leurs gars.

Je ne pose pas de questions. Je les laisse regagner leurs pénates et se remettre du choc, si choc il y a eu. Qui sait : peut-être les clients ont-ils hué Sweetie ? Peut-être lui ont-ils lancé des projectiles ? Peut-être a-t-elle entendu de nouveau les vieux surnoms infamants et les cris d'animaux — comme avant, comme quand elle n'avait pas encore appris à se défendre, comme quand elle ne s'était pas encore transformée en Gladys la dure au cœur tendre, et encore moins en Sweetie la vamp.

Le lendemain, alors que je suis dans l'abricotier avec mes frères et que je leur serine « Moesta et errabunda », j'ai le fin mot de l'histoire :

— Maman, elle est triste !

Mon cœur s'envole, comme celui d'Agathe, mais je feins l'indifférence :

— Ah bon ?

— Oui ! Hier soir, ils ont tous rigolé !

— Ils sont bêtes !

— Comment ça, ils rigolaient ? Qui ça, d'abord ?

De fil en aiguille, j'apprends que Sweetie a suscité l'hilarité dès son entrée en scène. Pas démontée pour deux sous, elle a entamé un déshabillage tonique, se démenant comme une diablesse autour de la barre de strip-tease, et envoyant promener ses accessoires un à un, hop, la redingote à parements de velours rose, hop le corset à rayures, hop les bas rétro, l'un après l'autre. Mais quand elle s'est retrouvée en culotte tanga et nippies, les rires étaient devenus si énormes, si grossiers et finalement si insultants, que son élan a cassé net. Elle est restée quelques secondes immobile, le visage crispé d'appréhension et d'incertitude sur la conduite à tenir. L'hystérie avait gagné toute la salle, impossible de l'ignorer ou de continuer à se raconter des histoires : ma mère, avec ses hanches étroites, ses petits seins encore haut dressés, son ventre à peine déformé par les grossesses, sa peau un peu rouge et rugueuse mais pas tant que ça, ma mère n'était pas crédible en strip-teaseuse. Loin de faire naître le désir et l'admiration, elle était un objet de risée. Le clou du spectacle n'a pas eu lieu, ce moment où, taquinant le public du regard et faisant tournoyer ses nippies, elle aurait dû enlever sa culotte et la lancer dans la salle. Au lieu de ça, elle est précipitamment rentrée dans les coulisses pour se jeter dans les bras de Tugra Takdogan.

Il reste à éclaircir son rôle dans cette affaire, à celui-là, car je ne peux pas croire qu'il n'ait pas anticipé la déconfiture de la veille. Merde ! Il connaît la clientèle de son petit établissement aussi prétentieux que miteux, il devait bien savoir comment elle réagirait à l'apparition d'une quadragénaire affligée d'un bec-de-lièvre. Sans compter que ma mère n'a aucun sens du rythme, aucune coordination, aucune aptitude pour la danse ! De là à imaginer qu'il a conçu le numéro de Sweetie comme une sorte de contrepoint comique aux passages de Miss Tanagra, de Capucine ou de Daisy December, il y a là un pas que je n'hésite pas à franchir, M. Takdogan m'ayant toujours inspiré la plus grande méfiance.

Or je me trompe, et dès le lendemain, il est là dans notre salon, à caresser sa moustache stambouliote et à se gratter littéralement le crâne pour en faire jaillir l'idée qui sauvera la carrière artistique de Gladys Chastaing. Toute ma famille nombreuse participe à ce brainstorming, et Charlie n'est pas le dernier à vociférer contre tous ces cons qui ne comprennent rien à l'art et rien à l'audace. Invitée à m'exprimer, je suggère que ma mère se conforme au bréviaire érotique du seul Charles qui vaille :

— Tu pourrais réciter « Les bijoux », de Baudelaire. C'est de circonstance. Et puis tu ferais comme c'est écrit dans le poème.

— Qu'est-ce qu'il écrit dans ce poème, Charles Baudelaire ?

Ça c'est mon grand-père, évidemment, ce grand spécialiste des *Fleurs du mal.*

Je me lance. Je tiens mon moment, l'occasion de convaincre tout le monde qu'il faut lire de la poésie :

— La très chère était nue, et connaissant mon cœur,

Elle n'avait gardé que ses bijoux sonores…

Ils m'interrompent avant que j'en arrive aux poses qu'on essaie, aux cuisses et aux seins polis comme de l'huile et onduleux comme des cygnes ; ils ne me laissent même pas expliquer à ma mère comment elle pourrait unir la candeur à la lubricité pour donner un charme neuf à ses métamorphoses. Comme ma mère avant moi, j'essuie les huées, les rires sarcastiques, le dédain, le déni. Admettons que je n'aie rien dit. Seul le Don King des Carpates m'a écouté avec intérêt et ne participe pas au hourvari. Puisque c'est comme ça, je ne tarde pas à quitter la pièce, les laissant échafauder de toutes pièces une nouvelle stratégie qui ne pourra que conduire à un second fiasco. Bien fait pour eux.

Quelques semaines plus tard, Sweetie remonte en selle et s'apprête pour un deuxième round au *Tetrallini's*. Cette fois-ci ma présence est absolument requise, comme si j'étais le grigri qui avait fait défaut la première fois. En vertu d'une superstition similaire, les membres de ma famille nombreuse s'arrangent pour ne pas porter la même tenue qu'à la précédente tentative. Charlie arbore un costume de velours marron glacé et une chemise dorée ; Svetlana étrenne un total look de cuir noir, tandis que Ludmilla a opté pour un tailleur-pantalon de polyester parme, un choix moins heureux que celui de la robe charleston, mais tant pis ; comme sa fille aînée, mon père est en cuir, slim rouge et gilet clouté d'argent ; ma grand-mère a remis une robe noire mais s'est abstenue de mantille ; quant aux deux agneaux, ils ont droit à un bermuda bleu marine et à une chemisette blanche — moi, j'ai gardé mon short en jeans et un débardeur Metallica piqué à Patrick. À la vue de ma coiffure, ma grand-mère pousse des cris d'orfraie :

— Tu vas pas sortir comme ça, quand même ? File t'arranger !

— Pas question. Je reste comme je suis.

— On dirait un nid de pie, Kim !

— C'est le but.

Mes petits frères, ces traîtres, lâchent le morceau :

— Elle veut ressembler à Bob Marley !

Mais Bob Marley, ça ne lui dit rien, à ma grand-mère, et quand bien même je voudrais ressembler au pape que ça ne changerait rien à son effroi. Pour lui faire plaisir, je visse une casquette sur ma tête broussailleuse, mais je n'irai pas plus loin dans mes efforts d'élégance. La tribu prophétique se remet en route, mais cette fois-ci je ne peux plus prétendre à mon poste de vigie dans l'abricotier et je traîne des pieds derrière tout le monde, pas pressée d'assister à la déconfiture.

Une fois arrivés au *Tetrallini's*, nous prenons place face à la scène, autour de deux tables rondes nappées de blanc et consciencieusement fleuries d'œillets artificiels. Charlie commande du champagne pour tout le monde, y compris pour mes deux agneaux que la timidité pétrifie sur leurs chaises respectives. Il arrive tiède dans nos coupes multicolores, mais je le bois quand même en prévision de ce qui va suivre.

Miss Tanagra, une brune évidemment diaphane, ouvre le bal, se dépouillant de ses fanfreluches au son de « You Can Leave Your Hat On », ce que je trouve aussi bête que crapuleux. Mais tandis que je me renfrogne au-dessus de mon champ' éventé, le public applaudit chaleureusement sa sortie. Elle est illico remplacée par Daisy December, une rousse affriolante dans son déshabillé rouge, qui remporte le même succès que sa petite camarade brune. Il ne manque plus que la blonde plantureuse, et ça ne loupe pas, la voici qui s'avance à petits pas précipités et entravés par sa robe fourreau, façon Marilyn à l'anniversaire de Kennedy. Et que chante-t-elle à votre avis ? Bingo : un « Happy Birthday » langoureux aux syllabes duquel elle laisse glisser la robe moirée sur ses courbes sensationnelles. Et il faut croire que c'est bel et bien l'anniversaire de quelqu'un, parce que Tugra lui-même, en smoking et nœud pap', apporte un gâteau laqué de rose et couronné de bougies sur une des tables du fond.

C'est dans cette atmosphère de liesse, dans cette excitation bon enfant, avec les clients qui se hèlent d'une table à l'autre et qui soufflent — si, si ! — dans les langues de belle-mère gracieusement fournies par la maison, que Sweetie fait enfin son entrée en scène. Elle n'a pas changé grand-chose à son accoutrement, remplaçant simplement la redingote de petit marquis par un déshabillé transparent. Le corset rose et noir est toujours là et j'imagine que les nippies aussi. Le brouhaha marque un moment d'arrêt, le temps que la salle accuse le choc. Car dans le faisceau poudreux du projecteur, dépouillé de son air d'animation habituel, le visage de ma mère est épouvantable. À côté de moi, les agneaux le sentent, qui retiennent leur souffle et détournent le regard, m'observant en douce pour ajuster leur contenance à la mienne. Mais justement, je m'efforce de ne rien laisser paraître tandis que me reviennent, en vrac et sans exactitude, les mots de Baudelaire sur la physionomie générale des Belges : singulier aspect des bouches dans la rue et partout, épaisseur monstrueuse de la langue, ce qui engendre une prononciation pâteuse et sifflante, pas de lèvres de volupté, cloaques béants, bouches informes, visages inachevés…

Indifférente aux premiers ricanements, Sweetie se débarrasse du déshabillé de mousseline et fend en deux la cosse du corset. Surprise : elle n'a pas de culotte mais un simple cache-taille de satin noir. Les rires fusent mais l'hilarité n'est pas irrépressible. Ma mère a incontestablement réussi à détourner l'attention de son *visage inachevé* au profit de son sexe radicalement épilé. Lorenzo se cache les yeux, mais un coup de coude de Charlie le rappelle à l'ordre et à la règle d'airain : pas de gêne entre nous ! Aucune pudeur qui tienne ! Le seul sentiment autorisé est l'émerveillement ! Regarde, petit garçon, regarde de tous tes yeux le sexe que ta tête rousse a déchiré voici dix ans ! Bien sûr ce n'est pas dit ni même pensé comme ça, vu que mon grand-père pense très peu, mais c'est bien l'idée, la vieille idée qui nous enjoint à l'amour inconditionnel quand il s'agit de la famille, avec comme corollaire que tous les autres sont des cons méprisables. J'exerce illico une pression compatissante sur le genou de Lorenzo, histoire qu'il comprenne que je suis avec lui. De son côté, Esteban a les yeux rivés sur la scène, mais en réalité son regard se perd dans le vague et il ne voit rien de ce qui s'y déroule.

Heureusement qu'on peut compter sur le reste de ma famille nombreuse pour ne pas perdre une miette du show maternel : mon père et mes sœurs applaudissent déjà à tout rompre, et Charlie s'est penché au-dessus de la table, comme s'il essayait d'abolir l'espace qui le sépare de sa fille aînée, histoire de lui montrer son soutien fanatique, à moins qu'il ne meure d'envie de se livrer lui aussi à un petit numéro de son cru sous le feu pourtant peu flatteur des projecteurs. Seule Claudette se tient bien : un bras passé sur le dossier de sa chaise, elle observe dignement la pantomime maladroite de Sweetie. Quant à savoir ce qu'elle en pense…

Ai-je dit qu'elle avait presque perdu la parole depuis deux ans, ne la retrouvant que pour parler de nourriture ou pour gourmander l'un ou l'autre des enfants sur sa tenue ou son manque d'hygiène ? Le reste du temps elle vit à l'intérieur d'elle-même, aspirée par des souvenirs algériens devenus incommunicables à force de ressassement. Je l'ai connue rieuse et volubile, parlant des « événements » comme du reste, et évoquant volontiers son enfance heureuse :

les inhalations d'eucalyptus à la moindre sinusite, les poulpes qu'on battait sur les rochers, les oursins qu'on pêchait à la fourchette, la calentica mangée brûlante dans les rues d'Alger et qui ressemble tellement à la cade de chez nous, les bagarres avec ses frères, la plage de Sidi Fredj, le jardin de Kouba... Mais bon, c'est bien fini tout ça : aujourd'hui, si elle ouvre la bouche deux fois dans la journée, on peut s'estimer heureux. En attendant, elle est assise bien droite sur sa chaise, contrairement à son époux qui se vautre carrément sur la nappe damassée, mais je la soupçonne de s'être une fois de plus réfugiée dans son passé lointain et lumineux.

La musique s'interrompt avec un roulement de tambour qui ramène vers la scène mon attention flottante : Sweetie est maintenant entièrement nue à l'exception des nippies qu'elle fait consciencieusement tournoyer pendant quelques secondes avant de s'immobiliser et de lever un index espiègle : attention ! Attention à ce qui va suivre ! Malgré moi, je suis captivée et j'assiste bouche bée au final bien rodé de son petit numéro : fléchissant légèrement les genoux, elle envoie la main dans son vagin et regarde la salle avec un air de défi. Les ricanements ont complètement cessé et un nouveau roulement de tambour vient suspendre les souffles. Ma mère se retourne, dos au public, et balance mécaniquement les hanches, une deux, histoire que l'assistance puisse admirer et déchiffrer ses tatouages : le prénom de tous ses enfants échelonnés entre clavicules et lombaires. Puis, tandis qu'éclatent les accords joyeux de *La Périchole*, ma mère opère un nouveau demi-tour et extrait triomphalement de son vagin une guirlande de batraciens bien vivants.

Comme au ralenti, Lorenzo tombe de sa chaise,

rattrapé in extremis par grand-mère Claudette, qui est peut-être complètement folle mais qui a conservé un sixième sens concernant les souffrances et les malaises de sa descendance. Il n'a sans doute pas échappé à Lorenzo que les petites grenouilles palpitantes étaient au nombre de cinq, mais le rideau tombe et le noir se fait sur la gloire de ma mère.

## 10. L'ODEUR DU SANG (I)

Pour nous autres petits batraciens, la vie a continué dans le même étang fétide après cet épisode spectaculaire. La carrière de ma mère au *Tetrallini's* a sans doute connu ses hauts et ses bas, mais nous n'avons plus jamais été conviés à assister au show. Je n'exclus pas toutefois que mes sœurs aient témoigné de leur amour filial en se rendant à intervalles réguliers sur le lieu de travail de leur mère adorée. Charlie et Patrick ont dû faire de même car il m'est parfois arrivé de surprendre leurs commentaires élogieux sur les performances remarquables de Sweetie sur scène. En ce qui me concerne, j'avais autre chose à faire : lire l'œuvre intégrale de Baudelaire, par exemple, mais aussi superviser le parcours scolaire de mes agneaux. Car il n'était pas question qu'ils suivent l'exemple de mes sœurs, qui avaient arrêté leurs études en troisième. Svet était vendeuse en parfumerie et Ludmilla monitrice de patinage artistique, payée au lance-pierre par la municipalité et jamais assurée de conserver son contrat d'une année sur l'autre. Elles avaient beau, l'une comme l'autre, s'affirmer très heureuses professionnellement parlant, je rêvais de mieux pour Lorenzo et Esteban, et je ne me privais ni de le leur faire savoir ni de les exhorter à l'ambition. Ça marchait d'ailleurs mieux avec Esteban qu'avec Lorenzo, ce dernier ayant la tête trop encombrée par ses difficultés relationnelles.

Je vois bien que j'ai trop attendu, trop piétiné dans nos commencements au lieu de raconter la fin, trop différé le passage de l'ombre sur ma famille nombreuse. À moi, cette histoire-là comme les autres : pas de raison que je m'en dispense dans un récit qui prétend dire l'insoutenable vérité.

Pour l'affronter, cette vérité cruelle, il faut sans doute que je remonte à la rentrée de mes petits frères en cours préparatoire. Lorenzo a six ans passés et Esteban les aura en novembre. On les a fait beaux. Même ma mère, si insoucieuse de leur existence, a daigné s'occuper de leur tenue d'apparat. Tous les deux ont un cartable neuf et estampillé d'un personnage de manga. Comme personne n'a pensé à les habiller différemment, ils portent le même pantalon court de coton noir et le même tee-shirt turquoise. Leurs baskets sont neuves aussi : des Nike légèrement montantes dont ils n'auront pas à rougir. Et Claudette a œuvré peigne en main sur leurs petits crânes de façon à discipliner les mèches rousses de l'un et la frisure blonde de l'autre. Et c'est Esteban qui lui a donné le plus de fil à retordre vu que sa tignasse, comme la mienne, est particulièrement fournie et rebelle. Cela dit, ils sont splendides tous les deux, deux agneaux rutilants sous leurs harnais et frémissants d'impatience scolaire. J'ai moi-même veillé à ce qu'ils soient bien équipés, garnissant leurs trousses Yu-Gi-Oh ! en stylos, crayons et gommes, sans compter de merveilleux cahiers de textes à spirale, choisis avec eux à Carrefour.

Comme je fais ma propre rentrée en CM2 dans la même école, c'est moi qui suis chargée de les accompagner et de les récupérer en fin de journée. Je les laisse au seuil de leur classe, avec les mots d'usage, des mots de grande sœur : pas de bêtises, hein ? Je la connais, votre maîtresse : je lui demanderai comment vous vous tenez, alors faites super-gaffe ! On se voit à la récré. Mais aux deux récréations suivantes, comme je suis réquisitionnée avec deux autres élèves par ma nouvelle maîtresse pour décorer la classe, agencer les bureaux différemment, mettre aux murs des affiches sur la violence en milieu scolaire, et des frises chronologiques sur les rois de France, je ne prends même pas le temps de descendre dans la cour avec le menu fretin de ceux qui n'ont pas été distingués comme moi, comme Cindy Nadjarian et Sven Marinello. Car, oui, c'est le grand retour de Sven dans ma vie et dans mes pensées, après deux ans où nous avons été dans des classes différentes et n'avons plus daigné nous adresser la parole. Autant dire que le souvenir de mes agneaux ne me revient qu'à la sonnerie de seize heures trente. Et là, catastrophe : si Esteban fait à peu près bonne figure malgré son air troublé, Lorenzo, lui, est méconnaissable, le visage mâchuré, les yeux bouffis, les cils collés par des larmes qui continuent à couler sans discontinuer alors que je m'efforce de rassembler le contenu de son cartable, éparpillé aux quatre coins de la cour, ainsi que le petit gilet dont Claudette l'a muni par une de ces précautions inutiles dont elle a le secret — mais bon, au moins elle y pense, au moins elle se dit qu'on ne sait jamais, que le temps peut tourner, et c'est grâce à elle que les agneaux ne partent pas pieds nus dans des baskets crevées, en jogging et tee-shirt crasseux par tous les temps. Je parviens à remettre la main sur le contenu de la trousse Yu-Gi-Oh !, mais le taille-crayon à réservoir a explosé, la gomme est en morceaux, les crayons sont tous cassés, et le stylo quatre couleurs a perdu sa partie inférieure.

— Putain, Lo, mais qui t'a fait ça !

— C'est les autres !

— Qui, les autres ? Pas tout le monde, quand même ?

— Si, tout le monde !

— Esteban, qui c'est qui qui lui a fait ça ?

Mon petit frère blond, celui qui part pour être beau comme un astre, celui qui comme moi s'attire systématiquement des compliments pénibles, prend une mine chafouine pour me répondre :

— Ben, je sais pas, moi.

— Esteban, si tu sais qui c'est, t'as intérêt à me le dire !

— Ben tout le monde, toute la classe, quoi. Mais pas moi ! Ni Charonne ! Ni Flora ! Et pas Roxanne, non plus !

En moins de temps qu'il ne faut pour le dire, l'école s'est vidée, de sorte que j'ai beau demander à mes frères de dénoncer les coupables, ils sont incapables de me désigner précisément qui que ce soit.

— Je vais aller voir la maîtresse, moi !

Lorenzo se pend à mon bras :

— Non, s'il te plaît, ils ont dit que si je rapportais c'est que j'étais une balance ! Je veux pas être une balance, moi !

Forte de ma science nouvellement acquise sur la violence en milieu scolaire, je dévisage longuement mon petit frère, qui préfère être un martyr qu'une balance. Impossible de reconnaître dans ce petit garçon terrorisé celui qui est parti ce matin pour l'école, rayonnant et confiant, vibrant de l'espoir d'une vie nouvelle après un été plutôt débilitant entre des parents et un grand-père indifférents, deux grandes sœurs uniquement préoccupées d'elles-mêmes, et une grand-mère bipolaire. Heureusement que j'étais là pour jouer avec eux aux « trois garçons » dans le jardin, ou pour obtenir qu'on nous laisse aller seuls à la plage, permission facilement accordée d'ailleurs, alors que mes frères ne savent même pas nager. Mais telle est l'inconscience et l'inconséquence des adultes qui entourent nos jeunes vies, et de toute façon je suis sage à leur place : d'une part j'impose à Lorenzo et à Esteban des brassards gonflés par mes soins, et d'autre part je surveille leurs baignades d'un œil de lynx, les rapatriant sur le sable sec à la moindre vague un peu inquiétante.

Enfin bref, ce matin ils faisaient plaisir à voir et ce soir j'ai envie de pleurer moi aussi tandis que la petite main de Lorenzo agrippe la mienne et que je le remorque le long de l'avenue Jean-Jaurès. Petit à petit, j'obtiens de lui des éclaircissements sur cette calamiteuse première journée de grande école. Non sans mal, car il hoquette de chagrin et d'incompréhension :

— Ils disent que mon nom, c'est « Typhus » !

Pour bien comprendre tout le sel de ce sobriquet, il faut savoir que le chat de la gardienne de l'école s'appelle précisément « Typhus ». Elle a affublé de ce nom un matou efflanqué, louchon, haut sur pattes et entièrement roux. Circonstance aggravante, Typhus est doté d'une paire de testicules noirs hypertrophiés et illustres chez tous les élèves de Jean-Vilar. Ce qui fait que quelques semaines plus tard et par un glissement compréhensible, mon petit frère roux sera surnommé non plus « Typhus » mais « Testicule » : pourquoi faire compliqué quand on peut faire simple et surtout quand on peut faire encore plus mal ? « Testicule », c'est quand même beaucoup plus drôle et beaucoup plus insultant que « Typhus ».

Ce soir-là, une fois le repas en famille expédié, un repas où personne n'a remarqué que Lorenzo a l'air retourné et ne décroche pas un mot, je les prends à part tous les deux, le petit roux et le petit blond :

— Faut pas que vous vous laissiez emmerder, compris !

— Personne m'emmerde, moi ! flûte cet imbécile d'Esteban.

— T'as compris, Lorenzo ? Te laisse pas faire !

— Mais si je me laisse pas faire et qu'ils font quand même ?

— Viens me chercher : je vais leur foutre la honte, moi ! Ils s'en prendront plus jamais à toi après ça !

Il a l'air un peu rasséréné, mais dès le lendemain, à la récré de dix heures, je le vois débouler, le visage convulsé de chagrin :

— Kim, ils m'ont caché mon cartable ! Et puis ils ont encore dit que je ressemblais au chat de la gardienne !

— Qui ça ? Montre-les-moi !

Il me désigne un tas de gamins qui nous observent d'un air cafard depuis l'autre bout de la cour, dans le coin des petits, près des toboggans et des balançoires que les grands dont je suis ignorent avec toute la morgue de leurs dix ans. Je fonce. Je sais que je peux être impressionnante avec mon mètre soixante, ma carrure de gymnaste et mes cheveux raidis par le gel : on va voir ce qu'on va voir. J'en attrape un au hasard et je le secoue comme un prunier, puis un autre et encore un autre. Je hurle :

— Si y en a encore un qui touche à mon petit frère, je lui défonce la gueule, compris ?

Personne ne moufte. Il y en a même un, sur les trois que j'ai molestés, qui pleurniche de terreur. Tant mieux. Ils sont sauvés par la sonnerie mais ils ne perdent rien pour attendre.

À la sortie de l'école, j'intercepte mes deux agneaux, voûtés sous leurs trop lourds cartables, et je sonde Lorenzo du regard. Il a de nouveau l'air d'avoir pleuré et son polo turquoise porte la trace nette d'une semelle de basket.

— Putain, Lorenzo, mais on dirait que quelqu'un s'est essuyé les pieds sur toi !

— C'est Maxime ! hulule Esteban.

— Qui ça, Maxime ?

— Maxime Chabrier ! C'est un de ceux que t'as engueulés. Il a dit que Lorenzo c'était un bébé qui allait tout balancer à sa grande sœur ! Et après les autres ils ont rigolé ! Et puis Maxime il a donné un coup de pied à Lorenzo ! Il a dit que tu lui faisais pas peur et que si tu le touchais, il le dirait à son grand frère ! Et son grand frère, il est en sixième ! Et toi t'es que en CM2 !

Je connais très bien Valentin Chabrier, une grosse brute contre laquelle je ne ferais pas le poids, mais ça ne m'empêche pas de fanfaronner :

— Qu'il vienne, son frère, il me fait pas peur !

De toute façon, je vois bien dans le regard de Lorenzo qu'on ne l'y reprendra plus à quémander le secours de sa sœur : pour ce que ça a servi. Le lendemain et les jours qui suivent, j'ai beau menacer Maxime Chabrier des pires représailles, j'ai beau faire les gros yeux et rouler les mécaniques face aux CPA., rien n'y fait : il se trouve toujours quelqu'un pour lui voler sa trousse, lui déchirer sa veste, lui jeter des ballons en pleine face et l'appeler « Typhus », « Rouquin », « Tête d'œuf », « Rouxy », « La Rouille », sans compter les surnoms qui lui arrivent en vertu d'associations d'idées inexplicables aux non-initiés, comme « Testicule » mais aussi « Tampax », « Nœud de babouin », « Twix », « Tas de merde » et j'en passe vu qu'il ne me met pas forcément au courant des dernières trouvailles de ses tourmenteurs.

Ça a continué pendant des années. Il y a sans doute eu des accalmies, des moments de répit où il reprenait espoir et confiance, mais dans l'ensemble, la vie de Lorenzo, ça a été *ça* : des sévices et des brimades incompréhensibles, des humiliations et des rebuffades continuelles, un refus obstiné et unanime de l'intégrer, un rejet comme monté de leurs viscères à tous, de sorte qu'aucun discours raisonnable, aucun sermon d'adulte, aucun appel à la pitié la plus élémentaire ne trouvait de prise sur ces petits cons.

Il a tout essayé, à commencer par la gentillesse, parce qu'elle était dans sa nature. Cent fois, il a bourré ses poches de bonbons et de cartes Pokémon pour les distribuer généreusement, espérant acheter un peu de bienveillance et ne récoltant que davantage de mépris, comme j'aurais pu le lui prédire s'il m'avait consultée. Il a aussi entrepris d'être un bon élève, voire le meilleur de sa classe, et ça pour le coup c'était un de mes conseils :

— Si tu as des bonnes notes, ils te respecteront ! Ils n'oseront plus se moquer de toi comme ils le font, tu vas voir !

Pour autant que je sache, ça a été pire que jamais et on lui a fait payer ses bonnes notes comme le reste. Sauf que ni lui ni moi ne savions très bien de quel *reste* il s'agissait ni ce qu'il avait fait au juste pour qu'on le martyrise avec cette constance.

Un jour, il a huit ans et moi douze, il monte me rejoindre dans ma buanderie, s'affale dans un panier à linge et attend que je me détourne de mon exercice d'anglais :

— Qu'est-ce que tu veux ? Tu vois pas que je travaille ?

Si j'avais su, Lorenzo, et comme je regrette... Mais j'ai douze ans, à part Lucie Leccia, la gymnastique et l'école, rien ne trouve de place dans mon cerveau enfiévré. La fin du jeu approche mais je ne le sais pas encore, pas plus que je n'entrevois la fin tout court, l'autre fin de tous les jeux du monde en même temps.

— Dis, Kim ?

— Quoi !

— Qu'est-ce que j'ai, à part que je suis roux ?

À ma décharge, je peux dire que quelque chose m'alarme vraiment dans son ton et dans son regard et que j'en laisse tomber pour de bon l'utilisation du présent en -ing :

— Comment ça, qu'est-ce que tu as à part que tu es roux ?

— Je veux dire, je suis roux et personne n'aime les roux, mais à part ça ? Est-ce qu'il y a autre chose ?

Toujours assis sur un tas de linge propre, il tripote machinalement un chemisier fleuri, le lisse sombrement sur son genou écorché, sans me regarder, sans rien regarder d'ailleurs, pas plus le chemisier qu'autre chose, entièrement tourné vers sa douloureuse réalité intérieure. Il ressemble à sa grand-mère, soudain : même rousseur, mais aussi même façon inquiétante de s'absenter sans en avoir l'air. Je lui prends le chemisier des mains et je relève vers moi son petit menton tremblant :

— Mais pourquoi tu me demandes ça ?

— Parce que je comprends pas pourquoi ils m'aiment pas, Kim.

Il enfouit son museau dans mon giron, enlace mes genoux, et je sens des larmes brûlantes traverser l'épaisseur de mon jeans. Je n'ai pas le cœur à lui demander qui *ils* sont exactement. Je fais comme s'il s'agissait forcément de ses camarades de classe, ces loups sanguinaires affolés par sa douceur et enragés par sa faiblesse. Mais en réalité, qui a aimé Lorenzo à part Claudette, Esteban et moi ? Qui a seulement pensé à lui autrement que pour s'en débarrasser d'un geste impatient ?

— Va jouer, Lorenzo ! T'as pas autre chose à faire que de me coller ?

Et ça c'est ma mère, évidemment, mais aussi mon père, mon grand-père, mes sœurs. Alors oui, bien sûr que ce jour-là je comprends sa question et les autres questions cachées derrière : qu'est-ce qui ne va pas chez lui pour qu'il ne suscite jamais rien d'autre que l'animosité, le dégoût, l'exaspération, l'envie d'en finir avec lui ; qu'est-ce qu'il a bien pu faire pour mériter ça ?

Je comprends tout mais je sens bien aussi qu'aucune réponse n'est satisfaisante. D'autres que lui sont roux sans s'attirer pour autant cette persécution perpétuelle. D'autres que lui grandissent dans l'indifférence de leurs parents sans devenir pour autant les souffre-douleur de toute une école — Esteban, tout aussi négligé par Gladys et Patrick, fait son petit bonhomme de chemin sans trop de problèmes apparents. Ce jour-là, je serre mon frère contre moi, je caresse sa nuque frêle, je soutiens son regard éperdu d'angoisse alors qu'il m'est insupportable de le soutenir et je finis par lui dire, reprenant une partie de l'antienne familiale :

— Nous on t'aime, Lo, *nous* : c'est ça qui compte. Les autres on s'en fout. Et puis tu vas grandir, tu vas les laisser derrière toi tous ces baltringues, parce que tu seras plus beau, plus fort et plus intelligent qu'eux tous. Tu verras, ils viendront te manger dans la main d'ici quelques années.

Mais quelques années, c'est beaucoup pour un petit garçon. Et puis, des promesses de changement, je lui en ai déjà fait tellement qu'il n'y croit plus. Par gentillesse, il essuie son museau tendre et fait semblant de rentrer dans mes vues. Mais quand même, avant de quitter ma chambre, il demande :

— Tu crois que les parents, ils voudraient bien que je change d'école ?

J'accueille cette idée avec enthousiasme, parce qu'il faut bien dire et faire quelque chose — et au repas suivant, c'est moi qui pose la question à la cantonade :

— Ce serait pas mieux que Lorenzo change d'école ? Il arrête pas de se faire embêter, à Jean-Vilar.

Aussitôt, c'est le tollé :

— Qui t'embête ?

— On t'embête ? Qui ça ?

— Mais pourquoi tu te laisses faire, aussi ?

— Rentre-leur dans le lard, tu vas voir s'ils reviendront te chercher des crosses !

Tout le monde y va de son commentaire furibond, mais l'idée, c'est quand même qu'on n'embête que les idiots et les faibles. Je tiens à préciser que Claudette n'est pas là : elle a passé la journée à fumer à la fenêtre de sa chambre puis s'est couchée sans même nous donner d'instructions pour le repas du soir, ce qui ne lui ressemble pas mais tend à devenir la norme. Si elle avait été là, les choses auraient peut-être tourné autrement, ne serait-ce que parce qu'elle aurait jeté un œil à ce pauvre Lorenzo avant de dispenser des conseils oiseux et impossibles à suivre :

— Ignore-les !

— Dis-le à la maîtresse !

— Défends-toi un peu : t'es là, aussi, à attendre que ça se passe !

Patrick semble sincèrement courroucé par le manque de combativité de son rejeton et il le sermonne de ce ton docte et nasillard par lequel il nous a toujours exaspérés :

— Lorenzo, il faut s'affirmer, dans la vie ! Et si tu ne te respectes pas toi-même, n'attends pas des autres qu'ils te respectent !

Il voudrait bien, Lorenzo, qu'on le laisse s'affirmer et se respecter, mais c'est difficile de se faire une haute idée de soi même quand vous entendez à longueur de temps parler de votre ressemblance avec une paire de couilles et quand on vous renvoie constamment à votre insignifiance.

De toute façon, et comme j'aurais dû m'y attendre, la plus véhémente sur le sujet, c'est encore ma mère :

— Putain, Lolo, reviens sur terre ! Qu'est-ce que tu crois ? Qu'on a été tendre avec moi quand j'avais ton âge ? Qu'est-ce que tu t'imagines ? Que j'en avais pas, moi, des surnoms ?

J'ai commis l'erreur d'évoquer ceux dont tout Jean-Vilar affuble Lorenzo : « Schweppes agrumes », « Face de putois », « Tête d'œuf », « La Rouille »... Par respect humain je m'en suis tenue aux plus séants, mais j'aurais peut-être dû leur parler de « Tampax » et de « Diarrhée sanglante », histoire qu'ils se fassent une plus juste idée de la situation.

Pendant ce temps, Lorenzo n'a pas touché aux chips et aux knackis qui font notre ordinaire quand Claudette est aux abonnés absents. Il se tient très droit, le menton levé et les yeux au ciel, pour éviter qu'ils ne débordent des grosses larmes tremblantes qui brouillent sa vue. Si Claudette était là, elle prendrait sa défense, mais comme elle n'y est pas et que je compte pour presque rien, c'est la curée :

— De toute façon, c'est toujours comme ça, avec toi ! Tu les cherches, les emmerdes !

— Parce que nous raconte pas que t'es blanc comme neige, dans cette histoire !

— On te croira pas !

— Comment ça se fait qu'Esteban, il se fait jamais embêter, lui ?

Dans la réponse à cette question tient tout le tragique de la petite vie de Lorenzo, mais ça, évidemment, personne ne s'en avise.

— Tu vas pas changer d'école, mon garçon, tu vas changer d'attitude !

Ça c'est mon père, si fier de sa distinction et de sa formule qu'il enfonce le clou :

— Tu comprends la différence ?

Ce que Lorenzo comprend très bien, c'est que non seulement le calvaire va continuer mais qu'en plus on va lui demander des comptes à la maison pour savoir comment il a réussi à inverser la situation et à devenir l'élève le plus populaire de l'école — comme sa mère avant lui, soit dit en passant. Car elle continue sur le même ton :

— J'avais un bec-de-lièvre, moi, Lolo ! Tu imagines ?

« Bec-de-lièvre » est un mot qu'on n'emploie presque jamais chez moi, et quand on le fait, c'est toujours pour reléguer la tare dans le passé, alors qu'il est toujours là, juste un peu moins spectaculaire qu'à la naissance, juste un peu raccommodé, mais toujours bien visible, écrasant le nez et retroussant la lèvre supérieure. Mais voilà, dans notre bible familiale figurent ces deux articles de foi : premièrement, il ne reste plus trace de la fente labio-alvéo-narinaire de Gladys ; et deuxièmement, sa métamorphose ne doit rien à la chirurgie réparatrice : elle a fait ça toute seule, à force de charme et de volonté. Va pour le charme, et va pour la volonté, qualités que je suis la première à lui reconnaître, mais en attendant, et forte de son expérience de l'adversité, que compte-t-elle faire pour aider son petit garçon à transformer sa disgrâce en force et en élan irrésistibles ? Rien, apparemment, si ce n'est lui maintenir plus fermement la tête sous l'eau :

— Bien sûr, qu'on s'est moqué de moi, mon petit bonhomme ! Mais ceux qui l'ont fait ne l'ont pas fait deux fois, laisse-moi te le dire ! Pourquoi ? Mais parce que je l'aurais pas toléré, figure-toi !

Lorenzo aimerait bien savoir comment on fait pour ne pas tolérer l'intolérable, mais apparemment la méthode de ma mère ne s'enseigne pas. Il va donc finir sa scolarité primaire à l'école Jean-Vilar, s'essayant entre-temps au rôle du cancre, du trublion qui fait rire les copains au lieu d'être le premier de sa classe de tortionnaires. Peine perdue. Il essaiera aussi de se teindre les cheveux, arborant une coloration aile de corbeau du plus bel effet, sans pour autant cesser d'être roux aux yeux de la meute, qui le repère désormais à l'odeur du sang et n'a même plus besoin de le voir pour le haïr.

## 11. DANS LA MÉNAGERIE INFÂME DE NOS VICES

Sa dernière tentative pour éradiquer le problème à sa source, c'est le jour où il me demande de lui raser la tête et où nous découvrons sur nos crânes respectifs l'existence d'un tatouage finalement bien plus tribal que les volutes mélanésiennes que mon père exécute à la chaîne dans son petit atelier de l'impasse des Violettes.

Le lendemain, Lorenzo part à l'école avec un bonnet, mais c'est compter sans la maîtresse, résolument aveugle aux tourments infligés à mon petit frère, férocement indulgente avec ses tourmenteurs, mais implacable pour faire appliquer le règlement et exiger de lui qu'il se découvre à son entrée en classe. La petite étoile bien visible sur la peau blême suscite évidemment une nouvelle livraison de sarcasmes et d'exclamations outrées :

— Regardez, maîtresse, Lorenzo il a un tatouage !

— Il s'est rasé le crâne ! Il a cru quoi ?

— Eh, Typhus, on le sait que t'es roux !

— Oh là, là, il est tatoué !

— Les enfants, ils ont le droit, d'avoir un tatouage ?

— Ben non, il faut être majeur pour avoir un tatouage !

La meute aux yeux candides porte tout de suite la question sur le terrain de la légalité, ravie de ce nouvel angle d'attaque qui lui donne l'avantage de la bonne conscience scandalisée. Très au courant de la législation en la matière, Esteban contre-attaque :

— Pas du tout, à seize ans, tu peux te faire tatouer ! Il te faut une autorisation de tes parents, c'est tout !

— Ouais, mais il a quel âge, ton frère ? Il a seize ans, peut-être ?

— Et vos parents, ils sont au courant ?

Maxime Chabrier lâche le morceau :

— Tu parles, leur père il est tatoueur : si ça se trouve, c'est lui qui lui a fait !

— Mais il a le droit ?

Le droit, le droit, ils n'ont soudain que ce mot à la bouche, ces petits loups pour l'homme, qui perpètrent leurs crimes depuis la nuit des temps, en toute impunité, bien à l'abri derrière leurs lois de la jungle. N'empêche qu'ils sont tombés juste quant à l'identité du tatoueur et que les joues de Lorenzo flamboient de honte sous son crâne à la pâleur maladive. La maîtresse marmonne quelque chose concernant la directrice de l'école, et le cours de sciences commence sans plus attendre.

La directrice, c'est Mme Jardin, mon institutrice de CE1 et de CE2, celle qui fleurissait mon livret d'appréciations tellement dithyrambiques que même mes parents avaient fini par s'apercevoir que j'étais une excellente élève.

— Kim, tu veux pas y aller, toi, voir Mme Jardin ?

— Pour quoi faire ?

— Pour Lorenzo, pour cette histoire de tatouage !

Mais il est con, aussi ! Qu'est-ce qui lui a pris de se raser la tête ?

— Non, j'irai pas. C'est les parents qui doivent y aller. Ils veulent pas les grands frères ou les grandes sœurs.

Ma mère soupire :

— Mais j'ai pas que ça à faire, moi ! Qu'est-ce qu'ils croient ?

Or précisément elle n'a que ça à faire de ses journées vu qu'elle ne travaille pas, hormis ses shows occasionnels au *Tetrallini's*. À la troisième demande de rendez-vous, elle finit par obtempérer et par se rendre à l'école en traînant les pieds, non sans m'avoir obligée à l'accompagner, histoire de se concilier Mme Jardin, j'imagine : la mère d'une élève aussi brillante que Kimberly Chastaing ne peut pas être totalement indigne.

Alors qu'elle y scolarise ses enfants depuis des années, je tiens à signaler que ma mère n'a jamais mis les pieds à Jean-Vilar. C'est toujours mon père ou ma grand-mère qui se sont pointés aux réunions, et encore pas toujours, et pas pour tous leurs enfants : avec le temps, leur bonne volonté s'est érodée, ce qui fait que les deux agneaux doivent passer pour de quasi-orphelins. Quant aux accompagnements, ils nous ont délégué ça dès que possible : j'ai fait le chemin de l'école avec mes sœurs, puis cornaqué mes frères jusqu'à mon entrée au collège — hop, les enfants se prennent en charge entre eux, c'est ça l'éducation, et pourquoi pas ? De toute façon, ma mère est incapable de se lever avant dix heures.

Bref, nous voici devant Mme Jardin. Comme ma mère l'a prévu et sans doute souhaité, son visage se déride quand elle me reconnaît :

— Kimberly, quelle bonne surprise ! Comment ça va ? Tu es en quelle classe, maintenant ?

Une fois que je lui ai donné tous les renseignements voulus, oui, tout va bien, je rentre en troisième, je fais anglais-allemand et j'ai toujours les *félicitations* sur mes bulletins, elle passe aux choses sérieuses :

— Je vous ai fait venir, Madame Chastaing, parce qu'on a un petit problème avec Lorenzo.

En fait, c'est Lorenzo qui a un problème, et pas un petit mais un gros, un de ceux qui peuvent gâcher la vie d'un garçon aussi doux que sensible, mais des souffrances de mon frère, de l'ostracisme incompréhensible dont il fait l'objet, il ne sera pas dit un mot ni ce jour-là ni jamais, non, tout ce qui compte c'est le tatouage que sa tonsure a malencontreusement révélé, et ma mère écoute d'un air maussade Mme la directrice lui communiquer poliment sa désapprobation :

— Comment se fait-il, Madame Chastaing, qu'un enfant de dix ans se retrouve avec un tatouage sur le crâne ? Alors je sais bien que votre mari est tatoueur, mais avec Mme Palaggi, la maîtresse des CM2 B, on s'est demandé s'il ne fallait pas faire un signalement. Parce que quand même, c'est profondément scandaleux que…

Là-dessus ma mère s'offre un coup de génie, une inspiration, et au lieu de profiter de l'occasion qui lui est offerte de dénoncer le vrai scandale, à savoir le calvaire enduré par son petit garçon, elle se lance, prenant Mme Jardin de court et la subjuguant par cette éloquence hallucinée dont ma famille nombreuse a l'habitude, mais pas Mme la directrice de l'école Jean-Vilar. Tandis que ma mère vibre, écume, s'arrache les mots de la gueule à sa façon colérique et passionnée, je regarde mon ancienne institutrice, la même qui nous terrorisait par sa clairvoyance impitoyable, celle qui débusquait tous nos petits mensonges et faux-semblants scolaires, celle à qui on n'avait pas intérêt à raconter de salades si on ne voulait pas encourir ses foudres ravageuses : elle est là, en train d'écouter sans bouger d'un cil l'histoire la plus invraisemblable qu'il m'ait été donné d'entendre.

— Madame Jardin, croyez-moi, personne n'est plus désolé que nous sur ce coup-là ! Je sais pas ce qui a pris à Lorenzo de se raser le crâne !

Je pourrais leur expliquer, moi, à toutes les deux, si elles avaient cinq minutes à m'accorder, si ça les intéressait de savoir ce qui peut bien pousser un élève de CM2 à un geste aussi antisocial. Mais ce n'est pas le cas, et ma mère continue en bégayant de plus belle :

— Patrick est tatoueur, c'est vrai, mais jamais il ne lui serait venu à l'esprit de tatouer un enfant, voyons ! Et encore moins un des siens ! C'est interdit en plus !

Là, on est sur le terrain favori de tout le monde, le droit, la législation, ce qui est permis, ce qui est interdit, et du coup, Mme Jardin se permet une syllabe d'assentiment. Mais apparemment la torture entre enfants reste autorisée — sans compter qu'il ne semble pas y avoir de loi contre la maltraitance inqualifiable qui consiste à oublier purement et simplement l'existence de son quatrième enfant :

— Lorenzo a été kidnappé quand il avait trois ans. Oh, pas longtemps, quelques heures ! On n'a même pas eu le temps de prévenir la police qu'on nous l'avait déjà rendu ! Le ravisseur l'a juste ramené à la porte de la maison, là, comme ça, ni vu ni connu !

— Mais comment...

— Apparemment, on ne lui avait pas fait de mal. Vous pensez bien qu'on a vérifié, et même, fait vérifier par un médecin, des fois que...

Là, le ton se fait confidentiel, et dans le regard de Mme la directrice, celui de ma mère cherche la compréhension et presque la connivence, vu qu'on aborde le deuxième sujet favori de tout le monde, celui qui ne laisse pas un poil de sec dans les chaumières de France et de Navarre, à savoir la pédophilie. Une fois rassurée sur ce point : non, Lorenzo n'a subi aucune violence sexuelle, Mme Jardin est en condition pour gober le reste des fadaises maternelles :

— En fait, on a fini par avoir le fin mot de l'histoire. C'est un confrère de mon mari, un autre tatoueur, un ancien ami à lui, qui avait enlevé Lolo ! Je vous explique : ils avaient d'abord été associés, ils avaient monté leur boîte ensemble, mais ils se sont disputés, mon mari trouvait qu'il n'était pas assez professionnel, vous voyez, ce qui fait qu'il a mis fin à leur collaboration, mais l'autre lui en a voulu, et puis il était jaloux parce que le salon de mon mari marchait mieux que le sien, alors, voilà, quoi, c'est une histoire de jalousie, l'autre a enlevé Lorenzo et il lui a fait ce tatouage, là, l'étoile que vous avez vue. On était furieux, mais ce qui est fait est fait, et puis on s'est dit que les cheveux de Lolo allaient repousser, que personne ne verrait rien, et qu'à la limite il pourrait toujours se le faire enlever au laser quand il serait grand, ça se fait, vous savez... On a pensé porter plainte, et puis finalement on a laissé tomber, on voulait pas que Lorenzo soit encore plus traumatisé. Mais mon mari, il est allé trouver l'autre et il lui a mis une dérouillée, je vous dis que ça ! Je dis pas que la violence règle les problèmes, mais là, il était hors de lui, mon mari ! Alors voilà, pour le tatouage de Lorenzo, c'est ça l'histoire... Je vous dis pas comment on a eu peur ! Quand on n'a plus trouvé Lorenzo, d'abord, et puis après, quand on a eu peur que... Enfin, vous comprenez... Et même encore après, quand on s'est demandé avec quoi il lui avait fait le tatouage, des aiguilles stérilisées ou pas... On lui a même fait un dépistage, à Lorenzo, pour le sida et l'hépatite.

Et hop, elle en profite pour caresser un autre sujet sensible, les maladies transmissibles par voie sanguine — elle est trop forte, ma mère, elle a mis Mme Jardin dans sa poche en moins de temps qu'il n'en faut pour le dire et du statut de mère indigne elle est passée à celui de victime d'une tragédie évitée de peu, ouf !

Je brûle d'autant plus de colère et de honte que je dois rester là, bien tranquille, à cautionner par ma présence silencieuse ce ramassis de fariboles insultantes pour tout le monde. Ma mère m'a utilisée : elle s'est bien doutée que je n'allais pas protester, réfuter son récit rocambolesque, hurler tout de go que c'est mon père le coupable, que c'est mon père qui s'est permis sur chacun de ses enfants cet acte répréhensible et tellement dans sa manière, tellement dans leur manière à tous, cette façon de considérer que nous sommes à eux et que nous n'avons pas d'autre rêve que celui de nous fondre dans la masse indistincte et chaleureuse de la tribu.

Sur le chemin du retour, je fais la gueule, mais ma mère s'en fout : elle s'est débarrassée d'une corvée, a retourné une situation gênante à son avantage, elle est ravie. Le soir même, autour des sardines que ma grand-mère a fait griller sur la terrasse, toute la famille aura droit au récit de ses exploits rhétoriques — et à cette table, il ne se trouvera personne pour pourfendre le mensonge et faire valoir les droits de la vérité ; personne pour se dire que mes frères ont dix ans et qu'il y a peut-être d'autres exemples à leur donner que celui d'une adulte bernant une autre adulte au lieu de faire amende honorable et de reconnaître qu'il y a eu abus sur un enfant par une personne ayant autorité et que c'est regrettable, et que c'est dégueulasse.

J'ai envie de pleurer, mais par égard pour Lorenzo et le trouble manifeste dans lequel l'a jeté cette histoire, je ravale mes larmes et j'enfourne mes sardines. De toute façon, ma vie est ailleurs, il faut qu'elle soit ailleurs. La GR, c'est fini, mais au collège j'ai retrouvé Sven Marinello, et nous nous sommes embrassés derrière un platane. Comme je le dépasse d'une tête, il ne tient pas à ce que nous nous affichions ensemble, mais je sens son amour. Parfois, dans la cour, ses yeux cherchent les miens et nous nous défions du regard par-dessus la tête des autres, qui ne doivent pas savoir que nous sommes ensemble, mais qui sont là quand même, à se héler, à se courir bêtement après, ou à bavarder en groupes compacts sous le préau.

L'année d'après, Lorenzo et Esteban font leur rentrée au collège Georges-Brassens, mais je n'y suis plus : je suis en seconde générale au lycée Victor-Hugo, un poète que je vais apprendre à aimer à mes dépens mais que je juge pour l'instant très inférieur au seul Charles qui vaille.

Pour autant que je sache, le passage au collège ne change rien au sort de Lorenzo. De toute façon, les trois quarts des élèves de Jean-Vilar se sont retrouvés en sixième au collège Georges-Brassens, et la persécution se poursuit, avec moins de zèle peut-être, ou sous une forme plus latente et plus perverse : on le harcèle moins, mais il continue à être systématiquement évité, ignoré, compté pour rien, exclu de tout.

## 12. LA MAJESTUEUSE ENFANT

La seule amélioration notable dans l'existence de mon petit frère, c'est l'amitié qu'il a nouée avec Charonne, une autre élève de Jean-Vilar, la seule qui ne se soit jamais jointe à la meute des petits loups pour l'homme — peut-être parce qu'elle figure elle aussi au nombre des parias notoires malgré sa beauté sensationnelle. Charonne, c'est la grosse noire prétendument malodorante, celle à laquelle pensaient mes frères quand ils étaient plus jeunes et que je les obligeais à écouter du Baudelaire en général et « Une charogne » en particulier.

Ma foi n'a pas baissé d'un ton, mais avec le temps je suis devenue moins prosélyte et je garde mes enthousiasmes pour moi. Que les gens puissent vivre comme si de rien n'était, sans avoir lu une ligne du vrai poète impeccable, du seul parfait magicien ès lettres françaises, voilà qui continue de me surprendre sans que j'aie pour autant envie d'y remédier avec des séances de déclamation qui emmerdent tout le monde.

Mais bien sûr, la première fois que Charonne se pointe à la maison, c'est encore à Baudelaire que je pense, avec une hésitation entre « Le serpent qui danse » et « Le beau navire ». Elle est énorme, là-dessus mes frères n'ont pas menti. Colossale même. Chacun de ses pas ébranle à la fois le sol et les cuisses monumentales qu'elle dévoile avec son assurance tranquille — son air placide et triomphant, dirait le seul Charles qui vaille et n'en déplaise à mon grand-père, cet idiot aussi vaniteux qu'inculte. Arrivée au portail, elle s'immobilise avec un sourire hésitant, puis hèle Lorenzo, dont les petites jambes rouges pendent des branches basses de l'abricotier :

— Hé, Lorenzo !

— Charonne ?

Elle ne juge pas utile de s'identifier, elle reste là, à sourire plus largement, la majestueuse enfant, la molle enchanteresse sûre de ses charmes. Elle a raison car ils sont proprement bouleversants : j'en tombe presque de mon observatoire, la fourche la plus haute de l'abricotier. J'ai seize ans, je mesure un mètre soixante-quinze, je fais un bon 90 C, je suis à trois mois de ma défloration et je ne joue plus aux « trois garçons » depuis longtemps, mais je ne dédaigne pas de grimper aux arbres de temps en temps, surtout si c'est l'occasion de discuter avec l'un ou l'autre de mes frères. Depuis la frondaison exubérante, j'observe la dégringolade précipitée de Lorenzo et la façon empruntée, presque agressive, dont il salue sa camarade de classe :

— Qu'est-ce que tu fais là ?

Elle se garde bien de répondre, se contentant de dodeliner de la tête au-dessus de ses épaules grasses, accentuant encore son sourire et offrant aux regards son corps sensationnel, ses seins haut dressés, ses hanches somptueuses, les trois bourrelets ambrés de sa taille entre le pagne tie-and-dye et le tee-shirt taille six ans. Charonne, c'est le quart-monde, mais avec une sûreté de goût qui en remontrerait aux modeuses les plus averties et les plus pointues. Au début, je crois au hasard, je me dis qu'elle n'a rien choisi, rien assorti, qu'elle s'habille avec ce qu'elle a sous la main et que parfois ça tombe bien — sauf que c'est sublime à tous les coups, le chic avec trois fois rien : une brassière corail sur une jupe crayon vert absinthe ; un corsaire de velours noir avec une tunique indigo ; un short de gabardine dorée avec une marinière écrue gansée de bleu marine ; une robe trapèze noire avec des tongs vermillon, à chaque fois ça lui va à ravir et ça ne ressemble qu'à elle, alors que ses condisciples peinent à trouver un semblant d'élégance entre slims Jennifer et sweat-shirts Baby Milo.

Lorenzo passe la main dans sa chevelure rousse et se bat les flancs pour trouver quelque chose à dire, mais Charonne prend les choses en main :

— Tu veux venir à la plage avec moi ?

— Euh, faut que je demande à ma mère…

Pauvre agneau, à cette heure-ci, ta mère roupille et si ça ne tient qu'à elle, tu peux aller à la plage tant que tu veux et rentrer à la nuit tombante : elle ne s'apercevra de rien. Je dégringole à mon tour de mon poste d'observation et je donne mon autorisation :

— Vous pouvez y aller. Rentre pas trop tard, Lorenzo. Et n'oublie pas l'écran total. Je te prépare ton sac, si tu veux.

— Non, non, pas la peine.

Et hop, il file comme un dard, ravi de s'échapper, ravi d'avoir fait la preuve qu'il avait lui aussi des amis. Il revient écarlate, brûlé au premier degré — évidemment, vu que je n'étais pas là et que c'est toujours moi ou Claudette qui veillons à protéger sa peau de roux. Tant pis, un coup de soleil, ce n'est pas trop cher payé pour ce premier essai de socialisation préadolescente. Tout en enduisant de lait réparateur ses épaules douloureuses, je le questionne un peu :

— Elle est sympa, Charonne ?

— Mmm... Ouais.

— C'est ta meilleure amie ?

— Je sais pas.

— Elle est très belle, en tout cas.

Il tourne vers moi ses yeux perplexes :

— Personne la trouve belle, au collège. Ils disent tous qu'elle est grosse.

— Ça l'empêche pas d'être magnifique.

— Tu le penses vraiment, ou tu dis ça pour être gentille ?

— Je mens jamais, Lorenzo.

Et c'est vrai. C'est même ma quatrième résolution : dire la vérité, advienne que pourra. Et non seulement la dire, mais la faire rétablir partout où elle est bafouée, ne plus jamais tolérer les pieux mensonges ni adhérer aux bons sentiments de pure façade. Dans ma famille nombreuse, à force de petits arrangements, de pactes passés entre eux et de dogmes tétés à la mamelle, ils ne savent même plus à quoi ça ressemble de vivre dans le monde réel. Mais contrairement à eux, je veux grandir, être une adulte lucide et raisonnable et non un vieil enfant qu'on a persuadé que tout irait bien à condition que tout reste *entre nous*.

Je ne mens jamais et Charonne est d'une beauté à couper le souffle. Non seulement à douze ans elle offre aux regards la gorge triomphante, les nobles jambes et les bras herculéens qui auraient terrassé le seul Charles qui vaille, mais son visage me procure une émotion esthétique au moins aussi forte quoique d'une autre nature. Car autant ses formes sont monumentales, autant ses traits sont aériens et effilés, de la plume noire de ses sourcils à ses petites incisives aiguës en passant par son arête nasale et l'arc velouté de son unique fossette. Seules les lèvres détonnent un peu au milieu de toutes ces grâces insaisissables : larges, plates, presque bleues, elles font basculer le visage du côté de l'art primitif — sans compter qu'elles ne sont pas épargnées par un étrange lentigo, qui grêle aussi bien son nez que ses pommettes comme une volée de gravillons, rien à voir avec les taches de rousseur qui font à Lorenzo un masque orange plus flamboyant que jamais en ce début d'été.

Mais je vois que j'allais oublier les cheveux de Charonne, alors qu'ils sont sans doute ce qu'il y a en elle de plus baudelairien, des torsades à la frisure noire et serrée qu'elle enturbanne sans se soucier du mépris ethnique que cela suscite chez ses petits camarades — à moins qu'elle ne les laisse s'envoler vers le ciel en un halo afro du plus bel effet, qui ne passe pas mieux auprès de ses condisciples, les filles de son âge préférant brutaliser leur chevelure à coups de défrisages ou de tresses féroces plutôt que d'en révéler la nature indéfectiblement africaine.

Petit à petit, Charonne s'installe dans la vie de Lorenzo et par conséquent dans la nôtre car c'est toujours elle qui vient chez nous : Lorenzo ne sait même pas où elle habite. C'est une autre des séductions de la majestueuse enfant : sa fréquentation ne lève pas le mystère. Comme Lorenzo n'a pas l'air curieux d'en savoir plus sur son unique amie, c'est moi qui mène l'interrogatoire quand j'ai envie de la voir se départir de sa nonchalance rêveuse — et pour tout dire, c'est une envie que Charonne suscite souvent, je crois même qu'elle exaspère la plupart des gens et les adultes en particulier. D'après ce que me raconte Lorenzo, les profs de la sixième 3 l'ont prise en grippe avec une belle unanimité, considérant que Charonne les nargue avec son petit sourire perpétuel et sa totale indifférence à leurs encouragements comme à leurs blâmes.

— T'es de quelle origine, Charonne ?

Elle lève sur moi ses yeux où rien ne se révèle et chuchote :

— Comment ça ?

Elle a ça aussi, comme particularité irritante : elle ne parle pas, elle susurre, avec des pauses languides entre les mots, comme si elle n'en avait rien à foutre d'être entendue, rien à foutre non plus que son interlocuteur se lasse d'attendre la phrase ou le mot suivant.

— Ben ouais, t'es africaine ?

— Non.

— Indienne ?

— Non.

N'importe qui en dirait plus, développerait, saisirait l'occasion en or de déballer sa petite vie ou celle de me rembarrer pour ma curiosité inquisitrice. Pas Charonne, qui me toise avec son sempiternel sourire, les lèvres mi-closes sur ses petites dents. Je m'en tire par une pirouette baudelairienne, un distique adressé à une Malabaraise :

— Aux pays chauds et bleus où ton Dieu t'a fait naître,

Ta tâche est d'allumer la pipe de ton maître...

Lorenzo pousse un grognement de protestation comme à chaque fois que je dégaine le seul Charles qui vaille. Ils en ont tous marre dans ma famille nombreuse, même les agneaux, si inconditionnels de ma personne, si admiratifs de mes moindres faits et gestes. Il faut dire qu'il y a un Baudelaire pour toutes les circonstances de la vie et que je ne me prive pas de le citer à tout bout de champ, surtout depuis que je me suis acheté ses œuvres complètes en « Pléiade », trente euros chez le bouquiniste du port, trente euros autant dire rien vu le bénéfice que j'en tire et l'usage intensif que j'en fais.

En attendant, Charonne n'en dit pas plus sur les pays chauds et bleus où son Dieu l'a fait naître — elle, sa mère ou son père. Et si elle a perçu l'intention offensante de mes alexandrins, elle n'en marque rien non plus. Elle m'énerve, mais je l'aime bien et surtout je lui sais gré d'être l'amie de mon petit frère roux, celui dont tout le monde se moque, celui qui n'est jamais invité aux anniversaires, celui qu'on surnomme « Testicule » et dont on vole la trousse, cache le cartable et déchire les fringues depuis qu'il a six ans. La moitié de sa vie, putain !

Les sentiments que Charonne nourrit pour Lorenzo sont peut-être d'une nature plus redoutable que la simple amitié. Il y entre en tout cas une volonté de régner sans partage sur le cœur de mon petit frère, et ça tombe bien vu que Lorenzo est mûr pour l'esclavage depuis au moins aussi longtemps que Charonne pour la tyrannie. D'autant qu'il existe bien des compensations féodales à cette domination, Charonne veillant au confort matériel et moral de son seul sujet avec une munificence seigneuriale.

Il semblerait qu'au collège les petits loups pour l'homme aient été un peu calmés, un peu neutralisés par cette coalition contre nature de la grosse noire et du petit roux, même si au début, elle a suscité des sarcasmes. Ils ont dû tomber très vite sur la dureté de Charonne sous ses airs tranquilles — tu marches sur des morts, Beauté, dont tu te moques. Ils ont dû très vite rencontrer son implacable volonté de vengeance et l'inventivité de ses représailles. C'est par là, je crois, qu'elle a définitivement conquis Lorenzo.

— Tu te rends compte, Charonne elle est rentrée dans les chiottes des garçons ! Et après elle a dit à tout le monde que Maxime Chabrier il avait un petit…

— Un petit quoi ?

— Son truc, quoi, son zizi ! Elle a dit qu'il était tout petit !

— Ça va, gueule pas comme ça, j'avais compris ! Qu'est-ce qu'ils ont fait, les autres, quand elle a dit ça ?

— Ben y en a qu'ont rigolé. Et Maxime il a voulu la taper, mais elle est plus grande que lui alors il a eu peur ! Il a juste dit que Charonne c'était une menteuse ! Et qu'en plus c'est elle qui avait une grosse chatte qui pue !

— Parle pas comme ça, Lo !

— Je te dis ce que Maxime il a dit ! C'est pas moi qui parle comme ça !

La différence entre Charonne et Maxime Chabrier, c'est que Charonne se soucie comme d'une guigne de ce qu'on peut dire sur elle — et d'ailleurs, que n'a-t-on pas dit ? Qu'elle avait été mariée à trois ans dans le pays chaud et bleu qu'elle refuse de nommer, qu'elle était excisée, sataniste, qu'elle mangeait du serpent, du singe, du chien, de la chair humaine.

Rien n'est vrai, mais les parents de Charonne ont l'air de bien valoir les nôtres et d'être tout à fait capables de tatouer ou de mutiler légèrement leur enfant pour souscrire à leurs propres rites familiaux. Selon Lorenzo, ils disparaissent pendant des semaines, laissant leur fille se débrouiller seule avec un billet de dix euros. Charonne est d'ailleurs une voleuse hors pair et c'est ce qui lui permet d'habiller Lorenzo de pied en cap et de l'approvisionner en jeux de DS, mangas et fournitures scolaires. En matière d'habillement, elle est assez fine pour ne pas imposer à mon frère ses goûts trop pointus et trop à rebours de la mode collégienne : Lo se retrouve donc avec des tee-shirts Calvin Klein, des jeans Guess, un sac et des tennis Converse. Inutile de dire que personne chez moi ne s'étonne de le voir vêtu avec des fringues qui viennent de nulle part. Esteban a bien remarqué cette soudaine élégance chez son quasi-jumeau, mais comme il profite aussi des largesses de Charonne, il ne bronche pas.

À part lui et moi, toute ma famille nombreuse déteste Charonne. Ma mère s'irrite de la trouver tous les jours sur son perron et s'indigne de ses grands airs ; mon père, dont on sait qu'il ne brille pas par le goût, la trouve épouvantable ; mes sœurs s'en méfient comme de la peste — quant à Charlie et Claudette, ils se retrouvent, une fois n'est pas coutume, dans l'horreur que leur inspire cette fille de couleur, quelle couleur, on ne sait pas très bien, mais selon Claudette elle ne se lave pas, et selon Charlie elle est mal élevée, ce qui fait que tous les deux roulent des yeux offusqués dès qu'il est question d'elle.

Il se peut aussi qu'ils lui en veuillent obscurément de faire pour Lorenzo ce qu'ils n'ont jamais fait : lui accorder de la considération, veiller à son développement physique et émotionnel, lui vouloir du bien alors qu'eux n'attendent rien de ce petit garçon mis au monde par accident et poussé là comme une mauvaise herbe.

Enfin peu importent leurs raisons, ils abhorrent tellement Charonne qu'ils en viendraient même à aimer Lorenzo, histoire de l'arracher à la mauvaise influence de cette fille. Sauf que c'est trop tard : ils l'ont trop négligé, trop oublié toutes ces années, pour qu'il n'aille pas se vautrer dans la première affection venue, fût-elle celle d'une étrangère à notre cercle de famille. Et elle, la molle enchanteresse, la majestueuse enfant, elle a beau se pavaner, elle a beau vouloir tout gouverner à commencer par mon petit frère, il n'empêche qu'elle l'aime vraiment et qu'elle l'aime parce qu'elle connaît les cœurs, qu'elle a sondé celui de Lorenzo et qu'elle n'y a vu qu'innocence, bonté et désir éperdu de compter pour quelqu'un. Et pour autant que je sache, c'était pareil pour elle, ce qui fait qu'ils se sont bien trouvés tous les deux.

Mais dans un récit dévolu à l'insoutenable vérité, il ne faut pas trop que je tarde à dire que l'amitié ne suffira pas. Charonne sort de l'abîme, elle vient du gouffre noir et elle en a retiré cette âme indéboulonnable et réfractaire qui m'inspire tant d'admiration, mais elle ne parviendra pas à charmer le destin plus longtemps.

Patience, hypocrite lecteur, c'est l'affaire d'un an avant que nous ne sentions tous passer le vent de l'aile de l'imbécillité, non pas celle qui foudroie les poètes impeccables et les expédie à l'hôtel du Grand-Miroir, mais celle qui nous immobilisera tous devant la tombe ouverte du meilleur d'entre nous, imbéciles que nous sommes de n'avoir rien compris et rien deviné, moi la première.

## 13. L'ODEUR DU SANG (II)

Un soir d'avril, dans une voiture fouettée par le vent et la pluie, embuée par notre fièvre au corps et notre fureur de vivre, Sven Marinello procède à mon dépucelage technique. Et si je marque cette date d'une pierre blanche, c'est vraiment pour la forme, car en réalité nous avons déjà fait ensemble tout ce qu'il est possible de faire entre adultes consentants, depuis l'éjaculation faciale jusqu'à la fellation et le cunnilingus en passant par des tentatives ratées de sodomie. Je n'ai gardé de vierge que ce territoire-là, ces quelques centimètres carrés de muqueuse vaginale, et encore rien n'est moins sûr vu que Sven y a introduit les doigts plus d'une fois et très profondément. Rien d'étonnant donc à ce que je ne saigne pas, mais nous en sommes tous les deux assez dépités.

— T'es sûre que t'étais vierge ?

— Oui.

— T'as fait de l'équitation ?

— Pourquoi tu demandes ça ? Tu crois que je me suis fait mettre par un canasson ?

— Mais non idiote, c'est juste que les filles qui font du cheval, des fois, elles perdent leur hymen.

— C'est quoi l'hymen, d'abord ? Est-ce qu'on est sûr que ça existe ?

— C'est une espèce de membrane. Et oui ça existe : y a même des nanas qui se le font refaire.

— Tu veux que je me le fasse refaire ? Comme ça tu pourras le défoncer, y aura plein de sang partout dans la voiture de ton père et tout le monde sera content !

Tandis que la giboulée d'avril redouble d'intensité contre les vitres de la Mondeo, Sven me caresse le visage sans répondre et vient prendre à leur source les larmes qu'une émotion complexe y a fait monter.

— Pourquoi tu pleures ?

Il a raison de s'étonner, car je pleure rarement. Nous étions convenus ensemble de différer cette défloration pour expérimenter d'abord plusieurs combinaisons de sexe oral et de masturbation mutuelle, sans compter la pénétration anale, sur laquelle nous fondions de grands espoirs de jouissance et qui, comme je l'ai dit, s'est soldée par une déconvenue — mais ce n'est que partie remise car je peux compter sur Sven pour ne pas rester sur un échec.

Tout ça pour dire que mon dépucelage n'était pas censé revêtir à mes yeux plus de solennité que ça et que je ne comprends pas moi-même ce qui m'arrive. Peut-être est-ce juste le soulagement d'avoir une vie sexuelle alors que j'ai grandi dans une maison où plus personne n'en avait, pas plus mes sœurs que mes parents et encore moins mes grands-parents dont on peut même se demander à les voir aujourd'hui s'ils en ont eu une un jour et si c'était ensemble. Certes, ils ont eu trois enfants, mais les enfants ça n'a jamais rien prouvé, et ma grand-mère est bien capable de les avoir conçus tout en se conservant fraîche et immaculée comme au premier jour.

Je vais avoir dix-sept ans, Sven est mon amoureux depuis le collège mais notre relation a connu des hauts et des bas tumultueux, des ruptures fracassantes, des périodes d'évitement et des infidélités douloureuses — mais contrairement à lui, qui s'est parfois affiché avec d'autres, j'ai tenu secrets mes amours platoniques avec Lucie Leccia comme mon engouement de midinette pour Anna Bessonova.

Chez moi, tout le monde a oublié l'existence de Sven Marinello, dont je me suis bien gardée de reparler depuis la soirée mémorable où j'ai commis l'erreur de prononcer son nom. Seuls mes petits frères sont au courant de notre liaison, dont ils suivent le cours mouvementé avec un tendre intérêt. Il ne faut pas oublier que Sven a été leur héros des années durant — ou si ce n'était lui du moins son avatar, puisque tel était mon prénom au jeu des « trois garçons », eux-mêmes ayant choisi Luffy et Kakashi pour tenir leur rôle dans cette saga épique.

Je vais avoir dix-sept ans et je m'intéresse moins que jamais à ce qui se passe chez moi. Comme le dit Charlie avec dépit, la maison « me brûle les pieds » et je m'en échappe dès que possible, laissant les deux agneaux à leur solitude et sans m'apercevoir qu'ils en crèvent.

Charonne est toujours dans le paysage pour éviter à Lorenzo une complète déréliction, mais Charonne est l'arbre qui me cache la forêt obscure dans laquelle mon petit frère s'enfonce plus avant de jour en jour. Il se peut d'ailleurs que cette forêt obscure ait à voir avec celle de sa grand-mère, avec la dépression sévère qui la tient cloîtrée dans sa chambre la plupart du temps, mais évidemment personne chez moi ne s'alarme de quoi que ce soit, pas plus de l'état de prostration de Claudette que des angoisses mortelles de Lorenzo.

Esteban s'en sort un peu mieux, mais comme son frère il pâtit de l'indifférence totale qui entoure sa jeune vie, et si je prenais le temps de le regarder, je verrais que les beaux yeux bleus légèrement exorbités qu'il tient de son père ont pris une expression perpétuellement inquiète et que son petit visage est agité de tics.

Mes agneaux, comme je regrette et comme je regrette d'avoir à regretter, d'avoir compris trop tard que c'était trop dur pour vous et que ça l'aurait été pour n'importe qui, alors a fortiori pour vous qui étiez des agneaux, de petites bêtes tendres et préparées à rien. Il y a eu pourtant des signes avant-coureurs et si j'avais été moins bête, moins égoïste, et moins obnubilée par Sven, je les aurais convenablement décryptés.

Une nuit, on toque à ma porte, et avant même que je me sois complètement réveillée, Lorenzo se glisse dans mon lit.

— T'as pissé ?

— Non.

Ils ont douze et treize ans mais ça ne leur a pas encore passé, de mouiller leur lit l'un comme l'autre au moins une fois par semaine. Autrefois Claudette s'en préoccupait, elle les sermonnait un peu et elle changeait leurs draps, mais désormais elle peine à retrouver la lisière du bois et elle erre au milieu des pins, des cèdres et des eucalyptus de son enfance, ce qui fait que les agneaux dorment sous des couettes qui puent la pisse.

— T'as fait un cauchemar ?

— Non.

Il se love contre moi, n'offrant à mes regards que sa nuque concave et ses petites épaules secouées de sanglots.

— Qu'est-ce qu'il y a, Lorenzo ? dis-moi.

— Y a rien.

Il n'y a rien mais il va pleurer toute la nuit, tandis que je caresse son échine maigre sous le velours éponge d'un pyjama taille huit ans. S'il n'y avait pas Charonne, Esteban et Lorenzo n'auraient à se mettre que des vêtements étriqués, élimés, défraîchis et mal assortis. Ils doivent leur élégance aux rapines d'une jeune géante, dont je me demande, vu son physique hors du commun, comment elle fait pour échapper à la surveillance des vigiles ou à l'attention des vendeurs. Enfin, le résultat est là et mes agneaux arborent des baskets Nike, des blousons H&M et des jeans Zara. Merci Charonne. Ça n'empêche pas mon petit frère roux de pleurer toutes les larmes de son corps, indifférent aux mots que je souffle dans son oreille mouillée :

— T'en fais pas, Lolo, ça va aller, ça va aller, mon petit lapin. Tout finit toujours par s'arranger.

En fait, rien ne s'arrange jamais car ce qui est abîmé l'est une fois pour toutes. La résilience, c'est un conte inventé pour les gogos : ça permet à tout le monde de vivoter tranquillement, les victimes comme les tortionnaires — les uns survivant dans l'espoir inepte d'une amélioration, les autres disposant d'un alibi pour torturer ad libitum.

Cette nuit-là, en serrant dans mes bras mon petit frère inconsolable, en sentant les coups sourds de son cœur ébranler sa cage thoracique, en mesurant enfin la profondeur de son désespoir, je pleure moi aussi. Il est trop petit, mon agneau, pour souffrir autant, et moi trop jeune, pas assez sage encore, pour lui offrir autre chose que ma proximité physique et mes pauvres promesses :

— Ça va aller, mon Lolo, tu vas voir. Aujourd'hui, tout ça te paraît très grave, mais tu vas grandir, te tirer d'ici, et tu verras, dans dix ans, on en rigolera tous les deux et tu te demanderas pourquoi tu les prenais au sérieux, tous ces petits cons qui t'emmerdent.

Sans me répondre, il enfouit plus profondément son visage dans l'oreiller et ses sanglots me parviennent, déchirants mais étouffés.

Plus tard, bien plus tard, j'apprendrai pourquoi il a tant pleuré cette nuit-là. J'apprendrai que la persécution vient de prendre un nouveau tour ; que des graffitis ont fleuri au collège, sur les murs, les bureaux, le dossier des chaises : Lorenzo a perdu sa bite dans la chatte de Sharon, Lorenzo nique les grosses, Testicule se fait la grosse, etc. Après les avoir protégés pendant un temps, leur amitié déclenche désormais un regain d'hostilité, et Charonne a beau riposter aux insinuations et aux insultes, se défendre comme une diablesse, tomber à bras raccourcis sur les auteurs supposés de tous ces tags infamants, rien n'y fait et le harcèlement est monté d'un cran après presque une année d'apaisement qui a pu faire croire à Lorenzo qu'on commençait à l'accepter.

Les jours suivants, la vie reprend son cours. J'ai beau sonder mon petit frère, comment ça va au collège, on te laisse tranquille au moins, je n'obtiens rien de plus que des réponses évasives et des regards fuyants. Je finis par apprendre que pour avoir la paix, il évite désormais la compagnie de Charonne et que celle-ci en est désespérée. Mais ça, ce n'est pas lui qui me le dit, c'est elle. Elle se pointe chez nous et elle l'attend pendant des heures dans le jardin, tandis qu'il reste introuvable — que fait-il de son temps, mystère. Du coup, parfois, c'est moi qui tiens compagnie à la molle enchanteresse dont les enchantements semblent avoir perdu leur efficacité.

— Ça va, Charonne ?

— Oui. Il est où, Lorenzo ?

— Sais pas. Vous avez terminé à quelle heure ?

— Seize heures trente.

— Ah bon ? Il devrait être là, dans ce cas.

Elle me décoche un regard chagrin, juste un éclair oblique de ses beaux yeux dorés, avant de se détourner et de fixer l'horizon, comme si elle espérait voir débouler mon frère, mon frère enfin heureux et fort, mon frère déterminé à se foutre de l'opinion des autres, mon frère résolu à braver les commérages dégoûtants pour rendre à Charonne un peu de cet amour qui la brûle. Sauf qu'il ne vient jamais. Il ne rentre qu'à la nuit tombée, juste histoire de mettre les pieds sous cette table à laquelle Claudette n'apporte plus jamais ses petits plats mitonnés, ses couscous, sa daube, ses farcis, ses quenelles de semoule, ses pissaladières, ses gratins de courgettes, sa salade d'oranges au cumin — nous en sommes réduits à manger des sandwichs au fromage, des pizzas et des frites surgelées, des pâtes trop cuites, des knackis et des crèmes dessert industrielles.

Au bout d'un moment, Charonne se lasse et tourne les talons sans un mot. Je la regarde tanguer majestueusement le long de la rue Trézène, beau navire regagnant son propre mouillage invivable. Tandis qu'elle s'éloigne dans le couchant poudreux, belle d'indolence, balançant sa tête éléphantine sur son cou fragile, la mélancolie me serre le cœur : nous les enfants, nous sommes trop petits et trop faibles pour le sort que nous font les adultes — sans compter celui que nous infligent nos pairs, la meute avide des petits loups pour l'homme. Parfois, il n'y a pas de répit, pas d'asile possible. Heureusement que j'ai Sven. Heureusement aussi que dès mon plus jeune âge je me suis blindée de résolutions à tenir et de programmes à suivre : je suis quand même moins aliénée que mes sœurs et moins larguée que mes frères.

Quand Charonne revient le lendemain à la même heure, je suis sur le point de sortir.

— Salut Charonne, ça va ? Lorenzo est pas là. Tu veux entrer un moment ? Boire quelque chose ?

— Non merci. Il revient quand ?

— J'en sais rien. Il va où, d'ailleurs, après le collège ? Tu le sais, toi ?

Comme hier, Charonne me lance un coup d'œil indéchiffrable avant de me présenter son profil sublime, la ligne nette de son nez, la boucle drue de ses cils noirs et l'avancée de sa mâchoire à la fois proéminente et délicate. Ma mère arrive à ce moment-là et passe en bougonnant devant nous, tractée par les chiens qu'elle est sortie promener, comme elle et mon père le font consciencieusement trois fois par jour. Elle ressort illico pour interpeller Charonne :

— Il est pas là, Lorenzo ! C'est pas la peine de l'attendre !

Charonne lève un sourcil dédaigneux, par un

mouvement tellement parfait et tellement expressif que j'applaudis intérieurement et décide de différer mon départ jusqu'à ce que l'escarmouche se soit réglée.

— Tu m'entends, dégage !

La majestueuse enfant ne bouge pas. Au contraire, elle se carre plus confortablement contre une balustre de brique et toise ma mère de ses yeux dorés. Le contraste entre elles deux est franchement comique : ma mère porte un bas de survêt et un polo informes, tandis que Charonne est en jupe portefeuille sépia et top caramel à col châle, sans compter trois bracelets d'ivoire au poignet gauche. Ma mère est coiffée comme d'hab, tempes rasées poivre et sel, racines noires et longues mèches jaune paille, alors que Charonne arbore un tressage complexe, comme un abécédaire cunéiforme sur son crâne ravissant.

— Tu comprends ce qu'on te dit ou t'es vraiment trop conne pour ça ? Allez dégage, on t'a dit !

Le teint déjà naturellement coloré de ma mère a viré à un violine inquiétant et les mots se précipitent plus malaisément que jamais hors de son gosier que contractent la colère et la stupeur d'être ignorée.

— Tu t'en vas ou tu veux que j'appelle mon mari ? Il va te botter ton gros cul de Noire, tu vas voir ça !

Lentement, Charonne entrouvre ses lèvres bleues sur sa dentition carnassière. Elle sourit, mais c'est un sourire dérangeant, un sourire qui fait oublier qu'elle n'a que treize ans, et qui suggère tout un monde de tentations douteuses. C'est aussi un sourire qui renvoie ma mère à ses quarante-deux ans et à son absence de sex-appeal. Elle a beau être Sweetie deux soirs par semaine et tournoyer consciencieusement autour de sa barre de striptease en agitant ses nippies et en extrayant de son vagin toutes sortes d'objets inattendus, elle n'arrive pas à la cheville de la meilleure copine de son fils en matière de sensualité. Face aux tigres dont Charonne agite indolemment la laisse, ma mère semble soudain plus petite, plus vieille et plus inoffensive. Elle lance quand même, mais sans conviction :

— Allez, tire-toi. Lorenzo, il en a rien à foutre de toi, de toute façon.

Charonne écarquille ses beaux yeux :

— Je comprends pas ce que vous dites, Madame Chastaing. Vous pourriez pas articuler ?

Ma mère accuse le coup : elle n'a pas l'habitude qu'on lui tienne tête ni qu'on fasse des allusions sans fard à ses problèmes d'élocution, tous les membres de ma famille nombreuse multipliant autour d'elle les serments d'allégeance et les témoignages d'adulation. Elle hausse les épaules et rentre précipitamment dans cette maison où personne ne lui en a jamais tant dit.

Charonne reprend son tour de guet avec un petit soupir. Avant de m'en aller, je lui malaxe affectueusement l'épaule :

— Lorenzo traverse une mauvaise passe, Charonne. Le laisse pas tomber : t'es sa seule amie. Je sais qu'il t'aime beaucoup.

— Tu te trompes, Kim, il m'aime plus. C'est fini.

Elle me fixe sans ciller mais avec un tel air de désolation que je tends la main vers sa tempe, à l'endroit exact où les mèches sombres se fondent mystérieusement en un duvet moiré. Elle accepte ma caresse sans broncher mais je vois mal comment son terrible chagrin pourrait en être amoindri. Je ne peux rien pour elle et sans doute rien pour mon petit frère. La saison de la chasse a repris, la meute est après eux, et pour qu'elle perde leur trace, il faudrait que soit moins forte et moins entêtante l'odeur du sang qui coule de leurs plaies.

Je me décide à partir. Je ne le sais pas encore, mais je ne reverrai Charonne que devant la terre noire du tombeau de mon frère.

## 14. LA FIN DE TOUS LES JEUX

Hardi, mon lecteur, toi qui as emprunté avec moi les chemins sinueux par lesquels l'esprit vient aux filles, toi qui as suivi l'âpre récit de mes commencements, ta patience va être récompensée.

Hypocrite lecteur, tu es peut-être mon semblable mais tu n'es sûrement pas mon frère vu que mon frère est mort à l'âge de treize ans, comme tu t'en doutes déjà depuis un certain nombre de pages, puisque je n'en ai pas fait mystère. Mystère de rien, nous sommes transparents et encore plus transparents et traversés de part en part depuis la mort du meilleur d'entre nous.

À moi, l'histoire du début de la fin : tu vas voir, mon lecteur, c'est très simple, et tant pis si ça fait froid dans le dos, tu n'as pas attendu jusque-là pour ne pas éprouver un peu de tristesse horrifiée.

Une nuit de mai, Lorenzo se pend dans l'abricotier. Il sait qu'il peut compter sur le fait que personne ne le cherchera ni ne remarquera son absence avant le lendemain.

Esteban dort chez un copain : il est en train de réussir ce à quoi son grand frère échoue depuis toujours, avoir une vie sociale, fréquenter d'autres enfants, être invité, sortir, avoir des copains sur

Facebook ou leur parler sur MSN. Et pas de chance pour Lorenzo, je passe la nuit chez Sven, ce qui m'arrive de plus en plus souvent. Quant à Claudette, elle n'aura pas, cette nuit-là, l'éclair de lucidité qui pourrait la pousser à s'inquiéter : elle est dans sa forêt obscure et elle n'en sortira que pour apprendre la mort du plus gentil de ses agneaux.

Il se pend dans l'abricotier avec une des ceintures de son père. Au moment de la nouer autour de son cou fragile, peut-être pense-t-il au tatouage que ce piètre père lui a fait sur l'os occipital. À quoi bon ce signe d'appartenance, à quoi bon ce marquage, si c'était pour l'oublier ensuite complètement ? Peut-être pense-t-il à toutes ces occasions où Patrick n'a pas été un père et où lui, Lorenzo, n'a été l'enfant de personne — personne pour lui apprendre à nager ou à faire du vélo, personne pour assister aux réunions parents-profs, personne pour payer l'inscription au club d'échecs ou à l'A.S. de ping-pong, personne pour le féliciter d'une bonne note, personne non plus pour lui dire d'aller se laver les dents ou de changer de slip, personne pour lui dire « tu grandis » ni « tu deviens un homme, mon fils ». Ce qui fait qu'il n'est rien devenu du tout, mon petit frère. Tout juste a-t-il atteint la préadolescence, le temps de se voir pousser un duvet roux sur la lèvre supérieure, le temps de voir flamber un peu d'acné sur ses joues déjà affligées d'un semis de taches de rousseur assez disgracieux. Alors ce soir-là, sous l'abricotier, peut-être se dit-il que grandir, ce sera devenir encore plus laid, encore plus repoussant, encore plus en butte aux moqueries des autres — car l'incurie de ma famille nombreuse ne dédouane pas la meute des petits loups de sa responsabilité collective.

Il ne laisse rien, pas une ligne d'explication, pas de tendre formule posthume, je vous aime mais je n'y arrive plus, je vous aime et ce n'est pas votre faute, c'est juste que la vie est trop dure pour moi qui suis trop doux.

Ce qu'il se dit, ce qu'il peut bien se dire au pied de l'arbre où tant de fois il a été Luffy et moi Sven, j'en suis réduite à l'imaginer et à me torturer en l'imaginant — mais ce n'est que justice que je souffre à mon tour au pied de cet arbre, et ce n'est rien en comparaison des souffrances qui l'ont conduit à s'y pendre.

C'est moi qui le trouve en rentrant de chez Sven au petit matin. C'est un jour de semaine comme les autres : je m'apprête à changer de vêtements, à prendre mes affaires de classe et à filer au lycée. Je croiserai peut-être mon père ou mes sœurs dans la cuisine. Avec un peu de chance, quelqu'un aura fait du café, mais sinon je le ferai moi-même avant de monter réveiller mes frères. Ils sont censés le faire tout seuls, mais il leur arrive trop souvent de se rendormir et de louper les cours de la matinée.

Il fait encore presque nuit. J'ai quitté la chambre de Sven en faisant le moins de bruit possible, je suis passée à pas de loup devant celle de ses parents et j'ai tiré derrière moi la porte à demi vitrée qui donne sur leur jardin. Les Marinello habitent un quartier pavillonnaire pas très loin du nôtre, et j'aime ce moment où je marche dans les rues de ma ville, seule avec le secret de mon amour, ivre et triomphante de mes dix-sept ans. Mais ce jour-là, l'ivresse et le triomphe vont buter sur le spectacle incongru de deux petites jambes rouges pendant mollement de l'abricotier.

Tout de suite, je sais que c'est lui et je sais qu'il est mort, mais je me lance quand même à l'assaut de mon arbre tout en criant à Lorenzo des mots d'espoir et d'encouragement qui valent peut-être plus pour moi que pour lui :

— Tiens bon, Lolo, c'est moi ! J'arrive ! Tiens bon, ça va aller !

Une fois parvenue à ma fourche favorite, j'écarte les branches plus feuillues que jamais et chargées de fruits qui n'arriveront à maturité que le mois prochain. Et je le vois, pâle dans son lit vert où la lumière pleut, cette lumière de l'aube que désormais j'associerai toujours au malheur. Et tandis que me montent aux lèvres alexandrins et décasyllabes, pêle-mêle Baudelaire, Rimbaud, Verlaine, mes amis et ma vraie famille, mes mains tâtonnent dans le cou de mon frère. Je trouve la boucle de la ceinture, je pourrais le décrocher, mais je ne veux pas entendre son corps s'écraser sur le sol ; je pourrais le décrocher, mais ma position dans l'arbre ne me permet pas de le hisser contre moi ou de prévenir sa chute, alors je hurle, je hurle dans le jour qui vire au rose, jusqu'à ce que les fenêtres s'allument, jusqu'à ce qu'ils sortent un à un, mon père, mon grand-père, ma mère, mes sœurs et leurs petits copains, titubant un peu sur le perron, frottant leurs yeux chassieux dans le soleil levant. Je veux que des bras se tendent vers la frondaison dansante de l'abricotier ; je veux que le corps de mon frère soit enfin étreint et recueilli ; je veux qu'il soit *déposé*, et que tous pleurent douloureusement la mort de cet enfant qu'ils n'ont vu ni grandir ni souffrir ; ce petit garçon qu'ils n'ont pas aidé à devenir adulte parce qu'eux-mêmes avaient déjà du mal à l'être, et parce que leur vie vaine les occupait bien trop pour qu'ils se chargent en plus de cette petite âme fragile.

C'est à mon père, en cette aube cruelle, qu'il incombe de recevoir son fils aîné contre sa poitrine et de le déposer sur l'herbe avec une tendresse et des précautions qu'il n'a jamais eues pour lui de son vivant.

À part moi, qui suis encore dans l'arbre, incapable d'en descendre, puisant un réconfort étrange à sentir entre mes cuisses et contre ma joue l'écorce si familière, toute ma famille nombreuse fait cercle autour de Lorenzo. Même ma grand-mère finit par nous rejoindre, drapée dans une mantille noire de circonstances. Sans regarder quiconque ni prononcer un mot, elle s'agenouille à la tête du plus fragile, du plus sensible et du plus affectueux de ses agnelets. Celui qui agrippait sa jupe et enlaçait ses jambes pendant qu'elle vaquait dans la cuisine, au temps où il lui restait assez de présence d'esprit pour nous nourrir ; celui qui escaladait ses genoux et roulottait ses mèches à elle tout en suçant son propre pouce ; celui qui la regardait avec un tel air d'amour et de confiance qu'elle le gourmandait :

— Mais qu'est-ce que tu as, Lorenzo, à me regarder avec ces yeux de *gobi* ?

Il accourait vers elle, à deux, à cinq ou à dix ans ; il frottait sa tête rousse contre son giron, il la serrait très fort et il levait vers elle ses yeux adorants, parce qu'il était fait pour l'amour et la vénération — et dire qu'il est mort, hélas, que Dieu m'assiste…

Je dégringole de l'arbre, comme nous l'avons fait tant de fois tous les deux, écorchant lui comme moi nos genoux et nos tibias à l'écorce squameuse.

Qu'il ait choisi cet arbre pour y trouver la mort, voilà qui me fait étrangement chaud au cœur en ce moment terrible. Mon agneau, j'ai compris ton message, et si ça ne tenait qu'à moi, c'est là qu'on t'enterrerait, au pied de l'abricotier où tu as connu tes rares moments de bonheur.

Toujours agenouillée, ma grand-mère caresse la petite tête rousse et murmure des mots absurdes et tendres :

— Mon bébé, mon pauvre biquet ! Qu'est-ce qu'ils t'ont fait ? Et pourquoi tu m'as rien dit, biquet ? Tu savais pas que j'étais là ?

Sauf que non, elle n'était pas là, justement, ni moi, ni personne. Il était tout seul, et ma grand-mère, qui s'y connaît en solitude, pose sa vieille main sur le visage de son petit-fils, nous dérobant un instant ses traits convulsés par l'asphyxie. Ensuite, avec une douceur infinie, elle l'adosse à l'arbre et s'assied à côté de lui, étendant devant elle ses jambes nues et variqueuses. Elle ne cesse ni de lui parler ni de le toucher, de jouer avec ses doigts, de lisser sa frange sur son front, de frotter ses petits bras maigres à travers le coton du sweat Nike offert par Charonne :

— Mon bébé, mais qu'est-ce qui t'a pris ? Qu'est-ce qui t'a pris de faire ça, hein ? Mon petit biquet, mon poulet…

Accroupis dans l'herbe eux aussi, les autres font cercle autour d'eux sans oser interrompre ce soliloque déchirant. Mon père finit par risquer :

— Il faudrait appeler les pompiers.

Ma grand-mère le fustige du regard :

— Personne ne va le toucher, d'accord ? Que nous ! On va le mettre sur son lit !

— Mais Claudette… geint mon père.

— Tu vois pas qu'il est mort ? Que ça fait des heures qu'il se balance au bout de sa branche, comme un malheureux ?

— Oui, mais il faut quand même appeler les pompiers.

— D'abord, on le rentre dans la maison. Aidez-moi.

Ils obéissent à l'autorité retrouvée de ma grand-mère, tous autant qu'ils sont, et Lorenzo est solennellement porté jusqu'à sa chambre au seuil de laquelle Claudette s'immobilise avec un air de dégoût :

— Il faut changer les draps et passer l'aspirateur.

Comme j'ai suivi le mouvement, je suis la première à m'exécuter et à ramener des draps et une housse de couette propres tandis que Svetlana s'affaire avec l'aspirateur dans le cagibi sombre et exigu dans lequel personne n'a craint de faire dormir deux petits garçons pendant des années. Même ma buanderie est plus spacieuse. Tandis que ma famille nombreuse gémit et renifle autour du petit lit où mon père a enfin déposé Lorenzo, ma grand-mère continue à prendre les choses en main :

— Il est où Esteban ? Personne n'appelle les pompiers avant qu'Esteban ait vu son frère.

Évidemment, à part moi personne ne sait où est Esteban :

— Il dort chez son copain Mehdi.

— Il est quelle heure, là ? Il faut le prévenir. Il a son portable ?

— Le mardi, il commence à neuf heures. Je vais aller l'attendre devant le collège. C'est mieux que le portable.

C'est ce que je fais, soulagée d'échapper à l'atmosphère confinée de cette chambre mortuaire, soulagée de ne plus croiser les regards égarés des uns et des autres, soulagée et pour l'heure incrédule : il ne peut pas être mort, mon agneau ; il ne peut pas être passé en une nuit de tant de vie à tant de mort. Parce qu'hier après-midi, il était tout ce qu'il y a de plus vivant. Il fouillait le placard de la cuisine, histoire d'y trouver de quoi goûter. Esteban était là aussi et je les ai envoyés acheter du pain. Ils sont revenus en se chamaillant, se sont fait des tartines, puis sont partis vaquer à leurs occupations comme moi aux miennes. Dans le dernier souvenir que j'ai de lui, Lorenzo trempe sa cuillère dans le pot de Nutella, il n'a l'air ni triste ni songeur, ni rien.

Devant la petite bouille surprise d'Esteban, j'ai un premier accès de vrai désespoir, mais je me reprends et lui enjoins presque sévèrement de me suivre. Mais tandis qu'il trottine sur mes talons en me pressant de questions, je suis rattrapée par la réalité insoutenable. Je me retourne et je lâche sans plus de précautions :

— Il est mort, Lorenzo, il s'est pendu.

Esteban comprend tout de suite. Jetant son sac Eastpack à terre, un autre cadeau de Charonne, il éclate en sanglots d'abord plus furieux que désespérés. Nous regagnons la maison au pas de course, et je le guide jusqu'à sa chambre où rien ni personne n'a bougé. Au lieu de s'approcher de son frère, il s'écroule à deux pas du lit et recommence à pleurer comme le petit garçon qu'il est encore, avec des gémissements, des hoquets incoercibles et des coups d'œil qui quêtent à droite et à gauche un réconfort que personne n'est en mesure de lui apporter, jusqu'à ce que je me décide à l'emmener hors de la chambre pour bercer son chagrin avec le mien.

## 15. EST-CE QUE DIEU PERMET DE CES MALHEURS SANS NOM ?

Dans les jours qui suivent, j'ai beau compulser mes *Fleurs du mal*, je n'y trouve rien qui soit de nature à nous apporter un peu de consolation. Je ne doute pas que Baudelaire ait côtoyé la mort, mais c'était de la sienne qu'il s'agissait et autour de laquelle il tournait en pensée. Rien à voir avec le deuil qui nous frappe et nous plonge dans l'hébétude depuis que nous avons décroché Lorenzo d'un abricotier centenaire. Au-dessus de la tombe ouverte de mon petit frère, je lirai donc du Victor Hugo, ce poète que j'ai pris jusqu'ici pour un parangon d'académisme mais qui m'émeut aux larmes depuis que nous avons quelque chose en commun.

La veille de l'enterrement, je rejoins mon père au *Kind of Magic*, son salon de tatouage, ainsi nommé en hommage à Queen, dont il est un grand fan. Je lui mets sous le nez un vers des *Contemplations* :

— Je veux ça, comme tatouage. Autour du poignet.

Contrairement à mes sœurs, qui ont sollicité ses services pour un papillon sur la cheville, un coquelicot sur la clavicule ou un cœur armorié sur le biceps, je n'ai pas d'autre tatouage que celui que dissimulent désormais mes dreadlocks blond cendré, un tatouage que je n'ai jamais vu mais dont je sens parfois la brûlure imaginaire. Mon père se frotte le nez avec un air de concentration soucieuse :

— C'est quoi ? Encore du Baudelaire ?

— Non, c'est du Victor Hugo.

— Ah, je préfère.

Depuis quand mon père a-t-il des préférences en littérature, voilà un point que je me garde bien d'éclaircir.

— Tu peux me le faire tout de suite ?

Il fixe la feuille et ânonne sans conviction :

— Est-ce que Dieu permet de ces malheurs sans nom ?

— Il faut que tu mettes un accent tonique sur « ce ». Autrement on tombe pas sur douze pieds. À moins que tu fasses la diérèse ?

Je sais parfaitement que je lui parle une langue étrangère, mais c'est la mienne, et j'ai besoin de la musique de l'alexandrin pour aller mieux.

— Mais tu crois même pas en Dieu ! Je vais pas te tatouer ce truc !

— Comment tu sais si je crois en Dieu ou pas ? Vous nous avez jamais parlé de rien !

— On vous a parlé de rien parce qu'on n'y croit pas, justement ! On n'allait pas vous bourrer le crâne avec la religion alors qu'on est athées !

— T'es même pas athée ! T'as jamais réfléchi à la question, c'est tout !

J'ai parlé sur un tel ton d'acrimonie qu'il me dévisage avec une expression de désarroi que je lui ai rarement vue :

— Qu'est-ce qui t'arrive, Kim ? Tu serais pas en train de chercher des coupables ?

— Des coupables de quoi ?

Il pleure, là, comme ça, sans prévenir.

— Je sais pas, moi. On dirait que tu nous en veux pour… Mais on est aussi malheureux que toi, tu sais.

Je le coupe :

— Je vous en veux pour rien du tout. Tu peux me le faire, ou pas, le tatouage ?

Il soupire, se mouche et attrape un classeur dans lequel figurent des modèles de phrases diversement calligraphiées :

— Tu veux quoi ?

Je choisis des italiques sobres, sans boucles ni fioritures, quelque chose d'assez proche de ma propre écriture, comme je le lui fais remarquer.

— C'est une option, tu sais.

— Quoi ?

— Tu recopies la phrase, en t'appliquant bien, et je la reproduis à l'identique.

— Non, pas la peine. On y va ?

— Tu veux quelle couleur ?

— Ce bleu, là.

— Tu préfères pas du noir ?

— Non.

Il se met au travail sur ma chair tendre, non sans renifler et s'interrompre pour se moucher de nouveau. En trois quarts d'heure, c'est plié et c'est magnifique : exactement le résultat que j'escomptais, le vers hugolien comme un bracelet, le point d'interrogation venant rejoindre le « E » majuscule, bouclant ainsi la boucle autour de mon poignet.

— T'es contente ?

— Très.

— Ça va être un peu rouge et enflé autour des lettres. C'est normal. Tu touches pas, tu désinfectes pas. Tu savonnes matin et soir, c'est tout.

— Merci, Patrick.

Il pleure de nouveau, ce père indigne.

— C'est vrai qu'on est bien malheureux, Kim…

— Je m'en vais.

— Tu veux pas rester un peu ?

— Pour quoi faire ?

— Je sais pas, moi, parler… Il faut qu'on se serre les coudes, maintenant.

— Je dois y aller, désolée.

En fait je ne suis pas désolée. Ou si je le suis, ce n'est pas pour lui. Sur le seuil de sa boutique, pourtant, je me ravise :

— Patrick ?

— Oui ?

— Tu te rappelles quand Lorenzo était petit ?

— Ben oui, pourquoi ?

— Quand il avait deux ans, trois ans.

— Oui, je me rappelle, évidemment. Je me rappelle de vous tous.

— Tu t'occupais de Lorenzo et d'Esteban, quand ils étaient bébés. Je me souviens. Tu leur donnais le biberon. Tu les berçais, aussi. Et tu les emmenais au parc. Enfin, pas souvent, mais ça t'arrivait. Pourquoi t'as arrêté ?

Ce petit flash-back ne manque pas de raviver son chagrin, et il enfouit son visage bouleversé dans un grand mouchoir à carreaux — mon père et mon grand-père sont contre les kleenex. Mais c'est vrai ça, pourquoi a-t-il arrêté d'être un père alors qu'il était si bien parti ? Pourquoi n'en a-t-il eu que pour Ludmilla et dans une moindre mesure pour ses deux autres filles tandis que ses petits garçons passaient complètement à la trappe ? Il sanglote, maintenant, il hoquette comme Esteban l'autre jour. Mais il ne trouve ni réponse à ma question ni réconfort dans mes yeux froids.

— Mais je sais pas, moi…

Il ne sait pas. Mais qu'est-ce que j'espérais, aussi ? Il a dix ans d'âge mental, comme sa femme. Ils ont eu des enfants sans savoir pourquoi. Il a essayé d'être un père, mais ça demandait trop d'efforts, trop d'abnégation, trop de constance. Il s'est découragé en route, voilà tout. Je ne sais même pas si je peux en vouloir à mon père d'être un enfant. Sauf que je lui en veux.

— Allez, j'y vais. Merci pour le tatouage.

Je sors avant qu'il ne parle et ne pleure davantage. De toute façon, j'ai toujours su qu'il comptait pour rien et c'est peut-être l'explication de son renoncement : il aura eu peur de transmettre à ses deux garçons quelque chose de son insoutenable légèreté, de son insignifiance, de son incapacité à marquer les esprits et à être pris au sérieux. Avec ses filles, comme le risque de ressemblance était moins grand, il s'est lancé, il a été un père — autant que le lui permettaient sa tête faible et son inconséquence, c'est-à-dire un bien meilleur père que celui de Charonne ou de Sven, pour ne citer que ceux dont j'ai eu vent.

Nous enterrons Lorenzo par une journée de mai aussi ensoleillée que glacée par le mistral. Tant mieux. Il ferait beau voir que j'aie chaud alors qu'on va le descendre pour toujours dans la terre froide.

Jusqu'au moment de voir le petit cercueil de pin au bord du trou fraîchement creusé, j'ai cru que ça ne me ferait rien ; j'ai cru que j'avais déjà tellement pleuré que l'inhumation ne me tirerait pas une larme de plus. Mais je me suis trompée, et Esteban et moi sanglotons dans les bras l'un de l'autre, inconsolables à l'idée de le savoir tout seul et pour l'éternité dans cette vilaine boîte et dans ce vilain trou.

Ma famille nombreuse est en grand deuil, Charlie très chic dans son costume de velours, les autres aussi mal habillés que d'habitude, mais tout le monde en noir, moi y compris. Bizarrement, compte tenu de l'indifférence qui a entouré la petite vie de Lorenzo, il y a un monde fou à son enterrement : mon oncle Léo, ma tante Fab, leurs conjoints et leurs enfants, les rares amis de mes parents, les copains de bistrot de Charlie, des voisins et des commerçants du quartier, les mecs de mes sœurs et leurs propres familles, des représentants de l'administration du collège, Tugra Takdogan, plus rogue que jamais — et surprise, les époux Leccia, endimanchés et douloureux. Je n'ai pas revu Lucie depuis le Grand Prix de Thiais, et la raison de sa présence, si elle m'échappe dans un premier temps, finit par m'apparaître au moment où Esteban serre la main à son prof d'E.P.S., qui était aussi celui de Lorenzo — Thomas Leccia égal à lui-même et toujours déguisé en Tom Cruise derrière ses Ray-Ban.

Avant de m'enlacer comme si nous nous étions quittées la veille, Lucie se débarrasse dans les bras de son époux d'un poupon aussi brun qu'elle — comme quoi elle ne s'en est pas tenue à sa décision de ne pas se reproduire, elle a cédé, comme les autres, à l'appel sourdement monté de ses viscères. Tant pis pour elle. Je lui souhaite juste de ne pas se retrouver plus tôt que prévu devant un petit cercueil verni.

La seule à ne pas être en noir, c'est la majestueuse enfant, l'enchanteresse aux sorts inefficaces.

Charonne porte un somptueux boubou orange et des mules tressées de petits cauris. Laissée libre, sa chevelure s'envole vers le ciel comme une nuée fuligineuse et de mauvais augure — mais les présages arrivent trop tard pour nous prévenir, et le malheur sans nom a déjà eu lieu. Sans chercher le regard ni l'assentiment de quiconque, elle s'avance au bord de la tombe et, d'un orteil laqué de turquoise, elle envoie un peu de terre meuble s'ébouler sur le cercueil que l'on vient d'y descendre. Ma mère l'attrape sans ménagement par le bras et s'efforce de la faire reculer, comme si Charonne n'avait pas le droit d'être là. Mais la majestueuse enfant se dégage avec sa dignité tranquille et le sourire terrible de ses lèvres bleues.

À ce moment-là, sa beauté est telle que j'en oublie Victor Hugo, Léopoldine, Villequier, oh ! je fus comme fou dans le premier moment, et dire qu'elle est morte, hélas, que Dieu m'assiste, il me semblait que tout n'était qu'un affreux rêve, etc. ; j'en oublie toute la poésie élégiaque que j'avais prévu de déverser dans le tombeau encore ouvert de mon petit frère, histoire qu'il emporte avec lui autre chose que les formules sans imagination de sa famille indigne ; j'en oublie même que Lorenzo est mort tant je suis subjuguée, et c'est « Hymne à la Beauté », du seul Charles qui vaille, que j'entreprends de réciter avant que les mottes de terre noire ne me séparent de mon frère pour l'éternité :

— Viens-tu du ciel profond ou sors-tu de l'abîme…

Quand j'en arrive à mon vers préféré, je me tourne ostensiblement vers la majestueuse enfant et je le lui dédie, à elle et pas à Lorenzo — qui n'a malheureusement jamais su ce qu'étaient l'orgueil et l'arrogance :

— Tu marches sur des morts, Beauté, dont tu te moques…

Ma voix se brise et nos regards se croisent, le sien triomphant et noyé de larmes, le mien, chaviré par trop d'émotions contradictoires, l'amour, le chagrin, le désir, et le sentiment de l'irrémédiable.

Autour de la fosse béante, personne n'a vraiment compris ce que c'était au juste que ce destin charmé, ces joies et ces désastres semés confusément dans le sillage d'une ensorceleuse, mais tout le monde pleure avec moi. Ma famille nombreuse n'a pas attendu le signal : il y a déjà un moment que mes sœurs gémissent sans retenue, cramponnées à leurs petits copains, et que Charlie tamponne péniblement ses yeux secs tandis que les larmes coulent sans discontinuer sur le visage égaré de mon père. Ma mère pleure aussi, mais plus distraitement et avec de fréquents coups d'œil aux gens qui l'entourent. Ma grand-mère fume, lointaine — mais je la sens présente dans son éloignement, revenue parmi nous malgré les apparences.

Je n'ai pas voulu que Sven soit là, et il a admis mes raisons avec soulagement parce qu'à dix-sept ans on n'est pas pressé de rencontrer la mort et le malheur sans nom. De toute façon, ni sa tendresse fervente ni ses discours apitoyés ne sont parvenus à me toucher — rien n'a pénétré l'affreux rêve de ces trois derniers jours à part la douleur muette de ma grand-mère, le désespoir absolu d'Esteban et, contre toute attente, la beauté renversante de la grosse Charonne.

D'une chiquenaude, Claudette expédie le mégot de sa Winston dans la tombe qu'un employé municipal s'apprête à remblayer. Une onde de désapprobation secoue l'assemblée, mais moi je trouve ça très bien que Lorenzo soit enterré avec le mégot de sa grand-mère. Elle l'a aimé. C'est plus que ne peuvent en dire la plupart des gens qui sont là. Elle l'a aimé. Sans elle il serait mort depuis longtemps — et ça aurait peut-être mieux valu pour lui, mieux valu que treize ans d'une vie qui lui a juste donné la force de se tuer.

Ma grand-mère tourne les talons et Charonne lui emboîte le pas : elles en ont fini avec l'enterrement de leur petit-fils et meilleur ami. Elles ne se connaissent pas, mais elles s'éloignent côte à côte, le beau navire tanguant avec plus de majesté que jamais, et ma grand-mère filant à la maison sur ses pattes de grive.

À mon poignet gauche, le tatouage me lance un peu. Avant le départ pour le cimetière, mon père y a jeté un œil professionnel et jugé que tout allait bien. Dommage : une bonne infection, une maladie qui me laisserait sur le flanc, histoire de voir passer les prochains jours dans un brouillard fiévreux, voilà qui m'arrangerait bien. Heureusement qu'il y a le lycée pour moi, et le collège pour Esteban. J'ai mon bac de français à réviser, lui son passage en quatrième à assurer.

Un tumulus a recouvert le petit cercueil de pin. Les gens se dispersent avec un peu d'embarras, et ma famille nombreuse, la tribu prophétique aux prunelles ardentes, se retrouve seule au milieu des gerbes de lys et de glaïeuls enrubannées. La plaque que mes parents ont choisie est un modèle de mauvais goût funéraire, et je ne peux que contempler sombrement les dates de naissance et de mort de Lorenzo, l'absurde dédicace à notre petit ange, et le médaillon sur lequel il sourit de toutes ses gencives : sur la seule photo de lui qu'on ait pu dénicher, il a six ans, personne ne s'étant jamais soucié de l'immortaliser. On peut naître à neuf ans, on peut mourir à treize.

## 16. OH BABY, I REMEMBER WHEN YOU WERE BORN

Une fois rentrée à la maison, je réponds brièvement aux SMS inquiets de Sven, oui, je vais bien, et oui, on se voit ce soir, mais la seule chose dont j'aie envie c'est de m'enfermer avec Esteban pour pleurer encore et battre le rappel de nos souvenirs, quand mes frères s'appelaient Luffy et Kakashi, quand nous étions tous les trois des garçons, quand l'abricotier n'était pas encore un arbre impossible à regarder, quand la chasse à courre n'avait pas encore commencé.

Je nous mets un peu de musique, les trucs qu'on aime et qu'on a tellement écoutés tous les trois, Bob Marley et Bob Dylan, évidemment, mais aussi Rizzle Kicks, Vampire Weekend, Metronomy… Un peu par hasard, je passe à Patti Smith. Sven m'a mis *Horses* sur mon MP3, en me prévenant :

— Y a une chanson qui s'appelle comme toi.

La voix de Patti vient se poser sur la section rythmique et les claviers de l'intro, immédiatement rejointe par la guitare de Lenny Kaye, et tout de suite je suis happée par la poésie ascensionnelle de son texte, engloutie dans la déchirure du ciel, percutée par les balles de jade, déjà à bout de souffle au bout de quinze secondes — mais quand elle en arrive à oh baby, I remember when you were born, c'est la déflagration : oui, bébé, moi aussi je me souviens, c'est même mon premier souvenir, ta naissance, ce moment incroyable où quelqu'un a déposé ta petite tête rousse au creux de mon coude et où je me suis sentie submergée par un sentiment d'amour qui était aussi un sentiment de toute-puissance, parce ce que tu étais minuscule, parce qu'enfin quelqu'un était plus petit que moi dans cette maison à quoi se bornait mon univers.

— Esteban ?

— Ouais ?

— Tu sais, je me rappelle très bien quand Lorenzo est né.

— Ah bon ? Il était comment ?

— Très petit. Et déjà roux.

On rit. Mais les yeux d'Esteban se remplissent de larmes. Je dois faire attention avec lui : ce n'est pas parce qu'il est blond, très beau et très grand pour son âge, qu'il est l'abri du malheur sans nom. Palm trees fall into the sea, it doesn't matter much to me, as long as you're safe, Kimberly... Ce que Patti chante, c'est très exactement ce en quoi j'ai échoué : mettre mes agneaux à l'abri de l'apocalypse, les protéger de l'alignement fatal des planètes, les sauver, les sauver, les sauver.

Je serre Esteban contre moi, histoire de lui transmettre un peu de ma détermination justicière : traquer les tortionnaires, débusquer les mensonges, secouer la torpeur et arracher le seul frère qui me reste à la ménagerie infâme des vices des adultes. À moi Baudelaire, Bob Dylan et Patti Smith — mais Patti Smith, surtout, parce que sa chanson parle de Lorenzo tout en portant mon nom et qu'il doit bien y avoir une raison. De toute façon, je la connais, cette chanson, même si c'est la première fois que je l'écoute vraiment et que je prête attention à ses paroles et à cette homonymie entre son titre et mon prénom, ce qui fait qu'au repas suivant, un repas pris en main par Claudette, j'attaque bille en tête :

— Pourquoi je m'appelle Kimberly ?

Ma mère me retourne l'œil torve qu'elle a toujours quand je lui pose la question, et mon père tord son museau au-dessus des alouettes sans tête que ma grand-mère nous a servies avec un riz au safran. Elle s'est mise à table elle aussi pour la première fois depuis longtemps. Elle ne mange pas, ce serait trop lui demander, mais elle veille à ce que tout le monde soit bien servi, avec une attention toute particulière pour Esteban, le frère survivant.

D'habitude, je renonce, mais là j'ai vraiment besoin de savoir. Et s'il n'y a aucune raison, je m'y ferai, mais qu'on me le dise. Après tout, ma mère a une romance toute prête pour le prénom des quatre autres, alors pourquoi pas pour le mien ? Déjà que ma naissance m'a toujours paru suspendue à des riens, à une absence totale de motivation valable, il ne manquerait plus que mon prénom soit dû à un hasard absolu. Je préfère encore un prénom de vengeance, comme celui de ma mère, à un prénom dont tout le monde se foutrait pas mal et qui serait tombé sur moi par une de ces alliances de fortune aussi faciles à dénoncer qu'à défaire. Je ne veux plus m'appeler Kimberly si personne n'a voulu ce prénom pour moi.

— C'est à cause de la chanson ?

— Quelle chanson ? mes sœurs tombent des nues.

— Celle de Patti Smith.

Le regard de mon père croise enfin le mien :

— Tu connais Patti Smith ?

— Ben oui.

— C'est plus ma génération que la tienne, pourtant.

— J'aime pas les trucs de ma génération.

— À part Rizzle Kicks, quand même, rectifie Esteban. T'aimes bien Rizzle Kicks. Et t'aime Kid Cudi, aussi. Et Patrice. Et MGMT.

— Ouais, y a des trucs pas mal, mais ça vaut pas les Floyd et Bob Dylan.

En fait je connais et j'aime toutes sortes de styles musicaux, vu qu'avec Sven, quand on n'est pas en train de baiser, on écoute de la musique — sans compter toutes les fois où on baise en musique, même si je n'aime pas ça parce que ça me déconcentre et que je finis par ne plus être à ce que je fais, avec Sven qui me rappelle impatiemment à l'ordre parce qu'il a l'impression d'avoir tenté des trucs incroyables et que je n'en suis pas autrement émue.

— T'aimes Pink Floyd ?

Je toise mon piètre père, qui n'a aucune idée des goûts musicaux de ses enfants alors que je connais parfaitement les siens, qui n'ont pas bougé depuis des années : les Stones, Queen, Led Zep, Scorpions, les Moody Blues, Metallica, Police, du rock de Blanc, avec une légère coloration hard — et les tatouages qui vont avec.

— Ouais, j'aime Pink Floyd. Alors, « Kimberly », c'est pour quoi ?

— Ben, t'as raison, c'est à cause de la chanson. Et c'est moi qui ai choisi. Ta mère aurait préféré autre chose.

Je comprends mieux le black-out et leurs mines chafouines quand j'abordais le sujet. Imposer quelque chose à Gladys, ça relève pour mon père de l'audace impensable et de l'insubordination folle. La preuve, dix-sept ans plus tard, ça demeure une pomme de discorde entre eux. Je me tourne vers ma mère qui mastique son alouette sans tête avec un air intraitable.

— Tu voulais m'appeler comment ?

C'est Claudette qui répond, avec un sourire amusé :

— Elle voulait t'appeler Anastasia.

— Beurk, je préfère encore Kimberly.

Ma mère en crache presque sa bouchée de farce :

— T'avais pas ton mot à dire, je te rappelle ! C'est les parents qui choisissent le prénom des enfants !

— Ouais, ben c'est un abus de pouvoir parfaitement inique vu que c'est les enfants qui doivent se taper un prénom de merde toute leur vie !

Ils tiquent sur « inique », mais c'était fait exprès. De toute façon, s'ils ont cinq cents mots de vocabulaire à eux tous, c'est le bout du monde. J'enfonce le clou :

— C'est à cause de Patti Smith que je m'appelle Kimberly ?

— Ben oui. Tu as écouté les paroles ?

Et comment que je les ai écoutées ! Je frémis encore de toutes ces images rugissantes, de toute cette tempête électrique autour d'un berceau d'enfant, avec Patti en Jeanne d'Arc extatique serrant contre elle l'enfant sauvé des flammes, l'enfant préservé par elle de la fin du monde, précisément la mission que je m'étais assignée avec Lorenzo et à laquelle j'ai si lamentablement échoué. Je ne réponds pas à mon père parce que je suis de nouveau submergée par le souvenir du malheur sans nom, je le laisse continuer sur sa lancée rêveuse, comme s'il était lui aussi rattrapé par des souvenirs :

— C'est une chanson que Patti Smith a écrite pour sa petite sœur. Ça raconte sa naissance. Enfin j'ai pas tout compris, mais j'avais demandé à un copain de me la traduire, à l'époque, et j'avais trouvé ça beau. Je m'étais dit que si on avait encore une fille, elle s'appellerait Kimberly. Voilà.

Finalement mon père n'est pas complètement insensible à la poésie, et je profite de l'ouverture pour nous faire tous revenir treize ans en arrière, histoire qu'on n'enterre pas Lorenzo trop vite :

— Moi j'ai pensé à la naissance de Lorenzo, quand j'ai écouté cette chanson. Quand on m'a laissée le porter et qu'il était tout petit, très mignon dans sa barboteuse. Une rouge, avec un lapin sur le devant.

Ma mère grogne :

— Comment tu peux te rappeler ? T'avais trois ans !

— Non, j'en avais quatre. Et je me rappelle parfaitement. Et je me rappelle aussi que t'es retombée enceinte tout de suite après et qu'on m'a dit qu'on allait encore avoir un bébé, même que moi, j'étais très contente d'être une grande sœur. Et j'aimais m'occuper de Lorenzo et d'Esteban. Et Claudette disait que je faisais ça très bien.

— C'est moi qui m'occupais des garçons, pas Claudette, et encore moins toi ! T'étais trop petite, on t'aurait pas laissée.

Je laisse le silence s'éterniser sur ce mensonge patent, puis je me lève. Je ne prendrai pas de dessert, mais ce repas de famille m'a réconciliée avec mon prénom. Plus tard, dans la cuisine où j'aide ma grand-mère à charger le lave-vaisselle, elle me regarde pensivement, la clope au coin des lèvres, clignant un peu des yeux pour en éviter la fumée :

— Tu devrais pas te coiffer comme ça, c'est affreux.

J'ai enturbanné en partie mes dreadlocks dans un coupon de wax, de façon à ce qu'elles se dressent comme des feuilles d'ananas au sommet de ma tête.

— Moi, je trouve ça joli. Et Sven aussi.

— C'est qui, Sven ?

Je hausse les épaules sans répondre. Finalement, personne n'a besoin de savoir. Même pas elle. Je sais trop ce que ma famille nombreuse est capable de faire d'une information.

Je remonte dans la chambre de mes frères, que j'ai entrepris de réaménager et de redécorer, histoire qu'elle ne rappelle pas trop de souvenirs à Esteban ; histoire aussi de tirer parti du peu d'espace dans lequel on a jugé bon de laisser grandir mes agneaux. Finis les lits superposés et la tapisserie centenaire ; finie la moquette élimée et tachée d'encre : j'ai tout dégagé. Dégagé aussi le vilain bureau de pin et les étagères métalliques sur lesquelles ils fourraient leurs affaires, vêtements, livres et jouets en vrac.

Entre deux tee-shirts sales, j'ai retrouvé le portable de Lorenzo, un vieux Nokia dont il se servait peu. J'ai écouté son annonce, vous êtes bien sur le portable de Lorenzo, vous pouvez laisser un message. Des messages, évidemment, personne n'en a jamais laissé, personne n'a jamais répondu à la vibration d'espoir que je crois percevoir dans cette voix qui avait juste commencé de muer. Il avait choisi une chanson des Black Eyed Peas comme sonnerie, et dans son répertoire il n'y avait que sept noms, sa famille nombreuse au grand complet, moins Charlie et Claudette, réfractaires au téléphone portable. Loin de me rendre triste, le rappel tangible d'une solitude aussi impensable me file la rage nécessaire pour arracher les derniers lambeaux de moquette puis descendre parler à mon piètre père :

— Je vais acheter des meubles pour la chambre d'Esteban. Je vais les prendre d'occase, sur eBay ou Le Bon Coin. Des trucs un peu jolis. Et puis je vais repeindre en blanc. Tu me files du fric ?

Je compte sur mon ton impératif pour le méduser, et ça marche, évidemment. Il me donne tout l'argent que je veux, plus un coup de main quand il s'agit d'aller chercher un bureau dos-d'âne chez un particulier, et un lit avec un grand tiroir de rangement chez un autre — sans compter une petite commode art déco avec un dessus en marbre, correspondant plus à mes goûts qu'à ceux d'Esteban, mais j'ai l'intention de faire son éducation en matière d'ameublement et de design. Lui aussi d'ailleurs a mis la main à la pâte, m'aidant à enduire et repeindre les murs de son cagibi, puis à poncer et vernir le petit bureau que je lui ai dégoté.

Finalement, entre ça et mes révisions pour le bac de français, je suis très occupée et c'est tant mieux. Mes nuits, je les passe avec Sven, qui se plaint du peu de temps que je lui accorde mais n'ose pas pousser trop loin les récriminations eu égard au deuil que je traverse. Je sens bien qu'il aimerait que la traversée soit déjà finie, la mort de Lorenzo déjà derrière moi, un événement pénible mais oubliable — mais c'est qu'il n'a aucune idée de ce qu'est le malheur sans nom.

Seules mes nuits sont à Sven, mais il s'arrange pour qu'elles soient plus longues que mes jours. Il ne m'a jamais fait l'amour avec autant de passion et de ferveur inventive, comme s'il pensait tenir au bout de sa queue le secret de ma guérison — ce qui fait que quand je me détourne de lui pour pleurer alors qu'il vient de me prendre pendant des heures et dans toutes les positions, il tombe des nues et il m'en voudrait presque d'être aussi bien baisée et aussi peu reconnaissante :

— Mais qu'est-ce que t'as ?

— Je suis triste, tu peux comprendre ça ? Il me manque, voilà.

— Mais je suis là, moi.

Je me retourne vers lui, vers ses yeux ardents, la main qu'il tend vers moi, sa queue qui repose mollement sur ses cuisses drues, un filet de sperme serpentant encore du gland jusqu'au drap :

— Je sais que tu es là.

— Ça compte pas ?

— Mais si. Mais ça fait même pas un mois que Lo est mort : laisse-moi du temps.

— Je te baise mal ? T'as pas joui ?

— Tu me baises très bien. Et si j'ai pas joui, c'est pas à cause de toi.

Il s'affole dans la pénombre, je vois son regard inquiet et presque implorant :

— Mais je croyais que t'avais joui !

— Sven, tu vas pas en faire une maladie, putain ! Ça m'arrive de pas jouir !

— Ben en ce moment ça t'arrive un peu trop souvent, je trouve ! Qu'est-ce que t'as ? Je te fais plus mouiller ?

— Écoute, on va dormir, O.K. ? Je dois me lever tôt demain. Pour réviser. Et toi aussi, je te rappelle. On a le bac français dans une semaine.

Il se rapproche de moi, pose la main sur mon sein droit :

— J'ai encore envie de toi.

J'explose :

— Eh ben moi, j'ai plus envie, d'accord ? Tout ce que je veux, c'est dormir, vu qu'il est trois heures du mat et que ça fait des heures qu'on baise !

Là, il est carrément catastrophé, il se lève et va à la fenêtre, comme s'il avait brusquement besoin d'air, comme si mes propos avaient raréfié l'oxygène dans la chambre qui sent le foutre et la sueur à plein nez. Je devrais le rejoindre, l'enlacer, le rassurer, lui dire que personne ne m'a jamais baisée comme ça, ce qui est d'autant plus crédible qu'il est à ce jour mon premier et mon seul amant, mais je suis fatiguée et surtout je suis triste à mourir.

Il revient s'asseoir sur le bord du lit, trifouille sur la table de chevet pour trouver une clope, qu'il allume.

— Kim, si t'en as marre de moi, faut le dire.

— J'en ai pas marre de toi, j'en ai marre de tout. Mais ça passera, sois un peu patient.

Je vois sa queue se dresser, le gland encore humide se darder vers moi :

— Putain mais c'est pas vrai, Sven ! T'es quoi ? Un animal ?

— Je te désire : c'est mal de te désirer ?

— C'est pas *mal*. C'est juste que je comprends pas ce que tu peux bien désirer.

— Toi !

— Quoi, moi ? Je suis désirable, moi ?

Bingo, il a réussi à m'entraîner dans sa discussion

de merde à trois heures du matin, alors que je tombe de sommeil et de chagrin.

— Bien sûr que oui, putain ! T'es bandante et tu le sais très bien !

Qu'est-ce qu'il sait de ce que je sais ? Qu'est-ce qu'il sait du dégoût et de la lassitude que m'inspire mon corps, ces temps-ci ; des envies que j'ai de l'abîmer et de le faire souffrir histoire de rejoindre mon petit frère dans l'enfer que je n'ai pas su lui éviter ?

— Sven, laisse tomber : je suis moche et j'ai pas envie qu'on me désire. J'ai juste envie qu'on me foute la paix !

Il explose, les yeux lui sortent de la tête :

— Mais qu'est-ce que tu racontes comme conneries ? Toi, t'es moche ?

— Je suis horrible et j'ai pas envie qu'on me trouve belle !

Il m'empoigne par le bras, me tire hors du lit et me traîne presque jusqu'à la glace en pied qu'il a collée contre sa porte :

— Toi, t'es horrible ? Putain, regarde-toi et répète-moi que t'es horrible ! Répète-le-moi !

Je nous regarde, lui debout, écumant, secouant mon bras comme s'il voulait le disloquer, moi accroupie, les dreads dans tous les sens. Je pleure, tandis qu'il continue à vitupérer :

— Mais si toi t'es horrible, montre-moi une fille qui soit belle ! Regarde-toi !

Il m'oblige à relever la tête, à essuyer mes larmes, à affronter mon reflet dans le miroir alors que je l'évite soigneusement depuis des jours. J'ai perdu cinq kilos depuis la mort de Lorenzo, on voit mes côtes sous mes seins trop lourds et trop blancs, mes pommettes saillent sous mes yeux injectés et cernés, mes cheveux pendouillent, je suis affreuse. S'agenouillant derrière moi, Sven commence à malaxer mon encombrante poitrine, fait saillir mes mamelons roses entre l'index et le majeur, puis descend jusqu'à ma vulve dont il écarte doucement les grandes lèvres. Comme je détourne le regard, il immobilise ma mâchoire d'une main tandis que de l'autre il continue à s'insinuer dans ma chatte irritée par des heures de pénétration fougueuse :

— Regarde-toi ! T'as beau te coiffer comme une merde et t'habiller comme un mec, tu files la trique à tous mes copains, tu le sais, ça ?

— Je m'en fous de tes copains !

— Peut-être, mais me raconte pas que t'es horrible et pas désirable ! Dis-moi que *toi*, tu me désires plus, mais me raconte pas d'histoires et t'en raconte pas non plus !

Il plaque sa queue contre mes fesses. Visiblement, il est chaud comme la braise à l'idée de remettre ça, à l'idée de me prendre par-derrière, face au miroir si possible, de façon à ce que je puisse nous voir en action, voir ses mains brunes agripper mes hanches ou pétrir mon ventre, voir ses yeux brillants dans l'ombre de la chambre, son air conquérant et heureux par-dessus mon épaule. Mais à ce moment précis, la dernière chose dont j'aie envie c'est de me faire enculer.

Je me dégage et retourne au lit sans mot dire. Il reste comme un con devant sa glace murale, avec son érection inutile et ridicule. Il pleure à son tour, mais je n'ai pas envie de le consoler, pas envie de l'assurer de la permanence de mon amour et de mon désir. D'autant que finalement, je ne sais plus si j'aime et désire autre chose que les élégies de Patti, les hymnes à la beauté du seul Charles qui vaille, et le souvenir radieux de la majestueuse enfant tournant le dos à ce tumulus de terre noire où j'ai laissé ce qui me restait d'innocence et de fragilité — c'est-à-dire pas grand-chose, mais finalement plus que ce que j'aurais cru.

Désormais, je vais être la dernière des putes, n'avoir de pitié pour personne et d'illusion sur rien du tout. Comme Sven me rejoint au lit en reniflant un peu, je lui attrape le paquet, le branle trente secondes, histoire de le remettre en selle — sauf que c'est moi qui l'enfourche, c'est moi qui le chevauche et l'amène à l'orgasme en deux temps trois mouvements. Je jouis aussi, enfin, mais Sven ferait mieux d'avoir le triomphe modeste parce que c'est la pensée de Charonne, ses cuisses dorées, ses seins explosifs, son échine grasse, ses yeux un peu battus, qui ont fait fondre ma chatte sur le ventre trop plat de mon amant. Tu marches sur des morts, Beauté, dont tu te moques… Moi aussi, je vais marcher sur les morts, piétiner les vivants, être Patti Smith ou rien.

## 17. AUJOURD'HUI, C'EST MON ANNIVERSAIRE

Aujourd'hui, c'est mon anniversaire, et comme chaque année le jardin se met en quatre pour m'offrir sa profusion de fleurs, de fruits, d'oiseaux ivres de leur propre chant, et d'insectes en tous genres, les premières cigales, les abeilles au vol titubant, les guêpes insistantes et les bourdons bleus. Comme chaque année aussi, tout le monde oublie de me le souhaiter, ce qui est d'autant plus étrange que ma famille nombreuse est très à cheval sur les dates, les fêtes, les commémorations, et que les anniversaires des autres sont l'occasion d'une débauche de sentimentalité écœurante et d'une orgie de bouffe orchestrée par ma grand-mère quand elle est en état de cuisiner. Mais en ce beau jour de juin, seul Esteban se rappelle que j'ai dix-sept ans :

— Bon anniversaire, Kim. Sven t'a fait un cadeau ?

— On sort ce soir : il m'emmène dans un bon restau.

— Tiens, c'est pour toi.

Il m'a acheté un tee-shirt Bob Marley, ce qui me fait rire parce que j'ai beau aimer tous ses albums, je ne suis pas fan au point d'arborer la pochette d'*Exodus* sur mon 90 C.

— Merci, Esteban, ça me plaît beaucoup.

— Tu le mettras ce soir ?

— Si tu veux. Je suis pas sûre que Sven appréciera, mais c'est pas grave.

— Il aime pas Bob Marley ?

— Non. Il est pas trop reggae, en fait.

— Tu te rappelles, pour tes quatorze ans, quand Lo et moi on t'avait offert une bague ?

— Ben oui, je me rappelle. Je l'ai toujours, la bague.

— Pourquoi tu la portes jamais ?

— C'est un peu une bague de mémé, non ? Je la mettrai quand on sera vieux.

Je le regarde et mon cœur se serre à l'idée de tous ces petits garçons sensibles qui ne parviennent pas à devenir vieux parce qu'ils sont confrontés trop tôt à la ménagerie infâme de nos vices — sans compter le goût du sang que leurs congénères développent très jeunes et qui désigne les petits garçons sensibles à leur voracité.

— Tu veux que je te dise comment on l'a eue ?

— Vous l'avez volée, c'est ça ?

— Oui, mais tu sais à qui ?

— Non. Vous avez jamais voulu me le dire.

— Un jour, on se promenait avec Claudette et Lorenzo, et on a croisé une vieille dame. Elle rentrait chez elle. On était vers la briqueterie, tu vois ? Par là.

— Oui, je vois. J'aime bien ce quartier.

— Ouais, Claudette aussi. Ça lui rappelle Fort-de-l'Eau, tu sais, à Alger. Bon, donc on voit cette dame, et Claudette, elle nous dit qu'elle la connaît, que c'est la sage-femme qui s'appelle Gladys, tu sais, celle quand maman est née.

— Quoi ?

— Ben oui, celle qui était méchante ! Celle qui voulait pas que maman ait le même prénom qu'elle ! Alors, avec Lorenzo, on l'a espionnée. Et puis des fois, on lançait des trucs dans son jardin.

— Quels trucs ?

— Des saletés. Des vieilles chaussures, des boîtes de conserve, un sac avec des épluchures de pommes de terre, qu'on avait pris dans une poubelle. Des trucs, quoi… Et puis on décrochait son linge, pour qu'il tombe par terre.

— Pourquoi vous faisiez ça ?

— Bof, je sais même plus. Parce que Claudette nous avait dit que c'était une méchante femme. Qu'elle avait été méchante avec maman bébé. On voulait se venger. Et un jour, on a attendu qu'elle sorte, on est rentrés chez elle par la fenêtre de sa salle de bains et on lui a pris la bague. Elle était dans une boîte très jolie et on voulait un cadeau pour toi.

— Quoi ? Mais vous êtes fous !

— Surtout qu'on a failli rester coincés. On n'arrivait plus à repasser par la fenêtre, on était trop petits.

— Ne fais plus jamais ça, Esteban.

— Ben non, sans Lorenzo c'est pas marrant.

Pour lui faire plaisir, j'enfile le tee-shirt Bob Marley par-dessus le mien. Ses yeux sont pleins de larmes et je sais pourquoi. À douze ans et demi, il est presque aussi grand que moi, mon petit frère blond. Et pourtant, dieu sait que je suis grande, Sven ne se prive pas de bougonner à ce sujet :

— Putain, Kim, t'as pas intérêt à me dépasser, je te préviens : je sortirai jamais avec une fille plus grande que moi. Rappelle-toi quand on était au collège.

J'en ai marre des mecs et de leurs problèmes d'ego. Qu'est-ce que ça peut lui foutre, mes airs de walkyrie, puisque je lui plais et qu'à l'entendre je file la trique à tous ses copains ? Je regarde mon petit frère, la mèche bouclée qui lui cache la moitié du visage, ses jolis yeux obliques, ses pommettes toujours un peu enflammées, comme les miennes, la carrure qui commence à se dessiner sous le polo Guess volé par Charonne.

— Tu vois Charonne, en ce moment ?

— Ben oui, je la vois au collège.

— Elle te parle ?

— Elle parle à personne. Y avait que Lorenzo.

— Dis-lui qu'elle peut venir à la maison, de temps en temps.

— Maman veut pas la voir.

— Je m'en fous de maman. Moi, j'aimerais la voir.

— Kim, pourquoi il s'est suicidé, Lorenzo ?

Je jette un coup d'œil à l'abricotier, à son feuillage dru, aux fruits sous lesquels il ploie et que nous n'avons pas le temps de cueillir et encore moins de manger. Au temps de sa santé mentale, Claudette en faisait des confitures, ou des tartes qu'elle surgelait à tour de bras et qu'elle nous servait toute l'année. Mais là, pas question : elle a déjà bien du mal à assurer le repas du soir, même si elle s'y tient vaille que vaille depuis la mort de Lorenzo. De toute façon, la seule vue des abricots écrasés au sol en une bouillie orange me soulève le cœur.

Esteban a suivi mon regard et partagé mon association de pensée :

— Il était roux, hein ?

— Ouais, incroyable. Même ses cils. Et les taches de rousseur ! Il en avait partout, même sur les doigts !

— Même sur les oreilles !

Je laisse Esteban plaisanter bêtement sur tous les endroits du corps où son frère était susceptible d'avoir des taches et des poils. Sa bêtise me fait du bien, et la dernière chose que je veux pour Lorenzo, c'est que son souvenir nous frappe d'une telle horreur sacrée que nous ne soyons plus capables de parler de lui.

— Ça va à l'école ?

Il plisse le nez avec un peu de dédain et de forfanterie :

— Ouais, ça va. Mais je veux pas faire d'études. Je suis pas comme toi. Dès que j'ai seize ans, j'arrête l'école.

— Tu vas faire quoi si tu arrêtes l'école ?

Il se rengorge :

— Je serai star !

— C'est complètement con, comme projet. Star, ça veut rien dire. Tu veux être chanteur ? acteur ?

— Chanteur et acteur.

— Tu chantes faux.

— Je vais prendre des cours, maman elle a dit.

— Ah bon, maman est au courant ?

— Ouais. Elle a même dit qu'elle allait me présenter à un casting.

— Un casting de quoi ?

— Je sais pas.

— Tu sais pas ? Mais alors pourquoi tu te présentes à un casting ?

— Mannequin, je crois.

— Esteban, c'est pas une bonne idée.

— Mais pourquoi ? Ça me plaît, moi, les stars, la vie des stars.

Je vois bien qu'il n'y a rien à dire et qu'après avoir assisté le suicide de l'un, Sweetie va sauver l'autre à sa façon. Putain, ça ne lui suffit pas de tournoyer autour de sa barre de strip-tease deux fois par semaine ? Ça ne lui suffit pas, sa petite notoriété à deux balles ? Ça ne lui a pas suffi non plus, la natation synchronisée, le patinage artistique, la gymnastique rythmique, les carrières avortées de ses trois filles ? Non, il faut qu'elle remette ça avec le seul fils qui lui reste sous prétexte qu'il part pour être d'une beauté sensationnelle. Je change de sujet, mais je suis bien décidée à faire campagne contre les rêves de grandeur de ma mère :

— Tu te rappelles où elle habite exactement, Gladys ?

— Oui. C'est la rue Consolat, une maison jaune. Avec une hirondelle à côté de la porte.

— Une hirondelle ?

— Une fausse. Toute noire. Je me rappelle parce que Claudette avait dit que le nom de la maison, ça voulait dire hirondelle. Pourquoi tu me demandes ça ? Tu veux y aller ?

— Non, je te demande comme ça.

En fait, oui, évidemment que je veux y aller, évidemment que je veux voir à quoi ressemble cette femme clairvoyante, qui s'est méfiée de ma mère dès son premier vagissement. Il est loin le temps où, écoutant ma grand-mère raconter cette histoire, je la trouvais triste et prenais le parti de mes ascendantes contre l'ennemie commune. Et puis j'ai mauvaise conscience de garder la bague que mes frères lui ont volée, un solitaire truffé de diamants, parfaitement importable et probablement hors de prix, vu son poids et le nombre des diamants.

Comme j'envisage une restitution, je fonce dès le lendemain rue Consolat, une rue aussi quiète que le promet son nom, flanquée de pavillons et de jardinets bien entretenus. La villa de Gladys est facile à trouver : crépie de safran, croulant sous une glycine mûrissante, elle s'appelle « La Golondrina », et c'est l'une des seules de la rue à avoir un peu de charme. Je sonne, admirant au passage l'hirondelle dont mon frère garde un si vif souvenir : juste l'ombre d'un oiseau, comme figée en plein vol et clouée sur la façade un peu lépreuse, de grandes plaques de crépi jaune se décollant par endroits. On m'ouvre — une femme de l'âge de ma grand-mère mais beaucoup plus corpulente et enfouie sous des épaisseurs de laine colorée malgré la chaleur étouffante. Elle me dévisage sans rien dire, attendant que je parle, ce que je suis incapable de faire. Je finis par extirper la bague de ma poche arrière et je la lui tends.

— Ça par exemple, vous l'avez retrouvée ! Vous êtes de la police ?

J'ai dix-sept ans, je porte un short effrangé, un débardeur dont mes seins nus cherchent à s'échapper par toutes les échancrures, des dreadlocks torsadées en hauteur qui me rajoutent quinze centimètres, sans compter une larme noire, dessinée à l'eye-liner sur la pommette façon membre d'un gang mexicain : que Gladys puisse me prendre pour une représentante des forces de l'ordre, voilà qui signale une ouverture d'esprit exceptionnelle, ce qui fait que je m'enhardis :

— Euh non. Ce sont mes frères qui vous l'ont volée y a trois ans. Alors je vous la rends, voilà.

Gladys éclate d'un tel rire qu'elle en pleure, enfouit son visage dans ses mains noueuses et se plie en deux, pantomime qui m'inquiète un peu compte tenu de son âge et de l'émotion que j'ai l'air de susciter chez elle. La seule vieille dame que je connaisse, c'est Claudette, qui ne rit jamais et se garde bien des sensations fortes.

— Tu veux entrer ? Comme ça tu vas m'expliquer.

La dernière chose dont j'aie envie c'est d'une explication, mais j'entre quand même parce qu'elle a l'air sympathique et que la pénombre de son salon est engageante et cliquetante de toute sorte de lustres et de pendeloques, de cages à oiseaux et de mobiles exotiques qu'un courant d'air agite par intermittence. Elle s'affale dans un canapé et me désigne un fauteuil de velours élimé.

— Alors comme ça, tes frères sont des voleurs ?

— Oui. Mais ils étaient petits quand ils ont fait ça, neuf ou dix ans. Je suis désolée, hein. Si je l'avais su avant…

— Ils pouvaient pas venir eux, au lieu de t'envoyer à leur place ?

— Y'en a un qui est mort. Le plus grand, Lorenzo.

Son large sourire s'efface mais elle ne dit rien. À la place, elle commence à se rouler une cigarette, puis l'allume et me dévisage pensivement derrière les volutes de fumée. Du coup, je continue :

— Il s'est suicidé. Il avait treize ans. Et en fait vous connaissez ma grand-mère. Et ma mère. D'une certaine façon.

Elle continue à se taire. Et ça marche, j'en dis plus que prévu, peut-être parce que je suis tellement habituée à entendre parler ma famille nombreuse, Claudette et Esteban exceptés ; tellement habituée à leur caquetage continuel, que le silence me paraît perturbant.

— Vous avez accouché ma grand-mère, il y a quarante-quatre ans : Claudette Meuriant. Et le bébé, c'était ma mère et elle s'appelle comme vous : Gladys. Mais bon, c'est loin, je sais pas si vous vous rappelez.

Le rire revient, un plissement des yeux, puis un frémissement sur ses lèvres étranges, énormes mais complètement dépourvues de relief, comme peintes sur son visage, lui aussi très plat — une trogne de pékinois, le nez court, presque enfoui dans les sillons nasogéniens, les paupières drapant des globes oculaires jaunis et donnant au regard une expression plaintive.

— Tu regardes ma bouche ?

Eh oui, c'est vrai, je la regarde, je suis sensible aux bouches — celle de Sven, qui cherche toujours la mienne ; celle de Charonne, le jour de l'enterrement, vibrante et bleue sous le soleil de mai ; celle de cette vieille femme tapie dans la pénombre de son salon, ridée comme un iguane et étrangement vigilante sous ses airs endormis. D'ailleurs, seule sa bouche est maquillée, les contours soulignés au crayon brun et la pulpe des lèvres peinturlurée de rose framboise. Comme je ne réponds pas elle écrase furieusement sa clope dans un cendrier de jade et me relance :

— Rien à voir avec celle de ta mère, hein ?

Les yeux me sortent presque de la tête, je m'étrangle, je tousse dans le dernier nuage de sa cigarette :

— Quoi ? Vous vous rappelez ?

— Et comment ! On l'a rafistolée, la bouche de ta mère ? Parce que c'était pas joli-joli !

— Ouais. Plus ou moins.

— Je l'ai pas dit à ta grand-mère, mais c'était vraiment sévère comme bec-de-lièvre : on voyait bien que la chirurgie ne pourrait pas tout réparer.

— Ben, c'est pas trop mal. Elle a juste le nez un peu aplati. Et puis une sorte de cicatrice sur la lèvre supérieure. Et puis elle parle bizarrement.

— Ah bon ?

— Mais on sait pas si c'est dû au bec-de-lièvre. C'est juste qu'elle bégaye, et elle a un peu une voix de canard, aussi.

Je sens bien que ce n'est pas le moment de m'épancher, de dire que, de cette voix nasillarde, ma mère parle à tort et à travers, multipliant les jugements sans appel et les fanfaronnades éperdues — ce que dit la bouche d'ombre, je voudrais le garder pour moi, mais cette accoucheuse a dû conserver quelque chose de son ancien pouvoir, parce que dans son giron drapé d'une laine pelucheuse, une sorte de jupe-culotte à impressions ocre et violettes, voici que je déverse mon flot acrimonieux et probablement incompréhensible. Elle ne cherche pas à comprendre, d'ailleurs, elle attend patiemment que j'en aie fini pour me demander :

— Alors comme ça, tu es la fille de Gladys Meuriant, pas possible ! Comment elle a fait pour avoir une belle fille comme toi ?

— Elle s'appelle Chastaing, maintenant. Et le bec-de-lièvre, c'est pas héréditaire.

— Détrompe-toi : y a des prédispositions. Des familles à bec-de-lièvre.

— Et d'abord, on dit plus « bec-de-lièvre ».

— Oui, je sais, on dit fente vélo-palatine, mais ça ne change rien.

Nous nous défions du regard et un coup de vent vient agiter les guirlandes de coquillages qui pendent de son plafond.

— Comment ça se fait, que vous vous rappeliez aussi bien de ma mère ?

De nouveau elle éclate de rire, pointant un peu la langue entre ses dents jaunies, comme une ogresse qui m'aurait attirée dans sa maison couleur de pain d'épices, alléchée par ma chair fraîche.

— Je te rappelle qu'elle porte mon prénom.

— Y a pas que vous qui avez le droit de vous appeler Gladys.

— Tu en connais beaucoup, des Gladys ?

— Ma mère et vous : ça fait déjà deux.

— Tu vois bien : ce n'est pas un prénom si courant. Tu t'appelles comment, toi ?

— Kimberly.

— C'est une idée de ta mère ?

— Non, de mon père. C'est le titre d'une chanson de Patti Smith.

Et ça y est, c'est reparti, alors qu'elle ne m'a rien demandé ou presque, je replonge dans les confidences, comme quoi je suis une spécialiste en prénoms, blablabla, mais que je viens tout juste d'apprendre ce qui me valait le mien, et que mes sœurs portent des prénoms russes, et que j'ai failli m'appeler Anastasia, mais que mes frères ont eu droit à des prénoms latins, que hier c'était mon anniversaire, et cætera. Je suis intarissable, comme ma mère quand elle est lancée et qu'elle se fiche pas mal de savoir si ça intéresse quelqu'un, sa vie de merde. Et ça aussi j'en parle devant cette autre Gladys — je parle de cette vie décourageante et qui ne mène à rien, de tous ces exemples à ne pas suivre qui sont aussi les seuls qu'on me propose. Elle ne rit plus, elle m'offre son écoute attentive, son visage placide à peine traversé par une expression de tristesse rêveuse quand mon récit se fait poignant — le harcèlement subi par Lorenzo, son suicide et son enterrement. De temps en temps, elle fait tourner le solitaire à son annulaire noueux, retournant le chaton de la bague vers la paume de sa main et le considérant avec curiosité. Quand je m'arrête enfin de parler, à bout de souffle et d'idées, elle pousse un soupir et me propose de boire quelque chose.

— Qu'est-ce que vous avez ?

— De la bière, du pastis, du whisky, du Coca, de la San Pellegrino...

— De la bière, ça ira.

Elle s'affaire dans son salon sombre et enfumé. Une perruche lance un cri strident et se jette contre les barreaux de sa cage qu'elle agrippe du bec et des griffes. Aussitôt, d'autres oiseaux lui répondent un peu partout dans la pièce, depuis des cages que je n'avais même pas vues, suspendues un peu partout ou posées à même le sol. Elle me tend une bouteille d'Heineken :

— J'ai un mainate : tu veux le voir ?

Elle me guide jusqu'à une grande cage sur pied, partiellement drapée d'une sorte de plaid brodé qu'elle fait glisser avec solennité.

— Eh bien ! Madame, eh bien ! Écoutez donc Oreste !

Dans sa cage d'apparat, un oiseau noir nous guigne d'un œil étrangement surligné de jaune.

— C'est lui qui a parlé ?

— Oui. Il est très bavard. Si tu veux avoir la paix, il faut recouvrir sa cage.

— Eh bien ! Madame, eh bien ! Écoutez donc Oreste !

— Qu'est-ce qu'il dit ?

— Il te demande de l'écouter. Oreste, c'est son nom.

— Mais il récite un truc, non ?

— Oui, c'est du Racine. Il aime la poésie : il connaît plein de vers.

Qu'un crâne de piaf réussisse à mémoriser des alexandrins alors qu'aucun membre de ma famille nombreuse n'y est jamais parvenu, voilà qui en dit long sur leurs cerveaux à eux. Satisfait d'avoir produit son petit effet, Oreste volette d'un barreau à l'autre, caquette un peu, puis lance avec un entrain féroce :

— Un doux zéphyr caressait la nature,
Lise dormait sur la tendre verdure !

Aussi sec, Gladys le replonge dans sa nuit artificielle : hop, rideau sur Oreste et son étonnant répertoire. Elle retrouve son canapé avec un nouveau soupir. Peut-être ne sait-elle pas comment mettre fin à notre conversation, mais c'est son problème, moi je suis bien dans cette pénombre intime, avec toute cette volière qui flûte, trille et roucoule, avec ces coquillages tintinnabulant et cette deuxième Gladys aussi impavide que ma Gladys est colérique, aussi taciturne que la mienne est volubile. Mais finalement, je tiens plus d'elle que je ne le pensais : qu'est-ce qui me prend de raconter ma vie à cette inconnue ? Qu'est-ce qui me prend de croire que ça peut intéresser quelqu'un, ma vie ? La vie des gens, c'est parfaitement emmerdant et parfaitement incommunicable en réalité. En tout cas, moi ça m'emmerde, la vie, les gens, et la communication, tous ces efforts de communication qu'on est obligé de faire sans cesse tout en étant sûr de ne pas être compris. Tout d'un coup, je suis fatiguée, de moi-même pour commencer, mais aussi de tous les efforts encore à faire pour maintenir un semblant de vie sociale et de vie tout court. Elle le sent, l'ogresse en face de moi, que mon moral est en train de flancher et que ça nous dépasse toutes les deux, que je suis juste en train de payer un mois de chagrin, de regret, de rancœur, autant de sentiments auxquels je me suis efforcée de tenir la dragée haute, mais qui me rattrapent dans ce salon exotique et chaleureux, aux antipodes du nôtre, avec son écran plasma gigantesque, ses canapés Ikea, le buffet qui nous vient des Meuriant et l'armoire qui nous vient des Vidal.

— Tu veux une autre bière ?

— Oui, je veux bien. Alors comme ça, vous étiez sage-femme ?

— Pas du tout, j'étais puéricultrice. Mais je ne le suis pas restée longtemps. Au bout de trois ans, j'ai préféré passer en oncologie.

— En quoi ?

— En cancérologie si tu préfères.

— On a le droit ?

— De quoi ? J'avais mon concours d'infirmière, tu sais.

— C'est bizarre. J'aurais mieux compris l'inverse.

— Quoi ? Que je passe des agonisants aux nouveau-nés ?

— Exactement.

— Je n'avais rien contre les nouveau-nés, remarque.

— Ah bon ?

— Non, ce qui m'enquiquinait, c'était les parturientes.

— Les quoi ?

— Les mères, les nanas en cloque, les nanas en train de pondre leur chiard comme si personne n'avait jamais fait ça avant elles.

— Ben vous, vous étiez infirmière, vous étiez blasée, forcément, mais quand c'est son bébé...

— J'ai toujours compris qu'elles soient émues, heureuses, le plus beau jour de leur vie, tout ça.

— Ben alors ? Où était le problème ?

— Tout d'un coup, elles devenaient geignardes, exigeantes, capricieuses.

— Ça fait mal d'accoucher, non ?

— Je n'en sais rien, je n'ai jamais eu d'enfant. Mais je reconnais que ça a l'air très douloureux. Heureusement qu'on a la péridurale, maintenant.

Enfin quelqu'un qui a mis en pratique le malthusianisme que je prêche à tout bout de champ — car il suffit que je rencontre une nana en âge de procréer et j'y vais de mon couplet, généralement mal pris mais je m'en fous.

— Et pourquoi vous avez voulu être puéricultrice, alors ?

— Bof, je sais plus. Je voulais voir. Essayer un peu toutes les spécialités.

— Elle était comment, ma grand-mère, pendant son accouchement ?

De nouveau l'ogresse rit aux larmes :

— Stoïque. Elle a expulsé ta mère sans desserrer les dents.

— Pourquoi vous lui avez fait la misère, alors ?

— Parle correctement si tu veux que je te réponde.

— Pourquoi est-ce que vous avez été méchante avec elle ?

— C'est ce qu'elle raconte ?

— C'est ce qu'elle racontait. Elle parle presque plus.

— Alzheimer ?

— Pas du tout. Elle a toute sa tête. C'est juste qu'elle est triste et qu'elle s'enferme dans sa chambre des jours entiers.

— Dépression ?

— Arrêtez, avec vos diagnostics. J'en sais rien, moi, ce qu'elle a ma grand-mère !

— Bon, en tout cas, je n'ai absolument pas été méchante. Juste un peu revêche, mais ni plus ni moins qu'avec les autres. Je me souviens très bien de cet accouchement-là, figure-toi.

— Claudette, elle dit que vous étiez brusque, que vous lui avez fait mal en la nettoyant. Et que vous avez regardé son bébé avec un air de dégoût. Et que vous vouliez pas que ma mère s'appelle comme vous.

— Je n'ai rien dit de tel. Et la toilette d'une accouchée à qui on vient de faire une épisio, ça fait toujours un peu mal, c'est comme ça.

— N'empêche que c'était son premier enfant et que vous lui avez bien fait comprendre qu'il était horrible.

— Ta mère était horrible. Un des plus vilains bébés que j'aie jamais vus. Et je n'ai rien dit ni fait qui soit de nature à blesser ta grand-mère.

— C'est pas ce qu'elle dit.

— Paranoïa.

— Je vous ai dit d'arrêter avec vos diagnostics à deux balles !

— Tu permets à une vieille femme quelques

petites déformations professionnelles ? À mon avis c'est ta grand-mère qui était horrifiée et dégoûtée par sa propre fille. C'est ce qu'elle veut dire quand elle te raconte que je l'ai rudoyée.

— J'aime bien votre façon de parler.

Elle sourit et m'envoie une bouffée de cigarette dans les narines. Elle se fiche complètement que ça m'indispose et en même temps je sens son attention à moi et son souci de mon confort : elle m'a proposé des olives, des biscuits salés, un coussin supplémentaire…

— C'est drôle quand même qu'il y ait une femme qui s'appelle Gladys à cause de moi. Je pensais que c'était une blague, une provocation de ta grand-mère. Et puis le lendemain, quand l'officier d'état civil est passé dans la chambre et que ta grand-mère a dit « Gladys »… J'étais là, tu sais, et j'en suis restée comme deux ronds de flan.

— C'était pas du tout le prénom prévu : ils voulaient l'appeler Fabiola.

— Je me rappelle très bien de ton grand-père, aussi, il faut croire que ça m'a marquée, cette histoire.

— Il était comment ?

— Vexé comme un pou. La clinique l'a appelé pour lui dire que sa femme venait d'accoucher, et il a débarqué, tout sourires, avec un beau costume et un bouquet de fleurs. Forcément, on ne lui avait pas dit que son bébé avait un bec-de-lièvre : on n'annonce pas ce genre de choses au téléphone. En arrivant, il a fait du gringue à tout le monde, tout juste si le bouquet n'était pas pour nous, les filles de l'équipe de garde. Il en faisait des tonnes, tout le monde était gêné. Surtout qu'on savait, nous, qu'il allait avoir un choc. En ressortant de la chambre, il avait l'air d'avoir avalé un parapluie, plus un mot à personne, plus de sourire, fini. Monsieur n'était pas content : il aurait voulu le rendre au magasin, son vilain bébé.

— Vous êtes méchante.

— Oui, je suis méchante et en plus je suis fatiguée : je vais te laisser partir, ma cocotte, mais tu peux revenir quand bon te semble. Et me ramener ton frère, ta mère, ta grand-mère, qui tu veux.

Cette fois-ci, c'est moi qui éclate de rire :

— Risque pas. Mais moi je reviendrai.

— J'y compte, Kimberly Chastaing.

— Et vous, c'est quoi, votre nom de famille ?

— Espérandieu : ça ne s'invente pas.

Si, ça s'invente, les noms, les prénoms, les surnoms. Les surnoms, surtout, et Lorenzo en savait quelque chose. Gladys Espérandieu aussi, j'aurais pu l'inventer, tant elle ressemble à un personnage de conte de fées dans sa maison blottie sous la glycine, avec son mainate qui parle et son somptueux chat angora, qui me saute dessus au moment où je m'apprête à partir, hop, d'un bond il est sur mes genoux, s'y love et commence à ronronner. J'avance timidement la main vers son pelage annelé de gris et de crème, et il lève vers moi un regard confiant, pointe son petit menton feutré, sûr que je vais le caresser, peut-être le gratter juste sous la gorge, à l'endroit où ça vibre. Malgré moi je commence à réciter « Les chats », d'abord tout doucement, puis comme je vois qu'ils ont l'air d'aimer ça tous les deux, le chat et sa maîtresse, plus fort et avec plus d'assurance. Gladys en reste comme deux ronds de flan, pour reprendre son expression de tout à l'heure.

— Tu connais Baudelaire, toi ?

— Ouais. Je suis fan.

— Mais dis donc, tu vas peut-être me réconcilier avec ta génération.

Sur ce, elle se lève et me raccompagne jusqu'à la porte. Délogé, son chat pousse un petit miaulement dépité et se rue dans le jardin.

— Il s'appelle comment ?

— Beau-Minon.

— C'est joli.

— Tu as un chat ?

— Non. On a trois chiens.

— Tu veux des abricots ? J'en ai plein. Je ne sais plus qu'en faire.

— Non, surtout pas.

Je m'enfuis avant de voir l'arbre couronné de ces fruits orangés que j'ai pris en horreur, vite, vite, dans la douceur du soir. Hier, c'était mon anniversaire, mais mon cadeau, c'est aujourd'hui : une vieille femme qui n'a pas eu d'enfant, qui connaît Baudelaire et qui sait écouter quand on lui parle ; une maison en pain d'épices, un mainate qui récite du Racine, et un chat aux prunelles mystiques, parfait pour moi qui n'ai connu jusqu'ici que les chats de papier baudelairiens et l'horrible matou de la gardienne, ce fauve efflanqué dont les prunelles, loin d'être mystiques, convergeaient désagréablement au-dessus de son museau étroit ; Typhus, ce chat dont les petits loups pour l'homme se sont servis pour torturer mon agneau — car par quelque côté qu'on le prenne, l'homme est un animal et je vis entourée de porcs, de fauves sanguinaires ou de proies tremblantes, alors que j'aspire éperdument à l'humanité.

## 18. FREED FROM DESIRE

Comme je ne veux pas déranger, je laisse passer quelques jours, mais je grille de retourner rue Consolat. D'autant qu'à la maison, l'ambiance est plus pesante que jamais, avec ma mère qui s'est mis en tête que ses rêves de gloire allaient enfin trouver un débouché en la personne de son dernier enfant. Il se peut aussi qu'elle ait décidé de rattraper douze ans de négligence coupable, ce qui fait qu'elle harcèle désormais Esteban et le poursuit de conseils et de suggestions absurdes. Loin d'être exaspéré, le pauvre garçon est ravi de voir son existence soudainement prise en compte, et toutes mes mises en garde se brisent sur le mur de son soulagement et de sa reconnaissance filiale.

De son côté, Sven me harcèle aussi, ce qui fait qu'il n'y a de repos nulle part. Depuis la mort de Lorenzo, il a entrepris de me réconcilier avec la vie et de m'éloigner de toute idée de suicide en me comblant sexuellement. Nous ne nous sommes pas retrouvés depuis deux minutes qu'il est déjà en train de me tripoter ou de vouloir m'entraîner vers la chambre — ou vers le premier endroit qui lui paraît propice à nos ébats, un taillis, un porche, les chiottes de la boîte où nous allons tous les samedis soir, peu lui importe, il n'est pas regardant, au contraire, plus le risque d'être surpris est grand plus ça l'excite, mais pas moi.

Depuis peu, lui qui avait tendance à me baiser orgueilleusement, sûr de ses talents et de l'emprise érotique qu'il exerçait sur moi, il s'est mis à me questionner avec anxiété et jusque pendant l'acte : « Ça va ? C'est bon ? Tu as joui ? Tu en veux encore ? » Et après c'est pire, il me renvoie des regards de triomphe et des clins d'œil entendus, ou me redemande dix fois si c'était bon, si j'ai bien joui et combien de fois, à me dégoûter de l'orgasme, et justement j'ai de plus en plus de mal à y parvenir. Putain, je me branle depuis que j'ai six ans et j'ai toujours joui en moins de temps qu'il n'en faut pour le dire, avec ou sans Sven, mais là, plus moyen, au mieux je reste au bord, ou quand j'y arrive enfin c'est laborieux, chiche et presque douloureux : ça ressemble au plaisir sans en être.

De toute façon, il me suffit de sentir l'érection de Sven contre mon ventre ou dans mon dos, sa queue qui se dresse envers et contre tout, qu'il soit une heure décente ou cinq heures du matin, que nous soyons ivres ou pas, que nous l'ayons déjà fait un peu plus tôt ou la veille seulement, pour avoir envie de hurler. Je n'ai plus envie de faire l'amour, et si ça m'arrive à mon corps défendant, parce que je cède pour avoir la paix, vu qu'autrement c'est la catastrophe, la fin de tout, les yeux de Sven lui sortent de la tête, il devient fou, tout juste s'il ne commence pas à pleurnicher ; bref, quand ça m'arrive, j'aimerais au moins être dispensée de jouir, après tout j'ai déjà donné, j'ai joui pendant des années sans que la machine s'enraye, j'ai droit à mes pannes sexuelles, moi aussi. Cela dit, je dois reconnaître à Sven que sa machine à lui ne connaît pas la panne et pour autant que je sache n'en a jamais connu, pas plus avec moi qu'avec les autres, ses nombreuses autres conquêtes qui ne m'intéressent pas, mais dont il se gargarise, surtout quand il s'agit de protester amèrement contre mon manque d'allant :

— Putain, mais retournes-y, avec ta Flora, si elle aime tant sucer que ça ! Ou l'autre, là, Coralie, la chaudasse qui n'en a jamais assez ! Putain, mais vas-y, et arrête de me faire chier ! Ça peut rentrer dans ta petite tête, ça, que par moments j'aie envie d'autre chose que de me faire mettre ?

Eh bien non, ça ne rentre pas, c'est parfaitement inadmissible, ça remet tout en cause, moi, lui, nous, et de toute façon je me mens à moi-même : en fait j'en ai follement envie et c'est juste le moyen que j'ai trouvé de le torturer. Du coup, je cède neuf fois sur dix et j'endure ses coups de reins pendant des heures, ça vaut mieux que des heures de prise de tête surtout si c'est pour aboutir au même résultat : Sven qui me besogne en guettant le moment où mes yeux chavirent. Feindre ? J'y ai pensé, mais j'aimerais mieux crever que d'en arriver là et de toute façon je ne saurais même pas comment m'y prendre vu que je ne suis pas tellement démonstrative quand je jouis. Je ne sais pas comment font les autres, ou plutôt je n'ai que le son de cloche de Sven qui ne se prive pas de me rapporter que certaines hurlent, ruent sous lui, ou pleurent carrément de plaisir. Je veux bien le croire, mais les ruades c'est pas mon truc et les pleurnicheries encore moins, alors quel tour donner à la simulation pour qu'elle soit crédible ?

Tout ça pour dire que mes visites à Gladys Espérandieu sont un soulagement. À chaque fois que j'arrive en vue de sa maison jaune, basse et tapie sous la glycine, à chaque fois que je toque à sa porte, j'ai le sentiment d'un cessez-le-feu, d'une trêve saluée par des cris d'oiseaux, des feulements de chats, et le rire de gorge de ma sorcière bien-aimée, toujours contente de me voir mais pas gênée pour me congédier quand elle en a marre de moi, qu'elle est fatiguée ou a des choses à faire.

— C'était bien, la cancérologie ?

— Je ne sais pas si on peut dire que c'était bien. Mais c'était intéressant et valorisant. Je me sentais utile.

— Vous êtes à la retraite depuis combien de temps ?

— J'ai arrêté de travailler il y a douze ans. Mais ça faisait déjà un moment que je n'étais plus infirmière.

— Ah bon ? Pourquoi ?

— Mmmm… C'est une histoire compliquée, Kimberly. Mais je te la raconterai si tu continues à revenir me voir.

Je reviens. Entre deux révisions pour le bac de français, sujet qui a l'air de passionner Mme Espérandieu alors que tout le monde s'en fout royalement dans ma famille nombreuse. Même Esteban n'a plus de temps à me consacrer, maintenant qu'il court les castings avec sa mère ; même Sven me trouve exagérément studieuse :

— On sort ce soir, Kim ?

— Je peux pas : faut que je revoie mes mouvements culturels.

— Tu peux le faire demain, non ?

— Si on sort ce soir, demain j'aurai la tête dans le cul.

— Allez ! On boira pas et on rentrera pas trop tard !

— Sven, l'écrit, c'est dans trois jours !

— T'es super-forte en français, de toute façon : qu'est-ce que tu t'emmerdes à réviser ?

Il insiste, menace de venir me chercher à la maison, alors qu'il sait très bien que je ne veux pas que ma famille connaisse son existence, ce qui serait le début d'ennuis sans fin. Je cède, sur sa ferme promesse que nous ne boirons pas et que nous serons rentrés avant deux heures du mat', ce qui fait que nous nous retrouvons au *Pacha* et que nous sommes bourrés en moins de temps qu'il n'en faut pour le dire.

J'aime danser. J'aime bien faire ma maligne, aussi, avec des trucs qui me restent de la gymnastique rythmique, un grand écart vite fait, ou un saut carpé, histoire d'impressionner. Sven n'apprécie pas trop que je lui vole la vedette, mais comme je suis sa copine attitrée, un peu de ma gloire sur le dance-floor lui retombe dessus. Cette nuit, le DJ envoie de la bonne musique, mais rien d'extraordinaire, vu qu'il en faut pour tous les goûts : pas mal de techno, mais aussi de la pop et du disco. Ça m'énerve, cet œcuménisme des soirées du samedi, ce qui fait que quand je reconnais « Freed from Desire », un vieux tube de Gala, un truc qui date d'avant ma naissance ou presque, je renonce à la danse et je vais m'affaler sur une des banquettes restées libres. J'écoute à peine les paroles, qui me semblent être les sornettes habituelles sur l'amour et la liberté, mais elles finissent par parvenir quand même à ma conscience : freed from desire, mind and senses purified... Je lape ce qui me reste de Pelforth tiède et je prends ma cinquième résolution, tiens ça faisait longtemps, me débarrasser du désir et de toutes les aberrations qui en découlent, directement du sexe au cerveau, puis du cerveau au sexe en une espèce de boucle infernale : plus question que je me laisse tyranniser par la queue de Sven ou par mes propres exigences libidineuses.

Sous le coup du soulagement provoqué par ma décision, je retourne danser, rejoignant Sven qui ne se doute de rien et qui entame autour de moi sa parade amoureuse habituelle, tout juste s'il ne se martèle pas le torse comme un gorille de Sumatra. Mais c'est fini tout ça, basta, terminé, et si Sven n'est pas content il n'a qu'à se palucher, ce qu'il ne se prive pas de faire de toute façon. Je ne l'informe pas immédiatement de la fin du désir, je laisse Rihanna succéder à Gala, « Who's That Chick ? », un morceau que je n'aime pas non plus mais dont je dois reconnaître qu'il est de circonstance : music is all I need, Baby, I just wanna dance, I don't really care… Eh bien voilà, bébé, c'est exactement ça, la musique est tout ce dont j'ai besoin, pas la peine de rajouter quoi que ce soit, je veux juste danser, je me fous du reste, de ton encombrant désir et de ce qu'il reste du mien — et ça ira comme ça jusqu'au bout de la nuit si tu veux bien, feel the adrenalin, moving under my skin, it's an addiction, such an eruption, sound is my remedy, feeding me energy, music is all I need…

Quand nous remontons dans l'aube frissonnante, les premiers pépiements d'oiseaux me ramènent à la « Golondrina » de Gladys Espérandieu, à cet endroit que j'espère purifié et libéré du désir — encore qu'on ne puisse jamais avoir ce genre de certitude. Je pense à Lorenzo, aussi, comme à chaque fois que je suis debout à cette heure matinale, mais le chagrin me rend encore plus implacable quand il s'agit de dire à Sven que nous ne rentrerons pas ensemble. Il a beau insister, me cajoler d'abord, puis me menacer de finir la nuit avec une pétasse qui l'a chauffé sur la piste de danse et qui fume sa clope non loin de nous, attendant sans doute de savoir si elle aura sa chance, je m'en fous : qu'il se la mette sur le bout, grand bien lui fasse, mon amour n'est pas exclusif, et si une autre peut prendre le relais quelque temps, satisfaire l'appétit sexuel de Sven Marinello, tant mieux et que Dieu la bénisse. Sur ce, je tourne dramatiquement les talons, assez satisfaite de mon petit effet, du soleil rose qui se pointe pile à ce moment-là : je vais rentrer, dormir, manger, puis faire des fiches sur le baroque et le classicisme. Quand il aura fini de tringler sa taspé, Sven sera bien content de les consulter, mes fiches.

Le bac se passe sans encombre et je me retrouve désœuvrée dès la fin du mois de juin, personne ne s'étant soucié de nous organiser des vacances, à Esteban et à moi. Ma famille nombreuse considère que le fait d'habiter au bord de la mer nous dispense de partir où que ce soit et c'est comme ça depuis des années. Heureusement que j'ai le jardin, la plage, et mes visites à Gladys Espérandieu.

— Il faudra vraiment que tu m'amènes ta grand-mère, un de ces jours.

— Impossible, je vous ai dit : elle vous en veut à mort.

— Mais de quoi ? Je t'assure que je l'ai traitée de façon extrêmement professionnelle.

— C'est pas le souvenir qu'elle en garde.

— N'empêche qu'elle a appelé sa fille aînée Gladys, comme si elle avait voulu créer un lien entre nous. Note que sur le coup j'en ai été passablement offensée.

— C'est ce que dit Claudette — ma grand-mère. Et quand elle raconte la naissance de ma mère et qu'elle en arrive à ce moment-là, je suis toujours morte de rire : je trouve ça génial, comme vengeance !

— Tu m'écoutes, Kimberly, quand je te parle ? Je te dis que je ne suis pas sûre que ce soit une vengeance. Ça, c'est la version de ta grand-mère, mais la réalité est plus compliquée.

— Pourquoi vous vous êtes sentie offensée si c'était pas une vengeance ?

— Tu donnerais, toi, le prénom de quelqu'un que tu détestes à ton premier enfant ?

— Ben non. Mais c'est juste qu'elle n'avait pas d'idée et que le premier prénom qui lui soit venu à l'esprit, c'est le vôtre, vu qu'elle l'avait sous les yeux, écrit sur votre badge.

— Tu ne m'enlèveras pas de l'idée que c'était une forme d'hommage et que ta grand-mère était comme moi : elle n'aimait pas les chichis et ça ne l'a pas dérangée que je la bouscule un peu. En fait, il m'a même semblé qu'elle était un peu goudou sur les bords, ta grand-mère !

Ma sorcière bien-aimée éclate de son rire effrayant et irrésistible tandis que je me décompose sur le fauteuil de velours qui m'est désormais dévolu.

— Mais non ! Pourquoi vous dites ça !

— Ça va, Kimberly, il n'y a pas de mal ! C'était juste une hypothèse !

— Pourquoi ? Vous l'êtes, vous, gouine ?

— Pas du tout, figure-toi, même si j'en ai l'air !

Et c'est vrai qu'elle en a l'air, avec sa voix de

fumeuse, sa brosse de cheveux gris et ses vêtements informes. Mais quand je lui dis ça, elle me houspille gentiment :

— Eh bien, bonjour les clichés ! Mais figure-toi que je suis tout ce qu'il y a de plus hétéro !

— Ma grand-mère aussi.

— Mouais, en tout cas elle n'avait pas l'air d'aimer beaucoup le sexe, Claudette Meuriant !

— Ah bon ? À quoi vous avez vu ça ?

— J'ai une grande expérience, ma cocotte.

— Une expérience de quoi ?

— Ça a l'air de t'intéresser, le sexe, comme sujet.

— Pas spécialement. Ce qui m'intéresse c'est que les gens s'y intéressent.

— Pourquoi ? Tu es frigide, comme ta grand-mère ?

— Ben je l'étais pas. Jusqu'à présent en tout cas. Mais en ce moment, j'ai du mal.

— Du mal à jouir ?

— Du mal à baiser. J'ai plus envie.

— Ton frère est mort il y a deux mois. C'est un peu normal que ta libido soit en berne.

— Allez dire ça à mon mec.

— Dis-le-lui toi-même : il devrait pouvoir l'entendre.

— Il devrait pouvoir entendre que j'ai plus envie de lui ? Non, c'est pas le genre. Et en plus, c'est pas lui le problème.

— C'est un bon amant ?

— Je crois. Je peux pas comparer : c'est mon premier.

— Compare. Essaie avec d'autres.

— Ben justement, ça me dit rien. J'ai plus envie tout court. Ni avec lui ni avec d'autres.

— Tu as quel âge, déjà ? Dix-sept ans ? Ce serait

dommage que tu renonces à l'amour alors que tu ne sais même pas de quoi il retourne.

— Bof, j'ai l'impression d'en avoir déjà fait le tour, justement.

— Pauvre cruche !

— La chair est triste...

— Ne fais pas ta maligne avec moi, la chair, tu n'y connais rien et ce n'est pas parce que tu cites Mallarmé que tu as lu tous les livres. Tu connais *Pour un tombeau d'Anatole* ?

— De Mallarmé ?

— Mais oui. Lis ça : tu as perdu ton frère, tu as besoin de consolation.

Comment lui dire que je la trouve ici, la consolation, dans cette rue qui porte si bien son nom, et auprès d'une infirmière à la retraite qui aime la poésie du XIXe, ce qui me fait au moins un point commun avec quelqu'un, moi qui suis en train de larguer les amarres avec à peu près tout le monde et avec Sven pour commencer ?

Inutile de dire qu'il a très mal pris ma proposition de trêve érotique, qui pour lui équivaut à une rupture déguisée. Depuis, toutes nos entrevues se passent de façon calamiteuse : soit il entre en éruption, soit il pleure et se traîne à mes pieds. Je ne vais plus au *Pacha*, vu que je suis sûre de l'y trouver, avec une nouvelle conquête à chaque fois — et lui dont les yeux brillent par-dessus la tête de la nana, cherchant les miens dans la pénombre de la boîte : regarde, j'ai pas été long à te remplacer, espèce de grosse pute, t'as vu, t'as vu comme elle est bandante ? Et c'est vrai qu'elles le sont, on peut compter sur Sven pour se taper des canons, à commencer par moi. Car il faut bien reconnaître que je ne suis pas en reste, et que s'il veut jouer à ça, j'ai les moyens de faire tirer la langue à tous les mecs, ce que je fais quand Sven m'énerve trop à s'afficher avec ses belles, à leur rouler des pelles torrides, à les entraîner vers les chiottes où il m'a baisée tant de fois, avec la cuvette comme marchepied histoire de lui présenter mon cul bien tendu ou ma chatte à la bonne hauteur. Pauvre con, si tu crois m'atteindre. Mais en fait, oui, ça m'atteint, et je ne peux pas dire que je n'aie pas quelques regrets quand je le vois bouger sur « Show Me Love ». Montrer l'amour, il sait faire, Sven. Danser aussi, il sait. Il ne m'arrive pas à la cheville mais il se débrouille quand même largement mieux que la plupart des mecs qui se dandinent lourdement autour de nous. Et en plus, « Show Me Love », c'était un peu notre chanson, so if you're looking for devotion, talk to me, come with your heart in your hands, because my love is guaranteed, so baby if you want me, you've got to show me love, words are so easy to say, oh ah yeah, you've got to show me love, show me, show me baby... Et maintenant, voilà qu'il le montre à une autre, à quoi l'amour ressemble, à quoi il peut bien ressembler quand il est pratiqué par un garçon ardent et infatigable, un garçon qui aime vraiment ça, en fait. Parce qu'on ne peut pas enlever ça à Sven, il aime l'amour, il aime les filles — et il m'aime, moi, je n'ai aucun doute là-dessus. Il a beau se donner un mal fou pour me faire croire qu'il est en train de m'oublier, une de perdue dix de retrouvées, rien que des « fraîcheurs », des petites nanas à frange et minijupe, tee-shirt de rigueur, un trait d'eye-liner, belle peau et belles dents évidemment vu que les parents des « fraîcheurs » les ont emmenées chez le dermatologue et l'orthodontiste — bref, Sven a beau se taper des nanas sublimes juste sous mon nez, je ne suis dupe de rien. Et même si mes parents à moi ne se sont jamais souciés de l'état de ma peau et de mes dents — j'aurais pu les perdre une à une ou être dévorée par l'eczéma qu'ils n'auraient pas bougé —, j'ai un teint de lys et de rose, et une dentition éblouissante, merci Dieu.

Du coup, les soirées en boîte tournent à cette joute absurde, avec des tas de mecs qui ne veulent pas quitter la piste tant que j'y suis, aimantés par mon 90 C porté sans soutif et agité dans tous les sens, mon mètre vingt de jambes, oui je sais, ça fait peur ; et Sven de son côté qui se démène tant qu'il peut pour être le roi de la soirée, avec sa cour de filles nickel, front lisse, bouche en cœur, ongles faits, cils incurvés au recourbateur, cheveu crissant de propreté et maquillage nude, parce qu'elles suivent les conseils de tous les magazines, dans l'angoisse de louper quelque chose, le truc qui les rendrait irrésistibles et qui leur aurait échappé jusqu'ici, ce qui fait qu'elles tressautent avec une ardeur un peu désespérée face à mon prince vaillant, celui que j'aime depuis que j'ai sept ans, celui qui m'a déflorée dans la Mondeo de son père, celui qui m'a prise dans toutes les positions, mais voilà j'en ai marre, des positions et du reste ; j'en ai marre de voir Sven guetter mes orgasmes, j'en ai marre de ses yeux dans les miens, j'en ai marre de ses érections triomphales, oui je sais, je me plains que la mariée est trop belle, et comme le dirait mon prince ardent, il y a tellement de nanas qui sont mal baisées que je devrais m'estimer heureuse, mais je sens bien qu'heureuse je n'ai pas envie de l'être, ou en tout cas pas tout de suite, j'ai trop de trucs à expérimenter d'abord, des trucs qui n'ont à voir ni avec l'amour ni avec le bonheur, et dommage que ce soit l'amour qui intéresse Sven avant tout.

Sven et les autres, d'ailleurs, parce que tandis que je mets le feu au *Pacha* comme je sais le faire, je vois bien au regard des mecs qui me tournent autour qu'ils n'ont pas envie que je leur récite du Baudelaire. Tant pis pour eux, ils ne savent pas ce qu'ils perdent à faire une fixation sur ma beauté en ignorant ce que dit le seul Charles qui vaille de la beauté et de l'amour. Car si je veux être honnête, je dois reconnaître que tous ceux qui veulent mon cul ne cracheraient pas sur un peu de sentiments en sus. La poésie ne les intéresse pas, mais ça ne fait pas d'eux des brutes pour autant, ce serait trop facile.

Tandis que je les allume les uns après les autres, je me sens triste pour eux, qui ne savent pas encore qu'il y a dans l'acte de l'amour une grande ressemblance avec la torture ou avec une opération chirurgicale. Je me sens triste pour moi, aussi, et vide — parce que je ne vois pas ce que je vais pouvoir mettre à la place de l'amour et du désir. On a beau dire, la torture, ça occupe.

## 19. L'AMOUR, C'EST LE GOÛT DE LA PROSTITUTION

Avec Gladys Espérandieu, c'est là-dessus que roulent nos conversations. J'ai tout l'été de mes dix-sept ans devant moi, et trop de temps, trop de vide à remplir — avec autre chose que les sentiments si possible. Je lis comme une forcenée, et je vais me baigner tous les jours en fin d'après-midi, des heures à nager vers le large, histoire d'user mes forces neuves contre un peu de houle — mais ça ne suffit pas, la houle. Rien ne suffit. Même mes échanges avec Gladys me laissent amère et confuse. De toute façon, je n'oublie pas que les adultes ne sont jamais ce qu'ils paraissent et que même les parangons de bon sens, comme Lucie Leccia, sont sujets à des foucades, des incohérences et des revirements. Gladys est juste un peu plus lucide et un peu plus honnête que les autres.

— Je veux plus baiser.

— Je t'ai déjà dit ce que j'en pense : tu as dix-sept ans, tu n'as eu qu'un amant, tu n'as pas le début d'une idée de ce que baiser veut dire.

— Pourquoi, vous savez, vous ?

— J'ai cette prétention.

— Vous avez eu beaucoup de mecs ?

— Je ne peux pas répondre à cette question.

— Pourquoi ?

— Le jour où je te répondrai tu comprendras pourquoi.

— Vous étiez une chaudasse ?

— Un : je déteste quand tu te crois obligée d'être vulgaire ; et deux, je ne vois pas pourquoi tu parles de ma vie sexuelle au passé.

— Quoi ? Ça vous arrive encore ?

— Ça t'étonne ?

— Ouais. Je croyais que les vieux baisaient plus.

— Eh bien contrairement à ta grand-mère, j'ai encore quelques amants.

Elle se lève pour draper la cage du mainate. Il faut dire que depuis que je suis arrivée, il braille sans discontinuer, pas de Racine, cette fois-ci, mais des couplets égrillards, au clair de la lune, mon ami Pierrot, prête-moi ta plume, mon mari est sot, sa chandelle est morte, et manque de feu, ouvre-moi ta porte, pour baiser un peu.

— Tu ne connais pas *Les Fleurs du mâle* ? — mâle comme un mâle, le contraire de la femelle. C'est un recueil de chansons paillardes. Il y a plusieurs éditions.

— Non, je connais pas, mais Oreste, il a l'air de connaître. C'est vous qui lui avez appris ?

— Pas du tout. J'avais un ami dont c'était un peu la spécialité, « Maman qu'est-ce qu'un pucelage », « La ballade des cocus », « Le joli petit Chose »…

En cet été interminable, malgré la grivoiserie de son mainate et la nature de mes préoccupations, nous ne parlons pas que de cul, loin de là. Souvent, elle m'entraîne dans l'un ou l'autre de ses jardins, celui de devant, minuscule et bien ordonné, avec ses fruitiers, sa glycine, son gazon, ses bordures de lierre et de pervenches ; celui de derrière, tout aussi petit mais envahi de roses trémières, d'avoines folles et de chélidoines.

— J'adore les chélidoines. Et pourtant ce n'est jamais que de la mauvaise herbe.

— Ouais, y en a plein chez moi aussi.

— Tu sais que c'est souverain contre les verrues ?

— Souverain ?

— Tu casses la tige et tu mets la sève sur ta verrue.

— J'en ai pas, des verrues.

— C'est à cause du nom que je les aime : « chélidoine », ça vient du grec, χελιδών, qui veut dire hirondelle.

— Vous parlez grec ?

— Pas du tout. Mais j'aime les hirondelles.

— J'ai vu ça.

— Je guette leur retour, chaque année. Depuis que je suis gamine. Et j'en note la date exacte.

— Vous aimez tant l'été que ça ?

— Oui, c'est la seule saison où je n'ai pas froid.

Et c'est vrai qu'elle est toujours à s'emmitoufler dans des épaisseurs laineuses, avec des chaussettes dans ses sandales et des châles qu'elle n'enlève qu'au plus chaud de la journée, alors que je dégouline dans mon débardeur et que mes cuisses collent l'une à l'autre bien que je vive en short.

Elle me congédie toujours de façon abrupte, comme la première fois, même quand nous sommes au beau milieu d'une conversation passionnante sur la différence entre les hirondelles et les martinets. Je ne sais pas si elle se fatigue vite ou si elle veut créer chez moi un peu de frustration, histoire que je revienne. Elle a d'autres visites que la mienne pourtant, des gens que je trouve dans son salon et qui partent quand j'arrive, des hommes, en général, qu'elle embrasse affectueusement sur son paillasson fleuri avant de revenir à moi :

— Alors, Kimberly, quoi de neuf ?

— Rien.

— Tu t'ennuies ?

— Un peu. J'ai envie de sensations fortes.

— Tu te drogues ?

— Non.

— Tu as essayé ?

Oui, j'ai essayé, évidemment, mais sans trouver la substance qui me conviendrait. L'herbe m'endort, le shit me rend agressive et je suis réfractaire à la coke : elle reste coincée quelque part dans mon espace rétropharyngé et j'imagine que la même chose m'arriverait avec l'héro, sauf à passer aux shoots, mais là pas question, je déteste bien trop les piqûres. Restent les amphètes ou les acides, mais Sven et moi nous sommes fait refiler trop de merde, des mélanges de craie et de caféine, des trucs qui nous plombaient le crâne pendant des heures, pour que j'aie envie de devenir une consommatrice régulière.

— Quand j'étais petite et que je me caressais les seins, ça me rendait triste.

— Quel rapport avec ce dont nous parlons, Kim ?

— Parce que tout d'un coup mon corps se tendait, me réclamait quelque chose dont je n'avais pas la moindre idée. Je sentais un désir, mais je ne connaissais pas son objet. Je m'imaginais que j'avais envie de bonbons ou de glaces, mais si je mangeais des bonbons ou des glaces, ça me laissait insatisfaite et encore plus triste qu'avant. Et puis un jour, je devais avoir six ou sept ans, je me suis masturbée : et c'était *ça*, c'était exactement ce qu'il me fallait.

— Et c'est ce qui se passe en ce moment ? Tu sens que tu as besoin de quelque chose, quelque chose qui existe et que tu n'as pas encore trouvé ?

— Ouais.

— Quelque chose de sexuel ?

— Ça se pourrait bien. Mais j'en sais rien, en fait. Et j'ai pas envie que ce soit sexuel. Le sexe m'emmerde.

— Ça t'emmerde parce que tu n'y connais rien.

— Vous avez dit que vous m'en parleriez. De votre expérience sexuelle à vous.

— Il faut d'abord que je te raconte pourquoi j'ai arrêté de travailler comme infirmière.

Elle parle, ma sorcière bien-aimée, et je l'écoute, entre les sifflements d'Oreste et les miaulements impérieux de Beau-Minon — sans compter que tout le jardin vibre et bourdonne par les fenêtres, pour une fois grandes ouvertes. Elle me raconte qu'elle a été licenciée pour faute grave en 1988.

— Quelle faute grave ?

— J'ai donné une dose de morphine trop forte à un patient. Note bien qu'il était foutu, de toute façon, mais effectivement, ça a accéléré son décès. Pour le plus grand bien de tout le monde à commencer par lui, mais bon, ce n'était pas l'avis de la famille. Ni de l'hôpital.

— Quel rapport avec votre vie sexuelle ?

— J'y viens. Patience.

C'est peut-être bien de patience, qu'il s'agit, celle que je n'ai pas pour attendre que les choses m'arrivent ; celle que je n'ai pas pour vivre jusqu'au jour où je pourrai quitter non seulement ma famille nombreuse mais cette bourgade méridionale qui s'endort sous le soleil, glorieuse de sa proximité avec la mer, comme s'il n'y avait pas des milliers d'autres ports en France et dans le monde, des tas d'autres villes sûrement plus excitantes que la mienne, avec ses balcons fleuris et ses palmiers qui ne tomberont jamais dans la mer vu qu'on n'est pas dans une chanson de Patti Smith.

Là, dans le salon de Gladys Espérandieu, qui est pourtant la seule personne que je supporte encore, la seule adulte qui m'ait un peu donné envie de grandir, je la sens monter, la fièvre, la fureur de vivre autrement que dans cette routine émolliente, et si c'est pas possible, alors qu'on en finisse : je trouverai bien un arbre pour m'y pendre, ou à défaut un moyen de faire jaillir le sang.

Gladys parle toujours, et dans sa cage, Oreste, qui a interrompu ses sifflements, l'écoute avec un air d'intelligence, la tête penchée et le bec entrouvert. Il profite d'une pause dans le discours profus de sa maîtresse pour glapir :

— Sale pute !

Gladys éclate de rire et renchérit :

— Tu l'as dit, mon coco !

— Il vous traite de sale pute et vous le félicitez ?

Elle me dévisage de ses yeux un peu globuleux, des yeux qui vont bien avec sa trogne aplatie, mais qui lui donnent un air de pékinois ou de bouledogue, alors que de son propre aveu elle déteste les chiens.

— Oreste me connaît bien.

— Vous êtes une sale pute ?

— Sale, non, mais pute, absolument.

— Une nympho ?

— Non, Kimberly, une pute, une vraie, une qui se fait payer, une dont c'est le travail.

— Je vous crois pas.

— Pourquoi ?

Oreste, qui n'en perd pas une, secoue sa cage et grince derechef :

— Sale pute !

— Ça aussi, c'est un copain à vous qui lui a appris ?

— Pas un copain, un client.

— Vous ressemblez pas à une pute.

— Oui, je sais. Et je ne ressemble pas à une hétéro. Enfin, selon les petites idées bien arrêtées de Kimberly Chastaing. Mais c'est pourtant en faisant la pute que j'ai gagné ma vie pendant plus de vingt ans.

— Pourquoi pute ?

— Tu veux dire pourquoi pute plutôt que femme de ménage ou caissière ?

— Par exemple.

— Si bien qu'un jour, mourant de faim sur le pavé, j'ai ramassé du pain, frère, où j'en ai trouvé, dans la fainéantise et dans l'ignominie…

— Ouah, c'est de qui ça ?

— Hugo. *Ruy Blas*. Tu devrais le lire.

— D'accord. Mais pourquoi pute ?

— Comment te dire ? La prostitution, c'était dans mes cordes.

— Mais vous aviez quel âge ?

— Quarante-six ans.

— Vous étiez pas trop vieille ?

— Trop vieille pour quoi ? Trop vieille pour me lancer dans le métier, comme ça, sans expérience ? Trop vieille pour plaire aux hommes ? Mais Kimberly, j'ai encore des clients !

Sur ce elle éclate de son rire énorme auquel font immédiatement écho les sifflements et les bruits de crécelle de son mainate.

— Ah bon ?

— Mais oui ! Des habitués, des fidèles. Et crois-le ou pas, je n'ai jamais regretté cette deuxième carrière. Je me dis même que j'aurais dû commencer directement par là au lieu de perdre mon temps avec des femmes en cloque et des cancéreux. Et je ne te parle même pas des médecins et de l'administration de l'hôpital. Au moins mes clients m'ont été reconnaissants de ce que j'ai fait pour eux.

— Me dites pas que les malades que vous soigniez en oncologie vous étaient pas reconnaissants !

Son visage se ferme.

— Pas toujours. Et pourtant j'en ai beaucoup fait pour eux, crois-moi !

Depuis deux mois que je la fréquente, c'est la première fois que je l'entends exprimer quelque chose qui ressemble à de la rancœur et du dépit, mais je ne devrais pas être étonnée vu qu'autour de moi les adultes passent leur temps à se plaindre, à récriminer, à s'estimer injustement traités par les autres et par la vie en général. Je voudrais qu'elle en revienne à la prostitution, parce qu'il me semble qu'il y aurait là quelque chose à glaner pour moi, pas un enseignement ni un exemple, non, mais quelque chose qui ressemble à ce que je cherche. Je cite timidement le seul Charles qui vaille, après tout elle n'est pas en reste pour les citations et c'est pour ça aussi que j'aime parler avec elle :

— L'amour, c'est le goût de la prostitution. Il n'est même pas de plaisir noble qui ne puisse être ramené à la Prostitution. Baudelaire, dans *Fusées*.

Elle s'illumine et émet une sorte de ronronnement bref. Lové dans mon giron, comme d'habitude, Beau-Minon lui renvoie un regard de connivence et monte le volume de son propre ronron.

— Mmmm. Pas mal. Je ne suis pas sûre de comprendre, mais c'est pas mal.

Dans l'excitation qui s'empare de moi, je me lève, délogeant le chat et suscitant une nouvelle salve d'obscénités de la part d'Oreste, qui a mystérieusement mis fin à son black-out.

— Sale pute ! Je vais t'en donner, moi, d'la bite ! P'tite salope !

— Je l'ai jamais entendu dire ça ! D'habitude, il récite *Andromaque* !

— Il connaît deux vers d'*Andromaque*, en tout et pour tout. Et encore, j'ai mis six mois à les lui apprendre, alors que pour les conneries, il est hypermnésique ! Couvre sa cage : on ne s'entend plus.

Je m'approche d'Oreste, dont les yeux brillent et dont le bec claque : hop, rideau, terminé les trilles égrillards, Gladys et moi avons à discuter. Tout doucement, plus pour moi-même que pour elle, je me répète en boucle : il n'est même pas de plaisir noble qui ne puisse être ramené à la Prostitution, il n'est même pas de plaisir noble qui ne puisse être ramené à la Prostitution...

Gladys récupère Beau-Minon et l'installe sur ses genoux tendus d'un tweed pelucheux. Indifférente à la canicule, elle continue de cumuler ses petites laines, là un gilet, là un châle, sans compter ses éternelles chaussettes montantes.

— Mais vous avez fait comment, pour vous prostituer ?

— J'ai fait le trottoir, à l'ancienne. Dans un quartier tranquille et pas trop près de chez moi.

— Vous étiez habillée comment ?

— Comme tu me vois. Je n'ai rien changé à rien, ni tenue provocante, ni maquillage, ni talons hauts. Et en même temps, tout mon corps lançait des invitations ! Les mecs ne s'y sont pas trompés, crois-moi, et j'ai eu un client dès le premier soir !

— Vous êtes allés où ?

— À l'hôtel. Un petit coup rapide. Et j'ai eu le sentiment d'avoir fait ça toute ma vie.

— Il était comment, le client ?

— Jeune. J'ai eu l'impression que c'était la première fois pour lui aussi, qu'il était passé en voiture, qu'il m'avait vue et que l'occasion avait fait le larron.

— Il est revenu ?

— Non. Je ne l'ai jamais revu. J'étais un peu vexée. Mais ensuite ça s'est su qu'il y avait une pute rue Louis-Grobet et je me suis fait ma petite clientèle.

— Quand vous en parlez, on dirait que c'est un taf comme un autre.

— Ça l'a été pour moi, ma cocotte. Note que c'est sûrement différent pour les Ghanéennes du boulevard Carnot ou les Albanaises qui traînent à la gare.

— C'était bien, avec vos clients ?

— Qu'est-ce que tu entends par « bien » ?

— Ça vous a jamais dégoûtée ?

— Quand j'étais infirmière, que je faisais des toilettes, là ça m'arrivait d'être dégoûtée, crois-moi. La merde des vieux, y a plus ragoûtant. Et encore, au bout d'un moment on s'habitue.

— Ils vous faisaient jouir, vos clients ?

Elle se penche vers moi, écrasant presque Beau-Minon sous sa grosse poitrine bardée de mohair turquoise :

— Dis donc, Kimberly, tu ne serais pas un peu obsédée par ça ?

— Quoi, « ça » ?

— La jouissance, le plaisir, l'orgasme.

— Je vous ai dit que j'avais des problèmes de ce côté-là, en ce moment.

— Eh bien non, aucun client ne m'a jamais fait jouir. Mais presque tous l'ont cru.

— Vous simuliez ?

— Non. Mais la vanité masculine est telle qu'ils en étaient persuadés quand même. Je me suis même battue avec un client à cause de ça. Imagine-toi qu'il voulait reprendre son fric sous prétexte que j'avais eu du plaisir ! Et quand je lui ai demandé à quoi il voyait ça, il m'a montré que j'avais des plaques rouges sur la poitrine, le décolleté. Selon lui, c'était à ça qu'on reconnaissait que la femme avait eu un orgasme. Sauf qu'en l'occurrence c'est lui qui m'avait irritée avec ses joues mal rasées.

— Et alors ?

— Il s'est reçu mon poing dans la figure.

— Qu'est-ce qu'il a fait ? Il a repris son fric ?

— Oui. Et en plus il m'a tabassée. À partir de ce jour-là, j'ai toujours eu une petite bombe lacrymogène à portée de main. Mais je m'en suis rarement servie. Rien ne calme plus un bonhomme que de tirer son coup.

— Vous aviez beaucoup de clients ?

— Je ne courais pas après les heures supplémentaires : dès que j'avais gagné suffisamment, je m'arrêtais.

— Quel genre de mec va voir les putes ?

— C'est quand tu poses ce genre de questions que je me rappelle à quel point tu es jeune. Tous les mecs vont voir les putes, Kimberly. Les jeunes, les vieux, les beaux, les moches, les pauvres, les riches, les célibataires, les mariés, les heureux en amour ou les malheureux.

— Je suis sûre que Sven l'a jamais fait.

— Il n'irait pas s'en vanter.

— Pourquoi il irait ? Il a toutes les nanas qu'il veut !

— Kimberly, regarde-moi !

Je le fais, je la regarde, cette petite vieille emmitouflée comme une matriochka, avec son chat sur ses genoux, la brosse de ses cheveux gris, ses rides losangiques et sa poitrine croulant sous son châle.

— Je n'ai jamais été belle. Oh, je plaisais ! J'avais de gros seins, un beau sourire, avec ça une nana peut s'attirer son petit succès, mais je n'ai jamais créé d'émeute.

C'est à son tour de me regarder :

— Tandis que toi... Je crois que j'ai rarement vu une fille aussi jolie et aussi bien foutue. Et pourtant, dieu sait que tu te donnes du mal pour t'enlaidir. Ces tenues... Ces cheveux... On dirait des crottes de chien.

— Quoi ? Mes locks ?

— Je ne sais pas comment tu appelles ce que tu as sur la tête, mais c'est positivement affreux. Le seul avantage, c'est qu'apparemment ça t'évite de te coiffer. Bref, pour en revenir à moi, dis-toi qu'avec mes charmes très ordinaires et un peu décatis, je me suis tapé de très beaux jeunes gens. Bon, je reconnais qu'ils ne formaient pas l'essentiel de ma clientèle. Ma clientèle, c'était plutôt des pauvres types, beaucoup de chibanis…

— Des vieux rebeus ?

— Oui. À un moment, je me suis même spécialisée dans les handicapés. Mon côté nurse, sans doute. Mais dans le lot, il y avait parfois des hommes très séduisants.

— Pourquoi ils avaient pas de copine, alors ?

— Mais ils en avaient ! Ou pas ! J'ai eu tous les cas de figure, te dis-je ! Des mecs en couple qui en avaient marre de leur bonne femme, ou d'autres qui n'avaient pas envie de séduire, de faire la conversation, d'aller au restaurant, au cinéma, de devoir offrir des cadeaux avant de pouvoir tirer leur coup ! Ils me le disaient. Textuellement. Avec moi, pas besoin de blabla, pas d'histoire, pas de chichi, du sexe net et sans bavure !

— C'est marrant, moi j'ai plutôt l'expérience inverse : des mecs qui veulent me baiser, c'est sûr, mais qui veulent aussi de l'amour.

Elle me contemple rêveusement :

— Peut-être que les garçons de ta génération sont plus sentimentaux que leurs pères et grands-pères… Tu es sûre que tu n'es jamais tombée sur de gros bourrins, qui voulaient juste te tringler ?

— J'ai couché qu'avec Sven. Mais qu'est-ce qu'ils vous disaient, ceux qui étaient mariés et qui venaient quand même vous voir ?

— Ils ne le claironnaient pas forcément, qu'ils étaient en couple. Mais ce que j'ai fini par comprendre, c'est que la plupart des nanas sont de vraies castratrices. Et que moi, par comparaison, j'offrais à leurs mecs une espèce de havre sexuel, une femme toujours prête, toujours disponible, qui n'avait ni migraines ni ragnagnas, qui ne les jugeait pas, qui ne leur reprochait rien, qui était prête à parler avec eux s'ils en avaient envie, ou à fermer sa gueule le cas échéant.

— Ça me dégoûte, ce que vous racontez. Et ça m'énerve, aussi. Finalement, vous êtes une grosse misogyne : à vous croire, si les mecs vont voir les putes, c'est la faute de leur nana !

— Ça t'énerve peut-être, mais c'est la stricte vérité et tant pis si elle te dérange.

La vérité, si tant est qu'elle existe, ne me dérangera jamais. Ce qui me dérange, ce sont les mensonges que les gens se racontent et qu'ils essaient à toute force d'imposer à leur entourage — et c'est très exactement ce que tente de faire Gladys, avec cette histoire dans laquelle elle serait pute pour rendre service, pute pour les chibanis, pour les maris castrés, pour les handicapés, et pourquoi pas pour les malades en fin de vie, comme ça la boucle serait bouclée, de pute elle serait finalement redevenue infirmière, donnant du plaisir mais n'en prenant jamais. Je suis contre les autobiographies remaniées ; même *intus et in cute*, ça ne me suffit pas : si vous voulez de la sincérité, allez-y plus profond encore, fouaillez au scalpel entre les viscères, là où ça pulse, là où ça remue, là où ça pue sans mentir.

Au revoir, Madame Espérandieu, je reviendrai quand vous aurez décidé de regarder en face l'insoutenable réalité, quelle qu'elle soit. Je me lève, je pars, je la laisse avec son chat de contes de fées, ses oiseaux parleurs et les herbes médicinales de son petit jardin ; je sors, saluée par son rire sans joie et les insanités d'Oreste, dont le napperon a de nouveau glissé, fffrrr, au moment même où je prenais congé :

— Sale pute ! T'aimes ça, la bite, hein ? Hein, que t'aimes ça ?

En marchant, sur le chemin du retour, je shoote dans tout ce que je vois, une canette vide, une pierre, un bout de chambre à air, sans pour autant épuiser ma rage. Pour ça, il va falloir que j'aille danser et tant pis si je croise Sven et ses taspés, tant mieux même, c'est sur eux que je calmerai mes nerfs.

## 20. FUSÉES

Tandis que je m'habille pour sortir, Esteban se faufile dans ma buanderie.

— Tu sors ?

— Ouais.

— Avec Sven ?

— Non. On n'est plus ensemble. Je vais au *Pacha*.

— Je peux venir ?

— T'as même pas treize ans !

— Ouais, mais tout le monde me dit que je fais plus vieux.

— T'es grand pour ton âge, mais tu fais gamin quand même.

— Au *Pacha* tu peux rentrer si t'as quinze ans. J'ai un copain qui l'a fait.

— C'est complètement interdit.

— Toi t'as même pas dix-huit ans et tu rentres, c'est pas juste !

Il est là, à traîner ses douze ans et demi et son mètre soixante-dix — presque aussi grand que moi ; il est là à traîner sa tristesse et son accablement en cet été torride qui succède au printemps le plus cruel qu'il lui sera donné de vivre, et cette tristesse et cet accablement sont tellement les miens que je cède sans tergiverser. Je connais bien le vigile du *Pacha*, si je lui dis que mon frère a quinze ans, que je le surveillerai et qu'il ne boira pas d'alcool, Esteban rentrera sans problème.

Hop, nous voilà partis, lui en joli garçon branché et moi en pute. Finalement, c'est ça mon idée, voir ce que ça donne avec un mec que je n'aime pas et qui me paie.

J'ai dû emprunter un top à Svetlana et une jupe courte à Ludmilla pour me composer la tenue adéquate, vu que mon vestiaire à moi se compose de shorts élimés et de débardeurs informes.

— Tu me trouves comment ?

— Bizarre.

C'est vrai. J'ai les épaules trop carrées et les triceps trop saillants pour porter de la mousseline rouge à volants et broderies ton sur ton. Surtout qu'en fait de chaussures je n'ai trouvé que de vieilles sandales à lanières, et même si elles me changent des tongs que je porte été comme hiver, elles ne sont pas à la hauteur de tant de féminité pimpante. Heureusement, on peut considérer que je me suis rattrapée sur le maquillage, avec mes cils qui font comme de petites pattes d'araignée sur mes pommettes enflammées par le blush, et le rouge baiser dégueulasse qui me donne envie de m'arracher les lèvres. Comment font les vraies filles pour supporter ce dépôt graisseux et cette odeur douceâtre en permanence, là, juste sous leurs fosses nasales ? Mystère — autre mystère voué à demeurer mystère, car nul doute que si je posais la question aux vraies filles, je rencontrerais une incompréhension au moins égale à la mienne. Pour la coiffure, j'ai fait comme j'ai pu, mais il faut bien reconnaître que mes dreadlocks gâchent un peu l'effet que j'ai laborieusement obtenu par ailleurs. J'ai essayé de les neutraliser avec un foulard à impressions dorées, un turban à la Charonne, mais Esteban a raison : l'ensemble est pour le moins bizarre.

— Est-ce que je fais pute ?

— Un peu. Tu fais bdb.

— C'est quoi bdb ?

— Tu fais bois de Boulogne, transsexuel, quoi !

— Ah bon ? Merci !

— Tu m'as demandé si tu faisais pute ! Je te réponds !

Lui est positivement sensationnel avec son slim et son tee-shirt ajustés, sans compter la mèche blonde qui ombrage délicatement ses yeux clairs si semblables aux miens. Le vigile du *Pacha* nous laisse entrer, sans même lever un sourcil devant mon changement de look, sans même jauger du regard mon collégien pétrifié par l'appréhension. Hop, hop, nous voilà dans la place. Esteban se campe illico au bord de la piste, un verre de Coca à la main.

— Tu viens pas danser ?

Il secoue la tête avec énergie.

— Pourquoi t'as voulu venir, alors ?

Il ne me répond pas mais je crois que je le comprends : être ici, voir à quoi ressemble une boîte de nuit, et surtout le *Pacha*, dont je leur ai tant parlé à Lorenzo et à lui, ça suffit largement à son bonheur ; c'est un gamin, il dansera plus tard, la prochaine fois peut-être. Du coup, je le laisse à son Coca. Il me semble qu'il se fait pas mal mater par des minettes guère plus âgées que lui, mais ce n'est pas mon problème. On serait dans une boîte homo, je m'inquiéterais davantage, mais le *Pacha* n'est pas franchement gay-friendly, alors je peux aller danser de mon côté et oublier mon petit frère. On me reconnaît, on me salue, je claque quelques bises à des copains du lycée et m'attire des commentaires goguenards sur mes fringues et mon make up, mais pas tant que ça. Nous sommes samedi soir, après tout, et en fait de tenue de soirée je suis loin d'être la plus provoc ou la plus délirante.

Comment vais-je faire comprendre aux mecs présents que je suis là pour taffer ? Avec ceux qui me connaissent, c'est mort de toute façon : je n'ai pas envie qu'une sale réputation me poursuive toute ma vie. Non, il me faudrait un inconnu. Tandis que je danse, de façon beaucoup plus lascive que d'habitude et en jetant des coups d'œil à droite et à gauche pour voir si je fais mon petit effet, je réalise que je ne suis pas au bon endroit. Les mecs viennent ici pour pécho, certes, mais ils sont trop jeunes et pas assez désespérés pour qu'il leur vienne à l'idée de payer une nana. Je m'apprête à passer aux chiottes pour me débarbouiller et enlever mon turban histoire de reprendre figure humaine, quand mon regard croise les yeux furibonds de mon prince vaillant, qui danse pubis contre pubis avec une « fraîcheur » en robe bicolore. Du coup, je reprends ma danse des sept voiles : qu'on lui coupe la tête et qu'on me l'apporte sur un plateau d'argent ; il faut qu'il diminue pour que je grandisse, c'est ça la loi qui préside aux relations amoureuses, l'inverse c'est bon pour les prophètes et les agneaux de Dieu.

Je danse et l'exultation arrive, sans que j'aie gobé quoi que ce soit, juste parce que la musique est bonne et ma synchronisation avec le groove et avec moi-même tellement parfaite que j'en oublie le reste, mon projet de prostitution, la présence de Sven, la déception causée par Gladys, et jusqu'à la mort de Lorenzo. En bordure de piste, Esteban me couve d'un œil admiratif et j'ondule dans sa direction :

— Allez, viens !

— Mais je sais pas danser.

— Si, tu sais !

On nous regarde avec intérêt et je surprends notre reflet dans la glace murale, la clarté lumineuse de nos visages rapprochés, nos yeux un peu exorbités, nos cernes rouges, notre blondeur cendrée, cette ressemblance qui doit frapper les autres clients et qui me frappe aussi comme si je la voyais pour la première fois. Nous pourrions être jumeaux, sauf que justement le jumeau d'Esteban est mort.

Une à une les mises à feu se font dans ma poitrine et dans mon crâne. À croire qu'on a versé un ecsta dans mon verre. Ou de l'acide gamma-hydroxybutyrique, la drogue du viol. Sven en serait bien capable et d'ailleurs le voici qui pénètre sans vergogne mon périmètre d'intimité : il s'attend peut-être à ce que je lui tombe dans les bras, GHB aidant. Mais je n'ai rien bu, je n'ai pas touché à un verre de la soirée, alors ce n'est pas ça. Non, ce qui menace d'éclater, c'est mon cœur mis à nu, et j'aurai beau danser toute la nuit, je ne viendrai pas à bout de ce terrible désir d'en finir et d'exploser en vol, qui est aussi un désir d'abjection, un désir d'avoir et de faire mal, un désir dont j'ai honte parce qu'il me fait ressembler à n'importe qui, à tous ces petits chirurgiens en puissance qui m'entourent ici comme ailleurs.

À trois heures, j'entraîne Esteban dehors, ignorant tous les regards, toutes les caresses subreptices, toutes les tentatives d'approche, à commencer par celles de Sven, qui s'est débarrassé de sa « fraîcheur » pour nous suivre dans la nuit étoilée.

— Kim, putain, on peut se parler ? Juste se parler cinq minutes !

— Fous-moi la paix !

— Kim !

À sa voix, à ses yeux, je sais qu'il est défoncé, qu'il va se mettre à larmoyer, et qu'il n'est pas question que j'impose ce spectacle à mon petit frère. Je ne veux pas que le plaisir de sa transgression et de sa promotion d'un soir dans le monde des grands soit gâché par la vision de Sven sanglotant et se traînant à mes pieds. Sans l'avoir rencontré et sur la foi de mes récits enthousiastes, Lorenzo et lui avaient fait de Sven une espèce de héros : autant qu'il le reste dans l'esprit de mon frère survivant — les adultes admirables, ça se compte sur les doigts de la main et c'est bien le problème.

— Esteban, rentre à la maison ! Je te rejoins.

Il m'obéit, il a l'habitude de l'obéissance, et je me retrouve seule avec Sven qui cherche à me prendre dans ses bras tout en balbutiant un discours éploré et tendre. Telle est ma joie, elle est parfaite : il faut qu'il diminue pour que je grandisse ; ce n'est pas une vérité biblique mais une des lois ineptes de l'existence : il faut que l'opération chirurgicale ait lieu, que je lui coupe la tête ou à défaut le sexe dont il est si fier, parce que Gladys et Baudelaire ont raison tous les deux et que le monde se partage entre tortionnaires et victimes, entre ceux qui manient le scalpel et ceux qui subissent l'amputation, entre loups carnassiers et agneaux consentants.

Je laisse Sven m'étreindre et couvrir mon visage de baisers fervents ; je laisse ses larmes délayer mon maquillage, le mascara couler en rigoles noires, le rouge à lèvres et le blush maculer les joues mouillées de mon prince découronné. Ce n'est pas la première fois que je le fais pleurer. J'ai même commencé par là, quand nous avions sept ans tous les deux et que je l'ai battu en calcul mental. Et je dois reconnaître, même si ça me tue, que ça me fait le même effet qu'il y a dix ans, que la même chaleur monte de mes reins à ma bouche, qui s'égare soudain sur la sienne et vient en pourlécher la légère tuméfaction qu'il doit aux baisers d'une autre, et ça aussi ça m'excite, parce que finalement, et malgré la longue série de mes résolutions, je suis une chienne moi aussi.

Hop, une nouvelle fusée dans la nuit d'été, une nouvelle déflagration dans ma poitrine trop étroite, dans mon cerveau torturé par ses propres désirs — parce que le désir tout court, c'est déjà difficile, mais découvrir en soi des projets d'amputation et de diminution d'autrui, c'est carrément insupportable. Et pourtant, de quoi ai-je envie tandis que Sven se laisse tomber à mes genoux et les enlace en gémissant de soulagement et de reconnaissance ? De quoi ai-je envie, si ce n'est d'une capitulation encore plus complète, d'une reddition totale, d'un Sven qui pleurerait encore plus fort et lécherait mes chevilles poussiéreuses ?

Qu'il soit bien clair que je n'ai pas envie d'en apprendre plus sur moi-même et sur le désir. Si je reste là, gagnée par cette excitation avilissante pour tout le monde, c'est précisément parce qu'elle me pétrifie, parce que mon bas-ventre l'emporte sur ma tête trop faible, parce que le cul a ses raisons que la raison réprouve mais auxquelles elle est incapable de résister. Je sens très distinctement mes glandes de Bartholin entrer en action et venir déposer leur rosée sur la paroi interne de mon vagin, mon clitoris se gonfler et pulser discrètement dans la petite jupe noire de Ludmilla — mais qu'est-ce que je peux faire pour arrêter ça ? S'il y a une solution, un pignon, une crémaillère, tout un train d'engrenages à mettre en route pour que je cesse de mouiller, pour que je cesse d'avoir très envie de ce garçon à terre, ce vainqueur vaincu par l'amour, qu'on me le dise, je suis preneuse. Mais il n'y en a pas, je reste avec l'objet déraisonnable de mon amour car rien n'est prévu pour la substitution — et qu'on ne vienne pas me parler de l'exercice de la volonté, parce que je veux désespérément ne pas vouloir et on voit bien où ça me mène : à m'agenouiller à mon tour, à me coucher littéralement sur Sven et à gémir pour qu'il me prenne, et tant pis si quelqu'un passe et nous voit. Le corps de Sven se raidit, ses bras m'enserrent, sa langue trouve la mienne, je sens sur sa nuque l'odeur si familière de son eau de toilette un peu éventée, un peu aigrie et tournée par la sueur, mais j'aime ça, moi, les odeurs, les prendre à l'endroit où elles sont les plus fortes, les aisselles, les couilles, le cul. Sven a beau être d'une propreté scrupuleuse, ses glandes sont trop musquées pour que l'hygiène et les parfums parviennent à juguler tous ces puissants effluves. Mais tandis que je suis là, à l'embrasser, à le humer et à presque gémir d'impatience, je m'avise qu'il ne réagit pas à nos baisers, à mes caresses, à mon souffle dans son cou, à ma main dans son slip et à tous les signes d'excitation que je peux bien montrer : sa queue, si familière elle aussi, reste désespérément flaccide entre mes doigts.

— Qu'est-ce qu'il y a ?

Ai-je dit que mon prince fervent ne connaissait pas la panne sexuelle ? Que jamais au grand jamais son sexe n'a manqué de répondre aux sollicitations ? Même pas besoin de sollicitation, d'ailleurs : Sven est toujours prêt à baiser, n'en a jamais assez, avec moi en tout cas, mais je veux bien croire que ça tient plus à son tempérament qu'à mes charmes propres — ce qui fait que ce qui nous arrive ce soir est complètement inédit, et d'autant plus épouvantable que ce sont nos retrouvailles. Mais au fond, n'ai-je pas exactement ce que je mérite, voire ce que je désire ? N'ai-je pas souhaité la mutilation ? N'ai-je pas su que mon plaisir était dans la défaite de mon vainqueur ? Ne fallait-il pas qu'il diminue pour que je croisse ? La diminution a eu lieu : je serais mal venue de m'en plaindre.

Sven prend la fuite dans la nuit blanchissante, je n'ai plus qu'à rentrer chez moi à cette heure que je déteste. Et là, surprise, il est cinq heures du matin, mais tout le monde est debout, tout le monde est assis à la table du salon. Esteban n'ayant pas ses clefs, il a dû sonner et réveiller toute la maison. Ils auraient pu se recoucher ensuite, mais non, ils ont préféré m'attendre et me faire ma fête. Personne ne me demande où j'étais ni pourquoi j'ai tant tardé à rejoindre Esteban. Personne ne me reproche non plus de l'avoir emmené en discothèque alors qu'il a douze ans et demi. Ils sont juste furieux de s'être levés aussi tôt, et tant qu'à faire ils en profitent pour me régler mon compte. Svetlana tire la première :

— Mais c'est mon haut que t'as, là ! T'aurais pu me demander avant !

Hop, en un tournemain je me débarrasse du

corsage brodé dont la mousseline irrite affreusement ma peau de blonde, et je me retrouve à moitié à poil devant ma famille nombreuse, père et grand-père y compris. Tant mieux : pour ceux qui ne l'auraient pas encore remarqué, j'ai des seins exceptionnels, encombrants mais magnifiques ; autant que ma parentèle puisse y jeter un œil, surtout que je n'ai pas de soutif et que tous bénéficient ainsi d'une vue imprenable sur la double masse crémeuse, veinée de bleu et rehaussée du rose aigu de mes mamelons : joli, non ? Ludmilla s'y met à son tour :

— Mais c'est ma jupe !

Oui, c'est ta jupe. Et elle me va mieux qu'à toi vu que j'ai vingt centimètres de jambes en plus que toi, mais si tu veux, je te la rends, et hop, j'enlève le bas, et comme je ne porte pas plus de culotte que je n'arbore de soutien-gorge, je suis nue, pour le plus grand saisissement de l'assistance. Mais bon, on est entre nous, la transparence est de rigueur et la pudeur n'a pas lieu d'être.

Bizarrement, ma nudité ne les désarme pas et les invectives pleuvent :

— Tu te prends pour qui ?

— Tu te crois maligne avec tout ton saint-frusquin à l'air ?

— Mon saint-frusquin ?

— Tu m'as très bien compris.

Ça c'est mon grand-père, le même qui chie toutes portes ouvertes et s'offusque si on a le malheur de s'enfermer dans la salle de bains — faudrait savoir. Je tourne sur moi-même, histoire que tout le monde admire le fruit de ce qui est finalement une création collective, le croisement de tous ces gènes issus du fond des âges mais qui sont passés par eux avant d'arriver à moi. Je fais trois pas, la main sur la hanche, façon mannequin :

— Ben quoi ? Je suis pas belle ?

Je le suis. Et je m'en fous de l'être. Pour ce à quoi ça sert, la beauté. Ma mère attaque à son tour :

— On en a marre de tes conneries, Kimberly !

— Quelles conneries ?

— On en a marre que tu nous prennes de haut ! Et en plus tu as une très mauvaise influence sur ton frère !

Mon frère. Le seul qui me reste. L'autre, ils l'ont tué. Dans ma famille nombreuse, il n'y avait pas assez d'amour pour tout le monde : les grands se sont taillé la part du lion et les petits ont léché le plat, comme dans la comptine des cinq doigts que m'apprenait Claudette quand elle avait encore toute sa tête. Je peux en parler en toute objectivité puisque j'ai bénéficié des deux régimes en alternance : tantôt j'ai fait l'objet d'une attention et de soins proprement fatigants, tantôt je suis tombée dans les trous noirs de leur amour parental. Pour Lorenzo et Esteban, le trou s'est fait cosmique et les a happés. Je ne dis rien, je les laisse admirer ma nudité sculpturale et pousser leurs cris d'orfraie.

— C'est vrai ça, on en a marre que tu te la racontes, Kimberly !

— C'est pas parce que tu fais des études qu'il faut te croire meilleure que nous !

— Et d'abord qui c'est qui te les paye, tes études ?

Jusqu'à preuve du contraire, c'est l'État français : elles n'ont pas coûté un centime à mes parents, mais bon…

— Putain, mais rhabille-toi !

— C'est vrai ça, on a assez vu ton cul !

Les grosses joues violettes de Svetlana tremblotent d'indignation, et ma mère n'est pas en reste pour manifester la sienne :

— Surtout qu'on sait même pas où c'est que t'es allée le traîner !

Hop, j'opère un petit demi-tour plein de dignité et je prends la direction de ma chambre. Il n'y aura pas de bouquet final : je suis trop fatiguée pour ça, trop dégoûtée par tout et à commencer par moi-même. Il se peut que je sache très exactement ce qu'a ressenti Lorenzo au moment de passer la ceinture autour de son cou frêle, ce sentiment que la vie n'aurait rien d'autre à m'offrir que cette fatigue et ce dégoût, cette certitude qu'il n'y avait rien à attendre de personne et surtout pas de ma propre famille. Je suis désolée, mon agneau, désolée et à deux doigts de te rejoindre en cette aube navrante. Sauf qu'il me reste un autre agneau à exempter du sacrifice si je veux avoir la conscience tranquille. Surtout que je ne peux plus compter sur Claudette, dont j'ai croisé tout à l'heure le regard désabusé. Elle n'a pas participé à la curée, mais je l'ai sentie presque aussi vulnérable qu'Esteban et moi tandis qu'elle fumait cigarette sur cigarette. En d'autres temps elle aurait protesté, m'aurait tendu ma jupe et mon top pour que je les enfile, se serait affairée à la cuisine pour nous faire du café et nous préparer un petit déjeuner digne de ce nom — mais là, j'ai bien vu qu'elle avait replongé dans sa démence, sénile ou pas, nous laissant seuls Esteban et moi pour affronter la folie des autres. À défaut d'en avoir pour sauver Esteban, j'ai des idées pour sauver Claudette, mais ça attendra que j'aie recouvré mes esprits et repris des forces après cette nuit éprouvante.

Éprouvants, mes jours ne le sont pas moins, ces

jours d'été torpides entre mes parents endeuillés et mes sœurs soudain devenues vindicatives et querelleuses, comme si en leur empruntant leurs fringues de merde j'avais contrevenu à une préséance informulée mais sacro-sainte ; comme si je devais absolument rester un garçon manqué pour qu'elles puissent triompher dans leur féminité. Les gens sont trop fragiles pour moi, décidément ; leur santé mentale trop précaire, leur existence trop menacée par quelque bout qu'on la prenne. Mes aspirations légitimes à la force et à la sagesse se heurteront toujours à leur faiblesse insigne et à leurs pauvres stratégies de dissimulation de la réalité.

Si ça se trouve, j'aurai toujours à louvoyer entre les mesquineries de Svet et Ludmi, les jérémiades de mes parents, les fanfaronnades fatigantes de Charlie et les états dépressifs de Claudette, sans compter les nouvelles prétentions au mannequinat de mon joli frère blond — du moins tant que je n'aurai pas quitté le domicile familial, et ce n'est pas demain la veille vu que j'ai l'intention de mener des études littéraires longues et probablement incapables de me fournir quelque débouché professionnel que ce soit.

## 21. LA LANGUE DES OISEAUX

Fin août, je me décide à retourner chez Gladys Espérandieu et surtout à lui amener ma grand-mère, que j'ai arrachée à un épisode plus maniaque que dépressif, une frénésie de cuisine et de ménage finalement tout aussi inquiétante que ses phases de prostration. Je ne la prends pas en traître, je lui dis tout de go que nous allons rendre visite à la Gladys originelle. Loin de se braquer, elle trottine derrière moi tout en jacassant sans discontinuer, ce qui est très inhabituel chez elle. Je n'y comprends rien, vu qu'elle passe du coq à l'âne et mélange pas mal l'arabe et le français, mais Gladys a l'habitude de la langue des oiseaux. C'est même elle qui m'a expliqué comment cacher les *lettres réelles* derrière les fausses, et même si je n'ai pas tout saisi, je ne doute pas qu'elle sache traduire le sabir de Claudette — sans compter qu'elle vit avec des perruches, des canaris et un mainate, alors une vieille pie de plus ou de moins…

Gladys n'est pas seule. Un homme est assis sur mon fauteuil habituel, Beau-Minon sur ses genoux et Oreste sur son épaule, ce qui traduit avec les lieux un degré d'intimité auquel je ne suis jamais parvenue, mais après tout, c'est de ma faute : c'est moi qui suis partie en claquant la porte ou presque. Cela dit, Gladys ne me marque aucune aigreur et m'accueille comme si nous nous étions quittées la veille. Je fais hâtivement les présentations :

— C'est Claudette, ma grand-mère. Claudette, tu reconnais Gladys ?

— Oui.

Nous entrons et prenons place sur le canapé tandis que Gladys s'adjuge une chaise en rotin. À ce moment-là seulement, je me permets de dévisager sans vergogne celui qui doit être un vieux client de Gladys. Surprise, c'est Tugra Takdogan, l'ancien entraîneur de Svet, l'actuel patron et amant putatif de ma mère. Je ne l'ai pas revu depuis l'enterrement de Lorenzo, mais l'enterrement de Lorenzo, c'était il y a trois mois, ce qui fait que nous ne pouvons absolument pas feindre de ne pas nous reconnaître, même si les choses sont moins sûres en ce qui concerne Claudette. Dès qu'il m'a identifiée, il se lève comme un beau diable, et c'est peut-être ce qu'il est, à faire dans ma vie toutes ces apparitions inopinées. Oreste et Beau-Minon manifestent leur indignation par des miaulements similaires, le mainate se calquant sur le chat. Tandis que Tugra file sans demander son reste, Gladys nous sert d'autorité, une bière pour moi et un cinquante et un pour ma grand-mère, ce qui témoigne à tout le moins de facultés de voyance, car c'est la seule boisson alcoolisée qui ait jamais plu à ma petite grand-mère rousse. Gladys prend très vite la parole, demande des nouvelles de la famille en général et de son homonyme en particulier :

— Ça va, votre fille ?

— Oui.

— Kimberly m'a dit, pour Lorenzo.. Ça a dû être dur pour vous tous.

À la mention de Lorenzo, les yeux de ma grand-mère flamboient, mais elle ne répond pas. Oreste volette d'un meuble à l'autre, émettant des cliquetis très éloignés de son répertoire habituel, des sons assez disgracieux, mais qui ont le mérite de réveiller les canaris et de les entraîner dans un concours de trilles et de chants flûtés. Sans se laisser décourager par le silence que nous gardons, Gladys persiste dans son rôle de maîtresse de maison :

— Vous regardez mes canaris ? Ce sont des Harzer Roller. On les appelle aussi les rossignols tyroliens. Ils chantent bien, hein ? Surtout les mâles. C'est une question de testostérone.

Pour faire la conversation, je pourrais lui répondre que beaucoup de choses dans le monde ont à voir avec la testostérone, mais je n'ai pas envie de parler. Après tout, elles devraient avoir des choses à se raconter, ces deux vieilles dont l'une a recousu le périnée de l'autre. Contre toute attente, ma grand-mère réagit sans tarder à ce discours ornithologique :

— On avait des oiseaux nous aussi, à Kouba. Des chardonnerets. On allait les acheter au marché d'El Harrach. Ça chante bien, les chardonnerets. Mieux que les canaris, même. Tout le monde en avait dans le quartier. Dès qu'il faisait beau, on les mettait aux fenêtres.

Au cas où Gladys ne comprendrait pas, je lui précise que Kouba et El Harrach sont des quartiers d'Alger. Elle me jette un regard en coin :

— Je connais Kouba, Kimberly.

— Ah bon, vous êtes d'Alger, vous aussi ?

— Non, mais je connais. De nom.

Oui, voyons, où avais-je la tête, avec tous les chibanis qu'elle compte dans sa clientèle, évidemment qu'elle connaît Kouba et El Harrach ! Mais bon, je ne vais pas parler à Claudette de l'intense activité sexuelle que Gladys a encore à son âge. On ne sait jamais, ça pourrait réveiller de vieilles frustrations et nuire à l'esprit de concorde que je souhaite voir régner entre mes deux septuagénaires. De toute façon, je ne sais pas si c'est l'allusion à Kouba ou l'effet lénifiant des chants de canaris, mais ma grand-mère semble soudain très à la question et très désireuse de poursuivre un entretien aussi bien engagé :

— Je suis née à Kouba, moi, vous savez.

— Vous êtes une rapatriée ?

— C'est plutôt l'inverse, mais si vous voulez.

— Comment ça, l'inverse ?

— C'est l'Algérie qui était ma patrie.

— Retournez-y.

— J'aimerais bien.

Ça alors ! Je connais ma grand-mère depuis toujours et c'est la première fois que je l'entends exprimer le souhait de revoir son pays natal — c'est même la première fois que je l'entends exprimer quelque souhait que ce soit. Il faut croire que Gladys est vraiment une sorcière, ou plutôt une fée marraine, capable de délier les langues frappées d'ensorcellement et pourquoi pas — mais ça reste à voir — d'exaucer les vœux.

On est bien, en tout cas, dans son salon assombri par la glycine qui obture en partie les fenêtres, bruissant de gazouillis et de caquètements divers ; on est bien dans sa maison jaune, je l'ai constaté dès ma première visite. Je ne me l'explique pas plus qu'alors, mais j'observe que ma grand-mère mutique et amère s'y mue en passereau survolté, rivalisant de trilles avec les rossignols tyroliens de Gladys :

— J'aimerais bien, mais j'ai peur que tout ait changé, que je ne reconnaisse plus rien ni personne. Ils doivent tous être morts. Mais des fois on en parle avec Alain et Jean-Claude, ce sont mes frères, et on se dit que ce serait bien de revoir la maison de Kouba et le jardin. Il était beau notre jardin, vous savez. C'est ma mère qui s'en occupait. Elle aimait surtout les géraniums, alors on en avait de toutes les couleurs et de toutes les variétés. Il y en avait un qui sentait la citronnelle et qui éloignait les moustiques. Parce que les moustiques, ça aussi on en avait et on s'en serait passé ! C'était la plaie ! On était obligés de mettre du Flétox. Et des spirales Kapo. Moi, j'aimais bien l'odeur, mais ma mère, elle disait que c'était du poison. Mais pour en revenir au jardin, on avait des lauriers-roses de toute beauté ! Et un rosier ! Et des fleurs, dont je ne connais pas le nom, mais il y en a ici aussi : orange, on peut les manger, elles ont un bon goût sucré. Mais bon il fallait arroser tout le temps. C'est moi qui le faisais avec les frères en rentrant de l'école. On avait des arrosoirs presque aussi gros que nous, qui se cognaient contre nos jambes quand on essayait de les porter.

Ce laïus nostalgique et fervent, je me rappelle l'avoir déjà entendu, au temps où ma grand-mère parlait encore, au temps où elle racontait plaisamment la mise au monde de son premier enfant et sa rencontre avec la Gladys originelle. Pour l'heure, au lieu de revenir sur leur scène primitive, mes deux vieilles se sont mises à parler de fleurs et de boutures, de sécheresse, d'arrosage, et du nom oublié de cette fleur sucrée que ma grand-mère mangeait avec ses frères. Du coup, elles quittent le salon pour le jardin et ma grand-mère s'agenouille avec des cris de ravissement devant les pervenches :

— La pervenche ! La fleur des félibres !

— Ah bon, ils n'ont pas plutôt la cigale, comme symbole ?

— Ils ont les deux !

— C'est quoi les félibres ?

Elles ne m'écoutent pas, tout occupées qu'elles sont à froisser des feuilles de sauge entre leurs vieux doigts. Beau-Minon slalome entre elles en ronronnant avec férocité, et c'est au tour de Gladys d'étaler sa science :

— Vous saviez que le ronronnement des chats favorisait la réparation tissulaire ? Et pas seulement la leur, la nôtre aussi ! Sans compter qu'il fait baisser la tension artérielle.

— J'aime les chats. Mais à la maison, on n'a que des chiens. Des chiens qui puent et qui salissent tout.

Là encore je tombe des nues car j'ai toujours cru que ma grand-mère aimait Fougère, Elvis et Bastardo. De la sauge, mes deux vieilles passent au thym, puis à la verveine, dont Gladys a un pied particulièrement florissant. Si je voulais sortir ma grand-mère de la neurasthénie, c'est gagné. Je ne l'ai pas vue aussi heureuse depuis des années. Entre deux considérations botaniques, elles en viennent quand même à évoquer leur première rencontre :

— Vous savez que je n'ai jamais été sage-femme ? J'étais juste infirmière.

— C'est vous qui m'avez accouchée, pourtant. C'est vous qui étiez là tout le temps du travail.

— Parce que la sage-femme de garde était une

grosse feignasse et que votre accouchement se déroulait sans problème. Et si vous vous souvenez bien, ce n'est pas moi qui ai sorti le bébé.

— Ah bon ? Il me semblait.

Claudette, que tout esprit de vindicte semble avoir abandonnée, fourrage à pleines mains dans la terre chaude dont elle hume voluptueusement l'odeur un peu aillée :

— Qu'est-ce que vous avez là ?

— Figurez-vous que je n'en sais rien ! Pour moi c'est de la mauvaise herbe !

— De l'ail sauvage ? On en avait aussi à Kouba.

— Bon alors, quand est-ce que vous y retournez ?

Ma petite grand-mère rousse lève vers moi un visage étonnant, un visage d'enfant que bouleverse l'espoir :

— Tu crois que je pourrais, Kimberly ? Aller en Algérie ?

— Pourquoi tu me demandes ça à moi ? Bien sûr que tu peux ! Tu fais ce que tu veux !

J'en ai assez de ces adultes qui ne se prennent pas en charge, mais bon c'est ma grand-mère, elle est vieille et elle est malade, alors je muselle mon acrimonie. D'autant que Gladys trouve décidément que le retour aux sources de Claudette Vidal serait une excellente idée :

— J'ai un ami qui s'occupe d'une association de pieds-noirs. Lui, il est d'Oran, mais ils organisent tout le temps des voyages. Si vous voulez, je lui en parlerai.

Ma grand-mère baisse le nez sur une touffe de campanules, mais je vois bien qu'elle est émue, et ma main vient se poser sur son épaule.

— Si c'est ça que tu veux, je t'aiderai. Je verrai avec l'ami de Gladys.

Elle hoche la tête sans répondre et décapite délicatement un coquelicot en bouton dont elle déploie les pétales froissés avant de ficher sur la tige la petite cupule guillochée, me tendant ensuite une sorte de figurine à cape et couronne, comme elle avait l'habitude de le faire pour mes frères et moi, du temps où elle avait toute sa tête et se souciait d'occuper notre temps libre. Je ne compte plus les rintintins, les pompons, les poupées de carton et les petits animaux faits de deux marrons et de cinq allumettes qu'elle a ainsi confectionnés pour nous. Gladys continue de pérorer, indifférente à nos états d'âme ou les comprenant trop bien, je ne sais pas :

— Vous savez que le coquelicot a des propriétés béchiques reconnues ?

J'adore décidément sa façon de parler mais je doute que Claudette apprécie tant de pédanterie, ce qui fait que je l'aide à se relever et l'entraîne vers un autre coin du jardin. Et là, manque de chance, nous tombons sur l'unique abricotier de Gladys Espérandieu, complètement dépourvu de fruits mais parfaitement reconnaissable pour nous qui sommes devenues des spécialistes en matière d'arbres fruitiers. Gladys, qui nous a suivies, se méprend illico :

— Vous admirez mon abricotier ? C'est un Rouge du Roussillon ! Il donne bien ! Mais là, je suis un peu inquiète : regardez ses feuilles, comme elles s'enroulent sur elles-mêmes. Je me demande s'il n'a pas attrapé une maladie.

Tandis qu'elle hoche la tête avec un air désolé, Claudette et moi nous réjouissons *in pectore* à l'idée qu'une épidémie pourrait bien décimer tous les abricotiers du sud-est de la France, empêchant ainsi les petits garçons fragiles de s'y pendre un soir de désespoir. Jetant un coup d'œil critique à l'arbre, son feuillage dru, son écorce squameuse et les vilains bulbes de gomme qu'il exsude çà et là, ma grand-mère grommelle :

— J'aime pas les abricotiers. On en a un d'au moins cent ans, dans le jardin de la rue Trézène.

Gladys se montre très intéressée :

— Vous êtes sûre qu'il a cent ans ? Ça ne vit pas très vieux, un abricotier, d'habitude, quarante, cinquante ans, tout au plus.

— Ouais, ben le nôtre, il est plus vieux que ça.

Je confirme. À croire qu'il n'a poussé et prospéré de la sorte que pour servir de potence à mon petit frère. Les yeux de Claudette se remplissent de larmes qu'elle essuie furieusement mais qui n'échappent pas à l'œil sagace de ma sorcière bien-aimée.

— Qu'est-ce qui se passe, Claudette ?

— Kim vous a pas dit ? C'est à cet abricotier que Lorenzo s'est pendu.

Non, je ne le lui ai pas dit. J'ai gardé pour moi cette circonstance aggravante du suicide de Lorenzo, le fait qu'il ait choisi notre arbre préféré pour y trouver cette mort scandaleuse et dont je ne me remettrai jamais. Il fut un temps où l'idée qu'il soit mort dans l'arbre des trois garçons me réconfortait, mais ce temps est révolu et désormais je hais tous les arbres.

Claudette pleure et je pleure avec elle, d'autant qu'à ma connaissance, c'est la première fois qu'elle le fait depuis la mort de son agneau.

— Il était gentil. Elle vous a dit, Kim ?

— Oui, elle m'a dit. Et qu'il était malheureux, que les autres le persécutaient.

— Il était trop gentil. Et trop petit. Ça le complexait. Ça et le fait qu'il était roux.

— Oui, je sais, Kimberly m'a raconté.

— C'est ma faute s'il était roux, vous savez. Regardez !

Elle passe une main tremblante et désolée dans sa chevelure désormais panachée de gris mais incontestablement acajou. Gladys rugit littéralement :

— Mais vous êtes folle, Claudette ? On n'a pas assez de raisons de se torturer et de se culpabiliser, dans la vie, sans que vous y rajoutiez vos bêtises ? Qu'est-ce que votre rousseur a à voir avec le suicide de ce pauvre petit ?

— C'est parce qu'il était roux que les autres se moquaient de lui !

— Eh bien c'est la faute des autres s'il s'est tué. Vous n'y êtes pour rien !

C'est aussi mon avis : Claudette est innocente, mais tout le monde ne peut pas en dire autant. Elle continue de fixer l'abricotier d'un œil préoccupé et lâche tout à trac :

— C'est de ma faute. Et de celle de ma fille, aussi ! Elle a découvert l'existence de son fils au moment où il est mort. Si c'est pas Dieu possible !

Tiens, il semblerait que la maladie n'ait pas enlevé à Claudette toute sa lucidité. Beau-Minon lève le menton vers ma grand-mère et pousse un miaulement perplexe auquel elle répond par un tendre grattouillis de l'index.

— Votre fille ? Laquelle ? Gladys ?

— Oui, Fabiola n'a qu'un fils et elle s'en occupe très bien. Léopold pareil. Y a que Gladys qui s'est crue obligée d'en faire cinq, je sais pas pourquoi.

Surtout que dès la première elle a été complètement débordée.

— La première quoi ?

— Sa première fille : Svetlana. Avec Patrick, ils auraient dû s'arrêter là, mais non, ils en ont encore fait quatre là-dessus. Et pourtant, on peut pas dire que ma fille avait l'instinct maternel.

— L'instinct maternel, ça n'existe pas.

Si Gladys s'attend à ce que ma grand-mère conteste ses thèses culturalistes, elle risque fort d'être déçue, vu que Claudette déteste tout ce qui ressemble de près ou de loin à un débat d'idées, détestation qui est un trait commun à tous les membres de ma famille nombreuse, moi exceptée.

— Ma fille, il a fallu tout lui montrer, comment on tient un bébé, comment on lui donne son bain, comment on lui change sa couche. Et si j'étais pas là, elle oubliait le biberon. Et Patrick c'était à peine mieux : ces deux-là, même avec un nourrisson, ils voulaient sortir le soir, rentrer à pas d'heure et faire la grasse matinée. Ce qui fait que j'avais pris Svetlana dans ma chambre. Charlie n'était pas content mais je lui ai pas laissé le choix. C'est pour ça qu'on n'a pas compris quand Ludmilla est arrivée. Et puis Kim. Et je parle même pas des deux garçons ! Deux bébés en un an alors qu'ils n'arrivaient même pas à s'occuper des trois premiers !

J'ai l'impression que l'incurie coupable de son homonyme n'intéresse pas tellement la Gladys originelle. Elle écoute d'une oreille distraite tout en s'affairant entre ses plates-bandes, des pieds de pensées veloutées, des dahlias rubescents, du lierre, des belles-de-nuit… Ma grand-mère admire en connaisseuse et interrompt sa diatribe :

— C'est sûr qu'à Kouba on pouvait pas avoir tout

ça : ça aurait demandé trop d'eau. Certains étés, tout séchait sur pied : ma mère était désolée, mais y avait rien à faire. Un coup de simoun, et hop, on avait beau arroser, ça tournait au foin : y a que les lauriers-roses et les géraniums qui tenaient le coup.

— Elle s'appelait comment, votre mère ?

— Reine. Et mon père, c'était Henri.

Claudette, fille de Reine, a voulu appeler ses enfants Léopold et Fabiola, ou encore Astrid et Théodora. Je m'y connais en prénoms, en ambitions parentales et en déceptions inévitables.

— Ils ont été rapatriés avec vous ?

— Mon père, pas ma mère. Ma mère elle a pris une balle en 62.

— Elle était dans la fusillade de la rue d'Isly ?

— Non. Elle est morte trois jours avant. On lui a tiré dessus rue de la Fonderie. Ça c'est sûr : y a au moins deux personnes qui l'ont vue tomber et qui l'ont raconté à mon père. Mais ensuite, on l'a jamais retrouvée. On l'a cherchée partout, on est allés à l'hôpital Mustapha, mais elle y était pas.

— Qui l'a tuée ? L'OAS ?

— On n'a jamais rien su, je vous dis. Elle est morte en mars, on est partis en juin. Ce qui fait qu'elle n'a été enterrée nulle part, voilà. On n'a même pas de tombe.

Machinalement, les doigts de ma grand-mère rousse émiettent la terre friable du jardin de Gladys, comme si cinquante ans plus tard la taraudait encore le désir éperdu de donner une sépulture à Reine Vidal. De fait, trois pas plus loin, nous tombons sur un petit tumulus surmonté d'une croix grossière mais incontestablement commémorative. Gladys rougit, comme prise en faute, et balbutie quelque chose à propos d'une chatte tricoline nommée Bamboche. Ma grand-mère a le regard lointain, et pour la ramener parmi nous, fût-ce dans la douleur, je lui demande :

— Elle était comment, ta mère ?

— Tout le contraire de moi. Grande, brune, bien en chair.

Il y a une photo de mon arrière-grand-mère dans la chambre de Claudette et Charlie, un agrandissement où on la voit dans la splendeur solaire de ses trente ans brandir face à l'objectif un bébé qui doit être sa fille. Son sourire radieux contraste avec la mine chavirée du bébé et les airs grognons des deux petits garçons qui la flanquent, chacun tenant un coin de jupe comme si leur mère était menacée de volatilisation. Et c'est très exactement ce qui s'est passé : elle s'est volatilisée et on n'a plus jamais entendu parler d'elle.

Je connaissais cette histoire, mais à voir ma grand-mère promener des airs mélancoliques sur un jardin qui lui rappelle celui de Kouba, sur une tombe indûment allouée à un animal alors que sa propre mère n'a eu droit à rien faute de cadavre identifiable, je comprends mieux les raisons de sa démence sénile — qui n'a de sénile que le nom, puisqu'elle avait vingt ans quand un affreux rêve lui est tombé dessus.

Elle pleure. C'est la deuxième fois en moins d'un quart d'heure et je ne doute pas que ce soit un progrès par rapport à toutes ces années où elle n'a rien manifesté, se retirant de plus en plus dans sa forêt obscure, mais c'est dur à supporter quand même. Gladys a l'air aussi ébranlée que moi par ces larmes que ma grand-mère ne se soucie même plus d'essuyer. Elle pleure parce qu'elle aimait sa mère, qu'elle l'a perdue et qu'elle n'a même pas un endroit où venir lui parler, une stèle, une dalle froide, ou une plaque de marbre noir — fût-elle aussi vilaine que celle de Lorenzo.

Je la plains, mon cœur se serre, mais ça ne m'empêche pas d'envier son malheur : je paierais cher pour avoir une mère à aimer moi aussi, morte ou vivante, pulvérisée dans une rue d'Alger ou gisant sous une pierre tombale. Une mère à aimer, c'est quand même mieux qu'une mère qui ne vous inspire que dégoût et ressentiment ; une mère à aimer, c'est quand même plus commode qu'une mère qui a tué votre frère, et réserve ses sentiments les plus intenses à ses trois chiens. Gladys toussote pour attirer notre attention :

— Je vais parler de vous à mon ami Jean-Pierre. Pour voir si vous pouvez retourner à Alger avec d'autres pieds-noirs comme vous. Ça vous ferait plaisir, Claudette ?

Elle hoche vigoureusement la tête et s'essuie enfin les yeux.

— Oui, Gladys, c'est ça qui me ferait plaisir, ça et rien d'autre.

Nous rentrons rue Trézène main dans la main, et c'est moi qui la tracte, tout en lui parlant constamment, histoire de ne pas laisser retomber le faible élan qui l'a saisie au milieu des pervenches et des renoncules :

— T'as vu ? Elle est sympa en fait, Gladys. Pas du tout comme tu disais.

— Les choses sont rarement comme on dit.

D'étonnement devant cette pensée profonde, je lâche sa petite main sèche et elle en profite pour s'allumer une Winston, luttant contre le vent qui s'engouffre boulevard Paradis. Nous sommes arrivées tout près de la rue où Gladys Espérandieu a fait ses débuts dans le plus vieux métier du monde mais je m'efforce de ne pas y penser et de rengainer mes propres ambitions dans ce domaine pour apporter du réconfort à ma grand-mère :

— Tu me montreras des photos de ta mère ? Et de Kouba ?

— J'en ai pas beaucoup. C'est Jean-Claude qui a tout pris.

Ça ne me m'étonne pas de Jean-Claude, que je vois une fois par an pour les fêtes de fin d'année, mais c'est déjà trop, vu qu'il est toujours à pérorer ou à se lamenter sur ce que les bicots ont fait à l'Algérie de sa jeunesse, ce pays qui n'existe que dans leur esprit malade à tous. Mais bon, je ne vais pas lui reprocher d'enjoliver. Les choses étant rarement comme on dit et les souvenirs présentant peu de différences avec les rêves, il a le droit d'avoir son Algérie imaginaire, un royaume d'autant plus mythique que la reine en a été foudroyée rue de la Fonderie et qu'ils n'y ont plus mis les pieds depuis cinquante ans.

Je regarde ma grand-mère tirer sur sa clope puis l'écraser furieusement contre un muret. Si ça se trouve, rien de ce qui lui est arrivé depuis cinquante ans n'a eu de réalité pour elle ; si ça se trouve, la réalité est restée là-bas, avec les géraniums de sa mère, son rire clair, le Selecto à la pomme, les baignades à Sidi Fredj et les spirales de Kapo qui se consumaient dans les nuits trop chaudes ; si ça se trouve, nous ses petits-enfants, on a moins d'existence que toutes ses petites camarades de l'école de Kouba, Lisette Bartoli, Monique Fernandez et Yvette Jourdan, dont elle me racontait les frasques au temps où on ne lui avait pas encore coupé la langue. Parce que je n'en ai pas encore parlé, mais c'est une des mutilations que les gens s'infligent couramment entre eux : il faut que les uns diminuent pour que les autres croissent, et la glossectomie, c'est au moins aussi efficace que la castration. Je sais de quoi je parle vu que j'ai moi-même été à deux doigts d'y passer, et que si je n'avais pas changé de sexe in extremis, si je n'étais pas devenue un petit garçon invisible à l'âge de neuf ans, aujourd'hui je serais muette — ou bien je serais morte : on a vu ce qui arrivait aux petits garçons invisibles dans ma famille.

Là, soudain, sur le boulevard Paradis, sous les micocouliers que le vent secoue, le découragement me prend parce que je n'ai que dix-sept ans et que s'il faut à tout prix que je m'en aille, je n'ai pas pour autant l'intention de me pendre à un abricotier ni de me retirer dans une forêt obscure qui n'est jamais qu'un premier cercle de l'enfer. Ma grand-mère trottine à mes côtés, le visage moins fermé, les yeux moins lointains que d'habitude : tout d'un coup, elle a un projet, d'autres perspectives que de se planter devant la télé, de cuisiner pour dix personnes, ou d'écouter Charlie radoter. Je vais organiser le voyage retour de ma grand-mère, assurer son vrai rapatriement, avant de réfléchir à mes propres échappatoires.

## 22. LA VIE DANS LE BON SENS

Ma sorcière bien-aimée ayant œuvré de son côté, ma grand-mère ne tarde pas à s'envoler pour Alger avec un petit groupe de pieds-noirs cornaqués par le fameux Jean-Pierre, dans lequel je ne mets pas longtemps à identifier un autre des clients de l'infatigable Gladys, vu la familiarité goguenarde avec laquelle il s'adresse à elle.

Claudette n'a pas voulu entendre parler de prendre le bateau. Elle garde un souvenir épouvantable de sa première et dernière traversée sur le *Kairouan* :

— La mer était démontée, tout le monde était malade et j'avais peur de mourir. Crois-moi que j'ai pas eu le temps d'être triste ni de penser à ce que je laissais derrière moi.

— Ah bon ?

J'ai toujours cru qu'en ce jour de juin 1962, elle avait regardé la baie d'Alger s'éloigner, les collines de Kouba miroiter dans la lumière et le dôme argenté de Notre-Dame d'Afrique scintiller par-dessus la tête des autres passagers agglutinés au bastingage et entonnant un déchirant chant des adieux, mais non, pas du tout : elle a passé la traversée à redouter qu'on lui vole son sac Lafuma ou qu'on lui vomisse dessus — quand elle n'était pas en train de prier pour que le *Kairouan* ne finisse pas vingt mille lieues sous les mers.

Quoi qu'il en soit, Claudette a pris l'avion à Marignane. Gladys et moi l'avons laissée aux mains de ce boute-en-train de Jean-Pierre, mais je n'ai aucune inquiétude à ce sujet : ma grand-mère a l'habitude des cabotins et de leurs petits numéros, vu qu'elle en a épousé un voici quarante-six ans et qu'il ne s'est pas arrangé avec l'âge. Bien au contraire, il a été d'autant plus charmeur que ses charmes s'amoindrissaient, d'autant plus matamore que ses forces déclinaient, et d'autant plus pénible que les autres épuisaient leurs trésors de patience à son égard.

Est-il bien utile de préciser que Charlie a vu d'un très mauvais œil la villégiature inopinée de son épouse et que ma famille nombreuse a fait chorus avec son fatigant patriarche ?

— Qu'est-ce que tu vas foutre en Algérie ?

— Tu sais pas qu'ils nous aiment pas, là-bas ?

— Si tu crois que tu vas retrouver tes souvenirs, tu te fourres le doigt dans l'œil ! Tout a complètement changé !

Mais que savent-ils des aspirations de leur femme, mère et grand-mère ? Se sont-ils jamais donné la peine de sonder son cœur et ses reins ? Qui sait si elle n'appelle pas de ses vœux le complet changement dont ils la menacent ? De toute façon, elle ne prend même pas la peine de leur répondre. Depuis notre visite à Gladys, elle navigue rêveusement entre achats à faire, bagages à boucler et formalités de départ à accomplir, sans se soucier des remarques acerbes des uns et des autres. J'ai un peu de mal à lui faire comprendre qu'elle a besoin d'un visa pour rentrer chez elle, mais une fois la chose admise, tout se passe très vite et très facilement. Au dernier moment, elle embrasse tout le monde, avec une étreinte plus appuyée pour Esteban et quelques mots soufflés à mon oreille :

— Fais attention à ton petit frère.

Je note qu'elle ne me dit pas de veiller sur les autres : elle sait que ce qui les caractérise c'est précisément le souci exclusif qu'ils ont d'eux-mêmes et de leur petit bien-être physique et moral. Je note aussi que pour assurer celui d'Esteban, c'est sur moi qu'elle compte et elle a parfaitement raison. Si ça ne tient qu'à moi, il n'ira jamais jusqu'à l'autostrangulation, elle peut partir tranquille.

— Tu reviens quand ?

— C'est pas encore décidé. Mais je t'appellerai.

Elle est partie, elle a repris l'avion dans le bon sens après une traversée Alger-Marseille qui n'était qu'une erreur tragique de l'Histoire, interrompant la sienne et la fourvoyant dans celle des autres, son mariage avec Charlie Meuriant, ses trois enfants, ses sept petits-enfants. Si ça se trouve, elle va nous oublier sitôt foulé le sol algérien, sitôt revu le jardin de sa mère, sitôt renoué avec le goût des jujubes et des karmouss ; si ça se trouve elle va reprendre contact avec un amour de jeunesse, un garçon arabe qu'elle n'aurait pas osé épouser cinquante ans auparavant mais qui aurait toujours eu pour elle beaucoup plus de matérialité que son pâle mari wallon.

Je vois bien ce que ma version du retour de Claudette en Algérie doit à ma propre détestation de notre univers étriqué, mais tant pis, ça m'aide à vivre, moi, d'imaginer ma grand-mère rajeunie, bronzée, dévalant les rues de la casbah au bras de son amoureux d'antan dans une suffocante odeur de jasmin. J'espère quand même que je ne suis pas complètement à côté de la plaque et qu'elle n'est pas coincée avec Jean-Pierre dans un car climatisé, ou obligée de suivre les autres dans des cimetières où elle n'a pas ses morts. En tout cas, je vérifie scrupuleusement la météo sur Alger depuis qu'elle est partie et ils ont invariablement du soleil et des températures estivales alors qu'ici l'été a perdu la partie — à ma grande satisfaction car je n'en pouvais plus de l'été et des vacances.

Il pleut, les cours ont repris, tout l'hiver va rentrer dans mon être, mon cœur ne sera plus qu'un bloc rouge et glacé, et c'est exactement ce à quoi j'aspire : une fois mon cœur transi, je pourrai réfléchir à ma nouvelle feuille de route et remettre moi aussi ma vie dans le bon sens. Les études c'est bien, mais si je veux m'envoler comme ma grand-mère, il me faut du fric. Consultée sur ce point, Gladys hausse les épaules avec fatalisme :

— Je ne vois guère que la prostitution.

Je ne lui dis pas que la prostitution entre de toute façon dans mes projets. Mes motivations sont trop tordues et trop inavouables, mieux vaut qu'elle me croie prise à la gorge par la nécessité.

— Comment je dois faire ?

— Tu ne veux quand même pas que je sois ta maquerelle ?

Elle rit comme une folle à cette idée, ce qui a pour effet de réveiller les canaris et de les agiter dans leurs cages. Heureusement que celle d'Oreste est voilée de son brocart habituel, car « maquerelle » fait sûrement partie de son vocabulaire, et aurait déchaîné son répertoire égrillard. Or, il faut que nous ayons les idées claires pour discuter du commerce que je vais faire de mon corps.

— Je pensais mettre une annonce sur Internet.

— Internet, je n'y connais pas grand-chose, mais c'est sûrement la meilleure chose à faire, effectivement. Il faut juste que tu réfléchisses à la façon dont tu vas faire le tri parmi tes clients.

Je suis un peu déçue qu'elle ne me conseille pas le tapin à l'ancienne parce que je me voyais bien arpenter les rues dans mon mini-short et me pencher aux portières des Merco, mais apparemment Internet est l'avenir du racolage, même aux yeux de Gladys, qui n'en fait pourtant qu'un usage minimal. Tout en allant de cage en cage pour changer l'eau et les graines de ses serins, elle réfléchit activement à la question cruciale de l'écrémage des gogos :

— Il faut absolument que tu les aies au téléphone : il y a beaucoup de choses qu'on perçoit à la voix.

— O.K. Je vais mettre mon numéro de portable dans l'annonce.

— Tu comptes faire ça où ?

— Je sais pas. À l'hôtel, non ? Qu'est-ce que vous en pensez ?

— Je ne suis jamais allée à l'hôtel. J'ai toujours fait ça chez moi.

— Ah bon ? C'est pas risqué ? Après, le mec sait où on habite…

— Eh bien oui, ils savaient. J'en ai eu qui se pointaient sans prévenir, ou qui campaient sur mon paillasson. Mais je les ai vite mis au pas.

— Sauf que moi, je peux pas faire ça à la maison. Y a toujours quelqu'un, même dans la journée, ma mère, mon grand-père.

— Ta mère travaille pas ?

— Pas vraiment. Elle faisait un peu de strip-tease, mais je crois qu'elle a arrêté.

— Du strip-tease ? C'est pour ça que tu veux être pute ? Tu suis les traces de ta mère ?

Rien qu'à l'idée qu'il puisse exister la moindre ressemblance, la moindre once de mimétisme entre ma mère et moi, j'ai envie de hurler, mais devant la Gladys originelle, je muselle l'expression de mon horreur :

— Ben non, rien à voir. Ma mère, elle a pas de clients, elle se fait pas payer par les mecs, elle a un salaire.

Et tiens, au fait, son patron c'est Tugra Takdogan, le vieux copain de Gladys. Mais ça, je ne le lui dis pas : ça reste entre ce vieux filou et moi.

— Tu ne m'enlèveras pas de l'idée qu'une strip-teaseuse, ça a beaucoup à voir avec une prostituée. D'ailleurs, ce serait peut-être une bonne idée : que tu fasses du strip-tease ou de la danse topless. Roulée comme tu es, tu n'aurais pas de mal à te faire embaucher. En plus tu as fait de la gym, c'est ça ?

— Ça gagne pas assez. J'ai besoin de beaucoup d'argent : il faut que je puisse me payer un appart'. Pour moi et pour Esteban.

— Ah bon ? Tu prendrais ton frère avec toi ? Tes parents seraient d'accord ?

Je me passerai d'autorisation parentale. Esteban court de gros risques, avec ma mère qui veut se rattraper de douze ans de négligence psychologique, et qui lui dégote désormais des castings et des shootings à tire-larigot. On a ainsi pu voir mon petit frère blond dans les pages ados d'un magazine de vente par correspondance, sans compter qu'il a fait de la figuration dans deux téléfilms tournés dans la région, ce qui a mis ma mère au comble de la joie : oubliée, la carrière de Sweetie, oubliée par la même occasion, la mort de son autre fils, il n'y en a plus que pour le succès naissant du second.

Même s'il ne le sait pas, Esteban est en danger — car concernant ma mère, je n'ai jamais trop su ce qui était préférable : être oublié par elle ou faire l'objet de son suivi fiévreux, obsessionnel, presque amoureux. Certes, l'exemple de Lorenzo pourrait me faire pencher pour la deuxième option, mais celui de Svetlana m'incite à la plus grande prudence. Ma sœur aînée, la chérie de sa mère, donne en effet des signes de dérangement mental, ce dont personne à part moi n'a l'air de s'inquiéter.

Dernièrement, son habillement a pris un tour encore plus folklorique qu'auparavant et elle ne sort plus qu'en costume traditionnel ukrainien, jupes brodées, ceintures tissées, cols montants, pelisses, foulards qu'elle noue autour de son crâne étroit bien que cela accentue son air obtus. Pour autant que je sache, elle a cessé de travailler à la parfumerie où elle était vendeuse depuis l'âge de seize ans. Elle passe ses journées à attendre le retour de son mec, tout en regardant la télé, en surfant sur Internet, ou en devisant sans fin avec sa mère, quand elle ne sort pas promener les chiens.

Elle a grossi dans des proportions faramineuses, ce qui explique peut-être en partie le recours aux longues jupes et aux tuniques ; ses joues tombent, ses yeux sont noyés dans la graisse, mais ma mère s'extasie toujours devant sa beauté et sa grâce inimitables.

Sa façon de manger, à elle seule, aurait pourtant dû alerter le reste de ma famille nombreuse. Certes, chez moi, tout le monde bâfre plus que de raison, mais chez Svetlana la goinfrerie tient du numéro de cirque. D'autant qu'elle a toujours l'air de manger dans un grand sentiment d'urgence et d'angoisse : la fourchette va et vient mécaniquement entre son assiette et ses lèvres luisantes, ses yeux roulent dans tous les sens tandis qu'elle surveille la fréquence à laquelle les autres se resservent, et peu importe le plat — les tripes au cumin de ma grand-mère ou sa calentica, les mauvaises pizzas surgelées ou les raviolis en boîte, c'est la même chose pour Svetlana.

Je crois aussi qu'elle et Fabien se sont mis en tête d'avoir un enfant, ce que tout le monde a l'air de trouver génial, hop là, quatre générations sous le même toit, on manquera un peu de place, mais on a vu que ce n'était pas un problème et que deux petits garçons pouvaient parfaitement se partager cinq mètres carrés pendant douze ans sans que personne n'y trouve d'inconvénient. J'ai bien essayé d'amener Svetlana à davantage de raison, mais elle a fondu en larmes dès que j'ai abordé le sujet, car sa matrice s'avère être un milieu inhospitalier pour quelque embryon que ce soit, ce qui fait qu'elle en est à sa cinquième fausse couche et commence à penser sérieusement à la procréation assistée.

— Écoute, il faudrait peut-être écouter ton corps, non ? Si tu peux pas être enceinte, tu peux pas être enceinte et puis voilà !

C'est quand même un comble que je me retrouve à prôner l'écoute du corps, moi qui suis d'avis que c'est la dernière chose à faire, cœur et corps étant les pires conseillers qui soient — mais bon, je sais que tout discours de complaisance vis-à-vis de ses viscères trouvera ma sœur favorablement disposée et j'enfonce le clou avec une rouerie assumée :

— Il faut pas aller contre la nature, Svet ! Si votre enfant doit venir, il viendra, mais tu dois pas forcer les choses !

— Tu veux dire que si je suis stérile je dois accepter d'être stérile ?

— Ben ouais.

— Même si la science peut quelque chose pour moi ?

— Je te dis qu'il faut que t'écoutes ce que te dit ton corps : et ton corps, il te dit qu'il est pas prêt ! Ça veut pas dire que c'est définitif !

Eh bien non, pour une fois Svetlana ne veut pas écouter son corps, vu que son corps n'est pas d'accord avec ce qu'elle prend pour son cerveau. Elle me dévisage haineusement et secoue ses grosses joues avec détermination :

— Tu sais pas de quoi tu parles ! Tu sais pas ce que c'est d'être amoureuse et d'avoir envie de fonder un foyer avec l'homme que tu aimes !

— Quel foyer ? Vous habitez ici Fabien et toi ! Un foyer c'est quand on a sa propre maison, et vous c'est pas demain la veille ! Surtout que t'as arrêté de bosser !

— Mon foyer, c'est ici. Si t'aimais ta famille, tu comprendrais ce que je veux dire !

Jusque-là ses arguments sont restés sensés et ses propos articulés, mais soudain, devant mes yeux horrifiés, elle se met à débloquer, ses grosses joues cyanosent, ses paupières battent, de la salive s'accumule à ses commissures et elle se lance dans une tirade furibonde dont je comprends un mot sur trois, mais c'est bien suffisant vu qu'il ne s'agit que de m'invectiver et d'affirmer son impérieux désir de reproduction, un désir qui n'admettra aucun obstacle, aucun contretemps, un désir qui renversera tout sur son passage, moi y compris, moi surtout, qui ne suis qu'une sale pute.

« Pute » est l'insulte préférée de Svetlana, et bien qu'elle l'emploie à tout bout de champ et sans discernement, c'est un vocable tout à fait approprié en ce qui me concerne — sauf que ma sœur n'a pas à le savoir. Une demi-heure avant d'avoir avec elle cette conversation qui n'en est pas une, j'ai mis en ligne sur Lovesita une annonce soigneusement calquée sur toutes celles que j'ai pu lire jusqu'à présent : « Nouvelle dans votre ville, je suis une jolie blonde de dix-huit ans, 175 cm, 60 kg, 90 C entièrement naturel. Je propose des réjouissances érotiques sans prise de tête. Je ne réponds pas aux appels masqués, SMS, e-mails. Dites-moi que vous m'avez vue sur Lovesita. Bisous. »

Comme on le voit, je n'ai pas promis de massage anal ni garanti de rendez-vous inénarrables de plaisirs : je compte sur mes photos pour appâter le chaland, trois clichés soigneusement choisis parmi tous ceux que Gladys a pris à ma demande. Ma sœur a raison, je suis une sale pute, qui pose cul nu et en talons aiguilles, vêtue en tout et pour tout d'un soutien-gorge oriental à franges turquoise et sequins dorés que je lui ai emprunté pour l'occasion.

Gladys se montre très consciencieuse et très professionnelle en tant que photographe de charme, et de toute façon je vois mal à qui j'aurais pu demander ce service si particulier. La séance a lieu chez elle, avec mon Blackberry Curve. Je me déshabille en un tournemain, me cambre ou me déhanche de façon suggestive — clic, clic, c'est dans la boîte, et ni Gladys ni moi ne ressentons le besoin d'épiloguer.

— On devrait en profiter pour tourner une petite vidéo. On ne sait jamais, ça pourrait servir.

Je reste à poil, dans la chambre de Gladys, un vrai boudoir, parfumé, tendu de rose et encombré de bibelots, un lieu très étonnant quand on la connaît, quand on la voit dans ses hardes laineuses, avec la brosse de ses cheveux grisonnants et son absence de maquillage. Je déambule un moment dans son alcôve, les fesses toujours à l'air, examinant les flacons sur sa coiffeuse, le peignoir japonais sur le valet de nuit, soulevant ici un presse-papiers de jade, là un baguier en opaline dans lequel je retrouve le gros solitaire volé par mes frères. Gladys sourit :

— J'aime les objets.

— Je vois ça.

— Mais je crois qu'il est temps pour moi de ne plus les aimer.

— Pourquoi ça ?

— J'en ai trop. Ça m'encombre. Et puis je n'éprouve plus autant de plaisir à les acquérir, à les accumuler, à les contempler. Alors si tu vois quelque chose qui te plaît, prends-le.

Mais justement, rien ne me plaît de ce bric-à-brac suranné, ni les opalines de foire, ni les coupelles en Wedgwood, ni les sulfures mille-fleurs.

— On la fait, cette vidéo ?

Je reprends ma déambulation, me drape dans le peignoir japonais, pose mon pied sur la coiffeuse et dévoile largement mon entrejambe avant de laisser glisser la soie sur mes épaules de lutteuse, et tant pis pour le contraste comique qu'elles doivent offrir avec la bimbeloterie fragile amassée par Gladys Espérandieu.

— Tu devrais t'épiler. Tu serais étonnée du nombre de mecs qui n'aiment pas les poils.

— Tant pis pour eux. Pas question que je touche à ma chatte. Vous me montrez la vidéo ?

Car elle a beau avoir filmé mon cul sous toutes ses coutures, elle a beau être suffisamment intime avec moi pour me conseiller l'épilation intégrale, je ne me résous pas à la tutoyer. Peut-être parce qu'en six ou sept mois de fréquentation je ne suis toujours pas parvenue à la comprendre ni à la réduire aux formules très simples qui régissent le comportement des autres adultes de ma connaissance.

La vidéo est parfaitement ridicule, mais s'il s'agit de l'utiliser à des fins promotionnelles, elle fera l'affaire. Je quitte Gladys sans plus de manières : de toute façon, nous avons prévu que mes débuts dans la carrière se feraient chez elle et précisément dans le boudoir que je viens de quitter. Tout en rentrant chez moi, je manipule machinalement mon Blackberry, prévoyant déjà les photos que je vais mettre en ligne pour accompagner mon annonce. Je fais défiler les clichés puis affiche mes rares vidéos, mystérieusement numérotées mais apparemment classées par ordre chronologique, et là, bingo, je tombe sur Lorenzo, pirouettant dans notre salon, vêtu d'un de mes justaucorps à incrustations de velours rose et or.

— Coucou Kim, regarde-moi ! Je suis toi !

On entend le rire d'Esteban et ses commentaires à l'arrière-plan, car c'est manifestement lui qui a filmé ce très court métrage, avec Lorenzo dans le rôle principal, Lorenzo arborant la tenue officielle de mon club de gymnastique rythmique, Lorenzo braillant des youhous joyeux et enchaînant les roues et les équilibres en une version grotesque de ce qui a longtemps été mon activité de prédilection. Peut-être sont-ils tombés un jour sur la pile de mes vieux justos et m'ont-ils piqué mon téléphone pour réaliser ensemble cette fine plaisanterie à mon intention, escomptant que je tomberais par hasard sur la vidéo. C'est très exactement ce qui vient de se produire, et si la plaisanterie ne me fait pas rire, ce n'est pas de leur faute. Je ne suis pas immédiatement triste, d'ailleurs, plutôt fascinée par ces images rares et avide de les revoir encore et encore, de fixer dans ma mémoire le sourire éclatant de mon frère trois jours avant sa mort — et qu'on m'explique comment un petit garçon de treize ans peut déborder de gaieté et de vitalité le 3 mai et se suicider le 6.

Je finis par enfouir le Blackberry dans la poche de mon blouson, tout en me disant que nous sommes de plus en plus nombreux dans le monde à avoir avec nous des images de nos morts — bien mieux que d'archaïques photos conservées dans des portefeuilles ; bien mieux que n'importe quel cénotaphe intransportable, des photos, et des vidéos tournées un jour de joie, d'innocence et d'ignorance du malheur sans nom — mais comment ma vie pourrait-elle repartir dans le bon sens après ça ?

C'est pourtant ce qu'elle fait, ne serait-ce qu'en raison de mes études : la terminale littéraire, c'est très exactement ce qu'il me fallait. Non seulement nous passons tout notre temps à lire, à commenter et à traduire des textes, mais dès le premier jour j'ai subjugué les élèves de ma classe. Il faut dire qu'il s'agit pour l'essentiel de créatures disgraciées, petites, maigres, bossues et aussi scrofuleuses que si elles sortaient d'un roman du XIXe siècle. À côté d'elles, je fais figure de cheerleader, ou de déesse scandinave, comme on voudra, mais en tout cas je règne sur ma cour de filles hâves, sans compter trois garçons fourvoyés là et encore moins gâtés par la nature que leurs condisciples femelles.

Les choses sont moins glorieuses sur le plan commercial, puisque mon annonce ne m'a valu jusqu'ici aucun appel sur mon portable. Il faut dire que je pâtis de la concurrence féroce des Annabelle, Brihanna, Madoka ou Sexy Divine, qui n'ont pas flouté leurs visages et se sont fendues d'une prose autrement plus excitante que la mienne : vous pouvez m'entreprendre du côté sombre, je pratique le massage prostatique, je n'ai pas de tabou, etc.

Le jour où un client se profile enfin, je m'empresse donc de lui fixer rendez-vous sans barguigner. Quatre heures plus tard, je suis chez Gladys, vêtue en tout et pour tout d'une parure en dentelle chantilly framboise qui m'a coûté cent quarante-sept euros mais que je compte bien amortir dès la première passe. J'ai aussi une nuisette évasée et semi-transparente, magnifiquement ornée de strass sur les bretelles, que j'ai trouvée dans les tiroirs de Ludmilla. Comme par ailleurs j'ai volé les cent quarante-sept euros à Charlie et Patrick, piochant dans leurs porte-monnaie en alternance et étalant mes prélèvements sur quinze jours, on peut dire que ma famille nombreuse est là pour accompagner mes premiers pas dans le métier.

Le type qui sonne et à qui je viens ouvrir, tout sourire dans ma tenue diaphane, est remarquable d'insignifiance : ni jeune ni vieux, ni brun ni blond, ni mince ni gros, ni séduisant ni repoussant. Dommage : pour ma première fois, je me serais bien frottée à la laideur hors du commun, à la difformité, à la monstruosité, histoire de tester mes ressources mentales. Nous passons tout de suite dans la chambre de Gladys et il ne fait aucune difficulté pour me payer la somme exorbitante de trois cents euros, conformément à ce que stipulait mon annonce.

Étrangement, il ne s'intéresse pas le moins du monde à mon corps sculptural, et pour ce qu'il en a à faire, c'était bien la peine que je donne quelques coups de ciseaux dans ma toison pubienne histoire de l'amener à moins de sauvagerie. Non, tout ce qu'il veut, c'est que je le suce. Renversé sur le lit de Gladys, il ferme les yeux ou fixe le plafond et n'a pas un regard pour moi tandis que je m'acquitte consciencieusement de ma tâche, luttant contre les haut-le-cœur et la tétanisation de mes mâchoires. Il éjacule en trois giclées chiches que je recrache dans le baguier en opaline, profitant de son indifférence totale à mon égard. Hop, finie, terminée, ma première passe. Il se redresse avec un soupir d'aise et me regarde enfin :

— T'es mignonne, dis-moi.

— Ouais.

— C'est quoi ton nom, déjà ?

— Kimmy.

— Tu suces bien, Kimmy.

— Merci.

Je ne sais pas s'il est séant de remercier, mais je le fais quand même. Il ne semble pas pressé de repartir, et je m'avise qu'à son annulaire brille une grosse alliance rainurée.

— T'es marié ?

— Oui.

— Pourquoi tu viens voir une pute, alors ?

Il pourrait s'offusquer de ma question mais pas du tout. Il se recoiffe un peu face au miroir en triptyque de la coiffeuse et me sourit :

— Y a des trucs que je peux pas faire avec ma femme.

— Elle veut pas ?

— J'en sais rien, je lui ai pas demandé.

— Ben alors, comment tu sais qu'elle aimerait pas ?

— C'est pas elle, c'est moi qui veux pas.

— Ah bon ?

— Tu crois quand même pas que je vais demander à ma femme de me faire une fellation ?

— Ben si, pourquoi pas ?

Il me dévisage comme si j'étais folle :

— Je vais fourrer mon zguègue dans la bouche de ma femme ? La bouche avec laquelle elle embrasse nos enfants ? Ça va pas dans ta tête, Kimmy ?

Heureusement, je n'ai pas d'enfants — et si j'en avais, je ne pense pas que je les embrasserais à tout bout de champ. Mais quand même, qu'est-ce qu'ils ont tous avec les bouches ?

— Et en plus, ma femme, elle est dans le *din*.

— Dans le quoi ?

— Dans la religion, si tu préfères.

Il me laisse, il part, très content de lui, rejoindre sa femme qui ne suce pas et qui ne pratique pas la sodomie. Consultée, Gladys éclate de son rire habituel :

— Il y en a plein des comme ça. Ils viennent faire avec nous ce qu'ils ne peuvent pas faire avec leurs légitimes. Moyennant quoi, ils sont très heureux et ils rendent leurs femmes très heureuses. Beaucoup de nanas nous doivent leur bonheur conjugal, Kim, penses-y. Sans les putes, il y aurait beaucoup plus de divorces et de crimes passionnels. Beaucoup plus de délinquance en tout genre, aussi : les mecs ont besoin de tirer leur coup, autrement, ils font n'importe quoi, des bêtises de préférence.

Je vais discrètement rincer le baguier en opaline et désengluer les brillants du solitaire tandis qu'elle pérore sur un ton satisfait :

— J'ai toujours exercé une profession d'utilité publique. Quand j'étais infirmière, je sauvais des vies, et quand je suis devenue pute, d'une certaine façon, j'ai continué.

J'enlève la parure framboise dont on a bien vu le peu d'utilité et je remets mes frusques habituelles, un jeans, un tee-shirt, un perfecto. Gladys me considère d'un air appréciateur :

— Tu es vraiment magnifique.

— Merci. Vous me l'avez déjà dit.

Mais j'en ai marre de remercier pour des compliments qui n'en sont pas et j'ai hâte de quitter ce boudoir étouffant.

— Alors, tes premières impressions ?

— Sur la prostitution, vous voulez dire ?

— Oui. C'était ta première passe, quand même : tu ne veux pas qu'on fête ça ?

C'était ma première passe et mon deuxième partenaire sexuel, alors oui, je veux bien qu'on fête ça dignement, Gladys et moi, champagne pour toutes les deux ! Nous trinquons et je quitte mon ogresse sur la promesse de revenir bientôt, client ou pas.

Sur le chemin du retour, mes trois cents euros

dans la poche arrière de mon jeans, je laisse l'allégresse me gagner. Une bonne chose de faite. Ce n'était pas si difficile. D'une certaine façon, je n'ai rien senti. Évidemment, pour sucer, c'est mieux d'avoir du désir, mais j'ai décidé de bannir le désir de mon existence. J'ai hâte de me retrouver en cours, de toiser les pucelles de ma classe du haut de mon secret : non seulement, et contrairement à elles, j'ai une vie sexuelle, mais en plus elle est entièrement vénale — et à tout prendre, la vénalité me semble préférable à toute autre motivation.

## 23. L'ODEUR DU SANG (III)

Ainsi la vie repart-elle dans le bon sens. Du côté d'Alger, les nouvelles sont bonnes : Jean-Pierre a rapatrié en métropole tout son petit groupe de roumis nostalgiques à l'exception de ma grand-mère, qui nous a signifié son intention de prolonger son séjour par un coup de fil hâtivement passé à Charlie. Après avoir joué un temps les veufs inconsolables, ce dernier semble d'ailleurs très bien s'accommoder de la situation, à croire qu'il n'a jamais été marié, et j'ai toutes les peines du monde à obtenir de lui quelques renseignements :

— Mais elle habite où, Claudette ?

— Je sais pas, moi, chez une amie apparemment.

— Mais comment elle fait pour vivre ? Elle a de l'argent ?

— Faut croire. De toute façon, là-bas, c'est le tiers-monde : tu vis pour rien. Et puis, quand elle aura plus d'argent, tu vas la voir rappliquer, la Claudette.

— Si tu l'as au téléphone, tu lui diras de me rappeler ? Ou de m'envoyer un mail ?

— Tu crois que ta grand-mère sait ce que c'est un mail ?

— Oui, elle sait : je lui ai montré comment faire.

— O.K., O.K., je lui dirai.

Il s'en fout. Complètement. De sa femme, de moi, de tout ce qui ne touche pas à la routine confortable qui lui sert d'existence terrestre : ses repas à heure fixe, l'apéro avec ses copains, le boulodrome sous les platanes, ses recherches oiseuses sur Internet, un peu de télé avant de se coucher, et hop au lit.

Toute ma famille nombreuse passe beaucoup de temps sur Internet, à commencer par ma mère, qui envoie des mails, répond à des enquêtes d'opinion et fait des concours pour gagner son poids en chocolat, des produits ménagers ou des coffrets DVD. De son côté, Svetlana court les sites et les forums de femmes en mal d'enfants, puisant un étrange réconfort dans tous ces comptes rendus de fausses couches, de FIV infructueuses et de rendez-vous chez le gygy.

Le fait est que les femmes en mal d'enfants ont un langage à elle, dans lequel ma sœur est passée maître : elles font des « pds », elles échangent leurs taux de « hcg », leurs dates de « rdc », leurs adresses de « gygy », quand elles ne sont pas en train de se conseiller des « ttt » à base de Clomid, d'Ovitrelle et de Duphaston — qu'elles dénomment « dudu » parce que dans leur univers linguistique tout est miniaturisé et édulcoré. Les règles sont les « vilaines » dont on redoute la survenue, les spermatozoïdes sont des « zozos », les embryons sont des « brybry » que l'on implore d'être des « warriors » — mais c'est presque pire pour les bébés qu'elles parviennent à maintenir coûte que coûte dans leur ventre inhospitalier : les « bébénous », les « bibous », les « boutdechous », les « pioupious », les « loulous », rien que des mots en « ou », comme si ce son avait vocation à exprimer une tendresse particulière. Elles sont « en essai BB1 » ou « en FC4 », et en désespoir de cause finissent par devenir des « pmettes ». Elles s'attribuent des « fraises », peuvent être « fraise active », « super fraise », « top fraise », « première fraise », « fraise de bronze ou d'argent », mais les explications de Svetlana à ce sujet ne m'ont pas éclairée.

Ma sœur fréquente plusieurs sites et forums de discussion, mais son préféré est le *forum des anges*, destiné à celles qui ne se consolent pas d'avoir expulsé leur « brybry » avant terme — et que ces « brybrys » soient quasi unicellulaires et indétectables à l'œil nu ne change rien à la profondeur de leur chagrin. Le forum est ainsi jonché de stèles bleues ou roses à la mémoire de Maël ou d'Emma, de Johann ou de Syrine. Svet elle-même a soigneusement prénommé ses brybrys et leur voue un culte funéraire particulièrement zélé. J'avoue que le courage m'a manqué pour lui demander sur quels prénoms s'était porté son choix et comment elle avait fait pour décréter s'il s'agissait de filles ou de garçons, car pour autant que je sache, elle n'a jamais dépassé le deuxième mois de grossesse. Bizarrement, ces morts qui n'en sont pas l'ont beaucoup plus affectée que celle de son frère, parfaitement formé et viable celui-là, et qui a quand même passé treize ans sous le même toit qu'elle. Non, elle réserve sa tristesse et sa dévotion à BB1 et BB2, qui n'ont jamais existé que dans son imagination. Ma sœur signe ses posts « futurettemamounette », mais les surnoms des autres sont à peine moins déments : « Louloute », « Audrychou », « doudounette », « Supermimie », « unbbpour2013 », ou

« bidontouron ». On ne dira jamais assez que les gens sont fous.

Il se peut que ma mission soit de sauver Svetlana, et ce d'autant plus que j'ai échoué avec Lorenzo, mais sa bêtise au front de taureau découragerait les meilleures volontés. Elle me fait de la peine, pourtant, quand je la trouve voûtée sur son ordi depuis des heures, n'ayant même pas quitté son pyjama de la journée ni pensé à se coiffer ; ou quand je la vois se jeter sur la nourriture comme si nous étions menacés par la disette.

Déjà éprouvants en temps normal, les repas en famille sont devenus une abomination, et s'il n'y avait pas Esteban, j'éviterais autant que possible de manger avec les autres. Comme il est là et que je veux être en mesure d'apporter un contrepoint aux insanités qui ont cours chez nous, je me mets à table et je regarde ma sœur manger jusqu'à ce que les yeux lui sortent de la tête. Manger ne l'empêche malheureusement pas de parler, et désormais toutes les conversations tournent autour de son désir de grossesse, de son cycle ovarien, de ses follicules, de sa muqueuse utérine, et des « zozos » de son Fabien qui se sont révélés un peu faiblards. Loin de se formaliser de cet humiliant déballage, ce dernier renchérit, rajoute son grain de sel, en vrai spécialiste de la procréation qu'il est devenu :

— Attention, mon nombre de « zozos » est tout à fait normal : quinze millions par millilitre, c'est conforme aux normes de l'OMS.

On sent bien que le seul emploi de ce sigle le remplit d'un orgueil absolument infondé, et il continue dans la même veine, indifférent à mes mines écœurées comme à la gêne visible d'Esteban :

— Non le problème chez moi, c'est la mobilité fléchante et rapide.

— La quoi ?

Fabien se rengorge, tout fier de ce savoir nouvellement acquis :

— Ben ouais, mes « zozos » bougent, mais sur place.

À bien y réfléchir, ses spermatozoïdes lui ressemblent et ressemblent à la plupart des gens : on ne peut pas attendre d'eux des déplacements significatifs ou des parcours spectaculaires. En général, ils vivent comme leurs parents et meurent à l'endroit où ils sont nés : entre-temps, ils vont juste créer l'illusion du mouvement, donner de petits coups de flagelle, çà et là, rien de trop, rien qui soit de nature à les propulser, rien qui soit de nature à les expédier au fond de l'inconnu, où ils risqueraient de trouver du nouveau — ce qui est bien la dernière chose dont ils ont envie.

Histoire de quitter la table au plus vite, Esteban se dépêche d'avaler son dessert, un énième yaourt aromatisé, vu que Claudette n'est plus là pour nous faire sa tourte de blettes sucrée ou ses couronnes à l'anis. Le reste de ma famille nombreuse s'en donne à cœur joie :

— Faut pas vous décourager, les enfants.

— L'essentiel, c'est que t'en aies, des « zozos », parce qu'y a des mecs qu'ont rien !

— Ça s'appelle l'azoospermie !

Fabien glapit presque du soulagement d'être épargné par cette affection infamante. Il n'a pas l'air de se rendre compte que le manque de vitalité de ses « zozos » n'est guère plus glorieux qu'une absence totale de spermatozoïdes dans l'éjaculat. Mais rien que de penser au sperme de mon beau-frère, j'ai le cœur retourné et je sors moi aussi de table, dans l'indifférence générale, tout juste si Svet interrompt sa mastication pour me demander de lui rendre son soutien-gorge oriental. Je les laisse discourir entre eux de ce bébé qui tarde à venir. Comme quoi même les embryons ont plus de discernement que les membres de ma famille nombreuse : à la vue de ce qui les attend, ils tournent casaque, ils réintègrent leurs limbes dare-dare — et comme on les comprend : qui voudrait s'incarner dans ce monde effrayant ?

Les mois ayant passé sans que « bébénou » ne pointe son nez, Fabien et Svetlana sont désormais en FIV. Comment ma sœur de vingt-deux ans a-t-elle pu convaincre le corps médical que sa reproduction relevait d'une assistance médicale, mystère. Du coup, quand Svet n'est pas sur ses forums de « fivettes » ou d'« endogirls », elle est chez son « gygy ». Elle passe aussi beaucoup de temps à décrypter ses prescriptions médicales ou ses résultats de labo, et toute la tribu prophétique s'est mise à parler son jargon, récemment enrichi de nouveaux termes comme « ponction », « transfert », ou « stimulation ovarienne ».

Un jour de février bas et noir comme je les aime, je rentre à la maison en début d'après-midi, espérant n'y trouver personne et avoir un peu la paix. Au pire, Svet sera là, mais très occupée sur son ordinateur. L'essentiel, c'est qu'on ne vienne pas me soûler avec des histoires de castings pour ados, de blastocytes, ou de piqûres de gonadotrophine. La maison a l'air vide, mais je ne me suis pas plus tôt installée à la table de la cuisine, avec un livre et des céréales, que je note sur les tomettes la présence de traînées sanguinolentes dont je remonte la trace jusqu'à la porte des toilettes.

— Y a quelqu'un ?

Un gémissement déchirant me répond.

— Svet, c'est toi ? Je peux entrer ?

Le gémissement s'intensifie et j'entrouvre la porte. Svet est assise sur la cuvette, la tête dans son giron, les bras ballants.

— Qu'est-ce qui se passe ?

Elle se relève, s'adosse au réservoir d'eau et me dévisage sans répondre. Il y a du sang partout. Sur le sol carrelé, les murs, le visage, le ventre et les cuisses de ma sœur, vêtue en tout et pour tout du soutien-gorge oriental qu'elle a récupéré et dont les franges elles-mêmes sont poissées de sang.

— Svet ?

Elle recommence à gémir et se met à trembloter, avachie sur sa cuvette comme une grosse poule, en un pathétique simulacre de couvaison de son œuf clair, ou de son sac embryonnaire, ou de ses glaires sanglantes, ou de quoi que ce soit qu'elle ait expulsé. Je vois bien que je n'en tirerai rien mais j'insiste quand même :

— Svet, qu'est-ce qu'il y a ? T'as encore fait une fausse couche ?

Elle pousse un hululement et abat de nouveau son visage bouffi et maculé entre ses cuisses colossales — comme quoi elle n'a pas tout à fait perdu sa souplesse de nageuse synchronisée malgré une obésité désormais incontestable.

— Allez, viens, tu vas pas rester dans les chiottes ! Où sont tes fringues ?

Je veux bien aider, mais qu'on m'épargne le spectacle de ma sœur hagarde et à demi nue. Qu'on m'épargne aussi la vision de ses débris gestationnels surnageant dans l'eau des toilettes.

Je parviens à la mettre debout, à l'emmener dans la salle de bains et à lui faire enfiler une gandoura de Claudette, un vieux truc qui pend à une patère depuis son départ et que je vais parfois caresser et renifler, parce qu'un peu de son parfum subsiste dans les plis satinés. Svetlana s'assied sur la baignoire, l'air absent, tandis que je lui passe un gant de toilette sur le visage, entre les cuisses et jusque sur les tibias, où le sang a coulé en traînées marronnasses. J'entreprends ensuite de nettoyer les sols où elle a laissé son sillage répugnant. Quand elle m'entend tirer la chasse d'eau, ma sœur sort de son hébétude pour se ruer hors de la salle de bains et planter ses ongles dans mon cou, comme si elle voulait m'étrangler, et c'est peut-être ce qu'elle s'apprête à faire :

— Mon bébé ! Qu'est-ce que t'as fait ? Mon bébé !

— Putain, mais Svet, c'était pas un bébé ! Y avait rien ! C'était que du sang !

Elle se laisse glisser au sol et enlace la cuvette en sanglotant :

— Mon bébé, mon bébé !

— Lève-toi ! On va appeler Fabien. Et puis il faut peut-être que tu ailles à l'hôpital, pour vérifier que tout est bien parti, qu'on te fasse une échographie, tout ça… Tu saignes encore ?

Elle me répond par des marmonnements inaudibles.

— Qu'est-ce que tu dis ?

Elle cesse un instant d'étreindre la cuvette de porcelaine pour me jeter un regard assassin :

— Je dis que je veux mourir ! Je vais me tuer, comme Lorenzo !

Sur ce, elle plaque sa joue trempée de larmes contre l'abattant de bois compressé et laqué, et recommence à sangloter de plus belle. J'ai envie de la secouer, de l'attraper par les longues mèches filasse qui pendent d'un côté de sa tête, l'autre étant depuis peu complètement rasé, un truc vaguement punk et qui fait fureur chez les pauvres filles dans le genre de ma sœur. Je devrais la cogner pour lui apprendre à ne pas mettre sa petite contrariété sur le même plan que le désespoir atroce qui a poussé Lorenzo au suicide. Mais bizarrement, je ne lui en veux pas. Je suis saisie par son chagrin, même si les motifs m'en paraissent ridicules. Après tout, peut-être qu'elle a raison et que je ne peux pas comprendre, moi qui n'ai plus d'amoureux, et pas la moindre envie de fonder une famille. Peut-être qu'il y a quelque chose d'insupportable dans ce camouflet qu'inflige la nature à son pathétique désir de reproduction. Je repense à l'ironie amère avec laquelle les « futurettemamounettes » autoproclamées parlent de « Dame Nature » sur leurs forums. Svetlana elle-même s'est lancée dans les sarcasmes et les dénis bravaches à ce sujet. Qu'est-ce que je sais de la cruauté de la nature, moi qu'elle a gratifiée d'un corps aussi sain que vigoureux, un corps dans lequel la seule circulation du sang et le seul fonctionnement des muscles sont un plaisir ? Je ne suis jamais malade, jamais fatiguée, mais si ce corps parfait se mettait à ne plus me répondre, s'il me refusait le mouvement, la jouissance, ou la procréation, est-ce qu'on ne me retrouverait pas tôt ou tard à sangloter la tête dans les toilettes ?

Surmontant mon dégoût, j'arrache ma sœur aux chiottes familiales, dans lesquelles règne une forte odeur de pisse, vu que Claudette n'est plus là pour nettoyer derrière nous. Patrick et moi sommes les seuls à faire un peu de ménage, mais aucun de nous n'atteint à l'efficacité miraculeuse de notre belle-mère et grand-mère — et c'est pareil en matière de cuisine, j'ai beau faire des efforts, nous mangeons des frites et des pizzas surgelées plus souvent qu'à notre tour.

Je fais gravir à ma sœur les escaliers qui montent jusqu'aux combles que Charlie a aménagés en suite parentale, bien avant que Svet et Fabien ne se lancent dans leurs « essais BB ». Il a fait la même chose pour Ludmilla et Marwan, ce qui fait qu'ils bénéficient à eux quatre de quatre-vingts mètres carrés alors qu'Esteban et moi devons nous contenter de nos réduits respectifs. Je constate à cette occasion que Svetlana a bien du mal à monter les marches et qu'elle arrive en haut à bout de souffle, en nage, et plus congestionnée que jamais. Tandis qu'elle s'affale sur son lit, les bras en croix et le regard dans le vague, je l'observe. Elle a vingt-deux ans mais elle en paraît dix de plus, avec sa poitrine qui croule de part et d'autre de sa cage thoracique, ses bajoues marbrées et ses cheveux abîmés par les décolorations. Elle parle, plus pour elle-même que pour moi, sans quitter des yeux les poutres apparentes du plafond :

— Tu te rends compte ? J'étais presque arrivée à deux mois, cette fois-ci ! Le transfert s'était super bien passé. J'y croyais !

Pauvre Svet, tu serais étonnée du nombre de fariboles auxquelles les gens croient, des illusions ineptes auxquelles ils s'accrochent !

— Pourtant tu savais bien qu'il faut attendre le premier trimestre avant de commencer à tirer des plans sur la comète !

À mon corps défendant, je suis moi aussi devenue une spécialiste en matière de grossesses et d'avortements spontanés. Ma sœur me répond par un long gémissement puis reprend sa diatribe :

— Cette fois-ci, c'était pas comme les autres fois ! J'avais des seins énormes, beaucoup plus gros que d'habitude !

J'ai bien vu en lui enfilant la gandoura que ses seins déjà impressionnants en temps normal avaient effectivement grossi dans des proportions remarquables. Mais bon, vu ce qu'elle bouffe, c'est normal qu'elle ait des seins comme des pastèques : le sein, c'est de la graisse, pas de muscle, rien que des cellules adipeuses qui n'attendent que le moment de pouvoir se gorger de lait et devenir encore plus grosses — beurk, Dieu me préserve de la grossesse et de la montée de lait ; Dieu me préserve d'avoir des seins encore plus gros, les miens me suffisent, merci : 90 C, c'est déjà largement plus qu'il n'en faut pour s'attirer des ennuis et des commentaires inconvenants, sans compter que ça me gêne pour courir, pour dormir, pour tout, même si je comprime les miens dans des brassières de sport, histoire de les oublier complètement.

Ma sœur continue de dégoiser. Bien qu'elle ne souffre d'aucune déformation palatine, d'aucune rhinolalie, d'aucun trouble répertorié de la phonation, elle a tendance à nasonner et bégayer, comme sa mère. Elle revient sur le moment de son transfert d'embryon, et j'apprends que c'est précisément Gladys qui lui a tenu la main à cette occasion — pas Fabien, non, Fabien a juste eu le droit de la ramener à la maison dans leur Fiat Panda, en roulant à deux à l'heure, en évitant les secousses et les coups de frein, comme si elle était un panier d'œufs fragiles. Personne n'a donc jamais dit à ma sœur qu'un embryon, ça n'a rien à voir avec un œuf et encore moins avec un bébé ? Que c'est gros comme un quart de tête d'épingle, que ça ne pèse rien, et que c'est d'autant moins soumis à la force de gravité que ça s'implante dans les cryptes visqueuses de l'endomètre ?

Sauf qu'en l'occurrence l'implantation a échoué et que ma sœur inconsolable n'en finit pas de revenir sur ce moment magique où, cramponnée à la main de sa mère, elle s'est sentie fécondée, irriguée, infusée, futurettemamounette à fond. Finalement, elle n'a même plus besoin de son mec, et c'est peut-être pour ça qu'elle a sauté sur l'idée d'une procréation médicalement assistée alors qu'elle n'a pas vingt-trois ans. La procréation médicalement assistée, quand on n'aime pas baiser, c'est génial. Ça vous permet d'évincer votre partenaire et de faire ça avec une mère, une sœur, une copine, la personne de votre choix, celle que vous aimez vraiment et qui n'est pas forcément votre donneur de sperme attitré. Ça vous permet aussi d'avoir affaire à un cathéter plutôt qu'à un pénis en érection, et ça c'est appréciable si comme la plupart des femmes on a développé une phobie de l'appareil génital masculin.

C'est un des enseignements que je retire de ma pratique occasionnelle de la prostitution : si les hommes viennent me voir, c'est généralement parce que leurs femmes refusent d'avoir des rapports sexuels. Elles ne sont pas juste réfractaires à la fellation, à la sodomie ou au bondage, non, elles rejettent tout en bloc, tout leur inspire la même horreur définitive.

— Elle ne veut même pas poser la main sur mon sexe, tu te rends compte ?

— Ah bon ?

— Ouais, pas question qu'elle y touche. Elle le regarde même pas.

Je jette un œil au sexe en question, à présent alangui sur la cuisse de son propriétaire, mollement incurvé, en pleine phase de rétractation vu qu'il vient juste de me tringler. Il est plutôt pas mal, de proportions modestes mais d'une jolie couleur bistre, rien qui justifie la répulsion qu'il inspire à l'épouse légitime de mon client, un habitué désormais, un type qui vient une fois par semaine, tire paisiblement son coup, me fait cinq minutes de causette et puis s'en va. Et j'en ai plein, des comme ça : des pères tranquilles plutôt que des fous du cul, des mecs qui voudraient juste un peu de considération pour ce qu'ils ont entre les jambes.

Car ce qu'il faut savoir, c'est que la plupart des mecs adorent leur queue. Oui, je sais, ça paraît fou, mais de sept à soixante-dix-sept ans, ils éprouvent tous le même petit choc de plaisir en la redécouvrant tous les matins, d'autant qu'en général ils tiennent une bonne trique au réveil. Ça aussi, je tiens à le dire et à en informer la population féminine mondiale : la plupart des hommes tirent une fierté considérable de leurs érections et attendent de leurs partenaires un émerveillement semblable au leur. Or, quatre-vingt-dix fois sur cent, ils tombent sur des nanas que l'érection effraie et dégoûte. C'est comme ça, c'est une des nombreuses lois ineptes de l'existence : ils ont très peu de chances de rencontrer une fille comme moi, qui sans être une chaudasse trouve sympathique et commode que les hommes soient dotés d'un appareil génital spectaculaire, plutôt que d'un système reproducteur discrètement tapi derrière la toison pubienne et essentiellement planqué à l'intérieur, comme le nôtre.

Bref, pour en revenir à ma sœur, elle fait tout simplement partie des quatre-vingt-dix pour cent de nanas qui se passeraient volontiers du coït. D'autant qu'elle n'a finalement qu'un seul amour, et c'est sa mère. Si Fabien pouvait féconder Svetlana et se tirer dare-dare, ne plus interférer dans le tendre tête-à-tête que Gladys et elle ont depuis toujours, je crois que ma sœur serait la plus heureuse des femmes. Mon idée, d'ailleurs, c'est que ce qui vaut pour Svet vaut pour la plupart des gens : non seulement la baise les effraie et les fatigue, mais en plus ils baisent rarement la bonne personne. Car l'autre idée que m'inspire ma sœur, et plus j'y pense plus je suis convaincue de sa justesse, c'est qu'on n'a qu'un amour dans la vie, et qu'en général on ne va pas le chercher très loin, une mère ou un père faisant malheureusement l'affaire. Avec un peu de chance, on fait sa fixation amoureuse un peu plus tard, comme moi avec Sven, ou comme Charonne avec Lorenzo. Mais de toute façon, on n'a pas assez de ressources sentimentales pour former plus d'un couple au cours d'une existence. Le mien, c'est avec Sven. J'ai beau ne plus l'aimer ; j'ai beau avoir couché avec quatre-vingt-treize mecs depuis notre rupture ; j'ai beau avoir eu des coups de cœur pour Lucie, pour Anna Bessonova, pour Charonne ; j'ai beau savoir qu'il m'arrivera encore de tomber amoureuse, plus personne ne me fera éprouver ce que j'ai éprouvé pour Sven. Ça n'a lieu qu'une fois et il n'y a pas lieu de le regretter. La seule chose qui soit regrettable, c'est ce qui est arrivé à Svetlana : tomber amoureuse de sa propre mère et ne plus pouvoir se dépêtrer de cet amour. Mais c'est tellement facile d'aimer sa mère, son père ou son frère ! C'est tellement plus simple que de s'amouracher d'un étranger avec qui on ne partage ni gènes, ni langage, ni souvenirs communs ! Comment s'étonner que la plupart des gens choisissent cette facilité, cette sécurité et cette continuité ? Gladys Espérandieu, à qui j'expose confusément ma théorie, commence par s'insurger :

— Qu'est-ce que c'est que ces bêtises ? Tu crois qu'on a une âme sœur, c'est ça ? Une et une seule ? Je ne te croyais pas si romantique.

— Non, c'est pas ça. Je crois juste que l'amour n'a de sens que s'il est neuf, intense, brûlant. On ne peut s'en servir qu'une fois. Après c'est mort une fois pour toutes. Plus personne ne nous fera repasser par là. Il n'y a qu'un amour, et c'est le premier. Et on ne forme qu'un seul couple. Les autres sont des produits de substitution. Ça n'empêche pas l'affection, l'estime, le désir, tout ça. Ça n'empêche même pas le bonheur. Le problème pour beaucoup de gens, c'est qu'ils vont tomber amoureux de leur père ou de leur mère, comme ça, par manque de bol, parce qu'aucun autre objet ne s'est présenté avant. Mais attention, hein, rien à voir avec l'Œdipe ! Ils peuvent faire leur fixation sur le parent du même sexe, sur un frère, une sœur, un voisin, un instit, un copain de maternelle...

— Plutôt Lorentz que Freud, alors ? Les oies cendrées ?

— Les oies cendrées ?

— Tu ne connais pas Konrad Lorentz ? C'est dommage. Bref, c'est un biologiste qui a démontré que les oisillons s'identifient et s'attachent au premier être vivant qu'ils rencontrent pendant une période sensible, les premiers jours en général. C'est la théorie de l'imprégnation. Tu en as entendu parler ?

— Oui, il me semble. Eh ben, voilà, c'est pareil pour les humains. Sauf que notre phase d'imprégnation doit être plus tardive que pour les oies cendrées. Si ça se trouve, on peut avoir sa phase d'imprégnation à sept ans, ou à treize, voire plus tard encore.

— Note que je crois bien que Lorentz disait que l'oisillon pouvait même s'attacher à un objet, pourvu qu'il bouge un peu : un train électrique, par exemple. Et que ça déterminait le comportement sexuel qu'il aurait par la suite.

— Ça m'étonne pas. Moins c'est vivant, plus c'est facile. Et moins c'est humain, moins c'est problématique. Y a qu'à voir ma mère avec ses chiens.

— Comment ça, ta mère avec ses chiens ?

— Je pense que pendant sa phase d'imprégnation, elle a rencontré un bouledogue ou un fox-terrier, vu qu'elle aime ses chiens plus que ses propres enfants, plus que mon père, même. Et je parle de ma mère, mais y a des tas de gens qui préfèrent aimer leurs animaux. C'est moins d'emmerdes.

— Tu dis ça pour moi ? À cause d'Oreste et Beau-Minon ?

— Non. Vous, je sais que vous aimez les gens. Ce que je sais pas, c'est qui a été votre seul grand amour.

— Tu tiens vraiment à cette histoire ?

— Réfléchissez-y : vous verrez que ça marche, ma théorie.

Je ne crois pas l'avoir convaincue, mais pour ce

qui est de Svetlana, le doute n'est pas permis : à part sa mère, elle se fout du monde. Le pauvre Fabien a du souci à se faire. D'autant qu'en ce qui le concerne, sa fixation amoureuse s'est faite sur ma sœur, qu'il a rencontrée en BEP vente action marchande, alors qu'il était en plein dans sa phase sensible, bingo ! Dans l'amour, comme dans presque toutes les affaires humaines, l'entente cordiale est le résultat d'un malentendu. Ce malentendu, c'est le plaisir. L'homme crie : Ô mon ange ! La femme roucoule : Maman ! maman ! Et ces deux imbéciles sont persuadés qu'ils pensent de concert — ce n'est pas moi qui le dis, c'est le seul Charles qui vaille, mais je ne parviendrai jamais à convaincre de la justesse de ses vues ceux qui en sont pourtant la plus parfaite illustration.

Le jour de la sixième fausse couche de Svet, Fabien rapplique dare-dare et s'agenouille au pied du lit où elle gît toujours, lavée et rhabillée par mes soins. Je lui ai épargné la vision choquante de sa bien-aimée couvant leur œuf clair sur son nid sanglant, mais n'allez pas croire qu'il me soit reconnaissant de quoi que ce soit. Il n'en a que pour sa Svetlana, sa puce, son cœur, son chaton, et il couvre de baisers implorants les mains boudinées et chargées de bagues qu'elle lui abandonne mollement. Il pleure, lui aussi, avec des sanglots aussi déchirants que ma sœur tout à l'heure. Il n'a pas encore compris qu'il n'a pas droit au chagrin ou plutôt qu'il doit en modérer l'expression pour laisser à ma sœur la préséance en matière d'affliction. Celle-ci recommence à barjaquer, lui donnant force détails scabreux dont il n'a nul besoin et dont je me passerais volontiers aussi. Notez bien que je pourrais quitter leur chambre, les laisser tous les deux seuls en ce moment douloureux de leur vie quasi conjugale, mais je n'y pense pas un seul instant tellement je suis fascinée par la façon dont ma sœur passe des jérémiades aux griefs, retrouvant son visage habituel, cette mine dure et bougonne qu'on lui voit en permanence. Je finis par comprendre que tout est de la faute de Fabien et de ses zozos faiblards. Oubliée, pour la circonstance, l'endométriose dont Svet est censée souffrir.

— Putain, j'aurais dû m'en douter que ça marcherait jamais ! La gygy nous l'avait bien dit, que tes spermatozoïdes étaient asthéniques !

Ma sœur n'a jamais eu autant de vocabulaire que ces derniers temps, depuis que sa vie se passe en consultations médicales et en fréquentation de sites spécialisés.

— Et en plus, tu fais aucun effort, tu continues à porter des slips serrés et à mettre ton portable dans la poche ! Et tu prends pas tes vitamines ! Y a que moi !

Effectivement, Svetlana se bourre de probiotiques et d'oligoéléments, des gélules bicolores qu'elle enfourne par poignées, tandis que Fabien rechigne à avaler son unique comprimé de Supradyn.

— Et tu continues à manger n'importe quoi alors que la gygy t'a dit et répété que l'alimentation influait sur la qualité du sperme ! Mais non, monsieur n'en fait qu'à sa tête et préfère bouffer de la merde plutôt que de me faire un beau bébé ! Mais après, t'étonne pas que ton sperme aussi, ça soit de la merde !

Toujours agenouillé sur la moquette, Fabien fait de la peine. Au lieu de se défendre, de répondre à ma sœur que des deux, elle est certainement celle qui avale le plus de merde, des Oréo et des Twix à longueur de journée, des bacs de glace à la vanille, des viennoiseries en tout genre, du fromage par kilos — sans compter la charcuterie corse dont les parents de Fabien nous approvisionnent vu qu'ils sont à la fois corses et charcutiers : coppa, bulagna, pancetta, pâté de sanglier aux châtaignes, figatelli, rien n'effraie ma sœur, sa vie est une sorte de brunch perpétuel, mais c'est Fabien qui se voit reprocher son hyperphagie.

— Tu sais quoi ? T'es qu'un porc, et les porcs n'ont pas d'enfants : au mieux, ils font des porcelets ! Je vais te quitter, Fabien, je te préviens, si t'es pas capable de changer !

Fabien est aux abois : il se tord littéralement les mains, il pleure comme un enfant, avec des hoquets et des reniflements, sans même prendre la peine d'essuyer ses larmes et sa morve :

— Dis pas ça, ma puce ! On va réessayer ! Je ferai des efforts, je te jure ! Svet, dis pas ça ! On va l'avoir, ce bébé !

Sur ce, ma mère survient, probablement prévenue par un SMS de Svetlana qui n'a pas cessé de pianoter frénétiquement sur son téléphone depuis que Fabien est rentré. Aussitôt, le ton change, ma sœur interrompt sa mercuriale pour éclater en sanglots déchirants :

— Je l'ai perdu, maman, j'ai perdu mon bébé !

Que dire ? Que faire ? Ils sont là tous les trois, unis dans leur chagrin incontestable. J'ai le droit de penser qu'ils ont tort, j'ai le droit d'estimer qu'il n'y a pas là matière à s'affliger outre mesure, mais le fait est qu'ils souffrent. J'ai aussi le droit de penser que la mort de Lorenzo ne les a pas affectés à ce point et que c'est dégueulasse de verser autant de larmes sur un brybry même pas viable alors qu'on a à peine pleuré la mort d'un enfant qui a vécu treize ans, mais là aussi, il n'y a rien à dire, rien à faire, juste à constater qu'ils sont fous.

Passé un premier moment de compassion et d'effusion, ma mère commence à son tour à accabler Fabien :

— C'est ta faute, aussi ! L'autre jour, c'est Svet qui a rentré les courses : tu l'as laissée porter tous les sacs toute seule !

Non content d'avoir les zozos en berne, Fabien est un gros connard égoïste. Il a beau protester, jurer que les sacs étaient légers, et que Svet l'a pris de vitesse, ma mère n'en démord pas :

— Une femme enceinte, c'est fragile ! Et j'en sais quelque chose : j'ai eu cinq enfants, moi ! Et jamais Patrick m'aurait laissée porter quoi que ce soit quand j'attendais un enfant ! Il a ses défauts, mais jamais il aurait fait ça !

Ma mère, qui n'est jamais la dernière à débiner son conjoint, lui trouve toujours des qualités insoupçonnées quand il s'agit d'asseoir quelque argumentation. Tout d'un coup, Fabien en prend plein la gueule, ma mère et ma sœur se relayant pour le pourrir :

— De toute façon, tu penses qu'à ta pomme ! Je l'ai dit à Svet, qu'elle méritait mieux qu'un mec comme toi !

— Elle a raison, ma mère, Fabien ! Je pourrais trouver nettement mieux ! C'est pas les prétendants qui manquent !

On voit mal comment Svetlana, qui ne travaille plus, qui n'a pas d'amis, qui ne sort que pour faire les courses à Carrefour ou pour promener les chiens, qui passe son temps sur des forums de femmes stériles et qui a pris vingt kilos en six mois ; comment cette Svetlana dont la vie sociale se résume aux rendez-vous qu'elle a chez le gygy, pourrait avoir rencontré quelque prétendant que ce soit, mais Fabien pousse un nouveau cri éperdu à cette révélation et enfouit son visage bouleversé dans le couvre-lit, tandis que sa main droite cherche à tâtons celle de ma sœur pour s'y cramponner désespérément. Celle-ci, qui a décidément recouvré tout son sang-froid, enfonce un nouveau clou acéré dans le cœur de son doudou — puisque telle est la tendre dénomination qu'elle lui donne quand elle poste sur le forum des endogirls ou des fivettes 2013 :

— Je suis sûre qu'avec un autre, j'aurais même pas besoin de FIV ! Je suis sûre que ça marcherait tout de suite !

Après tout, comme je suis là, je décide de rétablir un peu de justice et de vérité :

— Mais Svetlana, t'as une endométriose ! C'est pas que la faute de Fabien !

Ma sœur et ma mère me retournent le même regard scandalisé :

— Tu peux très bien tomber enceinte avec une endométriose !

— Ben si ça se trouve, Fabien, il peut mettre une autre fille enceinte naturellement !

À cette seule idée, Fabien se récrie, sans comprendre qu'il tient là sa riposte et une façon d'assurer sa mainmise sur ma sœur, si tant est que ça l'intéresse de rester avec une nana qui ne l'aime pas, qui le traite comme une merde et le considère au mieux comme un donneur de sperme :

— N'écoute pas Kim ! J'ai pas du tout envie d'avoir un bébé avec une autre !

Svetlana le dévisage avec une stupéfaction horrifiée :

— Ben j'espère bien ! Il manquerait plus que tu me trompes !

C'est trop pour moi, je jette l'éponge. Je les laisse régler ça entre eux. Pauvre Fabien ! Non seulement il n'a plus le droit de baiser sa Svetlana autrement que par pipettes interposées, mais en plus il est bafoué dans sa virilité. Et en même temps, pourquoi le plaindre puisqu'il préfère se traîner aux pieds de ma sœur plutôt que de s'émanciper dignement ? Je m'en vais avant d'assister à la curée, avec ma mère en grand veneur et ma sœur en chien courant. Il me semble qu'il y a suffisamment de chiens autour de moi ; il me semble que le sang a suffisamment coulé.

## 24. COMME UN MILLION D'HELMINTHES

En attendant le jour où je pourrai quitter ma famille nombreuse pour vivre all by myself, je continue à m'adonner à la prostitution, mais je dois dire que je n'ai pas attendu la dixième passe pour déchanter. Le seul Charles qui vaille ne s'est jamais prostitué : c'est la seule explication que je trouve à ses errements. Car si je veux bien croire que tout amour est prostitution, je peux garantir que la prostitution n'a rien à voir avec l'amour et tout avec l'ennui. S'il n'y avait pas mon compte courant, mon PEL et mon livret A, j'aurais laissé tomber depuis longtemps. Faute de pouvoir le faire, j'endure toutes ces mornes étreintes en me récitant *in pectore* tous les poèmes que je connais, ce qui fait que mes lèvres bourdonnent de vers qui m'échappent parfois à des moments inopportuns et à la grande surprise de mes clients :

— C'est le diable qui tient les fils qui nous remuent !

— Qu'est-ce que tu dis ?

Il a la trentaine, un petit ventre rond et triste qui remue depuis un moment mais assez vainement au-dessus du mien, cette ogive satinée, bronzée — et même huilée pour la circonstance, vu que je me suis aperçue que ça constituait un argument de vente, et que les culs des autres escort-girls luisaient et clignotaient comme des boules de Noël sur les annonces en ligne. Quoi qu'il en soit, voilà mon client qui débande en dix fois moins de temps qu'il ne lui en a fallu pour obtenir une érection exploitable. Je sens que je vais devoir reprendre à zéro le fastidieux processus qui l'avait rendu opérationnel — ça m'apprendra à tenir ma langue.

— T'as parlé du diable, là ?

Hou là là, pour peu que je sois tombé sur un bigot, c'en est terminé de son excitation, il va vouloir reprendre son fric et partir en fulminant, toutes choses désagréables que je dois absolument éviter.

— Ben non. Qu'est-ce que tu crois ?

— T'as dit : c'est le diable qui tient les fils qui nous remuent !

— Mais non ! T'as des hallucinations auditives, ou quoi ?

Il se rhabille en quatrième vitesse tout en me dévisageant avec horreur, mais contrairement à ce que je redoutais il ne me réclame pas le montant de mon tarif horaire, mes trois cents euros qu'il a consciencieusement posés sur la table de chevet. Au lieu de filer comme un voleur, il me gratifie même d'une poignée de main affectueuse :

— T'as raison, Kimmy, c'est le diable qui nous pousse à faire tout ça !

— Tout ça quoi ?

— Toi te prostituer, et moi aller voir des prostituées.

— Le diable n'existe pas.

— Je crois que t'es une bonne fille et qu'au fond t'as honte.

Pour trois cents euros et à défaut de l'orgasme escompté, je peux bien lui faire ce plaisir, le laisser croire que je suis une pute honteuse et hantée par la peur de l'Enfer. D'autant qu'il s'en va sans me laisser argumenter.

Dès qu'il a tourné les talons, Gladys fait irruption. C'est notre habitude : après le départ du client, elle vient discuter avec moi, en général autour d'un verre de ce whisky auquel elle m'a convertie.

— Alors ?

— Mortel. Il a même pas joui.

— Ce n'est pas ton problème.

— Il faut dire que j'ai un peu déconné.

Je remets mes fringues habituelles et range ma tenue de gala dans le tiroir de sa coiffeuse.

— Vous avez besoin de fric ?

— Non, ça va.

Nous sommes convenues que je lui verserais un petit pourcentage, mais elle n'est pas âpre au gain et décline souvent mes offres.

— Putain, qu'est-ce que c'est chiant !

— Ma chérie, si tu préfères être caissière à Carrefour, ne te gêne pas !

— Je préfère pas, mais qu'est-ce que je m'emmerde !

— C'est marrant, moi, je ne me suis jamais ennuyée.

— C'est parce que vous êtes une vraie bonne sœur : finalement, vous ne faisiez pas ça que pour l'argent.

— Si tu n'y mets pas un peu de sens, c'est effectivement un métier très ennuyeux. Mais pas plus qu'infirmière, si tu veux mon avis.

— Mais j'y mets du sens ! Je me sens utile !

N'empêche que c'est toujours pareil et que chaque minute dure des plombes !

— Tu peux essayer de pimenter un peu.

— Mais comment ? De toute façon, ils veulent tous la même chose ! Quand c'est pas la fellation, c'est la sodomie, et quand c'est pas la sodomie, c'est la fellation. Sans compter qu'ils la veulent sans capote.

— Ils ne te réclament jamais des trucs un peu hard ?

— C'est très rare.

— Le mec de tout à l'heure, il voulait quoi ?

— Du sexe à la papa. Tranquille.

— Écoute, tu t'es fait trois cents euros en une demi-heure : qu'est-ce que tu veux de plus ?

— Mais rien, Gladys ! C'est juste que je m'attendais à autre chose.

— De toute façon, il va falloir que tu lèves un peu le pied : tu as ton bac à réviser.

— Je sais. En même temps, je croule pas sous les clients.

— C'est ta faute. Ton annonce est nulle.

— Je sais. Je propose ni CIM ni CIF. Et je suis pas GFE. J'ai pas envie.

— Qu'est-ce que c'est que ça ?

— Des trucs que vous avez toujours faits sans le savoir. GFE, ça veut dire que je suis leur girlfriend pour une heure, donc que j'accepte qu'ils m'embrassent, qu'ils me caressent... Et CIM, c'est come in mouth. J'accepte en général, mais pas quand le mec me dégoûte trop, ce qui fait que je le mets pas sur l'annonce.

— Bon, pour CIF, je crois que j'ai compris. Tu ne le fais pas non plus ?

— Si… Mais je me laisse le droit de refuser, pareil que pour CIM.

Gladys va et vient dans sa petite chambre, retape le lit, époussette une étagère, jauge d'un œil critique l'agencement des bibelots sur sa coiffeuse.

— Tu me laisserais regarder quand tu te fais faire une éjaculation faciale ?

— Je savais pas que vous aviez envie de regarder.

— Je ne le savais pas non plus, c'est récent.

— Vos propres clients vous suffisent pas ?

— Je n'en ai plus tellement. J'ai pas mal d'habitués qui sont morts, ces deux dernières années. Et puis, j'ai plus vraiment de quoi appâter le chaland.

Elle jette un regard fataliste au miroir à trois faces de sa coiffeuse, qui lui renvoie son reflet fatigué, plus matriochka que jamais avec sa poitrine informe sous ses épaisseurs de laine bouillie, ses cheveux clairsemés, ses bajoues ballantes, sa ptose palpébrale et le plissé solaire autour des lèvres qu'elle ne prend même plus la peine de badigeonner de rouge, comme elle le faisait encore il y a un an.

— Vous êtes pas mal.

— Ne me raconte pas d'histoires : je suis affreuse.

— Mais vous travaillez encore, non ?

— De moins en moins. À part Tugra, que tu connais, plus personne ne vient. Mais Tugra a des goûts spéciaux : il ne couche qu'avec des vieilles, des grosses, des naines, des unijambistes…

— Et ma mère.

— Ah bon ? Tu ne m'avais pas dit ça.

— Je vous le dis.

— Alors ? Tu me laisserais regarder ? Tu t'arranges pour que le mec me tourne le dos et je reste à la porte : dès qu'il a fini sa petite affaire, je m'éclipse.

— Si vous voulez, mais je vois pas bien ce que ça peut vous apporter.

Elle soupire et me ressert un doigt de ce Yoichi douze ans d'âge dont elle m'a appris à apprécier les surprenants arômes médicinaux.

— Moi non plus… C'est juste que…

Elle ébouriffe ce qui lui reste de cheveux avec un tel air de découragement que mon cœur fond :

— Écoutez, Gladys, si vous voulez regarder, regardez. Et même si vous voulez un plan à trois, y a pas de problème.

Elle rit, j'arrive encore à provoquer son rire magnifique :

— Kim, tu es gentille, mais je risque de faire fuir tous tes clients. Non, écoute, la prochaine fois que tu fais une éjac' face, arrange-toi juste pour me prévenir.

— O.K. Mais j'ai un truc à vous demander en échange.

— Dis.

— Le 6, c'est l'anniversaire de la mort de Lorenzo. On fait un truc au cimetière, avec ma famille. Une sorte de commémoration. J'aimerais que vous veniez.

— Ta grand-mère sera là ?

— Elle est toujours en Algérie. D'ailleurs, j'aimerais bien que votre copain Jean-Pierre aille la voir la prochaine fois qu'il va à Alger. Parce qu'elle donne quasiment pas de nouvelles. J'ai eu deux mails en six mois.

— Je lui dirai. Et d'accord, je viendrai au cimetière. Ta mère saura qui je suis ?

— Pas la peine.

Au jour dit, tout le monde se retrouve devant la tombe de Lorenzo, à commencer par nos trois chiens, dont ma mère parvient tout juste à contenir les débordements : ils s'agitent au bout de leur laisse, ils gémissent, ils laissent traîner leur langue affreusement rose sur le granit et compissent les stèles avoisinantes. Ma mère finit par les attacher à un cyprès, histoire de se recueillir devant la photo où sourit son fils disparu, plus roux et plus édenté que jamais. Son homonyme se tient en retrait mais n'en perd pas une miette. Après tout, ils sont tous là, ma tribu prophétique au grand complet : Fabien et Svetlana réconciliés, Ludmilla et Marwan tendrement enlacés, Charlie sur son trente et un mais s'ennuyant ferme, mon père incapable de retenir ses larmes, et Esteban avec l'air lointain et pas concerné de celui qui n'a jamais eu de frère et comprend mal ce qu'il fait dans un cimetière. Sven s'est pointé aussi, sans me demander mon avis. Peut-être pour se venger d'avoir été évincé l'an dernier. Mais il a beau me toiser d'un air provocant, je l'ignore. Le connaissant, je sais qu'il n'aurait rien contre l'idée d'un petit coup tiré vite fait entre les tombes, ou pourquoi pas dans un caveau désaffecté, mais j'en ai fini avec Sven et avec l'amour pour le plaisir : s'il veut m'avoir, c'est trois cents euros.

Charonne est là aussi. Et malgré la tristesse dont je suis pénétrée, je ne peux pas empêcher mon cœur de bondir de joie à la reconnaître et à la voir si belle entre les tombes. Elle est comme d'habitude d'une élégance irréprochable, vêtue d'une petite robe de soie gris perle que vient spectaculairement rehausser la coloration rouge de ses tresses. En y regardant de plus près, je m'aperçois qu'elle a désormais des dreadlocks, comme les miennes mais plus courtes et surtout teintes dans un vermillon spectaculaire.

— Qui est-ce ? me souffle Gladys, fine connaisseuse en matière de beauté féminine.

— La meilleure amie de Lorenzo : Charonne. Sa seule amie, en fait.

— Elle ressemble à la Daphné de Wenzel Jamnitzer : tu connais ?

— Pas du tout.

— Il faudrait que tu ailles au Musée national de la Renaissance. Histoire de ne pas mourir idiote.

Ma mère roule des yeux furieux : la présence de Charonne, qu'elle déteste, s'ajoutant à celle d'une inconnue avec laquelle j'ai l'air intime, c'est largement suffisant pour provoquer son courroux. D'autant qu'elle est, comme Svetlana, assez sourcilleuse sur la préséance, et qu'il ne s'agirait pas qu'on lui vole la première place en matière de deuil. Heureusement, personne n'a cette prétention, et elle peut plastronner tout son soûl, un mouchoir froissé dans une main et la laisse de Fougère dans l'autre.

Charonne s'agenouille sur la tombe de Lorenzo, juste le temps d'y déposer un bouquet mêlant bleuets, coquelicots et avoines folles. Avec un reniflement de mépris, ma mère s'agenouille à son tour, histoire de faire bouffer les pétales de l'horrible gerbe de lys et de roses que ma famille nombreuse a commandée pour l'occasion, mais loin de se sentir offensée, Charonne se relève d'un élan gracieux et recule de trois pas. Fougère en profite pour vomir une enfilade de croquettes mal digérées sur le soubassement de granit. Ma mère en oublie et sa colère et son chagrin : tous ses soins et toute sa sollicitude vont soudain à notre vieille chienne teckel, dont l'œil piteux et les flancs secoués de spasmes font effectivement peine à voir.

— Je déteste les chiens, me souffle Gladys à l'oreille.

Tout en caressant l'alexandrin hugolien sur la face antérieure de mon poignet, je considère tristement la tombe souillée. Oui, Dieu permet de ces malheurs sans nom. Il en permet d'autres, aussi — et on peut leur donner le nom qu'on veut, mais « torture » est celui qui leur va le mieux.

Tandis que mon père s'affaire à nettoyer la tombe de son fils, Charonne s'éloigne en tanguant un peu, comme à son habitude.

— Elle a quel âge, la copine de Lorenzo ? me demande Gladys.

— À peu près quatorze ans, pourquoi ?

— Trop jeune pour qu'on la mette dans le circuit, alors ? Dommage, elle aurait un succès fou.

— Elle est pas un peu trop grosse ?

— Il y a un créneau pour les grosses.

— Ouais, je sais, Tugra Takdogan.

— Pas seulement.

— Bref, Charonne est mineure : laissez tomber.

Campée devant la tombe de mon frère, j'ai une pensée pour sa dépouille mortelle et je m'interroge fugitivement sur le stade de décomposition cadavérique qu'elle a dû atteindre. Mais ce qu'il faut bien savoir, c'est que dans l'organisme des vivants les helminthes sont déjà à l'œuvre : rares sont les gens qui attendent l'inhumation pour commencer à pourrir.

Ma tribu prophétique se disperse déjà. Le chagrin, ça va bien un moment. Le seul qui me paraisse à peu près triste, c'est Patrick. Je suis passée la veille à son atelier pour me faire faire un nouveau tatouage, et Thierry, son associé, en a profité pour me glisser :

— Tu sais, il n'est plus le même, depuis la mort de ton frère. Et là, avec l'anniversaire, il n'arrête pas de pleurer.

Ça m'étonnerait, et de toute façon j'aurais aimé un accablement de meilleure qualité que ces petites pleurnicheries intermittentes. Je connais mon père et son cerveau de colibri : il a du mal à être triste plus de cinq minutes d'affilée.

— Tu peux me faire un nouveau tatouage ?

— Bien sûr. Un par an, alors ?

— Exactement.

— Encore du Baudelaire ?

— C'était du Hugo. Mais aujourd'hui oui, c'est du Baudelaire.

— Tu préfères pas un dessin ? Je peux te faire du sur mesure, une reproduction de photo, de tableau, ce que tu veux.

— Ce que je veux, c'est un autre alexandrin, juste à côté du premier. Comme des bracelets, tu vois ?

Il pousse un soupir de résignation :

— Je vois très bien. Même couleur ? Même graphie ?

— Ouais.

— Et c'est quoi, cette fois ?

Je déplie sous ses yeux la feuille où j'ai recopié le poème liminaire des *Fleurs du mal*.

— Tout ça ?

— Non, un seul vers, je t'ai dit : « C'est le diable qui tient les fils qui nous remuent ! »

— Dieu et le diable sur le même poignet ?

— De toute façon, je ne crois ni à l'un ni à l'autre.

— Un tatouage, ça se réfléchit, Kim, ça se médite : sinon tu te retrouves en moins de deux avec des trucs qui veulent plus rien dire pour toi.

— Tu m'as laissée réfléchir avant de me tatouer une étoile sur le crâne ?

— Un tatouage sur le crâne, c'est pas stigmatisant. Personne le voit.

— Sauf si je me rase la tête.

— Tu veux te raser la tête ?

— J'y pense, figure-toi.

— Ah bon ? Mais j'aime bien tes locks, moi.

— Tu me l'as jamais dit.

Il se met au travail sans me répondre, et c'est vrai qu'il a l'air triste et fatigué, mon père d'ordinaire si sémillant, mon père toujours à bourdonner et à vibrionner, presque pénible d'agitation. Quand il a terminé, il me redonne les conseils d'usage et me congédie avec un énigmatique « À l'an prochain », comme si on ne se croisait pas tous les jours à la maison, comme si on n'allait pas tous les deux faire les courses à Carrefour ou à Auchan, comme si on ne faisait pas le ménage de conserve tous les dimanches, parfois secondés par Ludmilla ou Esteban, mais généralement rien que nous deux, ce qui n'empêche pas la maison d'être de plus en plus sale depuis que ma grand-mère a disparu en Algérie.

Et il est temps de se rendre à la raison, non seulement elle ne reviendra pas mais elle est probablement morte depuis longtemps : elle s'est volatilisée dans les rues d'Alger, comme sa mère avant elle, et on ne la retrouvera pas davantage. Si elle était vivante, elle se serait arrangée pour être au cimetière le 6 mai. Car si elle a aimé quelqu'un à part sa mère, c'est bien Lorenzo. Quant à lui, il illustrait à merveille ma théorie du grand amour unique — à moins qu'il n'ait illustré celle de Konrad Lorentz sur l'imprégnation chez les oies cendrées, peu importe : en tout cas, il était fou de sa Claudette et il la suivait partout comme un oison obnubilé.

Claudette ne reviendra pas, mais j'ai Gladys, que j'aime moins mais que je comprends mieux. J'ai Gladys en grand-mère indigne, qui veut que je la laisse assister à une bonne éjac' face. Comme si elle n'avait pas pris du sperme dans la figure plus souvent qu'à son tour. Ce n'est pas ma grand-mère biologique qui m'aurait demandé un truc pareil, mais justement elle ne m'a jamais demandé grand-chose, à croire qu'elle n'avait aucun désir, qu'elle n'espérait plus rien de la vie, si ce n'est la mort, et encore pas n'importe où. Pas n'importe quand non plus : elle attendait peut-être que Lorenzo soit grand et tiré d'affaire — et s'il n'est jamais parvenu à grandir, personne ne peut nier qu'il se soit tiré d'affaire.

L'abricotier est mort lui aussi. Tant mieux. Je ne frémirai plus à la vue de ses fruits écrasés au sol en une bouillie aussi flamboyante que les cheveux de mon petit frère. Mon père a fini par le débiter en bûches — inutilisables tellement elles étaient vermoulues et envahies de bubons résineux. Il ne reste de lui qu'une vilaine souche grouillante de fourmis. Tant mieux encore. Je n'aurai plus à me blinder contre la tentation de m'y pendre haut et court, celle de finir les yeux cavés par les corbeaux, plus becquetée d'oiseaux que dés à coudre et charriée çà et là par le vent.

## 25. UNE HIRONDELLE FAIT MON PRINTEMPS

Une fois passées et vraisemblablement réussies les épreuves du bac, je me retrouve avec un nouvel été à tuer. À la maison, rien ne bouge : Claudette n'est toujours pas rentrée, Svetlana n'est toujours pas enceinte, et ma mère continue de courir les castings avec Esteban.

Je me suis inscrite en classe préparatoire littéraire : après tout, puisque j'ai d'ores et déjà une profession lucrative, je peux bien me permettre de faire des études longues et inutiles. C'est comme ça que devraient toujours être les études, de toute façon. J'ai également décidé qu'en août j'irai faire un petit tour en Algérie, histoire de mener mon enquête sur la disparition de ma grand-mère. Ça tombera en plein ramadan et il fera une chaleur à crever, mais de toute façon je ne voyage pas pour mon plaisir.

Mi-juillet, un client finit par me demander une éjaculation faciale. Comme convenu, je file prévenir Gladys, que je trouve dans sa cuisine, où elle prépare un gaspacho, Oreste perché sur son épaule.

— Gladys, il veut une éjac' face ! Ça te dit toujours ?

Elle s'essuie posément les mains à son torchon :

— Je rentre Oreste dans sa cage et j'arrive.

Hop, je reviens comme une fleur dans la chambre où le client m'attend, nue dans ma nuisette évasée et semi-transparente, la même à chaque fois, pas question que je fasse des frais supplémentaires — d'autant que la plupart des mecs n'attachent aucune importance à ce que je peux bien porter. Il lève sur moi un regard presque intimidé :

— Putain, t'es trop bonne ! T'as vraiment un corps de ouf !

Oui, je sais, merci. C'est à se demander pourquoi ses exigences se bornent à l'éjaculation faciale alors qu'il pourrait tirer parti de ma morphologie exceptionnelle, jouir de mes seins plantureux, de ma taille souple, de mon ventre plat, de mes cuisses fuselées ou de mon cul haut et ferme. Eh bien non, lui, tout ce qui l'intéresse c'est de m'envoyer une giclée de foutre en pleine poire, tiens, prends ça dans ta gueule. Mais pourquoi pas ? L'éjaculation faciale, c'est encore ce qui demande le moins d'engagement : je peux faire ça tout en comptant le fric que je me suis fait dans la semaine, tout en regardant la collection de sulfures de Gladys, ou encore tout en me récitant « La ballade des pendus ». J'ai juste à me trémousser et à gémir un peu.

Je me positionne sur le lit, poitrine en avant, cuisses ouvertes, et je glisse deux doigts dans mon sexe préalablement lubrifié. Tandis que le mec commence à s'astiquer, Gladys entrouvre la porte et se place face à moi. Tant qu'il ne se retourne pas, il ne peut pas remarquer sa présence, et pourquoi se retournerait-il alors que je lui offre un spectacle aussi excitant ? En réalité, je ne suis pas sûre qu'il me voie : j'ai plutôt l'impression que son regard me traverse, mais c'est souvent le cas avec les hommes, ou en tout cas avec les clients. Ils paient pour avoir quelque chose qui ne les intéresse pas vraiment. Ils choisissent une fille, jeune, jolie, sexy, paradant en string ou en guêpière sur les petites annonces de Lovesita, mais une fois qu'ils l'ont sous les yeux, elle n'existe plus — et de toute façon elle n'a jamais existé. Ils sont seuls, ils le restent, moi aussi.

Je n'en suis même pas à l'envoi de la ballade de Villon que le mec envoie, lui aussi, splash — « Garde qu'Enfer n'ait de nous seigneurie ! » Le foutre m'arrive sur la bouche, engluant mes narines du même coup. Histoire de prolonger son trip, j'en étale un peu sur mon décolleté et me pourlèche le bout des doigts en prenant des airs gourmands. Tandis qu'il s'écroule, les jarrets et le souffle coupés, Gladys s'éclipse, ni vu ni connu — rideau.

Une fois le client congédié, je file me laver à la salle de bains. Comme le savent tous ceux et celles qui ont déjà essayé de se débarrasser d'un film de sperme séché, ce n'est pas chose aisée — ce qui fait que je surgis dans le salon de ma sorcière bien-aimée, le visage rougi et irrité par les frictions répétées du gant de toilette. Quand je retrouve Gladys, elle éclate de ce rire que j'aime tant susciter.

— Il t'en reste un peu dans les cheveux, Kimberly !

— Alors ?

— Quoi, alors ?

— C'était bien ?

— C'est plutôt à toi qu'il faudrait poser la question.

— Pour moi c'était du taf : ça pouvait pas être bien. Mais vous ? Ça vous a plu ?

Le sourire meurt sur ses lèvres désormais incolores — fini le rouge à lèvres purpurin qui m'avait tant impressionnée à notre première rencontre :

— Oui, beaucoup.

— Pourquoi vous avez l'air si triste, alors ?

— Parce que ça m'a plu, justement. Parce que c'était magnifique, ces coulures nacrées sur ton visage blond. Tu n'aurais pas dû te laver tout de suite.

— Le foutre, ça reste pas joli longtemps : ça fige tout de suite, ça devient opaque et ça fait des espèces de grumeaux dégueulasses.

— Tu crois m'apprendre quelque chose ? Je sais tout ce qu'il y a à savoir sur le sperme, figure-toi.

— Vous m'avez toujours pas expliqué pourquoi ça vous rendait triste d'assister à une bonne éjac' face.

— Parce que c'était trop beau, justement. Parce que tu es trop belle. J'avais oublié que ça pouvait être aussi beau, un corps de femme. Tu étais là, tendue, frémissante, dans ta nuisette. Avec ces cuisses… Ces cuisses que tu as, Kimberly… Je n'ai jamais vu quelqu'un avec des cuisses pareilles.

— N'exagérez pas.

— Je n'exagère pas. Et de toute façon, j'ai décidé de me retirer des affaires. Le cul, c'est fini pour moi.

— Et vos clients ?

— Il m'en reste trois : Tugra Takdogan, un paraplégique, et un vieux harki — un copain de Jean-Pierre.

— Ben, ils vont faire quoi, si vous prenez votre retraite ?

— Tugra a d'autres marrons au feu : je ne m'en fais pas pour lui. Et le vieux harki, j'ai de plus en plus de mal à lui obtenir une érection : à mon avis, arrêter de baiser, ça sera un soulagement pour lui.

— Et le paraplégique ?

— Il est très sympa. Un quinqua, pas moche. Alors si tu veux, je te le refile.

— Ça bande, un paraplégique ?

— Tu verras : je te laisse découvrir. En tout cas, il m'a toujours payée rubis sur l'ongle.

— Vous arrêtez, sérieux ?

— Tout ce qu'il y a de plus sérieux.

Elle empoigne sa poitrine avachie, puis esquisse un geste ironique en direction de sa trogne plissée avant d'ajouter :

— C'est trop moche tout ça. Je me dégoûte. Terminé. Fini de jouer. De toute façon, je suis fatiguée.

Venant d'elle, ce discours a de quoi inquiéter. Après tout, c'est elle qui m'a mis le pied à l'étrier ; c'est elle aussi qui avait l'air de dire que la vie était courte mais le désir sans fin ; c'est elle qui se vantait d'avoir encore des clients si ce n'est des amants, à plus de soixante-dix ans. Sans compter qu'avec Lucie Leccia en d'autres temps, elle est la seule adulte qui m'ait donné envie de grandir ; la seule dont l'existence m'ait paru un tant soit peu enviable, dans le cadre bucolique de sa maison jaune, avec ses fleurs, ses herbes médicinales, son whisky japonais, son mainate parleur et son chat de conte de fées. Qu'est-ce que je vais faire, si elle décroche ?

Parce que c'est d'un vrai décrochage qu'il s'agit : non contente d'arrêter la prostitution, elle a décidé de vendre ou de donner toutes ses collections d'objets, qui sont pourtant le résultat d'un demi-siècle de recherches amoureuses, de brocantes faites à l'aube, de salons d'antiquaires et de vide-greniers arpentés sans relâche pour dégoter des sculptures animalières en cristal, des images pieuses polychromes et dentelées, des ex-voto marins, des sulfures, ou des coupons de dentelles fanées.

Je sens bien qu'après m'être inquiétée pour Claudette, pour Esteban, pour Svetlana, il va falloir que je me fasse du souci pour Gladys alors que je comptais précisément sur elle pour ne pas rallonger la liste de mes fardeaux et de mes missions.

— Vous n'êtes pas déprimée, au moins ?

— Si, peut-être un peu. Mais je crois surtout que j'en ai marre d'être vieille.

— Ah bon ? Mais je croyais qu'on s'y faisait ! Que ça venait progressivement et qu'on avait le temps de s'habituer !

— S'habituer à quoi ? Aux dents qui se déchaussent ? À la cataracte ? Aux conversations que tu n'entends plus ? Aux gestes que tu n'arrives plus à faire ? Aux douleurs qui te clouent au lit le matin ? Aux regards qui te traversent comme si tu n'existais pas ? Parce que c'est ça aussi, la vieillesse : plus personne ne te voit. Comme je te l'ai dit, je n'ai jamais été particulièrement belle, mais je plaisais : j'avais de beaux yeux, un beau sourire, une jolie poitrine, c'était amplement suffisant à mon bonheur.

— Si le bonheur tient à ça, aux beaux yeux, au beau sourire, à la jolie poitrine, ça ne m'intéresse pas d'être heureuse.

De toute façon, j'étais déjà parvenue à la conclusion que le bonheur présentait peu d'intérêt pour les filles comme moi — même si les filles comme moi restent une catégorie à définir.

Gladys va et vient sans me répondre, son verre à la main. Je note avec un redoublement d'inquiétude que les multiples plantes d'intérieur qui font de cette pièce un véritable jardin d'hiver s'étiolent désormais dans leurs jarres de terre cuite ou leurs bassines de zinc : fanés, racornis, le bananier, le ficus, le bougainvillier et les sansevières, dont mon ogresse surveillait jadis la croissance avec enthousiasme.

— Vous n'arrosez plus vos plantes ?

— Si, bien sûr.

— Elles ont l'air d'avoir pris un coup de chaud.

Elle jette un œil accablé à son spathyphillum :

— Tu as raison : il faut que j'arrose.

— Et c'est quoi ces cartons, dans le couloir ?

— J'ai emballé quelques trucs. Des vêtements qui ne vont plus, des livres que je ne relirai pas, de la vaisselle… Je vais filer ça aux Petits Frères des Pauvres.

— Vous n'allez pas vous suicider, au moins ?

Son regard retrouve fugitivement son acuité :

— Tu penses à ton frère ?

Je pense à mon frère. Je pense aussi au frisson qui me traverse l'échine quand je vois l'abricotier où il a mis fin à son existence. Mon père l'a tronçonné, mais le fantôme de Lorenzo et le démon tentateur de ma propre extermination continuent de planer au-dessus de sa souche. Je n'en dis rien à Gladys, mais ce qui sépare ma vie de ma mort ne tient qu'à moi, c'est-à-dire à pas grand-chose certains matins plus gris que d'autres. Je ne dis rien, mais elle doit lire toutes mes peurs dans le regard que je pose sur elle :

— Je ne me tuerai pas, Kim. Et toi non plus.

— Ah bon ?

— Pour moi ce n'est pas la peine : un cancer ou un autre s'en chargera.

— Vous avez le cancer ?

— Non. Mais je suis bien placée pour savoir qu'entre le cancer du poumon à cause de la clope, et celui du larynx à cause de l'alcool, j'ai très peu de chances d'en réchapper. Je te rappelle que j'ai travaillé cinq ans en oncologie.

— Et comment vous pouvez être sûre que moi je me tuerai pas ?

— Parce que tu as déjà tenu dix-huit ans : le pire est derrière toi.

— Vous avez des statistiques ? On ne se suicide plus passé dix-huit ans ?

— Le plus difficile, c'est la phase d'adaptation : entre zéro et vingt ans. Après on s'y fait, on se trouve un créneau, une petite niche où vivoter.

— J'ai pas l'impression que le pire soit derrière moi. Je crois plutôt que le pire c'est maintenant. Et en plus, à part Lorenzo je ne connais aucun enfant qui se soit suicidé, alors c'est quoi vos conneries sur la phase d'adaptation ?

— On n'est pas fait pour la vie et on nous y balance comme ça, sans prévenir. Il suffit d'avoir assisté une fois à un accouchement pour savoir qu'il n'y a rien de plus contre nature que de naître : tout le monde souffre, tout le monde hurle, la mère, l'enfant, et même le père s'il a eu l'idée saugrenue de se pointer. Et encore, maintenant on a la péridurale. Mais quand j'ai commencé à travailler, un accouchement, c'était la séance de torture assurée.

Tandis que je fais le tour de ses plantes, allant du ficus lyre au philodendron avec un petit arrosoir en acier galvanisé, elle continue à déblatérer contre la procréation, sans savoir ou sans se rappeler qu'elle prêche une convertie. Suite à une malencontreuse rupture de préservatif, je suis même allée voir un gynéco pour lui demander une ligature des trompes :

— Vous avez quel âge ?

— Dix-huit ans.

— Aucun chirurgien n'acceptera de ligaturer les trompes d'une fille de dix-huit ans.

— Pourquoi pas ? Puisque je ne veux pas d'enfants.

— Qui me dit que vous n'en voudrez pas dans dix ans ? Dans vingt ans ?

— Moi je vous le dis.

Derrière son bureau Louis XVI aux ornements de bronze, il prend des airs gourmés pour m'asséner son boniment sur le désir d'enfant qui saisit certaines femmes sur le tard, trop tard parfois, alors que l'horloge biologique a malheureusement accompli un tour de trop. Je le regarde sans l'écouter. Il est grand, lourd, blême, avec une frange haute et rectiligne, façon Boris Karloff dans *Frankenstein* — et il n'est pas question qu'il se livre sur moi à quelque examen gynécologique que ce soit avec ses grosses paluches vertes.

— Je peux vous prescrire la pilule, si vous voulez.

— Non merci.

— À la rigueur, on peut envisager un stérilet : c'est déconseillé pour les nullipares, mais si ça doit vous rassurer.

— Je veux une stérilisation, pas un moyen de contraception.

— Vous changerez d'avis, vous verrez. D'ici quelques années, vous reviendrez me voir en pleurant, parce que bébé tarde trop à venir.

Je ne changerai pas d'avis, ou si je le fais, c'est que je ne serai plus moi-même, et dans ce cas je ferais mieux d'envisager l'euthanasie plutôt que la ligature des trompes. Et ça tombe bien, l'euthanasie est la spécialité de Gladys Espérandieu, comme je l'ai découvert en la googlelisant. Sauf qu'elle ne s'appelle pas Gladys Espérandieu. Elle me l'a d'ailleurs avoué inopinément, peu de temps après notre séance de come in mouth à trois.

— Tu sais, Gladys n'est pas mon vrai prénom.

— Ah bon ? C'est quoi, alors ?

— Raymonde.

— C'était quoi, cette manie d'appeler les filles avec des prénoms de garçons, Claudette, Michèle, Françoise, Georgette ?

— Parce qu'on était toutes des déceptions pour nos parents : ils espéraient un garçon, et vlan, ils devaient se contenter d'une fille.

— Alors vous vous êtes rebaptisée ?

— Oui, dès que j'ai pu, je me suis fait appeler Gladys. Gladys, le glaive, le lys : ça m'allait tout à fait, ce mélange d'agressivité et de sensualité.

— C'est le lys que vous trouvez sensuel ? C'est pas plutôt le symbole de la royauté ?

— Il suffit de regarder un lys pour comprendre qu'on aurait tort de le cantonner aux blasons. Il n'y a rien de plus obscène qu'une corolle de lys.

Suite à cette conversation, je suis allée à la pêche sur Internet, et comme de bien entendu, quelques petits poissons déjà putrides se sont retrouvés pris dans mes filets. Eh oui, avant d'être une pute au grand cœur ; avant d'être une vieille goule tapie dans sa maisonnette et régnant sur sa ménagerie hétéroclite, Raymonde Espérandieu a été la madone du suicide assisté, ce dont je ne me prive pas de lui reparler à ma visite suivante, juste après un massage prostatique pratiqué en regardant ailleurs mais mené à bon terme. Tandis qu'elle me sert un verre de Martini avec une coupelle d'olives marinées au citron et à l'ail, j'attaque sec :

— Vous avez tué des gens ?

— Pas du tout. Je les ai aidés à mourir, c'est très différent.

— Vous avez fait six ans de prison.

— Ce n'est pas de ma faute si la société est rétrograde.

— J'ai lu un article où on disait que vous étiez soupçonnée dans quinze assassinats.

— Ma culpabilité n'a été reconnue que pour un cas. Et c'était un malade cancéreux en phase terminale. Il me suppliait de l'aider à mourir. Et puis tu me parles de faits qui remontent à presque quarante ans.

— N'empêche que vous êtes célèbre. Vous avez même un fan-club.

— Pff, tu parles ! C'est Tugra Takdogan, mon fan-club ! Tout ce que tu peux trouver sur Internet me concernant, ma notice Wikipédia, les articles de l'époque, tout ça, c'est lui. Ne me demande pas pourquoi il fait ça, je n'en sais rien ! Ce type est un malade. Ça l'a toujours excité, mon histoire.

Bizarrement, ça l'excite elle aussi de reparler de son passé d'empoisonneuse au chlorure de potassium. Finis le regard plaintif, la voussure exagérée, la démarche traînante. Elle m'arrache presque l'arrosoir des mains pour continuer la tournée des popotes et abreuver successivement le bougainvillier, le yucca, l'asparagus plumeux, et même les multiples pieds de lierre qu'elle laisse dégouliner depuis des pots suspendus un peu partout.

— Je vais le faire, Gladys : c'est trop haut pour vous !

— Pas du tout !

La voilà toute requinquée et intarissable sur son passé glorieux :

— Ce qu'on ne dit nulle part, c'est que l'homme que j'ai censément assassiné était mon mari. On préfère me présenter comme une sérial-killeuse plutôt que comme une épouse dévouée.

— Je ne savais pas que vous aviez été mariée.

Elle m'entraîne dehors, dans le jardinet de derrière tout bourdonnant de l'activité estivale des insectes et des oiseaux. Tandis que je m'allonge sur une étroite bande de gazon, ma sorcière bien-aimée s'installe péniblement sur son transat et étend devant elle des jambes gainées de noir malgré la chaleur mourante.

— Oui, j'ai été mariée. Appelle ça des noces mystiques, ou des noces chymiques, comme tu voudras. Rien à voir, en tout cas, avec ce que la plupart des gens appellent le mariage, tous ces arrangements foireux, tous ces attelages brinquebalants, partis pour verser dans le fossé au premier cahot.

— Pourquoi « chimiques » ?

Elle rit et lampe ce qui lui reste de Martini :

— Disons que je l'ai épousé entre deux chimios.

Je file au salon chercher la bouteille de Martini Extra Dry, histoire qu'elle soit en condition pour me raconter comment elle a bien pu nouer son sort à celui d'un homme condamné, et même prendre son nom. Gladys se lance, raconte sa rencontre avec Antoine Espérandieu, un ingénieur trentenaire à qui on venait d'apprendre non seulement qu'il avait un mélanome, mais que ce dernier avait déjà essaimé un peu partout.

Elle parle avec une animation que je ne lui ai plus vue depuis longtemps, peut-être parce que cet Antoine a été son seul amour, celui pour lequel elle a flambé d'un coup, s'allumant comme une torche vive au seul bénéfice de ce vieux garçon qui découvrait à la fois comment vivre et comment mourir.

— Il était furieux, tu vois, parce qu'il avait fait de longues études, qu'il avait vécu chez ses parents jusqu'à un âge avancé, qu'il n'avait connu qu'une ou deux filles, et encore pas très intimement, et vlan, juste au moment où il avait décidé de lever un peu le nez de ses bouquins, de sortir, de s'amuser, de voyager, le cancer lui tombe dessus ! Et pas n'importe quel cancer, un truc méchant et déjà bien avancé au moment du diagnostic.

Connaissant Gladys, je suis sûre qu'elle a dû se prodiguer sans compter, et jouir sans entrave du sentiment d'être bonne et de se dévouer au chevet de ce mourant dont elle était à la fois l'épouse et l'infirmière — d'autant qu'à l'entendre, il était charmant :

— Gentil, gai, un peu lunaire, tu vois, distrait, maladroit… Ça m'attendrissait.

Ce que je crois comprendre aussi, c'est que les derniers mois d'Antoine ont été d'une intensité folle, lui voulant rattraper des années de retard existentiel et elle s'improvisant courtisane et prêtresse d'un hédonisme forcené.

— Il ne connaissait rien à rien : je l'ai fait boire, fumer, danser, manger dans les bons restaurants, enfin tant qu'il a été en état de le faire, c'est-à-dire pas très longtemps.

En fait l'essentiel de leur vie conjugale s'est déroulée entre lits d'hôpitaux et chariots de soin, mais loin de s'en plaindre Gladys évoque cette période en termes plus que fervents. Je l'imagine d'autant mieux qu'elle m'a montré des photos d'elle à trente ans. Je vois très bien tout le réconfort que son Antoine a dû puiser dans son sourire avenant, son regard lumineux, et les énormes mamelles qu'elle trimbalait déjà à l'époque et qu'elle devait écraser avec jubilation contre le torse exsangue et concave de son amant. Car même si je ne doute ni de son amour ni de son abnégation, je sais d'où venait son plaisir. Elle a beau me parler d'un lien secret et d'une nature spéciale entre elle et son cancéreux ; elle a beau me parler de fellations compassionnelles ; elle a beau se décrire en strip-teaseuse par devoir, faisant tournoyer ses dessous chic autour de son index espiègle avant de les envoyer valdinguer sur la potence à sérum, je reconnais dans son histoire une variante tragique de l'histoire de tout le monde. Pour que Gladys croisse, il a fallu qu'Antoine diminue ; il a fallu qu'il souffre, qu'il pleure, qu'il vomisse, qu'il perde du poids, qu'il devienne complètement glabre, aussi dépourvu de cils que de cheveux ; il a fallu qu'il s'alite définitivement et en soit réduit à mendier du regard un urinal ou un bassin ; il a fallu qu'il meure pour que Gladys se sente vivre.

— On avait convenu ensemble que je ne le laisserais pas atteindre un certain état de dégradation et de dépendance, tu vois. Que le moment venu, je l'aiderais à partir. Et c'est ce que j'ai fait, voilà.

— Mais on vous a condamnée pour homicide volontaire.

— Parce que ses parents s'en sont mêlés ! Des

faiseurs d'histoires, ces gens-là ! De toute façon, ils ne pouvaient pas me blairer ! Ils n'ont pas supporté de voir leur fils leur échapper !

Gladys me fourre sous le nez une nouvelle série de clichés, essentiellement pris lors de son mariage avec Antoine :

— Regarde la tête qu'ils tiraient, M. et Mme Espérandieu ! Ils faisaient moins la tronche à l'enterrement de leur fils unique que le jour de son mariage avec moi ! Si c'est pas Dieu possible !

Trente-huit ans plus tard, elle leur en veut encore, à ces deux vieillards, pourtant pulvérulents depuis des lustres. De fait, sur les photos, et en dépit de leurs tenues primesautières, costume saumon pour lui et robe à fleurs pour elle, ils fixent l'objectif avec l'air intraitable de qui ne s'en laisse pas compter. Mais ce qui me frappe, c'est moins leur expression à eux que celle de leur fils. Assis à côté de sa nouvelle épouse, habillé comme un jeune homme du XIXe siècle, chapeau claque, lavallière et œillet à la boutonnière, le jeune marié presse un index décharné contre sa tempe creuse et contemple la pièce montée avec une tristesse hébétée et un dégoût manifeste. Gladys, en revanche, sourit largement sous ses lourdes mèches noires — d'un sourire qui embellirait presque sa trogne de pékinois, œil tombant, nez plat et mâchoire prognathe. Loin de commenter ce contraste saisissant, je préfère revenir sur son lourd passé :

— Et les autres patients ? Ceux que vous avez euthanasiés avant Antoine ?

— Pareil : c'étaient des malades qui souffraient beaucoup et qui seraient morts quelques jours plus tard de toute façon. D'ailleurs, tu observeras que pour ceux-là, je n'ai pas été inculpée. Au contraire, je soupçonne les familles de m'avoir été très reconnaissantes. Après tout, c'est moi qui ai eu le mauvais rôle mais c'est eux qui en ont tiré les bénéfices : finies les visites interminables à l'hôpital, toutes ces heures passées à observer la transformation de l'être aimé en un monstre aux exigences puériles et torturantes.

Ce que je soupçonne, moi, c'est que Gladys a eu son moment. Ayant injecté à son époux cent millilitres de chlorure de potassium, elle a pris place sur son matelas anti-escarres, s'est glissée contre son flanc et dressée sur un coude, plaquant ses lèvres mouillées de larmes contre les siennes, rivant ses yeux aux siens qui riboulaient déjà, balbutiant sans trêve des formules d'amour et d'accompagnement, pars en paix mon chéri, je suis avec toi, n'aie pas peur, elle a recueilli son dernier souffle et le basculement de son regard. Elle ne me dira pas ce qu'elle a éprouvé, mais c'est moi qui devine que l'ont simultanément secouée un chagrin dévastateur et l'ivresse du pouvoir — mort, où est ta victoire si je suis là pour te la voler et si j'en retire un surcroît de vie ?

Terrassée par le Martini Dry et l'émotion, je presse ma tête vertigineuse contre les jambes de ma sorcière bien-aimée. Un peu décontenancée, elle caresse vaguement mes dreadlocks avant de reprendre son récit :

— Et tu sais quoi ? Antoine est mort le même jour que Mike Brant !

— Mike Brant ?

— Tu es tellement jeune ! Parfois j'oublie ça ! Mike Brant, c'était un chanteur pour minettes, la même génération que Dalida ou Claude François. Il s'est jeté par la fenêtre le 25 avril 1975.

— Dalida s'est suicidée aussi, non ?

— Oui. La vie m'est insupportable. Pardonnez-moi.

— Mais pourquoi vous me parlez de Mike Brant ?

— Parce que je l'aimais beaucoup. Il chantait « Une hirondelle fait mon printemps », et j'ai pensé à lui quand j'ai acheté cette maison et que je l'ai baptisée « La Golondrina ».

— Tous ces suicidés…

— Oui. Et toutes ces hirondelles…

— Ne vous suicidez pas.

— Je n'en ai pas l'intention.

— Ça veut dire quoi, « Une hirondelle fait mon printemps » ?

— Qu'il suffit d'une. Pas besoin d'attendre qu'elles soient toutes là. Tu vois, c'est peut-être ce qui tue la plupart des gens : trop d'attentes déçues.

— Comment ça ? C'est la déception qui a tué votre Antoine ?

— Non, lui, le pauvre, il n'a pas choisi. Je te parle des autres, ceux qui se défenestrent, ou ceux qui se pendent à un abricotier.

Je ne crois pas que Lorenzo se soit tué par déception : je crois qu'il s'est tué parce qu'il a rencontré trop tôt la soif du mal, mais je laisse Gladys discourir sans fin sur Mike Brant, Dalida et Kurt Cobain.

J'ai sans doute tort de vouloir glaner un peu de sagesse auprès des adultes, car finalement ils n'ont à raconter que leurs égarements. Mais au moins, Raymonde alias Gladys le fait avec brio et sans se croire tenue de me balancer les poncifs séants ou consolants qui constituent l'essentiel des conversations que j'ai l'occasion d'entendre.

Là, sur l'herbe tiédie par le soleil, avec le vent qui

effeuille les pivoines juste au-dessus de ma tête de méduse, je prends ma millionième résolution, qui n'a de rapport avec rien mais qui m'illumine brièvement :

— Je vais arrêter de lire du Baudelaire !

— Ah bon ? Quel dommage !

— Je vais arrêter d'en lire parce que je vais en écrire.

Ma décision est prise : hop, je me lève, m'étire, éprouve voluptueusement l'élongation de mon trapèze et de mon grand dorsal, salue cavalièrement Raymonde alias Gladys et file illico me mettre à mes fleurs du mal. Gladys clopine à ma suite et s'agrippe à son portillon pour me lancer un dernier adieu éraillé par cinquante ans de clope et l'alcool :

— C'est une bonne idée, Kim, une très bonne idée !

Et dans cet adieu, j'entends aussi : reviens, ne m'abandonne pas, il n'y a plus grand monde qui vienne me voir et discuter avec moi. Mais ça tombe bien, parce que j'aime Gladys. Elle a beau être vaniteuse et sentencieuse ; elle a beau avoir confondu son désir de puissance et de gloire avec le grand amour ; elle a beau être dans l'erreur à ce sujet comme à bien d'autres, je m'en fous, elle me plaît comme elle est.

Et tiens, au fait, ma mère a failli s'appeler Raymonde. Je ne le lui dirai pas, mais je le saurai et la prochaine fois qu'elle recommencera à déblatérer sur ma méchanceté, mon ingratitude et mon mauvais esprit, j'aurai en tête cette information fragile et j'en jouirai. La grande évasion n'étant pas pour demain, autant se faire plaisir dans l'intervalle.

## 26. Ô QUE MA QUILLE ÉCLATE ! Ô QUE J'AILLE À LA MER !

Au lendemain de ma millionième résolution, ayant longuement consulté mon esprit et mes forces, je me mets à mon lutrin, enfin façon de parler puisque j'ai toujours travaillé à même le sol, feuilles et cahiers entre mes jambes écartées, casque sur les oreilles et musique à fond.

La poésie n'a qu'à bien se tenir, même si Baudelaire et Rimbaud ne risquent pas grand-chose puisque j'ai décidé de n'écrire qu'en anglais. Il faut dire que toutes mes tentatives en français sonnent au mieux comme des braillements avinés et au pire comme des bluettes maladives ou des cantiques pompeux.

Pour ma leçon de ténèbres, ma ballade des pendus, mes histoires de coquelicots décapités ou de grands-mères pulvérisées ; pour mes éveils maritimes, mes rencontres avec une pythonisse aux cheveux rouges, ou avec une vieille tapineuse à face de dogue ; pour mes odes to a nightingale, mes freed from desire, mes come in mouth, mes may day et mes cruel summers, l'anglais, décidément, est la meilleure des langues, celle que je tiens de Patti et de Bob à défaut de l'avoir apprise chez Keats. Et pourtant, to think is to be full of sorrow, voilà une phrase que j'aurais voulu écrire moi-même vu que j'en éprouve sûrement mieux que personne la vérité tragique.

Au lieu d'être une travailleuse du sexe, je vais devenir poète, et pour accompagner ma reconversion professionnelle, j'entreprends de me raser la tête — les décisions bien arrêtées ont besoin d'un peu de faste. Le simple fait de me retrouver tondeuse en main face au miroir me renvoie au jour où j'ai tondu mon petit frère roux, mais l'heure est plus à la jubilation qu'à la nostalgie, et d'ailleurs il faut d'abord que je coupe mes locks. Elles tombent une à une dans le lavabo jusqu'à former un fagot mordoré, et je me sens soudain beaucoup plus nue que quand je caracole en nuisette transparente dans le boudoir de Gladys. Avant de grandir, il faut accepter la diminution — et grandir n'a jamais cessé d'être mon objectif.

Une fois que j'ai obtenu sur le crâne une sorte de chaume inégal et terne, je parachève le travail avec la grosse tondeuse noire dont se servent ma mère et mes sœurs pour réaliser leur coupe pseudo-punk. Le résultat est à la hauteur de mes attentes : contrairement à Lorenzo, je n'ai pas l'air d'un oisillon fragile, mais d'une guerrière déterminée. Certes, l'étoile tatouée par mon père voici dix-huit ans se détache nettement sur ma peau blême, mais ce n'est pas une surprise, et j'aime autant l'arborer que la dissimuler. À ceux qui m'interrogeront sur cette étoile, je répondrai la vérité, vu que la vérité fait elle aussi partie de mes objectifs : cette étoile, c'est mon père qui me l'a faite alors que je n'étais qu'un bébé chauve. Il n'en avait nul droit, puisqu'il faut parler net, mais il se l'est arrogé, profitant de ce que je ne pouvais ni comprendre ni protester.

Admettre que ces abus de pouvoir sont le fait de tous les parents sans exception rend les choses beaucoup plus supportables à mon sens. Et finalement j'ai eu de la chance : un tatouage, ce n'est rien en regard d'une excision ou d'une infibulation.

Bref, je vais porter ma petite étoile bleue, ni plus ni moins que mes autres tatouages, les vingt-quatre syllabes que je me suis moi-même choisies et qui seront rejointes par d'autres au fil des ans — car un nouvel alexandrin s'enroulera à mon poignet à chaque anniversaire, jusqu'à ce que je rejoigne Lorenzo dans la ramure d'un arbre quelconque. Mais en tant que poète, je renonce à la perfection de leurs douze pieds. L'imperfection est le prix à payer si je veux atteindre l'extase égosillée du rossignol de Keats — et l'extase figure parmi mes objectifs au même titre que la sagesse et la vérité.

Je sors de la salle de bains en portant triomphalement ma tête nue et vais directement m'asseoir à la table où ma famille nombreuse mastique sans joie son ordinaire de charcuterie trop grasse et de pâtes trop cuites. J'ai beau prêcher pour l'introduction des fruits et légumes frais dans notre alimentation, si je ne m'occupe pas moi-même de l'approvisionnement en pêches, tomates et courgettes, ils s'en tiennent à ce qu'ils préfèrent et à ce qui nécessite le moins de préparation. Claudette doit se retourner dans ses limbes, à moins qu'elle n'ait trouvé un cimetière marin, une sépulture improvisée face à cette Méditerranée qu'elle n'a jamais vraiment quittée des yeux — mais je saurai à quoi m'en tenir : dès que possible, c'est juré, j'irai en Algérie sur les traces poudreuses de ma grand-mère rousse.

En attendant, j'essuie les quolibets inévitables des survivants — car ce sont toujours les meilleurs qui partent les premiers. Mes locks, qu'ils ne se sont jamais privés de conspuer, deviennent soudain un choix capillaire respectable en comparaison de ma boule à zéro. Je ne me suis pas plutôt installée face à mon assiette, que les cris fusent, en un crescendo horrifié :

— Ah, mais qu'est-ce que c'est ?

— Pourquoi t'as fait ça, Kimberly ?

— C'est horrible ! Putain, mets un foulard, au moins !

— Mais qu'est-ce qui t'a pris ? T'es folle ?

— Déjà les dreadlocks, c'était pas génial, mais alors là, ma pauvre fille…

Seuls Patrick et Esteban refusent de mêler leur voix au chorus, le premier observant son œuvre avec intérêt et le second béant d'admiration face à mon audace. Tout en me servant des linguine que je m'efforce de débarrasser de leur gangue de beurre et d'emmenthal, j'affecte une mine sereine et fais miroiter mon crâne sous le plafonnier englué de mouches. Là aussi, Claudette, où qu'elle soit, doit fulminer : elle qui décrochait tous les lustres et les nettoyait au vinaigre à chaque changement de saison. Ma mère en crache presque sa bouchée de pâtes :

— Tu te crois belle ? Ma pauvre fille…

Oui, c'est entendu, je suis leur pauvre fille. Et non, je ne me crois pas belle, je le suis, à mon corps défendant et alors que ça m'intéresse beaucoup moins que d'être intelligente, raisonnable et cultivée. Comme je leur réponds avec bonne humeur et férocité, l'échange s'envenime très vite :

— On en a marre de tes airs supérieurs, Kim !

— T'es là à te pavaner, comme si tu sortais de la cuisse de Jupiter !

Détrompez-vous, mes chers parents, je sais très bien de quel cloaque je suis issue — et en fait de naissance, je préfère celle d'Artémis à celle de Dionysos, la mer qu'on voit danser plutôt que les quadriceps de ce pauvre Patrick, un peu dépassé, comme à chaque fois que le ton monte.

— Si t'es pas contente, change de crémerie !

— Tu feras moins ta maligne quand t'auras plus papa et maman pour s'occuper de toi !

À quand remonte la dernière fois qu'on s'est occupé de moi ? Et qui, à part Claudette et maintenant Gladys, s'est jamais soucié de mes besoins physiques et émotionnels ? Patrick, oui, par intermittence. Charlie, peut-être, quand j'avais entre quatre et neuf ans : avant quatre ans, c'était trop contraignant, il aurait fallu me faire manger, me changer, m'aider à prendre mon bain ; et après neuf ans, une fois advenue ma seconde naissance, je n'ai plus jamais été suffisamment idolâtre à son goût.

Tout d'un coup, alors que les linguine insipides refroidissent dans mon assiette, j'ai une nouvelle illumination : finalement la grande évasion n'a que trop tardé. Inutile d'attendre que les conditions soient réunies, et d'ailleurs elles le sont déjà : Lorenzo et Claudette sont morts ; Esteban et Svetlana ne veulent pas de mon plan de sauvetage, et ma mère ne m'aimera jamais parce qu'elle est trop occupée à s'aimer elle-même. Quant aux autres, Patrick, Ludmilla, Charlie, je me fais fort d'avoir avec eux des relations apaisées sinon cordiales, pour peu que je quitte la maison : au fond, en restant là, je les déstabilise et je les exaspère, autant partir.

Et hop, c'est ce que je fais, je me lève, impériale, légère, délicieusement consciente de chaque déplacement d'air sur ma tête tondue. Chez Gladys, j'aurai le gîte et le couvert, pour peu que je les lui demande. Et s'il s'agit de subvenir à mes besoins en attendant que ma carrière décolle, eh bien, je sais comment faire : ouvrir les cuisses et fermer les yeux, c'est à la portée de la première greluche venue, même si à titre personnel j'espère en avoir fini avec tout ça.

Dans le vent du sud qui souffle depuis la veille, je cours, je fais des bonds, je vole, jusqu'à la maison jaune où Gladys m'accueille aussi chaleureusement que prévu. De toute façon, je ne m'éterniserai pas chez elle ni chez personne. Elle salue ma nouvelle coupe par un de ses éclats de rire homériques et passe deux doigts sur mon occiput :

— Ben dis donc ! À quand l'épilation intégrale, pour aller avec ta boule à zéro ?

Tiens, c'est une idée. Jusqu'à présent, j'étais plutôt contre, mais s'il s'agit d'assortir ma chatte à la nudité obscène de mon crâne, why not ? D'ailleurs, même si j'ai décidé d'abandonner la prostitution, je tiens absolument à faire une dernière passe, puis à fêter ça dignement avec ma sorcière bien-aimée : whisky japonais à gogo sur son gazon éclaboussé de soleil, histoire de célébrer ma double émancipation. Finie ma famille nombreuse : je quitte le club, je cesse d'être membre, salut, ciao, hasta la vista ! Finis aussi les coïts à la chaîne dans le boudoir de Gladys, les heures passées à recompter mon fric et à me réciter du Villon, du Racine, ou du Rimbaud — sans compter les vers du seul Charles qui vaille, indétrônable dans mon petit Parnasse.

Trois jours plus tard, ayant procédé moi-même à une épilation hollywoodienne dont j'ai d'ailleurs posté la vidéo sur YouTube, histoire que tout le monde profite du spectacle, je suis fin prête pour mon ultime chevauchée fantastique.

Ce matin, j'ai eu au téléphone celui qui sans le savoir sera mon dernier client. Il m'a fait l'effet d'être très jeune, avec des inflexions de voix qui dérapaient encore dans les aigus, peut-être un puceau, qui sait ? Je n'en ai jamais eu mais je trouverais intéressant de finir par un commencement. S'il est sympa, il aura même droit à un verre de Yoichi douze ans d'âge dans le jardin : nous trinquerons à sa première incursion sur les terres à jamais vaines et à jamais étrangères de l'érotisme, en même temps qu'à mon auto-licenciement professionnel.

En attendant son arrivée, tout en me pomponnant comme je ne l'ai jamais fait, histoire de compenser l'impression désagréable que mon crâne rasé ne manquera pas de produire, je bavarde avec Gladys, de tout et de rien, de mon emménagement récent et provisoire, de mon inscription en classe préparatoire littéraire, de mon intention de devenir la Patti Smith française et de ma dernière prestation en tant que travailleuse du sexe.

— Tu crois que je devrais mettre une perruque ?

— Non, surtout pas. Et de toute façon, ton client arrive dans dix minutes et je n'ai pas de perruque chez moi.

— Un turban ?

— Encore moins. Ça fait cancéreuse.

Comme je parle avec une spécialiste en oncologie et en soins palliatifs, je me range à son avis et me contente de gloss, de blush et de mascara, sans compter un nuage de ce parfum poudré qui traîne sur la coiffeuse de Gladys, quelques doigts ambrés dans un flacon à vaporisateur, dont je presse la poire avec volupté. En le reconnaissant, ma sorcière bien-aimée fronce le nez :

— Tu n'es pas faite pour ce genre de fragrance, Kimberly, crois-moi.

— Ah bon ? Pour quel genre de fragrance je suis faite, alors ?

Ce qui est bien avec Gladys, c'est qu'elle a un avis sur tout, même en dehors de ses domaines de compétences, qui sont les soins infirmiers, le désir sexuel, la botanique et les arts décoratifs.

— Toi il te faut un aromatique ou un fougère, en tout cas un parfum un peu masculin, avec une tête lavandée.

— Vous trouvez que je ne suis pas assez masculine comme ça ?

— Je te trouve insupportablement féminine.

— Tout le monde me dit que je ressemble à un garçon. Et avec la tête rasée, c'est encore pire.

— Ce n'est pas à toi que je vais apprendre que les gens manquent de discernement.

— N'empêche, j'ai longtemps voulu être un garçon. Et encore aujourd'hui…

— Je n'en doute pas, mais pour moi tu renvoies quelque chose d'hyperféminin : tes seins, ta nuque, ton cul… Et tiens, il y a un boisé qui t'irait bien, c'est « Féminité du bois », de Shiseido.

— Merci, mais j'ai pas l'intention de me parfumer. Sauf occasionnellement, comme aujourd'hui.

À ce moment-là, le carillon tintinnabule à l'entrée de la maison jaune, et Gladys bondit dans les profondeurs de sa cuisine, histoire de me laisser accueillir mon visiteur dans les règles de l'art. Une fois n'est pas coutume, j'ai troqué mon éternelle nuisette contre une guêpière blanche en tulle et dentelle, avec des loose socks façon écolière japonaise, toujours dans l'intention charitable de contrebalancer l'effet inévitablement produit par ma boule à zéro. Malheureusement, j'ai l'air d'un personnage issu d'une fiction futuriste, Ellen Ripley au mieux, les Martiens de *Mars Attacks* au pire. Tant pis, c'est trop tard pour y remédier et je vais ouvrir.

Bang bang ! Qui s'incarne inopinément sur le paillasson à motifs floraux de la « Golondrina » ? Sven, bien décidé à se payer mes services ? Pas du tout. Mon père, mandaté par le reste de ma tribu prophétique pour me ramener à la maison ? Vous n'y êtes pas. Tugra Takdogan, qui aurait attendu que je ressemble enfin à un alien pour me désirer ? Non, non, et non. Comme une vampire de séries télévisées, Charonne attend sur le seuil que je l'autorise à entrer. Et c'est ce que je fais, bien sûr : la tirant par la main, je l'introduis dans la pénombre tamisée du salon où les cris d'oiseaux marquent un temps d'arrêt. Je les comprends, mon cœur aussi a sauté quelques battements à la vue de son corps monumental et de l'arborescence pourpre qui lui sert toujours de coiffure.

— Charonne !

Elle ne dit rien, mais son sourire dit : c'est moi, tu vois, je t'ai retrouvée.

— Mais qu'est-ce que tu fais là ? C'est toi qui as appelé tout à l'heure ?

— Ben oui. T'as pas reconnu ma voix ?

— Non, je croyais que c'était un client.

— Je peux te payer, si tu veux.

— Ça va pas, non ? Mais comment tu as su que j'étais ici ? Tu as vu mon annonce ?

— Oui. Et je t'ai reconnue tout de suite, même si ton visage était flouté. Et même si t'avais mis Kimmy comme nom.

— Mais pourquoi tu vas sur des sites d'escort girls ? T'es gouine ?

Ses beaux yeux s'écarquillent d'incompréhension.

— J'ai regardé des sites d'escorts parce qu'il faut que je bosse, qu'est-ce que tu crois ?

Je ne crois rien du tout, je suis juste ivre du bonheur de la revoir et de la savoir prête à tout, comme moi ; prête à vendre son cul si ça doit lui permettre de prendre les chemins de la liberté : une telle communauté de vues, ça doit être un signe du destin, la preuve irréfutable que nous avons quelque chose à faire ensemble. Je tente quand même une objection, comme ça, pour la forme et aussi pour tester sa détermination :

— Mais Charonne, t'as quel âge ?

— Quinze ans, pourquoi ?

— T'es mineure : tu peux pas te prostituer.

— T'es mineure aussi, je te signale. Et de toute façon, je fais plus que mon âge.

C'est vrai, je ne sais pas si ça tient à la dignité de son maintien ou à la profondeur de son regard, mais on lui donne largement dix-huit ans.

— T'es venue pour que je te donne des conseils ?

Elle frémit, comme sous le coup d'un outrage mystérieux :

— Non !

— T'es venue pour quoi, alors ?

Comme elle détourne le regard sans répondre, je passe une main rapide dans son cou moite, son cou comme une palme, une ombelle, une feuille d'acanthe qui ploie irrésistiblement vers moi.

— Charonne...

Est-ce que Dieu permet de ces bonheurs sans nom ? De toute façon, avec ou sans la permission de Dieu, j'exulte, je jubile, mes lèvres cherchent les siennes, ses lèvres bleues de Malabaraise, le sourire lent de ses lèvres sous ma bouche impatiente.

Dans le salon, tous les Harzer Roller de Gladys retrouvent soudain l'usage de leur petite langue noire et entonnent une sorte de marche nuptiale à laquelle font écho les trisses survoltées des hirondelles dans le ciel orageux de cette fin d'après-midi. Bang bang. Avec une hésitation langoureuse, Charonne fait glisser à terre sa petite robe de soie à impressions léopard, ne gardant sur elle que les trois bracelets d'ivoire que j'ai toujours vus s'entrechoquer à son poignet. Sur sa peau brune, le maillot a laissé des triangles de peau plus claire, si nets, si parfaits, que mon cœur s'emballe de nouveau et que mes mains tremblent tandis que j'essaie de me dépêtrer de mon horrible guêpière empesée, inutilement chichiteuse et faussement virginale.

Charonne attend sans impatience que j'émerge enfin de mon corset, suante, haletante, et légèrement confuse du spectacle que je dois offrir avec mon crâne tondu, mon corps trop blanc, mes épaules trop larges et ma poitrine trop lourde.

Par la fenêtre entrouverte, un souffle d'air frais nous parvient, comme un ahan de soulagement avant la pluie, et je me remets à parler, très vite, sans suite et sans raison, peut-être parce que nous aurions dû commencer par là, par parler avant d'être nues, mais Charonne m'attire à elle et je tiens à dire que si je me suis crue un jour libérée du désir ce n'est plus d'actualité. Comme je tarde à réagir, la majestueuse enfant prend les choses en main et commence à se frotter contre moi, un peu mécaniquement, pétrissant mes seins et ouvrant ma vulve d'un doigt expert. On dirait qu'elle a fait ça toute sa vie et c'est probablement le cas.

— Mais qu'est-ce que tu fais ? Arrête !

Je veux bien faire l'amour avec elle, mais je ne veux pas devoir mon plaisir à la longue habitude qu'elle a des abus sexuels par personne ayant autorité. Elle lève sur moi ses beaux yeux perplexes :

— T'as pas envie ?

— T'es vierge ?

— Tu rigoles ? Si ça se trouve, j'ai commencé ma vie sexuelle avant toi.

— On n'est pas obligées de le faire, tu sais.

Elle ramasse sa robe et entreprend de se rhabiller, la mine aussi piteuse que si je l'avais définitivement éconduite. Je la prends par la main et la force à s'asseoir sur le canapé, à côté de moi.

— Charonne, on va le faire ! J'en ai envie aussi ! Mais pas comme ça ! Comme ça, ça fait trop… professionnelle !

— Mais c'est ce que t'es, non ? Une professionnelle !

Oui, j'en suis une. Et je peux baiser en additionnant le solde de mon livret A avec celui de mon PEL, mais pour notre première fois, je préférerais de la douceur et des sentiments ; je préférerais que Charonne ne se croit pas tenue de me faire le petit numéro pour lequel on l'a dressée ; je préférerais oublier aussi que depuis un an la location de ma chatte vaut trois cents euros.

— C'était qui ton premier ?

— Mon beau-père. Et juste après, mon oncle. Le même jour, en fait.

Est-il bien utile de préciser que je m'en doutais ? Que j'avais depuis longtemps trouvé cette explication à la précocité sexuelle de Charonne et au sex-appeal dérangeant qu'elle dégageait déjà à la fin de l'école primaire ? Tout le monde n'a pas la chance d'être orphelin. Mais à tout prendre, si on a des parents, mieux vaut encore qu'ils pratiquent ouvertement la torture : au moins les choses sont claires et puis ça fait un entraînement pour plus tard.

L'entraînement est ce qui a manqué à Lorenzo. S'il avait été élevé par les loups, comme Charonne, la violence en milieu scolaire ne l'aurait pas pris au dépourvu. Au lieu de quoi, il a eu droit aux brimades imprévisibles de sa mère et à ses démentis affectueux ; il a eu droit aux crises éducatives sans suite de son père, aux rodomontades de son grand-père et aux trous noirs de sa grand-mère. Rien qui soit de nature à le préparer, mais rien non plus qui puisse lui donner le sentiment de sa valeur et de sa dignité, rien qui puisse l'aider à repousser la tentation du sommeil éternel au pied de l'abricotier, cette idée qu'il pouvait en finir, là, d'un coup, avec cette vie si mal faite, cette vie qui ne récompense ni l'amour ni la bonté, jamais.

Tout est pur aux purs, tu parles ! Les purs ont beau ne voir le mal nulle part, ils finissent quand même par se le prendre en pleine gueule. Ça ne sert à rien d'être pur, sauf à vouloir être enseveli sous un tombereau d'immondices alors qu'on n'est pour rien dans la pourriture mondiale généralisée. Ça ne sert à rien d'être pur et de toute façon il est impossible de le rester, quoi qu'en disent les évangélistes de tout poil, qui n'en sont pas à une connerie près, et c'est dommage, parce que ça m'aurait bien plu, moi, de croire en une bonne nouvelle quelconque, un truc à annoncer et à répandre dans le monde entier, un truc à célébrer sa vie durant avec de l'encens et des bougies — il n'y a rien d'intéressant sur la terre que les religions.

Tandis que, de sa petite voix à peine audible, Charonne me raconte l'affreuse histoire de sa vie, je la serre dans mes bras, éprouvant la densité élastique de sa chair et enfouissant mon nez dans la masse rêche et odorante de ses dreadlocks. Je ne dis rien, mais je prends des résolutions à toute allure, dont celle de décimer toute sa famille. Je ne lui parle pas de la mienne, qui est ce qu'elle est, mais qui ne mérite pas l'extermination ; je ne lui parle pas non plus de toutes les lectures profitables qu'elle pourrait faire sous ma houlette : je garde ça pour plus tard, pour quand elle sera revenue de ses préjugés de collégienne vis-à-vis du savoir livresque.

Elle envoie la main vers mon crâne et la retire aussitôt, comme intimidée par le contact de ma peau nue.

— Tu n'aimes pas ?

— Si ! J'adore ! C'est juste que ça me rappelle ton frère. Quand il s'était rasé la tête, tu te souviens ? En plus, vous avez le même tatouage.

— Oui, je sais. C'est mon père : il a fait ça à tous ses enfants.

Elle me regarde avec une admiration rêveuse :

— T'es trop belle, Kim.

— Tu trouves ?

— Oui. Vraiment.

— T'es très belle aussi.

Elle pousse un soupir enfantin :

— Moi je suis trop grosse pour être belle.

Je resserre mon étreinte autour du pli adipeux qui scinde majestueusement la partie supérieure de son corps et j'étouffe un gémissement de désir face à tant de splendeur offerte :

— Putain, Charonne, dis pas de conneries ! T'es juste sublime !

Mais je suis d'avis qu'on arrête de se rassurer mutuellement pour passer aux choses sérieuses. D'autant que je sens comme un vin de vigueur monter entre mes cuisses, là où Charonne a risqué tout à l'heure son index averti.

Sans nous concerter, nous nous laissons glisser sur le tapis Hamadan de Gladys. Ça tombe bien : ça fait longtemps que j'avais envie de baiser sur sa laine un peu élimée, de chevaucher un partenaire quelconque tout en laissant vagabonder mon attention sur les écoinçons écrus, le médaillon central et les bordures à fleurs indigo sur lesquelles les dreadlocks vermillon de Gladys viennent maintenant s'étaler, comme un motif d'ornementation supplémentaire.

Et tandis que je la tiens dans l'espace délimité par mes bras tendus, tandis que mon ventre se plaque impérieusement contre le sien, elle me regarde, de ce regard suprême qui reste à la beauté quand nous en triomphons. Pour les émotions fortes, la fièvre dans le sang, le diable au corps et les noces rebelles, sans compter la mort d'une fille ou d'un frère bien-aimés, Hugo vaut décidément mieux que Baudelaire, je l'ai toujours dit et je le vérifie une fois encore — et ça ne m'empêche pas de préférer Baudelaire à tout.

En tout cas, si je croyais en avoir fini avec les alexandrins, je me suis trompée là aussi, comme pour la fin du désir et des emmerdes qui vont avec. La preuve, ils sont tous là, à me cavaler dans le cerveau, Hugo, Baudelaire, Rimbaud, mon tiercé dans le désordre, mors aux dents, bride abattue et écume au chanfrein. Or, pour ma première fois avec Charonne, j'aimerais autant ne pas avoir la tête encombrée par les mots des autres ; j'aimerais que ceux qui me monteront aux lèvres et que je déverserai dans sa petite oreille n'aient pas déjà servi ; j'aimerais les inventer pour elle, pour célébrer la nouveauté bouleversante de cet instant.

Car au nombre de mes erreurs de jugement, vous pouvez rajouter ma fumeuse théorie de l'amour unique, de la combustion vive qui ne surviendrait qu'une fois, et pour cause, après ça serait mort, niqué, on aurait dilapidé en une fois toutes ses petites ressources sentimentales. L'imprégnation définitive à la Lorentz, c'est peut-être bon pour les oies cendrées, mais ça ne marche pas pour les humains ; il faut vraiment avoir un cerveau de caneton pour s'éprendre à tout jamais de la première chienne venue, quand ce n'est pas d'un train électrique.

Tout en écrasant voluptueusement mes seins contre ceux de Charonne, mes aréoles roses contre les siennes, si sombres, presque noires, je sens enfin s'éloigner le souvenir de Sven, alors qu'il a plané et étendu son aile de regret sur toute ma vie sexuelle, sur chacune des quatre-vingt-treize passes que j'ai faites depuis notre séparation. On peut naître deux fois, je l'ai fait ; on peut retomber amoureux, et c'est ce qui est en train de m'arriver.

Sous les ondulations involontaires de mon bassin, Charonne me dévisage toujours, avec cette gravité perplexe, troublée et un peu accusatrice que je n'ai jamais vue qu'à des enfants très jeunes, juste avant qu'ils n'apprennent à baisser le regard. Elle a beau compter derrière elle quinze ans de sévices en tous genres ; elle a beau avoir grandi au milieu des loups et avoir été rattrapée par la meute à chaque étape de son développement, elle n'a que quinze ans et je ne veux pas rallonger la liste de ceux qui ont abusé d'elle, ni pervertir ce qui reste de son innocence. Au moment où je décolle mon ventre du sien, Oreste lance un sifflement appréciateur :

— C'est quoi ?

— Un oiseau. Un mainate. Je te préviens : il parle.

— Il parle vraiment ? Comme un perroquet ?

— Ouais. Tu veux le voir ?

Hop, je la relève d'une main du tapis Hamadan où nous aurions pu avoir notre premier rapport sexuel. Notre premier rapport sexuel attendra qu'elle ait fait la connaissance d'Oreste. À la vue de Charonne dans le plus simple appareil, il se jette contre les barreaux de sa cage et les secoue comme un forcené avant d'embrayer sur son répertoire racinien :

— Eh bien ! Madame, eh bien ! Écoutez donc Oreste !

— Qu'est-ce qu'il dit ?

— C'est *Andromaque*, de Racine. Tu connais ?

Non, elle ne connaît pas, la majestueuse enfant : elle est comme toutes les muses, elle n'a jamais rien lu, et je profite de ce que son attention est entièrement tournée vers l'oiseau pour la détailler avidement, depuis la racine de ses cheveux emperlée de sueur jusqu'à ses pieds étroits, en passant par son échine dorée que balayent les dreadlocks d'un rouge éclatant, les anneaux ambrés de son ventre, ses fesses drues, ses cuisses colossales. Je la veux. Je la veux tellement que les reins me brûlent, que ma vue se brouille et que je sens ma cage thoracique se lézarder : ô que ma quille éclate ! ô que j'aille à la mer !

Galvanisé par notre présence, à moins qu'il ne soit lui aussi sensible au sex-appeal torride de Charonne, Oreste siffle, hulule, miaule et finit par se lancer dans une chanson de corps de garde :

— Tu vas quitter ta bonne mère,
Pour t'en aller dans un boxon.
Je ne te retiens pas ma chère,
Si c'est là ta vocation.

Charonne se retourne vers moi avec un émerveillement enfantin :

— Putain, il est génial, cet oiseau ! Il est à toi ?

— Non : il est à une copine. On est chez elle, là.

— Elle a l'air d'aimer les oiseaux, ta copine.

Oui, elle les aime et elle parle leur langue. Elle aime aussi les objets, les opalines, les sulfures, les ex-voto, les grenades votives, les coupons de dentelle, les images pieuses et les vieilles cartes marines. Et heureusement pour elle, elle aime aussi les gens, surtout quand ils sont faibles, mourants, égrotants, âgés, handicapés. Mais elle n'est pas la seule, on est tous comme ça si on n'y prend pas garde. Sauf que moi, justement, je vais faire très attention : je vais aimer Charonne sans souhaiter sa diminution ; je ne me sentirai pas grandie si elle pleure, si elle souffre, si elle faiblit.

Derrière nous, j'entends frémir le rideau de coquillages qui sépare la cuisine du salon et je perçois distinctement la respiration stertoreuse de Gladys. Je sais qu'elle se tient là, à nous observer, mais les présentations attendront. D'autant que Beau-Minon se pointe à son tour, et que loin d'adopter la discrétion de sa maîtresse, il entreprend de se frotter au mollet étonnamment galbé de mon enchanteresse, qui s'accroupit illico pour le caresser :

— Oh, mais il y a plein d'animaux, ici !

Eh oui, petite Charonne, tu ne connais que les loups pour l'homme, mais il y aussi les chats persans à la fourrure crémeuse, les Harzer Roller aux trilles entêtants, les mainates paillards, les vieilles chiennes teckel au museau gris et les hirondelles qui font le printemps. Sans prévenir, comme pour me récompenser de lui avoir ouvert les portes de ce petit royaume féerique, elle jette ses bras autour de mon cou et presse son corps moite contre le mien. Enserrant à deux mains le visage ardent qu'elle lève vers moi, je ne peux pas m'empêcher de lui souffler :

— Veux-tu, c'est le mois où l'on aime,

Veux-tu nous en aller sous les arbres profonds ?

Et cette fois-ci, c'est la bonne, hop, ma langue s'engouffre dans sa bouche haletante et nous tombons à genoux. Oreste se met opportunément à barjaquer, mais ça ne m'empêche pas d'entendre les coquillages cliqueter de plus belle, signe que Gladys a traversé le miroir pour nous rejoindre, pour en être malgré tout, malgré sa vue qui flanche, sa hanche ankylosée, et l'emphysème qui obstrue ses voies respiratoires — sans compter son propre renoncement à l'amour physique, mais je sais désormais ce qu'il en est des renoncements.

Je vais le faire. Je vais baiser Charonne à même les tomettes cirées. Le tapis Hamadan est trop loin et le confort n'est pas nécessaire. Je vais baiser Charonne, sous les yeux attentifs de ma sorcière bien aimée et dans les cris survoltés de sa volière. J'ai toujours été partageuse. Même au temps où j'étais avec Sven, j'aurais voulu que tout le monde profite de notre tramway nommé désir, de notre odyssée de l'espace, de nos opening nights et de nos love streams, tout le monde, sans restriction. Je vais baiser Charonne à moins qu'elle ne me baise — elle a l'air d'en être capable. J'empoigne ses seins tricolores, leur double masse safranée, les triangles pâles laissés par le maillot, le mamelon grenu comme une mûre, qui se rétracte sous mes doigts impatients, et je guette dans ses yeux quelque chose qui me dira si je fais bien. Après tout, j'ai plutôt l'habitude des mecs qui me fourrent leur zboub sous le nez, ou qui essaient à toute force de me l'enfoncer dans le cul : une fille qui gît à terre sans réclamer son dû et sans me dire ce qu'elle aime, c'est un peu déstabilisant. Comme elle ne réagit pas, je descends d'un cran et me retrouve face aux plis veloutés de sa vulve. Comme je me penche avec curiosité sur les petits semis espacés qui lui tiennent lieu de toison pubienne, elle éclate de rire :

— T'as jamais couché avec une Noire ?

Tiens non, au fait. Jusqu'ici, j'ai plutôt fait dans les Blancs et les rebeus, dont la pilosité n'était pas si éloignée de la mienne, en plus sombre et en plus fournie. Et en plus, j'ai jamais couché avec une nana : je me suis contentée de fantasmer sur des gymnastes ukrainiennes.

— T'es pas vraiment noire.

— Ma mère est noire, en tout cas. Et mon père était pas blanc. À ce qu'on m'a dit. Il est mort avant ma naissance.

Mon orpheline, je serai ta famille, mais d'abord, je vais me plonger dans ta touffe subsaharienne et je vais faire gonfler ton petit bourgeon sous ma langue infatigable. Sauf que, clic-clac, la majestueuse enfant me referme les cuisses sous le nez et repasse en position assise.

— Je te préviens, j'ai pas de clito.

— Quoi ?

— Ça te gêne ?

— Euh, je sais pas, tu me prends un peu de court, là. Tu peux avoir du plaisir, au moins ?

— J'en sais rien.

— Mais comment ça se fait ? C'est de naissance ?

Au moment même où je pose la question, j'en perçois la stupidité. Serrant Charonne contre moi, je pose la main sur sa bouche, parce qu'elle n'a pas besoin de me raconter la suite ni le début de son affreuse histoire. Dieu permet bel et bien de ces malheurs sans nom — en fait, Dieu est extrêmement permissif, il permet au vice de se décliner sous toutes ses formes, à la violence de souffler où elle veut et de se déchaîner sur les plus petits et les plus faibles d'entre nous. Mais je m'en fous, moi, du malheur et de la violence : je suis plus forte que l'histoire ancienne, ce qui fait que je me replonge dans Charonne, sa peau bistre, sa bouche bleue, le delta mouillé de ses cuisses, le massif corallien de sa chevelure et les poils durs de sa chatte. Je la sens se tendre, puis se détendre et s'abandonner aux assauts simultanés de ma langue, de mes mains et de mes hanches. Oreste en a le sifflet coupé, mais j'entends distinctement Gladys s'affaler sur son canapé de velours, histoire d'être aux premières loges de ce qui se déroule dans la pénombre coloniale de son salon. Finalement, si Charonne n'arrive pas à jouir, nous serons quand même deux à avoir du plaisir.

Immobilisée, consentante, comme figée dans

l'expectative, la molle enchanteresse ouvre ses grands yeux et secoue lentement sa tête fragile sous la composition florale de sa chevelure pourpre.

— Tu ressembles à un coquelicot !

Elle entrouvre les lèvres sans répondre et sans comprendre que je pense aux petits personnages que me fabriquait ma grand-mère, avec leur cape duveteuse, la soie rouge et froissée de leur robe, et la délicatesse inattendue de leur tête verte sous la tiare ouvragée de noir. Très loin de nous, Gladys reprend son souffle et Oreste entonne un chant guilleret :

— Allons à Messine
Pêcher la sardine !
Allons à Lorient
Pêcher le hareng !

Heureusement, il s'en tient là au lieu de poursuivre sur les couplets — particulièrement obscènes, si je me souviens bien. Il n'y a pas de miroir dans le salon, mais rien que d'imaginer le spectacle que nous offrons Charonne et moi, nos deux corps emmêlés à même le sol, ma peau claire sur sa peau brune, ma tête rasée dans la palme de son cou, ses jambes somptueuses nouées autour de mes reins brûlants, mon excitation monte d'un cran.

Si ça ne tenait qu'à moi il y aurait encore plus de monde dans le salon déjà encombré de ma sorcière bien-aimée : Sven, évidemment, mais aussi, toute ma tribu prophétique au grand complet — parce qu'il est temps que ma famille nombreuse apprenne l'existence du désir et de l'amour qui se donne sans compter. Il pourrait y avoir aussi tous mes poètes, le seul Charles qui vaille, bien sûr, mais aussi Bob Dylan, Patti Smith, Keats,

Rimbaud, et pourquoi pas le père Hugo, qui n'a jamais craché sur une belle fille heureuse, effarée et sauvage. Parce que si je ne me trompe pas, si je déchiffre bien les battements désordonnés de son cœur et le sourire triomphant de sa bouche sous la mienne, elle est heureuse, la majestueuse enfant.

Plongeant les doigts dans sa petite chatte mutilée, je guide sa main jusqu'à ma propre vulve, qui exsude déjà son nectar onctueux. Tandis que ma langue explore fébrilement ses gencives sombres et que nos dents s'entrechoquent comme les boucliers d'un combat de légende, Charonne imprime à son corps un roulis paresseux, beau navire à peine dérouté par l'impétuosité de mon assaut. Et là, sous les ovations conjointes de Gladys, d'Oreste, de Beau-Minon et d'une dizaine de canaris émoustillés, ma quille éclate et je vais à la mer : bang bang ! Insensible à la beauté de ce moment et à l'intensité de mon plaisir, Oreste en profite pour brailler la suite de sa chanson de carabin :

— Mon rouston de gauche,
Sera lieutenant !
Les poils de mon cul,
Seront les haubans !

Plus tard, bien plus tard, tandis que nous gisons toujours, main dans la main sur les tomettes mouillées par nos ébats, tandis que la nuit se fait sur les deux jardins de Gladys, tandis que les oiseaux se taisent et que mon cœur retrouve son rythme habituel, je prends ma dernière résolution : après celle-là, plus rien, je naviguerai à vue, comme tout le monde, je n'essaierai plus de remettre ma vie dans le bon sens, je ne me fixerai plus de missions ni de plans de sauvetage de l'humanité en général et de ma famille nombreuse en particulier. Retournée vers Charonne, admirant une fois de plus la netteté de sa mâchoire sous la conque parfaite de sa petite oreille, je lui dis :

— Je vais écrire une chanson pour toi, Charonne.

Et ce que je ne lui dis pas, parce qu'elle n'a pas besoin des détails chirurgicaux, c'est que ma chanson sera dédiée à toutes les filles à qui on a voulu couper la langue ou le clitoris — et je sais de quoi je parle, vu que j'ai survécu à plusieurs tentatives d'amputation. Et après cette chanson, il y en aura une autre, en mémoire de mon petit frère roux, ce fruit étrange et pendu pour toujours à la ceinture de son père, cet agnelet incapable de survivre à une nouvelle saison de la chasse — les images, ça me connaît.

Non contente d'écrire, je monterai sur scène et j'y chanterai le perpétuel retour de la torture, l'éternelle réouverture de la chasse, les guerres de cent ans qui semblent en durer mille, l'hécatombe des agnelets et la croisade des enfants sages contre le règne de la folie. Je me dresserai sur les décombres de ma propre enfance, qui n'a jamais pu avoir lieu, faute d'adultes raisonnables autour de moi. Tant pis, je garde l'enfance pour plus tard, pour quand je serai vieille, tassée, voûtée, bancale, les yeux opacifiés par la cataracte, les articulations nouées par l'arthrose, le vagin desséché, les seins avachis et croulant sous ma triple épaisseur de châles et de gilets. En attendant, je vais devenir une star mondialement reconnue, c'est-à-dire très exactement ce pour quoi ma mère a maladroitement tenté de programmer tous ses enfants.

L'avantage, quand vous êtes une star, c'est que les gens prennent en charge l'histoire de votre vie, la fabriquent, l'écrivent, la lisent, la commentent sans fin, vous délivrant ainsi de tout souci autobiographique. Hop, finis mes essais et mes confessions en vingt-six chapitres ! À la poubelle le manuscrit odieux qui m'aurait fâchée avec toute ma tribu prophétique ! Je n'ai pas besoin de vengeance, la gloire me suffira.

Ce livre comprend des citations, parfois légèrement modifiées, de : Ovide, Baudelaire, Hugo, Rimbaud, Villon, Boileau, La Fontaine, Lapeyre.

Merci à Djamel, Philippe, Tési et Nelsa

## DU MÊME AUTEUR

*Aux Éditions P.O.L*

RAI-DE-CŒUR, 1996
TOUT CE QUI BRILLE, 1997
PAUVRES MORTS, 2000
HYMEN, 2003
LE TRIOMPHE, 2005
UNE FILLE DU FEU, 2008
LA PRINCESSE DE., 2010
MON PÈRE M'A DONNÉ UN MARI, 2013
SI TOUT N'A PAS PÉRI AVEC MON INNOCENCE, 2013

# COLLECTION FOLIO

*Dernières parutions*

5666. Italo Calvino — *Cosmicomics, récits anciens et nouveaux*
5667. Italo Calvino — *Le château des destins croisés*
5668. Italo Calvino — *La journée d'un scrutateur*
5669. Italo Calvino — *La spéculation immobilière*
5670. Arthur Dreyfus — *Belle Famille*
5671. Erri De Luca — *Et il dit*
5672. Robert M. Edsel — *Monuments Men*
5673. Dave Eggers — *Zeitoun*
5674. Jean Giono — *Écrits pacifistes*
5675. Philippe Le Guillou — *Le pont des anges*
5676. Francesca Melandri — *Eva dort*
5677. Jean-Noël Pancrazi — *La montagne*
5678. Pascal Quignard — *Les solidarités mystérieuses*
5679. Leïb Rochman — *À pas aveugles de par le monde*
5680. Anne Wiazemsky — *Une année studieuse*
5681. Théophile Gautier — *L'Orient*
5682. Théophile Gautier — *Fortunio. Partie carrée. Spirite*
5683. Blaise Cendrars — *Histoires vraies*
5684. David McNeil — *28 boulevard des Capucines*
5685. Michel Tournier — *Je m'avance masqué*
5686. Mohammed Aïssaoui — *L'étoile jaune et le croissant*
5687. Sebastian Barry — *Du côté de Canaan*
5688. Tahar Ben Jelloun — *Le bonheur conjugal*
5689. Didier Daeninckx — *L'espoir en contrebande*
5690. Benoît Duteurtre — *À nous deux, Paris !*
5691. F. Scott Fitzgerald — *Contes de l'âge du jazz*
5692. Olivier Frébourg — *Gaston et Gustave*
5693. Tristan Garcia — *Les cordelettes de Browser*
5695. Bruno Le Maire — *Jours de pouvoir*

5696. Jean-Christophe Rufin — *Le grand Cœur*
5697. Philippe Sollers — *Fugues*
5698. Joy Sorman — *Comme une bête*
5699. Avraham B. Yehoshua — *Rétrospective*
5700. Émile Zola — *Contes à Ninon*
5701. Vassilis Alexakis — *L'enfant grec*
5702. Aurélien Bellanger — *La théorie de l'information*
5703. Antoine Compagnon — *La classe de rhéto*
5704. Philippe Djian — *"Oh..."*
5705. Marguerite Duras — *Outside* suivi de *Le monde extérieur*
5706. Joël Egloff — *Libellules*
5707. Leslie Kaplan — *Millefeuille*
5708. Scholastique Mukasonga — *Notre-Dame du Nil*
5709. Scholastique Mukasonga — *Inyenzi ou les Cafards*
5710. Erich Maria Remarque — *Après*
5711. Erich Maria Remarque — *Les camarades*
5712. Jorge Semprun — *Exercices de survie*
5713. Jón Kalman Stefánsson — *Le cœur de l'homme*
5714. Guillaume Apollinaire — *« Mon cher petit Lou »*
5715. Jorge Luis Borges — *Le Sud*
5716. Thérèse d'Avila — *Le Château intérieur*
5717. Chamfort — *Maximes*
5718. Ariane Charton — *Petit éloge de l'héroïsme*
5719. Collectif — *Le goût du zen*
5720. Collectif — *À vos marques !*
5721. Olympe de Gouges — *« Femme, réveille-toi ! »*
5722. Tristan Garcia — *Le saut de Malmö*
5723. Silvina Ocampo — *La musique de la pluie*
5724. Jules Verne — *Voyage au centre de la terre*
5725. J. G. Ballard — *La trilogie de béton*
5726. François Bégaudeau — *Un démocrate : Mick Jagger 1960-1969*
5727. Julio Cortázar — *Un certain Lucas*
5728. Julio Cortázar — *Nous l'aimons tant, Glenda*
5729. Victor Hugo — *Le Livre des Tables*

| | |
|---|---|
| 5730. Hillel Halkin | *Melisande ! Que sont les rêves ?* |
| 5731. Lian Hearn | *La maison de l'Arbre joueur* |
| 5732. Marie Nimier | *Je suis un homme* |
| 5733. Daniel Pennac | *Journal d'un corps* |
| 5734. Ricardo Piglia | *Cible nocturne* |
| 5735. Philip Roth | *Némésis* |
| 5736. Martin Winckler | *En souvenir d'André* |
| 5737. Martin Winckler | *La vacation* |
| 5738. Gerbrand Bakker | *Le détour* |
| 5739. Alessandro Baricco | *Emmaüs* |
| 5740. Catherine Cusset | *Indigo* |
| 5741. Sempé-Goscinny | *Le Petit Nicolas — 14. Le ballon* |
| 5742. Hubert Haddad | *Le peintre d'éventail* |
| 5743. Peter Handke | *Don Juan (raconté par lui-même)* |
| 5744. Antoine Bello | *Mateo* |
| 5745. Pascal Quignard | *Les désarçonnés* |
| 5746. Saul Bellow | *Herzog* |
| 5747. Saul Bellow | *La planète de Mr. Sammler* |
| 5748. Hugo Pratt | *Fable de Venise* |
| 5749. Hugo Pratt | *Les éthiopiques* |
| 5750. M. Abouet/C. Oubrerie | *Aya de Yopougon, 3* |
| 5751. M. Abouet/C. Oubrerie | *Aya de Yopougon, 4* |
| 5752. Guy de Maupassant | *Boule de suif* |
| 5753. Guy de Maupassant | *Le Horla* |
| 5754. Guy de Maupassant | *La Maison Tellier* |
| 5755. Guy de Maupassant | *Le Rosier de Madame Husson* |
| 5756. Guy de Maupassant | *La Petite Roque* |
| 5757. Guy de Maupassant | *Yvette* |
| 5758. Anonyme | *Fioretti* |
| 5759. Mohandas Gandhi | *En guise d'autobiographie* |
| 5760. Leonardo Sciascia | *La tante d'Amérique* |
| 5761. Prosper Mérimée | *La perle de Tolède* |
| 5762. Amos Oz | *Chanter* |
| 5763. Collectif | *La Grande Guerre des écrivains* |
| 5764. Claude Lanzmann | *La Tombe du divin plongeur* |

| | |
|---|---|
| 5796. Collectif | *Pieds nus sur la terre sacrée.* Textes rassemblés par T. C. McLuhan |
| 5797. Ueda Akinari | *La maison dans les roseaux* |
| 5798. Alexandre Pouchkine | *Le coup de pistolet et autres récits de feu Ivan Pétrovitch Bielkine* |
| 5799. Sade | *Contes étranges* |
| 5800. Vénus Khoury-Ghata | *La fiancée était à dos d'âne* |
| 5801. Luc Lang | *Mother* |
| 5802. Jean-Loup Trassard | *L'homme des haies* |
| 5803. Emmanuelle Bayamack-Tam | *Si tout n'a pas péri avec mon innocence* |
| 5804. Pierre Jourde | *Paradis noirs* |
| 5805. Jérôme Garcin | *Bleus horizons* |
| 5806. Joanne Harris | *Des pêches pour Monsieur le curé* |
| 5807. Joanne Harris | *Chocolat* |
| 5808. Marie-Hélène Lafon | *Les pays* |
| 5809. Philippe Labro | *Le flûtiste invisible* |
| 5810. Collectif | *Vies imaginaires. De Plutarque à Michon* |
| 5811. Akira Mizubayashi | *Mélodie. Chronique d'une passion* |
| 5812. Amos Oz | *Entre amis* |
| 5813. Yasmina Reza | *Heureux les heureux* |
| 5814. Yasmina Reza | *Comment vous racontez la partie* |
| 5815. Meir Shalev | *Ma grand-mère russe et son aspirateur américain* |
| 5816. Italo Svevo | *La conscience de Zeno* |
| 5817. Sophie Van der Linden | *La fabrique du monde* |
| 5818. Mohammed Aissaoui | *Petit éloge des souvenirs* |
| 5819. Ingrid Astier | *Petit éloge de la nuit* |
| 5820. Denis Grozdanovitch | *Petit éloge du temps comme il va* |
| 5821. Akira Mizubayashi | *Petit éloge de l'errance* |
| 5822. Martin Amis | *Lionel Asbo, l'état de l'Angleterre* |

| | |
|---|---|
| 5823. Matilde Asensi | *Le pays sous le ciel* |
| 5824. Tahar Ben Jelloun | *Les raisins de la galère* |
| 5825. Italo Calvino | *Si une nuit d'hiver un voyageur* |
| 5827. Italo Calvino | *Collection de sable* |
| 5828. Éric Fottorino | *Mon tour du « Monde »* |
| 5829. Alexandre Postel | *Un homme effacé* |
| 5830. Marie NDiaye | *Ladivine* |
| 5831. Chantal Pelletier | *Cinq femmes chinoises* |
| 5832. J.-B. Pontalis | *Marée basse marée haute* |
| 5833. Jean-Christophe Rufin | *Immortelle randonnée. Compostelle malgré moi* |
| 5834. Joseph Kessel | *En Syrie* |
| 5835. F. Scott Fitzgerald | *Bernice se coiffe à la garçonne* |
| 5836. Baltasar Gracian | *L'Art de vivre avec élégance* |
| 5837. Montesquieu | *Plaisirs et bonheur et autres pensées* |
| 5838. Ihara Saikaku | *Histoire du tonnelier tombé amoureux* |
| 5839. Tang Zhen | *Des moyens de la sagesse* |
| 5840. Montesquieu | *Mes pensées* |
| 5841. Philippe Sollers | *Sade contre l'Être Suprême* précédé de *Sade dans le Temps* |
| 5842. Philippe Sollers | *Portraits de femmes* |
| 5843. Pierre Assouline | *Une question d'orgueil* |
| 5844. François Bégaudeau | *Deux singes ou ma vie politique* |
| 5845. Tonino Benacquista | *Nos gloires secrètes* |
| 5846. Roberto Calasso | *La Folie Baudelaire* |
| 5847. Erri De Luca | *Les poissons ne ferment pas les yeux* |
| 5848. Erri De Luca | *Les saintes du scandale* |
| 5849. François-Henri Désérable | *Tu montreras ma tête au peuple* |
| 5850. Denise Epstein | *Survivre et vivre* |
| 5851. Philippe Forest | *Le chat de Schrödinger* |
| 5852. René Frégni | *Sous la ville rouge* |
| 5853. François Garde | *Pour trois couronnes* |
| 5854. Franz-Olivier Giesbert | *La cuisinière d'Himmler* |
| 5855. Pascal Quignard | *Le lecteur* |

5856. Collectif — *C'est la fête ! La littérature en fêtes*
5857. Stendhal — *Mémoires d'un touriste*
5858. Josyane Savigneau — *Point de côté*
5859. Arto Paasilinna — *Pauvres diables*
5860. Jean-Baptiste Del Amo — *Pornographia*
5861. Michel Déon — *À la légère*
5862. F. Scott Fitzgerald — *Beaux et damnés*
5863. Chimamanda Ngozi Adichie — *Autour de ton cou*
5864. Nelly Alard — *Moment d'un couple*
5865. Nathacha Appanah — *Blue Bay Palace*
5866. Julian Barnes — *Quand tout est déjà arrivé*
5867. Arnaud Cathrine — *Je ne retrouve personne*
5868. Nadine Gordimer — *Vivre à présent*
5869. Hélène Grémillon — *La garçonnière*
5870. Philippe Le Guillou — *Le donjon de Lonveigh*
5871. Gilles Leroy — *Nina Simone, roman*
5873. Daniel Pennac — *Ancien malade des hôpitaux de Paris*
5874. Jocelyne Saucier — *Il pleuvait des oiseaux*
5875. Frédéric Verger — *Arden*
5876. Guy de Maupassant — *Au soleil* suivi de *La Vie errante et autres voyages*
5877. Gustave Flaubert — *Un cœur simple*
5878. Nicolas Gogol — *Le Nez*
5879. Edgar Allan Poe — *Le Scarabée d'or*
5880. Honoré de Balzac — *Le Chef-d'œuvre inconnu*
5881. Prosper Mérimée — *Carmen*
5882. Franz Kafka — *La Métamorphose*
5883. Laura Alcoba — *Manèges. Petite histoire argentine*
5884. Tracy Chevalier — *La dernière fugitive*
5885. Christophe Ono-dit-Biot — *Plonger*
5886. Éric Fottorino — *Le marcheur de Fès*
5887. Françoise Giroud — *Histoire d'une femme libre*
5888. Jens Christian Grøndahl — *Les complémentaires*
5889. Yannick Haenel — *Les Renards pâles*
5890. Jean Hatzfeld — *Robert Mitchum ne revient pas*